龔鼎孳詞校注

〔清〕龔鼎孳　著
孫克强　鄧妙慈　校注

上海古籍出版社

圖書在版編目(CIP)數據

龔鼎孳詞校注 /（清）龔鼎孳著;孫克强,鄧妙慈校注. —上海：上海古籍出版社，2023.11
（中國古典文學叢書）
ISBN 978-7-5732-0926-9

Ⅰ. ①龔… Ⅱ. ①龔… ②孫… ③鄧… Ⅲ. ①詞(文學)—注釋—中國—清代 Ⅳ. ①I222.849

中國國家版本館 CIP 數據核字(2023)第 198936 號

中國古典文學叢書
龔鼎孳詞校注
〔清〕龔鼎孳 著
孫克强 鄧妙慈 校注
上海古籍出版社出版發行
（上海市閔行區號景路 159 弄 1-5 號 A 座 5F 郵政編碼 201101）
（1）網址：www.guji.com.cn
（2）E-mail：guji1@guji.com.cn
（3）易文網網址：www.ewen.co
常州市金壇古籍印刷有限公司印刷
開本 850×1168 1/32 印張 16.375 插頁 7 字數 346,000
2023 年 11 月第 1 版 2023 年 11 月第 1 次印刷
印數：1—1,000
ISBN 978-7-5732-0926-9
I·3765 精裝定價：88.00 元

金石垂家訓書霞結大年子為天下士身
是地行儒人瑞量辰柔門為驅馬闌持
觴童授儿名福克能全　壬子仲夏　祝
文翁老先生榮壽華正　龔鼎孳

龔鼎孳手迹一

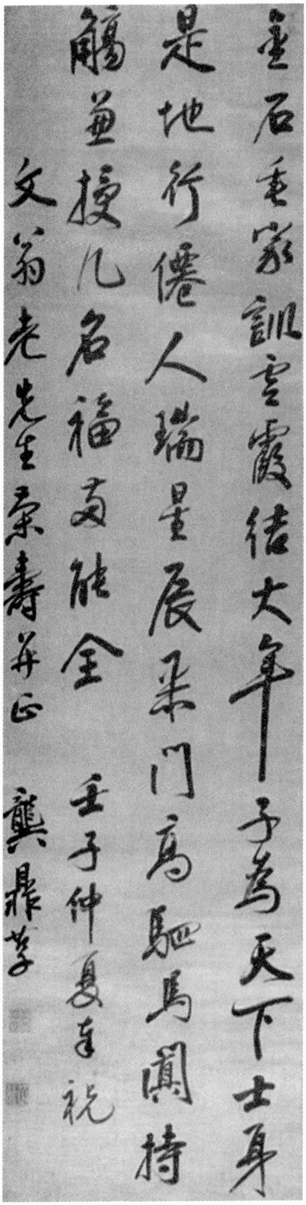

龚鼎孳手迹二

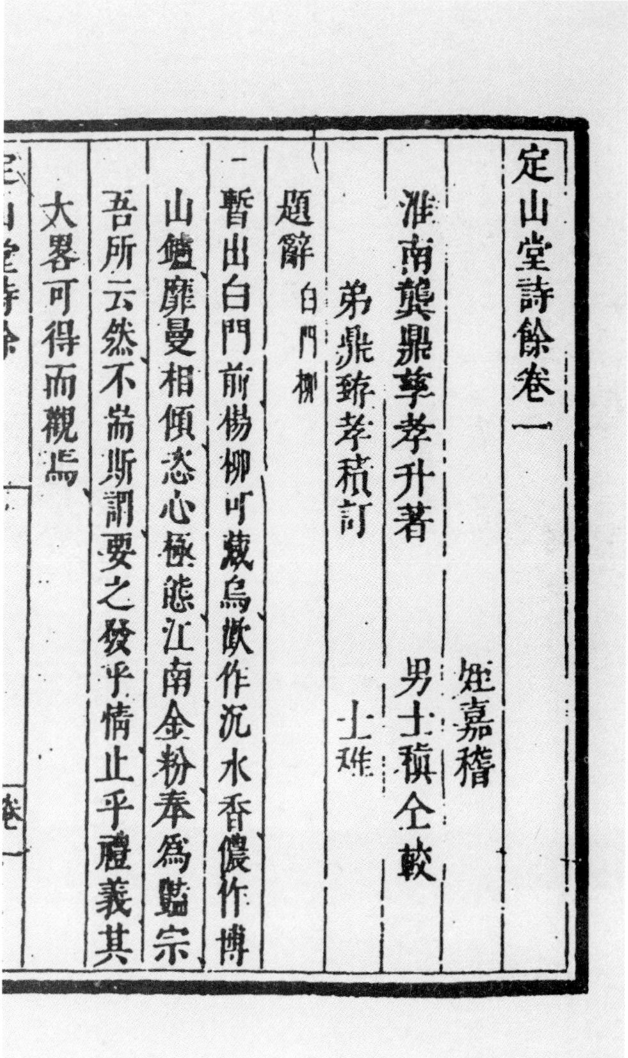

定山堂詩餘卷一

淮南龔鼎孳孝升著　男士稹仝較

弟鼎孶孝積訂　士稚

姪嘉稽

題辭　白門柳

一暫出白門前楊柳可藏烏歘作沉水香儂作博山鑪靡曼相傾蕩心極態江南金粉奉爲臨宗吾所云然不崙斯謂要之發乎情止乎禮義其大畧可得而覩焉

康熙十五年（一六七六）吴興祚刻《定山堂詩餘》書影

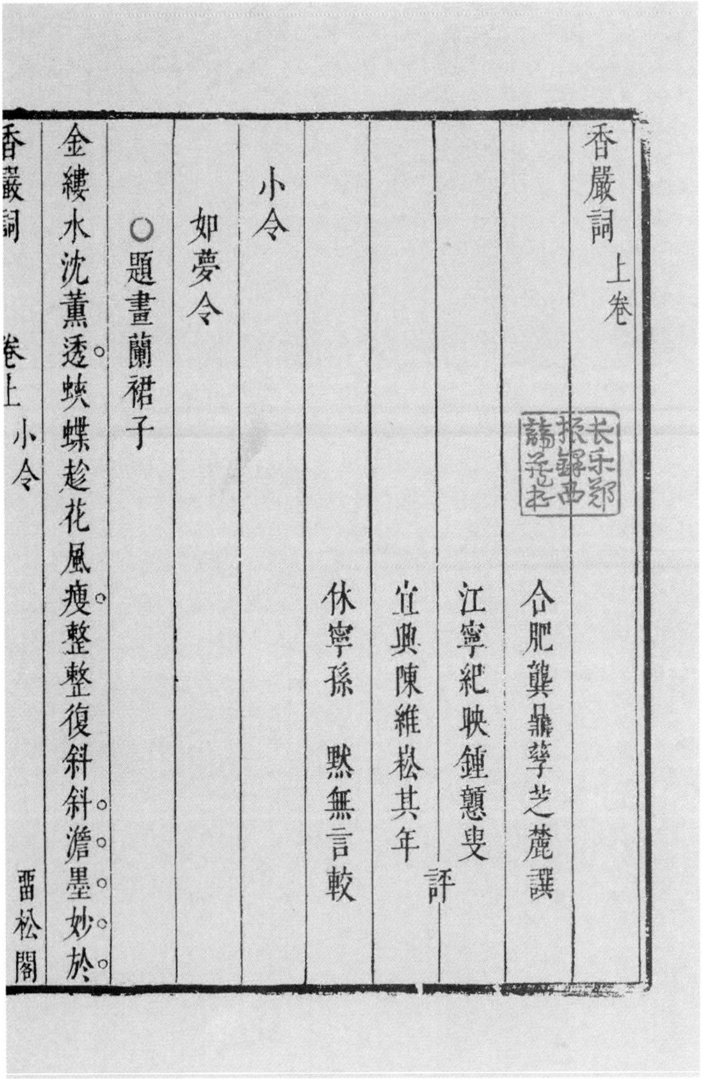
香嚴詞上卷

合肥龔鼎孳芝麓譔

江寧紀映鍾憩叟

宜興陳維崧其年　評

休寧孫默無言較

小令

如夢令

○題畫蘭裙子

金縷水沈薰透。蛺蝶趁花風瘦。整整復斜斜。澹墨妙於

香嚴詞　卷上　小令　　留松閣

康熙十六年（一六七七）孫默刻留松閣本《香嚴詞》書影

前言

龔鼎孳是明末清初著名的人物，他歷仕明、李自成大順、清三朝，是明清易代時期風雲變换的見證者，也是當時許多重要歷史事件的參與者。他的一生跌宕起伏，毁譽皆達到極致。龔鼎孳在順治、康熙初年一直在朝中任職。在順治朝後期曾因故連降十五級，備受磨難。在康熙朝十餘年，居朝廷樞要，顯赫一時。不意在死後的乾隆朝被列入「貳臣」，遭遇毁名毁版，名譽盡毁。龔鼎孳是清初著名的文壇領袖，詩、詞、文各體兼擅，其詩歌與吴偉業、錢謙益並稱爲「江左三大家」。龔鼎孳的詞在生前和身後均享有盛譽，尤以長調開一代風氣，對清初詞風的轉變産生了重要的影響，乃清詞中興的開創者。

一

龔鼎孳（一六一六——一六七三）字孝升，號芝麓，安徽合肥人。龔鼎孳的一生大體可分爲四個階段。

第一階段，明代生活時期。萬曆四十三年至崇禎十七年春（一六一六—一六四四），從出生到三十歲，此間龔鼎孳從求學登第到初步政壇，意氣風發，文名漸顯，在政壇嶄露頭角。明萬曆四十三年十一月十七日（一六一六年一月五日），龔鼎孳出生於合肥，當時院子裏長出紫色的靈芝，因此號芝麓。龔鼎孳天資聰慧，少年時代在長輩的指導和督責下奮發讀書，明崇禎六年（一六三三），龔鼎孳十九歲，鄉試中舉；翌年，成進士。少年成名，光耀門庭，備受世人矚目。崇禎八年（一六三五）龔鼎孳被授予湖北蘄水（今湖北浠水）知縣。任職期間，勤於政務，精于治理，政績卓著，深得民心。「蘄人父母稱之，神明奉之，請祀於名宦且專祠設像」（龔永孚《浠川政譜序》）。崇禎十四年（一六四一），龔鼎孳以考績湖廣第一行取入都，升任兵科給事中。崇禎十五年（一六四二），龔鼎孳面見崇禎皇帝，得到嘉賞，即日命察理畿南、廣平等處，頗受重用。龔鼎孳踔厲奮發，曾經「一月書凡十七上」（嚴正矩《大宗伯龔端毅公傳》），直聲滿於朝垣。

崇禎十六年（一六四三）十月初，龔鼎孳因彈劾權臣而忤旨，被投入監獄。明代黨争激烈，詔獄黑暗，龔鼎孳身陷囹圄，前途未卜，在淒寒中度過了一段愁慘的日子。崇禎十七年（一六四四）二月，龔鼎孳被釋出獄。出獄的龔鼎孳馬上要經歷的是明朝大厦傾覆的巨變。

第二階段，兩易其主的動盪時期。崇禎十七年（順治元年，一六四四）三月至順治七年（一六五〇），此六年之中，龔鼎孳經歷國變，先迫降大順，繼而出仕清朝。伴隨着人生的坎坷、情感的煎熬，其政治生涯也走入低谷。

公元一六四四年是風雲突變的一年。李自成入京，明帝自縊，清軍入關，史稱甲申之變。三月李自成攻陷北京，三月十九日明思宗朱由檢自縊於煤山，城中大亂，士子臣民倉惶失志，奔突流離。李自成軍以《縉紳録》按名搜索各路官員，一時明朝大臣官員或殞身殉難，或屈膝投降，或進或退，生死異路。龔鼎孳被李自成軍擄去，備受棰楚脅迫，只能降順，被授直指使一職，奉命巡視北城。這段經歷成爲他後來在朝野備受詬病的污點。四月底，李自成軍敗逃離北京。五月初，清軍入京師，召明朝各級官員皆按原職録用，龔鼎孳被授以吏科右給事中一職。從三月至五月，龔鼎孳數月之内身事三主，雖有求死之心、有切膚之痛、有屈從之辱，最終身負不堪聲名。這一年，龔鼎孳恰好三十歲，本正當風華，卻成了他生命中烙印最爲深重的一年，讓他終生隱痛難抑，同時也成了他心態轉變的重要分水嶺，他曾自述入清後之生涯爲「不才失路，流浪風塵。愁喜無端，笑啼不敢」（龔鼎孳《答曹秋岳四則》其二）。「失路」一詞最能表現龔鼎孳當時的迷惘苦悶的心情。順治三年（一六四六）四月，龔鼎孳父親龔孚肅卒於合肥里第，龔鼎孳回鄉守制，除居住於合肥里第外，亦往來於金陵、揚州、鎮江、杭州等地。

第三階段，朝中建樹時期。順治八年至康熙二年（一六五一—一六六三），任職京師十二年間，雖幾經升沉起伏，但龔鼎孳在朝中一直勤勉任職，精心治政，負性敢言，頗有作爲，不改本色。順治七年（一六五〇），龔鼎孳北返京師，九年（一六五二）補館卿，繼續任職。順治帝對才情卓異的龔鼎孳頗有好感，據記載順治皇帝「嘗在禁中歎曰：『龔某真才子也！』」（王晫《今世説》卷二）龔鼎孳因與大学士陳名夏有隙，再次遭到排擠處分，本擬遷至外藩任職，後因得到順治帝的讚譽，非但没有外遷，反而升職刑部右侍郎。順治十一年（一六五四）二月，龔鼎孳轉户部侍郎，五月又升至都察院左都御史。任職一年期間，疏章累百，提出了許多洞察時局、革除政弊、改善民生的主張，表現出强烈的責任感和剛健的魄力，他的才幹進一步得到朝廷的認可。

清朝本是滿族執掌皇權，清初滿人特權很多，滿漢不平等現象十分明顯。按照清朝的官制，各部衙門均設置滿、漢兩位主官共同主持政務，然而朝廷官員中，往往滿官趾高氣揚，漢官畏首畏尾，龔鼎孳雖身爲漢官卻不避忌諱，力圖革除此弊。順治十年（一六五三）在刑部任上時，龔鼎孳上疏指出滿漢不平等現象，建言力促改善漢族官員在朝廷中的職權，在朝中極力爲漢人争取利益。龔鼎孳的這種做法在漢族官民中贏得了聲譽，但因觸犯滿族的利益終於招致了順治帝的不滿，下詔指斥龔鼎孳偏袒漢人，措辭嚴厲，詔下部議革職，降八級調用。順治十三年（一六五六）四月，被連降多級的龔鼎孳補上林苑藩育署署丞。後又因朱四獄案及所薦用之順天巡撫顧仁貪污伏法而再降四級調用。順治十七年又遭「素行不孚衆論」（《清史列傳》卷七九《貳臣傳乙·龔鼎孳》）之咎而復降三級。數年之間連降十五級，成爲清朝歷史上的奇觀，龔鼎孳遭遇了政治生涯中的又一次低谷時期。不久龔鼎孳奉旨頒詔廣東。康熙二年（一六六三）六月，龔鼎孳起任左都御史。龔鼎孳在順治朝雖有坎坷，仕途卻基本順達，這與龔鼎孳富於才華和能力並得到順治皇帝的賞識有關。

第四階段，主盟京師文壇時期。康熙三年至康熙十二年（一六六四—一六七三），這是龔鼎孳生命中的最後十年，這期間他一直身居高位，晚年的龔鼎孳心態趨於平和，更加惜才愛士，獎掖後進，扶持善類，振恤孤寒。負士林之望，領袖京師文壇。康熙三年（一六六四）十一月，龔鼎孳調爲刑部尚書。此年龔鼎孳五十歲，身經多變，暮年心事漸重。主政刑部時，常懷惻隱之心，在審核案件時常常反復參詳，發現冤情必然爲之昭雪。康熙五年（一六六六）九月，龔鼎孳調任兵部尚書。任職期間，區劃方略，嚴明紀律，恪盡職守，仍頗有作爲。康熙六年，龔鼎孳上《請寬奏銷以廣恩詔疏》，「奏銷案」所涉及的縉紳士人之中多有明代遺民的背景。「奏銷案」與清初的「科場案」，同是清廷爲打擊江南地區漢族特別是縉紳士族反清情緒而做出的重大舉措，影響深遠，足令無數士子噤若寒蟬。龔鼎孳就「奏銷案」上疏，要冒很大風險，當時即有人勸説龔鼎孳要出語謹慎，龔鼎孳毅然説道：「以我一官，贖千萬人職，何不可！」（嚴正矩《大宗伯龔端毅公傳》）龔鼎孳爲因「奏銷案」戴罪的士人請命，在當時贏得了廣泛的讚譽，「天下誦之」（董含《三岡識略》卷四）。

康熙八年（一六六九），龔鼎孳五十五歲，五月調任禮部尚書。康熙九年（一六七〇）春，龔鼎孳奉旨主持會試，作爲主考官，選得宮夢仁、徐乾學等三百零八人。康熙十一年（一六七二），五十八歲的龔鼎孳遘疾，康熙帝曾派遣侍衛、御醫、學士前去探望。康熙十二年（一六七三）春，龔鼎孳再次奉旨主持會試，汲引英雋，得韓菼、納蘭性德等一百五十八人。此年八月，龔鼎孳病情加重，便上疏痛切乞骸歸。康熙帝念其情懇，特令允其回鄉，並下令病痊之後繼續起用。未及動身，九月十二日，卒於京城官邸。此年十二月，龔家眷奉旨回鄉安葬龔鼎孳，朝廷特賜謚號端毅。康熙十七年(一六七八)又爲之立碑，康熙皇帝撰寫的碑文云：「龔鼎孳性行端良，才猷敏練，歷任要職，素著清勤。因積勞而成疴，令解任以調攝，方俟病痊，以需召用。忽聞長逝，朕甚悼焉。特賜謚曰端毅，勒諸貞珉，永光泉壤。國典臣誼，庶其昭垂無斁哉！」(《龔端毅公奏疏》卷首附)

然而，龔鼎孳在辭世百年之後卻遭罹災禍。乾隆年間，清廷爲了進一步强化統治，凝聚臣民的向心力，特地表彰易代之際的忠臣義士，也相應地貶斥由明仕清之降臣，龔鼎孳亦在貶斥之列。乾隆皇帝對龔鼎孳極爲厭惡，斥道：「龔鼎孳，曾降闖賊，受其僞職，旋更投順本朝，並爲清流所不齒。而其再仕以後，惟務靦顏持禄，毫無事蹟足稱。」乾隆年間，龔鼎孳被削去謚號，他與錢謙益等人的作品一併遭到禁毁，並且與錢謙益、吴偉業、周亮工、曹溶等這些由明仕清者同被列入《清史列傳·貳臣傳》。

龔鼎孳是一個頗受争議的歷史人物。上文多從正面對龔鼎孳的生平加以評述，然而在當時以及後世，對他的「惡評」也頗爲激烈。首先是他的政治失節的問題。龔鼎孳先降李自成，後降清朝，被人指斥爲「闖來則降闖，滿來則降滿」，兩度變節，後來的乾隆皇帝對龔鼎孳的厭惡也主要由此。其次是他與顧媚的「愛情故事」，議者亦有從文人狎褻角度發難。

客觀看待龔鼎孶的人生軌跡和心路歷程，可以認爲，龔鼎孶是一個特殊歷史時期的特殊歷史人物，同時也是一個曾起過重要作用的歷史人物。

二

龔鼎孶的詞在清初詞壇具有重要的意義。明末清初正是詞壇發生深刻變化的前夜，是由明代「中衰」走向清代「中興」的關鍵時期，龔鼎孶在此時期發揮了重要作用。顧貞觀指出清初龔鼎孶等人的詞：「借長短句以吐其胸中，始而微有寄託，久則務爲諧暢。」（《答秋田求詞序書》）他們的詞從明代風花雪月、無病呻吟中振作起來，在詞中融入真情實感，由此健康的詞風開始形成。

龔鼎孶詞作的主題主要有兩類：言情詞和抒懷詞。

龔鼎孶的詞集《定山堂詩餘》四卷是以編年結合主題紀事編纂的。龔鼎孶的言情詞以《定山堂詩餘》卷一之《白門柳》爲主，此乃記述龔鼎孶與顧媚情緣之專集。

崇禎十五年（一六四二），龔鼎孶途經金陵，與顧媚定情于眉樓。龔鼎孶與顧媚的愛情故事一直是坊間津津樂道的話題，也是龔鼎孶最投入最綿長的情感經歷。顧媚，字横波，又字眉生，初爲秦淮名姝，與董小宛、柳如是、李香君、卞玉京、陳圓圓等同有「秦淮八艷」之稱。顧媚色藝俱佳，性情疏朗俊脱，詩詞兼通，善畫蘭蕙，聲名甚盛。顧媚與龔鼎孳於崇禎十五年定情，崇禎十六年（一六四三）中秋，始抵達京都。從此恩怨相隨，不離不棄，一生相伴。崇禎十七年（一六四四）三月，李自成農民軍攻陷北京，危難之際，龔鼎孳與顧媚携手投井，試圖以死殉節，龔鼎孳有《綺羅香》詞記載此事。龔顧二人情趣相投，恩愛有加，其情分已經迥然有别於一般的士妓戀情。顧媚是龔鼎孳的紅顔知己，也是生命中最重要的依賴寄託。

《白門柳》記述了龔顧二人初識相戀、别後相憶、輾轉相逢、禍福相隨、亂後相依以至生死相隔的感情軌跡，清初人曾稱《白門柳》爲「傳奇」（余懷《板橋雜記》），《白門柳》完整地表現了龔顧婚戀故事之全過程，若從這一角度看，以「傳奇」稱之亦頗貼切。龔顧情緣的言情詞，不同於花間樽前的艷情，也不同於一般閨襜之情，而是合容貌之悦、性情相合、志道相同、患難與共爲一體的愛情詞。這種成系列的情緣組詞在詞史上可稱奇葩。

龔鼎孳情詞的重要特點是沉鬱而不輕浮，如其《望海潮·感春》：「江山如此，年華依舊，分明又度春宵。銀鴨吐香，蓮銅滴月，朱欄瘦拂長條。閒倚玉屏腰。見鬟雲送懶，羅襪藏嬌。怕被花窺，一天風露近藍橋。幽情慣是無聊。記青綾寵愛，紅硏豐標。隋苑鶯殘，吴宫葉冷，蒼茫昨日今朝。清夢轉迢迢。望碧天草色，煙雨淒遥。無計留春，淚絲偷印美人蕉。」此詞表面是感懷與顧媚的昔年情事，實則將家國身世之感打併入艷情。清初人聶先評龔詞曰「其聲宛轉沉鬱，悲壯激揚，爲之踴躍，爲之黯然」（《百名家詞鈔》），誠非虛語。

龔鼎孳的抒懷詞主要載於《定山堂詩餘》卷二至卷四。《定山堂詩餘》的第二卷題爲「綺懺」，題辭云：「吾不能綺，而詭之乎懺，然則吾不當懺綺語，當懺妄語矣。」所謂「妄語」是不合正統思想之語。卷二所録大致是康熙二年（一六六三）之前《白門柳》之外的詞作。入清至康熙二年之前，龔鼎孳仕途坎坷，屢受打擊，此時的詞作多抒抑鬱不平之慨，或激憤難抑，或遺世放曠。《定山堂詩餘》卷三、卷四無標題，唯卷三注明「此卷以下皆癸卯後香嚴齋存稿」，「癸卯」爲康熙二年（一六六三），可知卷三、卷四所收是龔鼎孳生命最後十年的詞。十年間龔鼎孳仕途通達，多年身居高位，且領袖文壇，只是垂暮之感不時襲來，時常抒發人生不常的感慨。

《定山堂詩餘》的詞作從題目上看有酬酢贈答、述懷、詠史、懷古、詠物等，但無論寫山川景物，還是世事人生，無論是觀照自己的心路情感還是感慨他人的遭際磨難，詞作的主題大多集中在抒發人生感慨和反思。在贈答詞中更融入了自己對榮辱興衰的深沉感慨；在以「述懷」「感懷」「寓懷」等爲題的述懷詞中，往往充塞著一種箇人顛簸於命運的塵囂濁浪中的無力與淒傷。如其《一落索》：「失路酒狂悲苦。目隨雲去。等閒畫閣似扁舟，單欠著、風和雨。約定滄江煙樹。先傳鯉素。莫將香粉笑鴟彝，天送與、藏身處。」失節的痛悔，新朝的失意，前途的迷茫，是他「失路」苦悶的多重因素。龔詞中還有相當一部分述懷詞，乃有感于風物時序而作，最有代表性的要數感春詞，龔鼎孳的感春詞雖多以「感春」「送春」「惜春」「追春」「春憶」「春恨」

等爲題，卻非一般意義上的傷春之作，而多是凝結着身世家國之感的托喻之作。如前述《望海潮·感春》，雖然時值春宵，詞人感受到的卻是蕭條和淒清。在龔鼎孳的筆下，「春」已經不是一個簡單的節序輪回，而是一個有着極其沉重悲劇意味的象徵。《定山堂詩餘》中的詠史懷古詞爲數不多，均收於卷二《綺懺》一集中。龔鼎孳所詠對象有開國之君錢鏐，赤膽孤臣岳飛、于謙、伍子胥，文人高士白居易、蘇軾、林逋，錢塘名妓蘇小小、出塞宮女王昭君等。龔鼎孳的詠史懷古詞在歷史的懷思之外大多包藴着深沉的現實感慨，悲慨豪宕而又寄託深沉。

龔鼎孳填詞既工於小令，又擅長長調。他的小令「句香字艷，直逼《花間》《尊前》」（毛奇齡《香嚴齋詞話》），尤侗形容爲「如花間美人，更覺嫵媚」（《三十二芙蓉詞序》），體現了唐宋詞以「當行本色」爲美的傳統。

龔鼎孳的長調在詞史上更有意義。明末清初詞壇流行小令而排斥長調，在當時影響甚大的雲間詞派提出要「專意小令」（沈億年《支機集·凡例》），其偏頗即在於「長篇不足」（鄒祗謨《遠志齋詞衷》）。長調慢詞有信息容量大、層次變化多和抒情宜於跌宕起伏的特點，清詞中興與長調的興盛有着内在的關係。龔鼎孳是清初最早大量創作長調的詞人，開風氣之先。彭孫遹云：「長調之難於小調者，難於語氣貫串，不冗不複，徘徊宛轉，自然成文。今人作詞，中小調獨多，長調寥寥不概見，當由興寄所成，非專詣耳。唯龔中丞芊綿温麗，無美不臻，直奪宋人之席。」（《金粟詞話》）龔鼎孳的長調起步早、數量多、影響大，時人對其長調的稱道於事實有徵。

龔鼎孳詞集中多有長調，其傳世詞作共二〇六首，其中長調九十二首，僅從數量上看，在清初詞人中也是非常突出的。如果考察刊刻于順治末年的《倚聲初集》中所收龔鼎孳詞，或可有新的認識。《倚聲初集》中收録龔鼎孳詞共六〇首，其中小令十九首、中調十首、長調三十一首，中長調超過三分之二。龔詞中《賀新郎》一調就有三十二首之多，其中又有二十三首「剪」字韻的《賀新郎》，「大部分抒寫其久經浮沉的感受以及和遺逸故交一起憶念舊事。詞情或蕭瑟、或清曠、或鬱勃、或深沉，皆以氣勢馭才情，功力至深」（嚴迪昌《清詞史》）。與當時其他知名詞人相比，龔鼎孳的長調數量也是十分突出的。龔鼎孳的長調詞作多作于他的人生後期，格調沉雄，色彩凝重而又不乏慷慨激昂之氣。

值得特别注意的是，龔鼎孳的長調與南宋詞的關係。鄒祗謨説：「清真、樂章以短調行長調，故滔滔莽莽處，如唐初四傑作七古，嫌其不能盡變。至姜、史、高、吴，而融篇、煉句、琢字之法，無一不備。今惟合肥兼擅其勝。」（《遠志齋詞衷》）鄒祗謨將宋代的長調分爲兩體：以周邦彦、柳永爲代表的北宋體和以姜夔、史達祖、高觀國、吴文英爲代表的南宋體。鄒祗謨認爲北宋體的長調尚帶有小令的餘習，還不是成熟的長調，好比初唐詩之于其後的盛唐七古詩歌。而南宋體的長調「融篇、煉句、琢字之法，無一不備」，已經是完備的長調體制了。鄒祗謨認爲龔鼎孳的長調正是後者。應該説這是一個很深刻的認識。王士禛亦云：「雲間數公論詩拘格律，崇神韻。然拘于方幅，泥於時代，不免爲識者所少。其於詞，亦不欲涉南宋一筆，佳處在此，短處亦坐此。合肥乃備極才情，變化不測。」（《花草蒙拾》）北宋、南宋的時代概念與小令、長調的體製概念有内在的聯繫，王士禛批評雲間詞派「拘于方幅，泥於時代」，推崇小令、北宋（含唐五代），排斥長調、南宋。是結合「方幅」和「時代」的系統批評，龔鼎孳的長調創作不僅是對雲間詞派的系統突破，對即將登上詞壇中心的以推尊南宋詞而聞名的浙西詞派亦有深刻的影響。在清初，談及長調決不是簡單的體製問題，論及南宋也決不僅僅是時代問題，長調、南宋的概念具有深刻的意涵指向。龔鼎孳在多作長調、取法南宋的方面開風氣之先，具有重要的文學史意義。

三

龔鼎孳在清初詞名甚盛，生前身後均有詞集刊行。傳世的龔鼎孳詞集共有三種版本：《香嚴齋詞》《定山堂詩餘》和《香嚴詞》，前一種爲龔鼎孳生前刊行，後兩種皆龔氏歿後編纂。介紹如下：

（一）《香嚴齋詞》一卷，附詞話一卷。康熙十一年（一六七二）徐釚刻本，乃龔詞最早的刻本。《香嚴齋詞》前有尤侗和宋實穎兩篇序文，尤序稱：「松陵徐電發匯刻其《香嚴齋三十二芙蓉集》」，可知《香嚴齋詞》即《香嚴齋三十二芙蓉集》，或稱《香嚴齋三十二芙蓉詞》《三十二芙蓉齋詞》。卷末有徐釚的《跋》：「康熙壬子梅花開日，過玉磬山房，宋既庭先生手校合肥尚書《香嚴齋三十二芙蓉詞》一卷，命釚效校讎之役，既卒業（以下原書殘）。」可知宋實穎（一六二一——一七〇五，字既庭，江蘇長洲人）曾參與《香嚴齋詞》的整理工作，編成由徐釚刊刻。宋實穎寫於康熙壬子年的《序》稱：「會予門士徐子電發梓先生《三十二芙蓉詞》竣，將持是集以謁先生。」康熙壬子年爲康熙十一年（一六七二），正是龔鼎孳辭世的前一年。因而《香嚴齋詞》是龔鼎孳生前唯一詞集刻本。此本收詞一百三十五首，與龔詞後出的兩種詞別集相比收詞最少。《香嚴齋詞》爲編年體，與後出的同爲編年體的《定山堂詩餘》相比對，兩書卷一、卷二及卷三的部分篇目，順序完全相同，《定山堂詩餘》卷三的大部分及卷四的篇目未收。由此可以得出以下認識：第一，《香嚴齋詞》與《定山堂詩餘》同出一源；第二，《香嚴齋詞》收詞較少的原因是徐釚當時見到的龔氏家藏稿本收詞數量如此，之後稿本收詞數量又有增加，徐釚已經來不及收入，而晚出的吴刻《定山堂詩餘》收詞數量自然有所增加。

（二）《定山堂詩餘》四卷，有康熙十五年吴興祚刻本，卷首有「西泠十子」之一丁澎序。收詞二百零二首。此集卷一題爲「白門柳」，卷二題爲「綺懺」，卷三、卷四無標題，唯卷三注明「案：此卷以下皆癸卯後香嚴齋存稿」，「癸卯」爲康熙二年（一六六三），可知卷三、卷四所收是龔鼎孳生命最後十年的詞。據研究，卷一「白門柳」、卷二「綺懺」皆爲編年加專題的編纂方式，如「白門柳」就是記録龔鼎孳與顧媚愛情故事的專題詞卷。卷三之後所收之詞正是較《香嚴齋詞》多出的部分。由《香嚴齋詞》和《定山堂詩餘》的存在可以判定，兩本同出龔氏家藏稿本，這個稿本是編年排列的，應藏于龔鼎孳身邊，徐釚、吴興祚分别在龔鼎孳生前和身後由這個稿本抄録，由於抄録的時間有距離，底本所收之詞也有多少的不同，於是兩本收詞也有多少的不同。《定山堂詩餘》流傳較廣，後世刊刻龔詞多以此本爲底本，如清光緒九年（一八八三）聖彝書屋刻本、民國十三年（一九二四）龔氏瞻麓齋刻本等皆以此本爲底本。民國二十六年（一九三七）上海開明書店排印本《清名家詞》中的《定山堂詩餘》亦以此本爲底本，以康熙十一年徐釚刻本爲參校本校勘整理。中華書局《四部備要》本《定山堂詩餘》採用此本影印。近時《續修四庫全書》所收亦爲此本。《全清詞・順康卷》龔鼎孳詞部分，以此本爲底本點校。

（三）孫默留松閣《十六家詞》本的《香嚴詞》二卷，紀映鍾作序。《香嚴詞》爲分調本，小令、中調爲一卷，長調爲一卷，共收詞一百九十首，每首詞後都附有時人如陳維崧、紀映鍾、鄒祗謨等人的評語。據紀氏序稱：「黄山孫子無言宿善詞學，于海内名家盡空其篋衍，而剞劂以傳，尤與端毅公有《花間》之契。今公人琴俱亡，孫子感車過腹痛，因取其數年所寄諸帙，更博采而手訂之。」可知孫默編《香嚴詞》乃在龔鼎孳去世之後，刊刻於康熙十六年（一六七七）。需要特别説明的是，孫默分批匯刻「十六家詞」，其中吴偉業、梁清標、龔鼎孳三人的詞集最後刻成（汪懋麟《棠村詞序》）。此時距龔鼎孳去世孫默开始着手收集編纂龔氏詞集已經四年。後來雍正間查禁文字，涉及龔鼎孳的文字被禁毁，《十六家詞》收入《四庫全書》時，《香嚴詞》遭到抽毁，遂改稱《十五家詞》。

考察《定山堂詩餘》與《香嚴詞》的關係，經過比勘可知，從全本詞作數量來看，《定山堂詩餘》較《香嚴詞》多出十二首，可以推測：龔氏應有家藏詞集稿本，此爲《定山堂詩餘》和《香嚴詞》兩書共同的源頭。《定山堂詩餘》與《香嚴詞》皆自康熙十二年龔鼎孳殁後開始編纂，《定山堂詩餘》刻成於康熙十五年（一六七六）；《香嚴詞》刻成於康熙十六年（一六七七）。兩書分別進行，互相沒有傳承關係。《定山堂詩餘》保留的是龔鼎孳詞稿本編排方式的原始面貌，以年編排，又搜集龔氏晚年的詞作匯而刻之。①孫默編《香嚴詞》則採取分調編排。兩書文字多有不同，如《定山堂詩餘》中稱顧媚爲「善持君」，《香嚴詞》均作「内人」，此與徐釚刻《香嚴齋詞》的用法相同。如《桃源憶故人・同善持君湖舫送春用少游春閨韻》，以及《羅敷媚》小序：「五月十四夜，湖風酣暢，月明如洗，繁星盡斂，天水一碧，偕善持君系艇於寓樓下，剥菱煮芡，小飲達曙。」兩處稱爲「善持君」，徐刻《香嚴齋詞》和孫刻《香嚴詞》均作「内人」。需要補充説明的是這種「内人」的稱謂與龔鼎孳生前刊刻的詩集如《龔芝麓先生集》《尊拙齋集》《香嚴齋集》《過嶺集》相同②。可見「内人」之稱是龔鼎孳生前的一貫用法，也是其填詞時的原始文字面貌。《定山堂詩

① 紀映鍾《香嚴詞序》云：「端毅公病中尚有詞十餘首，易簀之前三日重九，尚拈一調絶筆也，今藏家笥。」指的就是《香嚴詞》之外的詞作，可能就是《定山堂詩餘》所補的十餘首。

② 如《定山堂詩集》卷一《雨中同閨人善持君泛舟雷峰諸勝》，《龔芝麓先生集》《尊拙齋集》均題作《雨中同内人泛舟雷峰諸勝》；卷九《善持君臥病枕上口占》四首，《龔芝麓先生集》題作《内人臥病枕上口占》；卷十一《月夜虎林與善持君言別》，《龔芝麓先生集》《香嚴齋集》題作《月夜虎林與内人言別》，《過嶺集》作《月夜虎林別内》。全書無一例外。

餘》中改「内人」爲「善持君」，將夫妻稱謂改爲一般稱謂，換言之，是從稱謂上將顧媚排斥于「妻子」身份之外，編輯者吴興祚如此改動應該是在龔鼎孳殁後吸納龔氏後人出於「爲尊者諱」的意見的做法。

《定山堂詩餘》之外，龔鼎孳的詞可從《香嚴詞》及清初幾種詞選如《瑶華集》《今詞苑》中補録四首，具見補編。

四

清初人蔣景祁述及清初詞壇的狀況：「自濟南王阮亭先生官揚州，倡倚聲之學，其上有吴梅村、龔芝麓、曹秋岳先生主持之。」（《湖海樓詞集序》）顧貞觀也説：「國初輦轂諸公……香岩、倦圃，領袖一時。」（《答秋田求詞序書》）蔣、顧二人皆提到了龔鼎孳（芝麓、香岩）的地位和影響。龔鼎孳在清初詞壇是名副其實的領袖，他對晚輩後學或資助、或舉薦、或表彰，有長者之仁愛、伯樂之境界，因此赢得當時和後世的推譽和稱頌。

清初人聶先云：「合肥才位德望，可謂盛矣。至其憐才好士，汲引後學，一往情深，久而彌篤，恐前哲名賢中，亦不易得也。」（《百名家詞鈔·香嚴齋詞》附）在詞壇上更是如此，康熙年間大放異彩的詞壇新星如陳維崧、朱彝尊、顧貞觀、徐釚等人都曾得到龔鼎孳的資助和推揚。

陳維崧（一六二五—一六八二），字其年，號迦陵。宜興（今屬江蘇）人。清初諸生，康熙十八年（一六七九）舉博學鴻詞，授翰林院檢討。陳維崧前半生飄零落魄，懷才不遇。龔鼎孳對他的才華十分欣賞，曾譽之「其年天下才」（龔鼎孳《與冒辟疆》）。康熙七年（一六六八），四十四歲的陳維崧赴京師，得到龔鼎孳的愛惜和譽揚，由此名聲日盛，成爲陽羨詞派的領袖。

朱彝尊（一六二九—一七〇九），字錫鬯，號竹垞，晚號小長蘆釣魚師，又號金風亭長。秀水（今浙江嘉興）人，亦於康熙十八年（一六七九）舉博學鴻詞，授翰林院檢討，入直南書房，曾參加纂修《明史》。康熙二年（一六六三）朱彝尊失意落魄，彷徨無著，游京師時曾得到龔氏夫婦資助和讚賞。清戴嚴年《秋燈叢話》載：「龔尚書芝麓顧夫人眉生，見朱竹垞詞『風急也，瀟瀟雨；風住也，瀟瀟雨』，傾奩以千金贈之。」（《心史叢刊・横波夫人考》）朱彝尊回憶在京師受到龔鼎孳的照顧：「京華留滯久，恒苦出無車。記憶惟公切，過從聽我疏。」（朱彝尊《龔尚書輓詩八首》其四）以龔氏此時在京師文壇的地位，對朱彝尊幫助顯然並不僅僅限於金錢層面。朱彝尊後以浙西詞派宗主的聲望主盟詞壇，龔鼎孳有推譽之恩。

顧貞觀（一六三七—一七一四），字華峰，號梁汾，江蘇無錫人。明末東林黨人顧憲成四世孫。貞觀工詩文，詞名尤著，著有《彈指詞》《積山岩集》等。顧貞觀與陳維崧、朱彝尊並稱明末清初「詞家三絶」，同時又與納蘭性德、曹貞吉共享「京華三絶」之譽。龔鼎孳于寺廟游覽時，見壁間題詩有顧貞觀「落葉滿天聲似雨，關卿何事不成眠」句，大爲驚歎，之後對顧貞觀多有賞譽和提攜，顧貞觀曾寓龔鼎孳門下，聲名日增。

徐釚（一六三六—一七〇八），字電發，號虹亭，又號拙存，晚號楓江漁父，江蘇吴江人，監生。康熙十二年（一六七三），龔鼎孳在臨殁之際，以江南才子徐釚囑託時任尚書的梁清標曰：「負才如虹亭，可使之不成名耶！」（《清史稿·文苑傳》）後以梁清標薦，康熙十八年（一六七九）徐釚召試博學鴻詞，授檢討，成爲聞名遐邇的才士。

康熙六年（一六六七），汪琬、程可則、劉體仁、梁熙、董文驥、李天馥、陳廷敬、程邑等在京師共組文社，王士禄、王士禛兄弟亦來參加，共推龔鼎孳爲盟主。其時，龔鼎孳在京師文名甚盛，威望甚高，領袖京師文壇。王士禛《香祖筆記》載：「康熙初，士人挾詩文游京師，必謁龔端毅公。」當其去世時，大江南北許多才士失聲痛哭，海内名流多有詩文志之。有「紅豆詞人」之稱的吴綺挽詩云：「當年遇主偏辭寵，此世何人更愛才」（《追輓龔端毅宗伯公》）。朱彝尊有詩挽之，末句出語沉痛，「寄身逢掖賤，休作帝京游」（《龔尚書輓詩八首》其八）。訃聞江南時，陳維崧大慟，有詞《採桑子·和緯雲弟京邸春詞韻哭合肥夫子》哀悼：「有人來自尚書墓，燕子樓中。紅粉成空，樹樹哀楊夜起風。非公人盡嫌余懶，絮酒難從。疏散誰容，頭白羊曇路已窮。」

龔鼎孳有崇高的人望和領袖地位，兼具「識才」之目、「愛才」之胸、「舉才」之力。董遷説：「自錢謙益卒後，在位有文藻、負士林之望，首當推公。」（《龔芝麓年譜》）此言毫不誇張，也是他文（詞）壇領袖的最好寫照。

凡例

本書所用底本爲《定山堂詩餘》四卷，康熙十五年吴興祚刻本；

本書校以以下各本：

（一）《香嚴齋詞》一卷，據清康熙十一年徐釚刻本；

（二）《香嚴詞》二卷，據清康熙留松閣《國朝名家詩餘》本；

（三）鄒祗謨、王士禛輯《倚聲初集》，據清順治十七年刻本；

（四）聶先、曾王孫輯《百名家詞鈔》本《香嚴詞》一卷，據康熙緑蔭堂刻本；

（五）陳維崧等輯《今詞苑》，據清康熙十年南磵山房刻本；

（六）蔣景祁輯《瑶華集》，據清康熙間天藜閣刻本；

（七）納蘭性德、顧貞觀輯《今詞初集》，據清康熙刻本；

底本有明顯訛者徑改，於校語中説明。避諱字儘量保留原貌，不予改動。異體字酌予統一，不復出校。

目録

卷二　綺懺

卷三 癸卯後香嚴齋存稿

補編

附録

卷一　白門柳

題辭

暫出白門前，楊柳可藏烏。歡作沉水香，儂作博山鑪。靡曼相傾，恣心極態，江南金粉奉爲艷宗。吾所云然，不耑斯謂。要之發乎情，止乎禮義，其大略可得而觀焉。

東風第一枝　樓晤用史邦卿韻①

鳳絡霞絨，蓮鋪金索，橫橋檀霧吹暖②。玉奩半懶春妝，一笑上樓人淺③。朱衾畫幔，緊圍定、夢憨心軟。自題名、年少多情，不及杏梁朝燕④。雲母閣、主司〔一〕青眼。團扇第、書生〔二〕覿面⑤。醉扶璧月飛瓊⑥，鎖合柳烏⑦〔三〕小苑。珊瑚聯枕，楚雨逕、神峰如綫⑧。愛紫蘭、報放雙頭，恰好阮郎初見⑨。

【校】

〔一〕「主司」，《倚聲初集》作「初逢」。

〔二〕「書生」，《倚聲初集》作「還欣」。

〔三〕「烏」，《倚聲初集》作「枝」。

【注】

① 本詞與後三闋詞或作於崇禎十五年（一六四二）。龔鼎孳入金陵眉樓，情定顧媚，作此四詞。樓晤，晤於眉樓。眉樓，清陳文述有詩《青溪訪顧眉生眉樓遺址》，中有「艤棹青溪水閣頭，居人猶説舊眉樓」句，前有序云：「顧媚……所居曰眉樓，在青溪桃葉間。」顧媚（公元一六一九—一六六三年），字眉生，又名眉，適龔鼎孳後改姓徐，名横波，字智珠，號善持君。應天府上元縣（今江蘇南京）人。「秦淮八艷」之一。清陸以湉《冷廬雜識》卷七：「程春廬京丞博雅嗜古，所蓄書畫甚多。余曾於其姪銀灣參軍世樾處見顧横波小像一幅，丰姿嫣然，呼之欲出。上幅右方款二行云：『崇禎己卯七夕後二日寫於眉樓。』左方詩二首，云：『腰妒楊枝髮妒雲，斷魂鶯語夜深聞。秦樓應被東風誤，未遣羅敷嫁使君。淮南龔鼎孳題。』『識盡飄零苦，

而今始得家。燈煤知妾喜，特著兩頭花。庚辰正月廿三日燈下眉生顧媚書。』」崇禎己卯爲崇禎十二年（一六三九），庚辰爲崇禎十三年（一六四〇）。清王蘊章《然脂餘韻》卷五：「横波以癸未（按：崇禎十六年，一六四三）歸芝麓。己卯爲崇禎十二年，是時横波尚在風塵，雖有厭倦之意，初未允嫁芝麓，故龔詩云然。明年庚辰正月二十三，横波自題詩，則係已定嫁龔，又係甫經定約者，故不覺形諸筆墨。」若依王説，則龔顧二人相識至遲在崇禎十二年。張宏生、馮乾《〈白門柳〉：龔顧情緣與明清之際的詞風演進》對龔顧初識年份另闢一説，提出《白門柳》以「樓晤」爲題之四詞乃龔鼎孳作於崇禎十五年入京銓選「途次金陵」時（《中國社會科學》二〇〇一年第三期），可備一説。史邦卿，南宋詞人史達祖（一一六三—一二二〇？），字邦卿，號梅溪，汴（今河南開封）人。著有《梅溪詞》。本詞用史達祖《東風第一枝·咏春雪》（巧沁蘭心）韻。本詞可與龔鼎孳《定山堂詩集》卷三十六《登樓曲》四首同觀。其一：「曉窗染研注花名，淡掃臙脂玉案清。畫黛練裙都不屑，繡簾深處一書生。」其二：「芳閣詩懷待酒酬，粉箋香艷殢殘籌。隨風珠玉難收拾，記得題花愛並頭。」其三：「彩奩匀就百花香，碧玉紗厨掛錦囊。淡染春螺輕掠鬢，芙蓉人是内家妝。」其四：「未見先愁別恨深，那堪帆影度春陰。湖頭細雨樓頭笛，吹入孤衾夢裏心。」

②「鳳絡」三句：描繪青溪桃葉間舊院佳麗雲集、熱鬧繁華之境。鳳絡霞絨，蓋指女子戴有鳳釵、彩色絨花等頭飾。金索，或謂女子之裝飾物。宋程俱《有美一人》其三：「有美一人在南浦，月

明采珠光照渚。瑶衣被體金索縷，獨抱幽寒沫烟雨。」蓮鋪金索，蓋指繪有蓮花圖案的裝飾物。横橋，或指長板橋。檀霧，檀香。横橋檀霧吹暖，蓋化用明焦竑《和余學士金陵登覽詩二十首·長干里》之意以摹繪長板橋之繁華氣象：「長干古阡陌，佳麗擅名都。花月三春暮，衣冠六代餘。橋星隨寶馬，檀霧雜巾車。絲管淹良夜，嚴城鐘漏徂。」清余懷《板橋雜記》：「舊院人稱曲中……長板橋在院墻外數十步……回光、鷲峰兩寺夾之，中山東花園亘其前，秦淮朱雀桁繞其後……每當夜凉人定，風清月朗，名士傾城，簪花約鬢，携手閑行，憑欄徙倚。忽遇彼姝，笑言宴宴。此吹洞蕭，彼度妙曲，萬籟皆寂，游魚出聽。洵太平盛事也。」

③「玉奩」二句：描摹顧媚慵施粉黛，嫣然巧笑的動人情狀。玉奩，玉製的盛梳妝用品的器具。唐元稹《開元觀閒居酬吴士矩侍御三十韻》：「醮起彤庭燭，香開白玉奩。」

④「自題名」二句：謂詞人雖自詡多情，却比不上能朝夕栖息於眉樓杏梁之上的燕子。杏梁，文杏木所製的屋梁，言其屋宇的高貴。漢司馬相如《長門賦》：「刻木蘭以爲榱兮，飾文杏以爲梁。」

⑤「雲母閣」二句：詞人謂自己與顧媚相識於眉樓。雲母閣、團扇第皆指眉樓。主司，雲母閣主人，指顧媚。青眼，指對人喜愛或器重。與「白眼」相對。《世説新語·簡傲》「嵇康與吕安善」，劉孝標注引《晋百官名》：「嵇喜字公穆，歷揚州刺史，康兄也。阮籍遭喪，往吊之。籍能爲青白眼，見凡俗之士，以白眼對之。及喜往，籍不哭，見其白眼，喜不懌而退。康聞之，乃賫酒挾

琴而造之，遂相與善。」主司青眼，謂顧媚對自己傾心相許。書生，詞人自指。

⑥璧月飛瓊：月中仙女，此借指顧媚。璧月，對月亮的美稱。南朝梁簡文帝《慈覺寺碑序》：「龍星啓曜，璧月儀天。」飛瓊，仙女名，後泛指仙女。《漢武帝内傳》：「王母乃命諸侍女……許飛瓊鼓震靈之簧。」唐顧况《梁廣畫花歌》：「王母欲過劉徹家，飛瓊夜入雲軿車。」

⑦柳烏：棲息於柳樹的烏鴉。南朝樂府《楊叛兒》：「暫出白門前，楊柳可藏烏。歡作沉水香，儂作博山爐。」故「柳烏」亦是男女歡情的隱語。

⑧「楚雨」句：詞人用戰國宋玉《高唐賦》中楚王游高唐遇巫山神女并與之歡會之典，以此隱喻自己與顧媚間的歡愛情事。

⑨「愛紫蘭」二句：詞人意謂欣喜地看見紫蘭花開兩朵，這正是他與顧媚雙美遇合、兩情相悦的美好象徵。阮郎，漢明帝永平五年，會稽郡剡縣劉晨、阮肇共入天台山采藥，遇兩麗質仙女，被邀至家中，并招爲婿。半年後還鄉，發現人間已歷七世。事見《太平御覽》卷四十一引南朝宋劉義慶《幽明録》。阮郎本指阮肇，後亦借指與麗人結緣之男子。此處乃詞人自指。

【輯評】

王士禛：僕舊詞有云「欲覓瀟湘屏上路，楚山如黛少雙魚」，見先生「楚雨」七字，自覺我言爲煩。（《香嚴詞》卷下）

譚獻：有諷。（徐珂《清詞選輯評》卷上引）

【紀事】

余懷《板橋雜記》卷中：「顧媚，字眉生，又名眉。莊妍靚雅，風度超群。鬢髮如雲，桃花滿面。弓彎纖小，腰支輕亞。通文史，善畫蘭，追步馬守真，而姿容勝之。時人推爲南曲第一。家有眉樓，綺窗繡簾。牙籤玉軸，堆列几案；瑶琴錦瑟，陳設左右。香烟繚繞，檐馬丁當。余常戲之曰：『此非眉樓，乃迷樓也。』人遂以『迷樓』稱之。當是時，江南侈靡，文酒之宴，紅妝與烏巾紫裘相間，座無眉娘不樂。而尤艷顧家厨食，品差擬郇公、李太尉，以故設筵眉樓者無虚日……未幾，歸合肥龔尚書芝麓。尚書雄豪蓋代，視金玉如泥沙糞土，得眉娘佐之，益輕財好客，憐才下士，名譽盛於往時。客有求尚書詩文及乞畫蘭者，縑箋動盈篋笥，畫款所書『横波夫人』者也。歲丁酉，尚書挈夫人重過金陵，寓市隱園中林堂。值夫人生辰，張燈開宴，請召賓客數十百輩，命老梨園郭長春等演劇……」又：「顧眉生既屬龔芝麓，百計祈嗣，而卒無子。甚至雕異香木爲男，四肢俱動，錦綳繡褓，顧乳母開懷哺之。保母褰襟作便溺狀。内外通稱『小相公』，龔亦不之禁也。時龔以奉常寓湖上，杭人目爲『人妖』。後龔竟以顧爲亞妻。元配童氏，明兩封孺人。龔入仕本朝，歷官大宗伯。童夫人高尚，居合肥，不肯隨宦京師。且曰：『我經兩受明封，以後本朝恩典，讓顧太太可也。』顧遂專寵受封。」

誤佳期　其二〔一〕

香定剪風①羅幕。客踐籠燈②芳約。紅綃③沾酒下簾時，失記④登樓作。狂枕玉簫眠，軟絆金蟲⑤落。埽眉才子⑥賦多情，可是憐輕薄。

【校】

〔一〕《香嚴詞》題作「樓晤」。

【注】

①剪風：輕微而帶寒意的風。唐韓偓《寒食夜》：「惻惻輕寒剪剪風，杏花飄雪小桃紅。」

②籠燈：燈籠。

③紅綃：紅色薄綢。唐白居易《琵琶行》：「五陵年少爭纏頭，一曲紅綃不知數。」

④失記：忘記、遺忘。

⑤金蟲：婦女首飾。以黄金製成蟲形，故稱。南朝梁吴均《和蕭洗馬子顯古意》之一：「蓮花銜青雀，寶粟鈿金蟲。」

⑥埽眉才子：稱有文才的女子。因女子畫眉，故名。唐胡曾《寄薛濤》：「埽眉才子知多少，管領春風總不如。」一説爲王建作。此處借指顧媚。

【輯評】

嚴沆：香錦鬘雲，何其詭艷。（《香嚴詞》卷上）

鄒祗謨：中丞小詞，精麗非常，垂珠散錦，而又曳雪牽雲之妙，比之新都，繪琢處相似，而風韻

更爾不凡。（《倚聲初集》卷五）

鵲橋仙 其三 用向薌林七夕韻①〔一〕

紅箋記注，香麋匀染，生受緑蛾初畫②。挑琴擘阮太多能，自寫影、養花風下③。月低金管，帶飄珠席，兩好心情難罷④。芳時不慣是烏啼，願一世、小年爲夜⑤。

【校】

〔一〕《香嚴詞》題作「樓晤」；《倚聲初集》題作「樓晤，用向薌林七夕韻」。

【注】

① 向薌林：宋詞人向子諲（一〇八五—一一五二），字伯恭，自號薌林居士，先世爲開封人，後徙臨江（今江西清江）。有詞集名《酒邊集》，以南渡後之所作爲《江南新詞》，其前之作爲《江北舊詞》，合一卷。本詞用其《鵲橋仙·七夕》（澄江如練）韻。

② 「紅箋」三句：寫顧媚在紅色箋紙上題寫詩詞、淡掃蛾眉的情狀。紅箋，紅色箋紙。唐白居易《江樓夜吟元九律詩成三十韻》詩：「斜行題粉壁，短卷寫紅箋。」麋，通「眉」。生受，享受。緑蛾，婦女的眉毛。以黛染畫，眉呈微緑。《全唐詩》卷五百三十六許渾《送客自兩河歸江南》：「遥羨落帆逢舊友，緑蛾青鬢醉横塘。」

③「挑琴」二句：意謂顧媚多才多藝，精音律，擅繪畫。擘阮，謂彈琴。阮，阮咸，撥弦樂器，形似月琴，豎抱懷中，用兩手齊奏。金董解元《西廂記諸宫調》卷一：「德行文章没包彈，綽有賦名詩價。選甚嘲風咏月，擘阮分茶。」寫影，畫像，作畫。

④「月低」三句：詞人寫自己與顧媚在歌筵舞席上的歡樂情景。金管，樂器，簫笛類。金，言其華美。南朝梁江淹《蕭被侍中敦勸表》：「結象弭於前衡，奏金管於後陣。」帶，衣帶。珠席，對歌筵舞席的美稱。

⑤「芳時」三句：意謂春宵苦短，惟恐夜去晝來，詞人希望一夜的時間能有將近一年的漫長。芳時，良辰。烏啼，古有烏啼欲曉的説法，如清納蘭性德《通志堂集》卷六《點絳唇》有「空房悄，烏啼欲曉，又下西樓了」句。小年，將近一年。用以形容時間之長。宋唐庚《醉眠》詩：「山静似太古，日長如小年。」

【輯評】

陳維崧：「芳時不慣是烏啼，願一世、小年爲夜」，我欲以此數語作緑章之奏。（《香嚴詞》卷上）

王士禛：詞至此是追魂攝魄手段。公擅詩柄，又欲抽秦、柳五花簟耶？（《倚聲初集》卷十）

杏花天　其四〔一〕

嫣香①院落蓮釘扣。有結陣、都梁②彈袖。濃絲麗玉春風守③。團定蓉屏粉睡軟妝樓肉④。　搓花瓣做成清晝。度一刻、翻愁不又⑤。今生誓作當門柳⑥。左右。

【校】

〔一〕《香嚴詞》題作「樓晤」。

【注】

① 嫣香：嬌艷芳香的花。唐李賀《南園》之一：「可憐日暮嫣香落，嫁與春風不用媒。」

② 都梁：亦稱「都梁香」，香名。三國魏曹植《妾薄命》之二：「御巾裛粉君傍，中有霍納都梁，雞舌五味雜香。」

③ 濃絲麗玉春風守：本當爲「春風濃絲守麗玉」。濃絲，濃密的柳絲。麗玉，人名，朝鮮津卒霍里子高妻，善箜篌。晉崔豹《古今注·音樂》：「子高晨起刺船而濯。有一白首狂夫，被髮提壺，亂流而渡。其妻隨呼止之不及，遂墮河水死。于是援箜篌鼓之，作《公無渡河》之歌，聲甚凄愴，曲終，自投河而死。霍里子高還，以其聲語妻麗玉，玉傷之，乃引箜篌而寫其聲，聞者莫不墮淚飲泣焉。」明徐渭《抱琴美人圖》：「箜篌傳麗玉，琵琶伏善才。」此處指知音識曲的顧媚。

④「團定」句：謂希望朝夕圍繞佳人身傍。團，縈繞，圍。唐李賀《屏風曲》：「團迴六曲抱膏蘭，將鬟鏡上擲金蟬。」蓉屏粉肉，指肉屏風。唐玄宗時，楊國忠以外戚繼李林甫爲政，生活豪奢荒

淫。冬天挑選體肥婢妾列前以遮風，稱爲「肉陣」，亦稱「肉屏風」。見五代王仁裕《開元天寶遺事·肉陣》。此處指眉樓之歌姬舞女。

⑤不又：指不再重複搓花瓣的動作。

⑥當門柳：指對著門的柳樹。當門，對著門。宋陸游《漁翁》詩：「江頭漁家結茅廬，青山當門畫不如。」

【輯評】

嚴沆：牛給事「願作一生拚，盡郎今日歡」是艷體盡頭語，然尚書後半闋較給事更深。（《香嚴詞》卷上）

驀山溪　送別出關，已復同返，用周美成韻①〔一〕

清波桃葉，幻出劉郎路②。兩槳載鴛鴦，透金鎖、重城③幾處。低幃促坐，長似玉窗西，行不得，且雙歸，蛺蝶香中去④。　重來門巷，盡日飛紅雨⑤。消息動陽關⑥，暗凝愁、繞花鐘鼓。朱深碧淺，一幅可憐春，休進酒，與調箏，只結同心縷。

【校】

〔一〕《倚聲初集》題作「送別復返用周美成韻」。

【注】

①本詞作於崇禎十五年（一六四二）。《順治蘄水縣志》卷十二《名宦志・龔鼎孳傳》：「歷五六年間，大寇、大兵、大餉、大修築，迄無寧晷，先生且八面應之……臺司交推，遂爲全楚治行第一，以辛巳冬欽取，考授兵科給事。」辛巳年（崇禎十四年，一六四一）冬，龔鼎孳以考績湖廣第一行取入都，授兵科給事中。次年途次金陵，與顧媚相會。龔鼎孳因公務在身旋赴京北上。本詞寫顧媚送別龔鼎孳，本已出關，二人終因難捨難分而同返眉樓。周美成，北宋詞人周邦彦（一〇五六—一一二一），字美成，號清真居士，錢塘（今浙江杭州）人。詞集名《清真詞》，一名《片玉集》。本詞用其《驀山溪》（樓前疏柳）韻。

②「清波」二句：詞人寫自己與顧媚渡河話別之情景。清波，清澈的水流。漢嚴忌《哀時命》：「知貪餌而近死兮，不如下游乎清波。」桃葉，桃葉渡。在今南京市秦淮河畔。相傳因晋王獻之在此送其愛妾桃葉而得名。宋辛弃疾《祝英臺近・晚春》：「寶釵分，桃葉渡，烟柳暗南浦。」劉郎，原指入天台之劉晨。詳見《東風第一枝・樓晤用史邦卿韻》注⑨。唐司空圖《游仙》之二：「劉郎相約事難諧，雨散雲飛自此乖。」此處乃詞人自指。

③重城：猶高城。唐李商隱《宿駱氏亭寄懷崔雍崔衮》：「竹塢無塵水檻清，相思迢遞隔重城。」

④「低幃」五句：詞人寫自己與顧媚近坐於舟上時，恰似在眉樓窗前密坐相娛，心下留戀，難以相捨，故二人又相携雙歸。促坐，靠近坐。《史記・滑稽列傳》：「日暮酒闌，合尊促坐，男女同

席，履舄交錯。」玉窗，窗的美稱。南朝梁簡文帝《傷美人》詩：「何時玉窗裏，夜夜更縫衣。」蛺蝶，蝴蝶。

⑤紅雨：指落花。唐李賀《將進酒》：「況是青春日將暮，桃花亂落如紅雨。」

⑥陽關：古關名。在今甘肅敦煌西南古董灘附近，因位於玉門關以南，故稱。後泛指遠方。亦指古代離别時所唱的歌曲《陽關三疊》。

【輯評】

董俞：極妍盡態，人巧天工，覺小宋《鷓鴣天》一詞撏撦義山，何得浪稱金粉。（《香嚴詞》卷上）

王士禛：龔尚書《蘅山溪》詞「重來門巷，盡日飛紅雨」，不知其何以佳，但覺神馳心醉。（沈雄《古今詞話·詞話》卷下引）

惜奴嬌 離情，用史邦卿韻①

無賴②鸚哥，誰遣喚③、花枝醒。闌干外，愁潮恨嶺。一步妝臺，受不起、加餐④信。風静。漾簾櫳、回頭小影⑤。　有限天涯，載得了、垂楊病。銷魂牒、權時拜領⑥。説謊高唐，可好托、春衾性⑦。難聽。長嘆與、清鉦乍並。

【注】

①本詞作於崇禎十五年（一六四二）龔顧二人將别之時。上闋懸想二人分别後顧媚獨處閨房百無聊賴的情形，下闋寫將别之時自己内心萬分惆悵之感。史邦卿，即史達祖，見卷一《東風第一枝》注①。本詞用史達祖《惜奴嬌》（香剥酥痕）韻。

②無賴：無聊。南朝陳徐陵《烏栖曲》之二：「惟憎無賴汝南雞，天河未落猶争啼。」

③遣唤：猶傳唤，傳命召唤。

④加餐：慰勸之辭。謂多進飲食，保重身體。《文選·古詩十九首》之一：「棄捐勿復道，努力加餐飯。」

⑤「漾簾櫳」句：詞人想象離别後風吹簾櫳，四周闃寂，顧媚惟得詞人的小像相伴。簾櫳，亦作「簾籠」。窗簾和窗牖。南朝梁江淹《雜體詩·效張華〈離情〉》：「秋月映簾籠，懸光入丹墀。」小影，即小像。

⑥「銷魂牒」句：詞人意謂他不得不暫時領受公文，告别顧媚，但内心凄苦，黯然銷魂。牒，九品以上公文皆曰牒。權時，暫時，臨時。漢朱浮《爲幽州牧與彭寵書》：「而浮秉征伐之任，欲權時救急。」

⑦「説謊高唐」二句：詞人意謂與顧媚别後，只能寄望於像楚王夢神女那般在夢中與顧媚重逢交歡，但終究只是自欺欺人。高唐，戰國時楚國臺觀名，在雲夢澤中。傳説楚王游高唐，夢見巫

山神女，幸之而去。戰國楚宋玉《高唐賦》序：「昔者楚襄王與宋玉游於雲夢之臺，望高唐之觀。」

【輯評】

汪懋麟：陰陰瑟瑟，如聞其聲。（《香嚴詞》卷上）

宗元鼎：令史梅溪見之，當嘆「李嶠真才子也」。（《香嚴詞》卷上）

鄒祗謨：字字險麗，從玉溪、昌谷生出。（《倚聲初集》卷十三）

西江月 渡江作①

箭打亂潮柔櫓②，鴉翻古渡青旗。春江玉雪③鑒鬚眉。俊眼相看似此。長劍錦驄香夢，寶釵鈿瑟男兒。人言無淚灑離時，不稱英雄淚耳。

【注】

① 本詞爲龔鼎孳於崇禎十五年（一六四二）告別顧媚，從金陵渡江北上時作。

② 柔櫓：謂操櫓輕搖，亦指船槳輕劃之聲。唐杜甫《船下夔州郭宿雨濕不得上岸別十二判官》：「柔櫓輕鷗外，含凄覺汝賢。」

③ 玉雪：喻指江水泛起的白色浪花。

【輯評】

黄之翰：向固疑垓下一歌爲千古艷詞之祖，客或不然此言，何也？（《香嚴詞》卷上）

王士禛：合肥公風流文采照映一時。如此小小結撰，豈非牀頭捉刀本色。（《倚聲初集》卷七）

十二時　浦口寄憶，用柳耆卿秋夜韻①

隔江樓，月涌銀濤，偏是紅綿②難洗。正絮撲、棠舷〔一〕星稀。蕙幄懨懨花氣③。中酒心期④。垂簾時候，旅館疏燈〔二〕起。殘堞⑤外，一片荒雞⑥，一半〔三〕畫笳，吹到孤眠人耳。

幽夢中、重尋後會，豈似麝裙同繫。笛瘦寶〔四〕鞍，釵斜玉鏡，寸寸含情地。别路千萬疊，長亭⑦只在望裏。

暗忖量、藍橋⑧約定，領略〔五〕三生恩意。兩字驪歌，暫時南浦，豈負濃香被⑨。宛轉官柳⑩側，終憐好春輕棄。

【校】

〔一〕「舷」，《倚聲初集》作「舫」。

〔二〕「燈」，《今詞初集》作「砧」。

〔三〕「一半」，《今詞初集》作「半入」。

〔四〕「寶」，《今詞初集》作「銀」。

〔五〕「領略」，《香嚴詞》作「略領」。

【注】

①本詞爲崇禎十五年（一六四二）龔鼎孳告別顧媚，渡江至浦口時思念顧媚而作。浦口，舊稱浦子口，在長江北岸，今南京浦口區，與南京下關隔江相望。明築城，置兵戍守，爲南北交通要衝。柳耆卿，北宋詞人柳永（九八七？—一〇五三），原名三變，字景莊，行七，亦稱柳七，改名永，字耆卿。因其官至屯田員外郎，後人稱爲柳屯田。祖籍河東（今山西永濟），徙居崇安（今屬福建）。有《樂章集》。本詞用其《十二時·秋夜》（晚晴初）韻。以下若干闋詞均爲龔鼎孳北上謁選時思憶顧媚而作，可與《定山堂詩集》卷三十六《江南憶》四首同賞。《江南憶》其一：「銀蒜低垂月過牆，金屏小睡背蘭釭。春風玉枕含嬌怨，似訝遲來錦瑟傍。」其二：「繡句驚人思未降，珊瑚筆格對雕窗。團香擘玉無人見，親領明珠念八雙。」其三：「別袂驚持人各天，春愁相訂夢中緣。縷金鞋怯長安路，許夢頻來桃葉邊。」其四：「手剪香蘭簇鬢鴉，亭亭春瘦倚闌斜。寄聲窗外玲瓏玉，好護庭中並蒂花。」

②紅綿：亦作「紅棉」，即木棉。此處指木棉芯枕頭。宋周邦彦《蝶戀花·早行》：「喚起兩眸清炯炯，淚花落枕紅綿冷。」

③「正絮撲」三句：謂柳絮撲打着船隻，天上星星稀少，旅館的幄帳裏充盈着花香。棠舷，對船的美稱。舷，船的兩側，借指船。花氣，花的香味。唐李商隱《贈子直花下》：「池光忽隱墻，花氣亂侵房。」

④中酒心期：酒酣時之心緒。中酒，飲酒半酣時。《漢書·樊噲傳》：「項羽既饗軍士，中酒，亞父謀欲殺沛公。」心期，情緒，心境。明湯顯祖《牡丹亭·診祟》：「又不是困人天氣，中酒心期，魆魆地常如醉。」

⑤殘堞：猶殘垣。堞，城上如齒狀的矮墻。

⑥荒雞：指三更前啼叫的雞。舊以其鳴叫爲惡聲，主不祥。《晉書·祖逖傳》：「(祖逖)與司空劉琨俱爲司州主簿，情好綢繆，共被同寢。中夜聞荒雞鳴，蹴琨覺曰：『此非惡聲也。』因起舞。」

⑦長亭：古時於道路每隔十里設長亭，故亦稱「十里長亭」。供行旅停息，近城者常爲送別之處。北周庾信《哀江南賦》：「十里五里，長亭短亭。」此指顧媚送別詞人之處。

⑧藍橋：橋名。在陝西藍田東南藍溪之上。相傳其地有仙窟，爲唐裴航遇仙女雲英處。唐裴鉶《傳奇·裴航》：「一飲瓊漿百感生，玄霜搗盡見雲英。藍橋便是神仙窟，何必崎嶇上玉清。」後常用作男女約會之處。

⑨「兩字」三句：意謂自己與顧媚雖然暫時分別，但終將恩愛厮守。驪歌，告別的歌。南朝梁劉

孝綽《陪徐僕射晚宴》：「洛城雖半掩，愛客待驪歌。」南浦，南面的水邊，後常用稱送別之地。《楚辭・九歌・河伯》：「子交手兮東行，送美人兮南浦。」南朝梁江淹《別賦》：「春草碧色，春水淥波，送君南浦，傷如之何。」

⑩官柳：大道上的柳樹。唐杜甫《鄭城西原送李判官武判官赴成都府》：「野花隨處發，官柳著行新。」古人多折柳送別，故詞人因柳嘆別。

【輯評】

嚴沆：通體精緻，史邦卿、姜白石集中亦不多得。（《香嚴詞》卷下）

程鶴湖：芊綿綺麗，按拍令人魂銷。（《香嚴詞》卷下）

鄒祇謨：《樂章集》風致纏綿，情語是其所長，而弩末時涉俚淺，不無易盡之恨，合肥以清麗勝之，婉至精詳，兼融篇煉字之勝，又非屯田所夢見也。（《倚聲初集》卷二十）

西江月　廣陵寄憶，用史邦卿閨思韻①

別怨暗移青鏡②，春愁倦聽紅牙③。揚州燈火絳樓紗。不似石頭城④下。

伴我郵亭⑤孤月，負他寒食梨花⑥。没來繇事誤天涯。玉笛當風此夜。

【注】

①本詞爲崇禎十五年（一六四二）龔鼎孳北上謁選，途次廣陵（今江蘇揚州）思憶顧媚時作。史邦卿，即史達祖，見卷一《東風第一枝·樓晤用史邦卿韻》注①。本詞用史達祖《西江月·閨思》（西月淡窺樓角）韻。

②青鏡：即青銅鏡。唐李嶠《梅》：「妝面回青鏡，歌塵起畫梁。」

③紅牙：樂器名。檀木製的拍板，用以調節樂曲的節拍。宋司馬光《和王少卿十日與留臺國子監崇福宫諸官赴王尹賞菊之會》：「紅牙板急弦聲咽，白玉舟横酒量寬。」

④石頭城：古城名。又名石首城。故址在今江蘇南京清凉山。本楚金陵城，漢建安十七年孫權重築改名。城負山面江，南臨秦淮河口，當交通要衝，六朝時爲建康軍事重鎮。唐以後，城廢。此處用作南京的别稱。

⑤郵亭：驛館。《墨子·雜守》：「築郵亭者圜之。」

⑥寒食梨花：晏幾道《生查子》：「消息未歸來，寒食梨花謝。」

【輯評】

王士禄：讀公此詞，令我不敢言愁並不敢作達，奈何奈何。（《香嚴詞》卷上）

鄒祗謨：瓌奇婉佚，逼似梅溪。（《倚聲初集》卷七）

減字木蘭花 途中寄憶①

檀脂鳳帶②。遠在碧山春草外③。耳畔低聲。恰似蘭閨喚小名。　風巾雨屐。那許偷窺金粉席④。只辦銷魂。絮得東風也閉門⑤。

【注】

①本詞乃龔鼎孳於崇禎十五年（一六四二）赴京謁選途中思憶顧媚而作。

②檀脂鳳帶：淺絳色的胭脂與綉有鳳凰花飾的衣帶。唐李賀《洛姝真珠》：「金鵝屏風蜀山夢，鸞裾鳳帶行烟重。」檀脂、鳳帶，均借指顧媚。

③「遠在」句：歐陽修《踏莎行》：「平蕪盡處是春山，行人更在春山外。」

④「風巾」二句：詞人感嘆自己公務在身，櫛風沐雨，無法與佳人相伴。金粉席，喻指眉樓温柔旖旎的生活。

⑤「絮得」句：謂自己若如飛絮，縱得東風借力，也不願漫天飛舞、行止不定，而只願關門閉户，與顧媚相守。唐薛濤《柳絮》詩：「他家本是無情物，一向南飛又北飛。」唐羅鄴《柳絮》詩：「處處東風撲晚陽，輕輕醉粉落無香。」

【輯評】

周肇：絮得東風也閉門。封家十八姨讀之亦應願爲情多。（《香嚴詞》卷上）

薄倖 春明寄憶①

粉城春市，繫馬慣、誰家蕩子②。別袖意〔一〕、菱花偷見，驀地錦簾千里③。照小窗、雙蒂④銀蟾⑤，深憐密喚曾如此。有膩玉⑥輕鈎，翠〔二〕雲⑦濃繞，芳夢黏人難起。

數不盡、同心兕，休算作、冶游驅使⑧。怕金鈴聲瘦，青驄天遠，倚樓腸斷斜陽裏⑨。晚香⑩橫几。對真真⑪、暗囑情場，不負鸞釵紫。鴛裯鳳綬，端值龍沙一死⑫。

【校】

〔一〕「意」，《香嚴詞》作「裏」。

〔二〕「翠」，《香嚴齋詞》《香嚴詞》均作「玄」。

【注】

① 本詞與後兩闋詞乃崇禎十五年（一六四二）龔鼎孳於京師思憶遠在金陵之顧媚作。春明，唐都長安東面有三門，中名春明。因以「春明」爲京都的通稱。唐王建《寄廣文張博士》：「春明門外作卑官，病友經年不得看。」此處指明代京師北京。可與《定山堂詩集》卷三十六《長安寄懷》互觀。《長安寄懷》：「纔解春衫浣客塵，柳花如雪撲綸巾。閒情願趁雙飛蝶，一報朱樓夢

裏人。」

②「粉城」二句：詞人言自身常年羈旅在外。粉城春市，此處指北京。蕩子，指辭家遠出、羈旅忘返的男子。《文選・古詩〈青青河畔草〉》：「蕩子行不歸，空牀難獨守。」李善注：「《列子》曰：有人去鄉土游於四方而不歸者，世謂之爲狂蕩之人也。」此爲詞人自指。

③「別袖意」二句：詞人憶起他與顧媚臨別之際，他在鏡中看見顧媚因分離而生的千愁萬緒，於是他的思緒便飛馳到了遠在千里外的顧媚的閨房。以下到上闋結束，是詞人對二人共度時光的回憶。菱花，即菱花鏡，鏡多爲六角形或背面刻有菱花者。亦泛指鏡。唐李白《代美人愁鏡》之二：「狂風吹却妾心斷，玉箸並墮菱花前。」

④雙蒂：花開雙蒂，比喻男女合歡或夫婦恩愛。如《東風第一枝・樓晤用史邦卿韻》中「愛紫蘭，報放雙頭」，同爲此意。

⑤銀蟾：月亮的別稱。傳説月中有蟾蜍，故稱。唐白居易《中秋月》：「照他幾許人腸斷，玉兔銀蟾遠不知。」

⑥膩玉：紋理細膩潤澤的玉。形容光滑細潤。唐裴鉶《傳奇・裴航》：「露裛瓊英，春融雪彩，臉欺膩玉，鬢若濃雲。」

⑦翠雲：形容婦女頭髮烏黑濃密。南唐李煜《菩薩蠻》：「拋枕翠雲光，繡衣聞異香。」

⑧「數不盡」二句：意謂自己對顧媚的海誓山盟，斷不可看作是薄情男子流連烟花巷陌時的逢場

作戲之語。同心咒，指祈願情投意合的禱告。咒，禱告。冶游，舊時謂狎妓。宋方千里《迎春樂》：「紅深緑暗春無迹，芳心蕩，冶游客。記摇鞭跋馬銅駝陌，凝睇認，珠簾側。」

⑨「怕金鈴」三句：詞人意謂擔心自己騎馬遠行後，顧媚會在寂寞斜陽裏獨倚高樓，肝腸寸斷。金鈴，金屬製成的鈴。此處應指馬（即下文「青驄」）頸上的裝飾品。清楊倫《杜詩鏡銓》卷十七引《明皇雜録》：「上嘗令教舞馬四百匹，各分左右部。目爲某家龍、某家驕。衣以文繡，絡以金鈴，飾其鬃鬣間。」青驄，毛色青白相雜的駿馬。《玉臺新咏·古詩爲焦仲卿妻作》：「躑躅青驄馬，流蘇金鏤鞍。」

⑩晚香：指菊花。宋韓琦有「且看黄花晚節香」句，故稱。宋劉克莊《沁園春·和林卿韵》：「種杏仙人，看桃君子，得似籬邊嗅晚香。」

⑪真真：唐杜荀鶴《松窗雜記》：「唐進士趙顔於畫工處得一軟障，圖一婦人甚麗，顔謂畫工曰：『世無其人也，如可令生，余願納爲妻。』畫工曰：『余神畫也，此亦有名，曰真真，呼其名百日，晝夜不歇，即必應之，應則以百家彩灰酒灌之，必活。』顔如其言，遂呼之百日……果活，步下言笑如常。」後因以「真真」泛指美人。此處指顧媚。

⑫「鴛裯」三句：詞人意謂自己對顧媚的情意，已經到了可以爲她而死的地步。《龔端毅公文集》卷十六《題畫》其二：「英雄熱血三斗，不爲明主灑沙漠，則爲佳人染枕簟耳。」可與此互參。鴛、鳳乃對「裯」「綬」的美稱。裯，被單，一説爲牀帳。《國風·召南·小星》：「抱衾與裯，寔命

不猶。」綬，繫帷幕的帶子。鴛裯鳳綬，借指詞人與顧媚共度的繾綣纏綿的時光。龍沙，沙漠白龍堆，在新疆天山南路。此處泛指塞外漠北邊塞之地，荒漠。唐楊炯《瀘州都督王湛神道碑》：「旌節龍沙，軒旗象浦。」

【輯評】

董俞：吹氣如蘭而筆尖峭拔，字字敲空作響。（《香嚴詞》卷下）

鄧漢儀：龍女織綃，都非恒製，要是五代人語，非兩宋人語。（《香嚴詞》卷下）

王士禛：僕讀《毛詩》，最喜「甘與子同夢」之句，以爲古人佳情語非後人刻畫所及。讀芝翁「芳夢黏人難起」，遂覺《國風》不遠。（《倚聲初集》卷十八）

好事近　其二〔一〕

走馬到章臺，閒却綠窗眉筆①。記得回頭低喚，怨柳梢斜日。倚欄今夕卜歸鴻，管取蛛絲吉②。好夢也須珍重，意中緣難必③。

【校】

〔一〕《香嚴詞》題作「春明寄憶」。

【注】

①「走馬」二句：詞人謂自己京師爲官，遠在金陵的顧媚無心描眉妝扮。章臺，漢長安街名。《漢書·張敞傳》：「敞無威儀，時罷朝會，過走馬章臺街，使御史驅，自以便面拊馬。」此處借指明代京都北京。緑窗，緑色紗窗。引申爲女子居室。此處指顧媚居所。

②「倚欄」二句：詞人想象顧媚獨倚欄杆，卜問歸鴻何日帶來離人消息，詞人認爲情人一定能卜得吉兆。歸鴻，歸雁。詩文中多用以寄托歸思。唐張喬《登慈恩寺塔》：「斜陽越鄉思，天末見歸鴻。」管，定，保證。蛛絲，蜘蛛分泌物結成的絲，亦指蛛網。古時婦女於七夕將蜘蛛放置盒内，以結網密疏卜得巧多少的游戲，即所謂「蛛絲卜巧」。用於此處實用其「卜」意。

③「好夢」二句：詞人叮囑顧媚，也是自語，稱若在夢中二人得以團聚，那也要好好珍重這箇夢境，因爲不能確保有情人終成眷屬。必，肯定，確定。《韓非子·顯學》：「無參驗而必之者，愚也。」

【輯評】

吴綺：全以側峭處見佳。（《香嚴詞》卷上）

風流子　其三〔一〕

相思明月社，推桃葉〔二〕、一代水邊樓①。憶黛比岫遥②，花和人瘦③。玉圍屈成④，珠寫箜篌⑤。銷魂別，淚如巫峽雨，心逐廣陵舟。乳燕幕開，錦箋難托，蜜蜂房閉，香粉都收。紅窗攜纖手。雙雙把鴛盟，訂在新秋⑥。只道霎時金屋，管甚閒愁⑦。悵霞生綺陌⑧，誰家弄笛，露涼〔三〕小苑，何處藏鈎⑨。七夕看過了，夢見還羞。

【校】

〔一〕《香嚴詞》題作「春明寄憶」。

〔二〕「葉」，《香嚴詞》作「燕」。

〔三〕「涼」，《香嚴詞》作「冷」。

【注】

①「相思」二句：意謂自己懷想金陵秦淮河畔的眉樓，實則表達對眉樓主人顧媚的相思之情。桃葉，見卷一《驀山溪·送別出關已復同返用周美成韻》注②。眉樓距古桃葉渡不遠。清陳文述《秣陵集》有《青溪訪顧眉生眉樓遺址》詩，詩前有序曰：「所居曰眉樓，在青溪、桃葉間。」水邊樓，即指秦淮河畔的眉樓。

②黛比岫遥：顧媚的眉黛比遠山更遥遠，詞人意指自己與顧媚迢迢相隔。黛，古代婦女畫眉用的青黑色顏料，後用作婦女眉毛的代稱。岫，峰巒。古代常以山形容女子秀麗之眉。如《西京雜記》卷二：「文君姣好，眉色如望遠山，臉際常若芙蓉。」北宋晏幾道《菩薩蠻》：「彈到斷腸

時，春山眉黛低。」

③花和人瘦：化用李清照《醉花陰》「莫道不消魂，簾卷西風，人比黃花瘦」句及秦觀《水龍吟》「天還知道，和天也瘦」句。均抒發男女相思之情而作，詞人用於此指顧媚對自己的思念之情。

④屈戌：門窗、屏風、櫥櫃等的環紐、搭扣，亦作「屈戍」。唐李商隱《驕兒》：「凝走弄香奩，拔脱金屈戌。」

⑤珠寫箜篌：描繪顧媚彈箜篌時給人的聽覺感受，宛如珍珠瀉注。寫，同「瀉」。前人詩文中亦有類似描寫。如唐顧況《李供奉彈箜篌歌》：「聲清泠泠鳴索索，垂珠碎玉空中落。」唐張祜《楚州韋中丞箜篌》：「千重鈎鎖撼金鈴，萬顆真珠瀉玉瓶。」

⑥「雙雙」二句：意謂龔顧雙方把顧媚歸嫁的期限定於崇禎十五年（一六四二）初秋。但從下文看來，七夕將過，歸嫁之事仍無音訊。鴛盟，指男女間關于情愛之事的盟誓。明謝讜《四喜記・風月青樓》：「鴛盟空訂，鸞期難定。」

⑦「只道」二句：意謂詞人當初以爲迎娶顧媚本是輕而易舉，不料分别之後生出許多閒愁。金屋，用「金屋貯（藏）嬌」典。《漢武故事》：「帝以乙酉年七月七日生於猗蘭殿。年四歲，立爲膠東王。數歲，長公主嫖抱置膝上，問曰：『兒欲得婦不？』膠東王曰：『欲得婦。』長主指左右長御百餘人，皆云不用。末指其女問曰：『阿嬌好不？』于是乃笑對曰：『好！若得阿嬌作婦，當作金屋貯之也。』」原指漢武帝要用金屋接納阿嬌作婦，後常用以形容娶妻或納妾。

⑧綺陌：繁華的街道。南朝梁簡文帝《登烽火樓》詩：「萬邑王畿曠，三條綺陌平。」

⑨藏鉤：古代的一種游戲。相傳漢昭帝母鉤弋夫人少時手拳，人皆不能展，入宫，漢武帝展其手，得一鉤，後人乃作藏鉤之戲。

【輯評】

越闓：滿眼紅綃，一聲玉樹，戀别傷離，正復沈吟不盡。（《香嚴詞》卷下）

浪淘沙　長安七夕①

璧露②乍驚秋。月滿西樓。江南簫管正悠悠。報到天邊今夜會，彩綫穿愁③。　薄倖是牽牛。會少離稠。鵲槎一夕錦雲收④。我做牛郎他織女，夜夜橋頭。

【注】

①本詞爲崇禎十五年（一六四二）七夕之夜，龔鼎孳於北京思憶顧媚作。長安，西漢、隋、唐等朝的都城，今陝西西安，唐以後詩文中常用作都城的代稱。在此借指明朝都城北京。

②璧露：對露珠的美稱。

③「報到」二句：舊時風俗，農曆七月七日夜（或七月六日夜）婦女在庭院向織女星乞求智巧，稱

爲「乞巧」。南朝梁宗懔《荆楚歲時記》：「七月七日爲牽牛織女聚會之夜。是夕，人家婦女結彩縷，穿七孔針，或以金銀鍮石爲針，陳瓜果於庭中以乞巧，有喜子網於瓜上則以爲符應。」此處詞人想象遠方的顧媚因爲思念自己，在七夕乞巧之時，手執彩綫非爲穿針，而是「穿愁」。

④「鵲槎」句：意謂牛郎織女一年只有一夕之相會，實則借牛郎織女惋嘆自己與顧媚聚短離長。鵲槎，猶鵲橋。錦雲，彩雲。《海内十洲記·聚窟洲》：「紫翠丹房，錦雲燭日。」

【輯評】

宋實穎：天上人間，賞心樂事，二百萬下聘錢使得着也。（《香嚴詞》卷上）

眼兒媚 邸懷①

桐洗窗紗〔一〕葉吟〔二〕秋②。翻動一春愁。玉鞭酒市，醒來斜月，醉裏朱樓。

柔腸憔悴無人見，見即恐花羞。試抛腦後，陡來衾〔三〕底，又嵌心頭。

【校】

〔一〕「桐洗窗紗」，《倚聲初集》作「窗紗桐洗」。

〔二〕「吟」，《香嚴齋詞》《香嚴詞》《百名家詞鈔》均作「墜」。

〔三〕「衾」，《倚聲初集》作「眼」。

【注】

①本詞與以下六闋詞爲崇禎十五年（一六四二）龔鼎孳於京師邸舍懷想顧媚作。

②「桐洗」句：以「桐洗窗紗」刻畫懷人的氛圍，以落葉點明時節爲秋。桐洗窗紗，指拂窗的桐葉仿佛在浄洗窗紗。

【輯評】

趙澐：常愛韋相「春日游」一詞，一句一轉。先生後段末三句亦似此章法。（《香嚴詞》卷上）

鄒祗謨：視宋詞「今宵眼底，明朝心上，後日眉頭」，更覺旖旎纏綿，言情真至。（《倚聲初集》卷六）

浣溪沙　其二〔一〕

腸斷鴛鴦錦字文①。一雙疼熱在春分②。新愁欹枕不能聞。　影入菱花③留夕照，香凝紈扇憶朝熏④。玉窗還肯受殷勤。

【校】

〔一〕《香嚴詞》題作「邸懷」。

【注】

①錦字文：指前秦蘇蕙寄給丈夫的織錦回文詩。《晋書・列女傳・竇滔妻蘇氏》：「竇滔妻蘇氏，始平人也，名蕙，字若蘭。善屬文。滔，苻堅時爲秦州刺史，被徙流沙，蘇氏思之，織錦爲迴文旋圖詩對贈滔。宛轉循環以讀之，詞甚淒惋。」此處詞人指顧媚給自己的書信。

②「一雙」句：謂自己與顧媚離别於崇禎十五年（一六四二）的某箇春日。疼熱，疼愛，愛憐。

③菱花：見卷一《薄倖・春明寄憶》注③。

④朝熏：早上花草的香氣。朝，與前句「夕」對。熏，同「薰」，香草，或指花草的香氣。

【輯評】

宋琬：碎雨零烟，曉風殘月。每誦此詞一過，何異讀薛道衡《人日》詩。（《香嚴詞》卷上）

長相思 其三〔一〕

惜花期。訂花期。訴向花愁知未知。天憐兩道眉。　望中疑。夢中疑。斗帳檀絲月午時①。香泥②塑蝶癡。

【校】

〔一〕《香嚴詞》題作「邸懷」。

【注】

①「斗帳」句：意謂時至午夜，睡在淺絳色絲帳裏的詞人夢寐之間，仍是對遠方情人的牽挂。斗帳，小帳。形如覆斗，故稱。《釋名·釋牀帳》：「小帳曰斗帳，形如覆斗也。」《玉臺新咏·古詩爲焦仲卿妻作》：「紅羅復斗帳，四角垂香囊。」月午，月至午夜，即半夜。唐劉禹錫《送惟良上人》：「燈明香滿室，月午霜凝地。」

②香泥：芳香的泥土。隋江總《大莊嚴寺碑銘》：「木密聯綿，香泥繚繞。」

【輯評】

顧有孝：字法古倩，絶是花間碎錦。（《香嚴詞》卷上）

前調 其四〔一〕

似多情。似無情。玉艷①心情是怎生。春衫記〔二〕不明。　長歌行。短歌行。多少柔腸攛掇成。流鶯只一聲。

【校】

〔一〕《香嚴詞》《倚聲初集》均題作「邸懷」。

〔二〕「記」，《今詞初集》作「話」。

【注】

① 玉艷：喻美人的容光。唐李商隱《天平公座中呈令狐令公》：「更深欲訴蛾眉斂，衣薄臨醒玉艷寒。」此處指顧媚。

【輯評】

嚴沆：口角俏俐，近人惟單狷庵似此風調。（《香嚴詞》卷上）

吴綺：新倩處是錦帶書中語。（《香嚴詞》卷上）

鄒祇謨：合肥贊《河渚詞》「玉琢巧心，香生紅唾」，此言得無自道？（《倚聲初集》卷二）

小重山　其五〔一〕

一縷春心托杜鵑。也防人薄倖、靠青天。瓊樓真負鳳簫緣①。無聊賴，劈碎紫鴛弦②。

送眼落霞邊。只愁深閣裏、誤芳年。載花那得木蘭船③。桃葉路，風雨接幽燕④。

【校】

〔一〕《香嚴詞》題作「邸懷」。

【注】

①「瓊樓」句：詞人見顧媚久不歸嫁，疑其負盟，故作埋怨之語。瓊樓，形容華美的建築物。這裏指顧媚所居之眉樓。鳳簫緣，相傳秦穆公之女弄玉與夫蕭史雙雙乘鳳凰而去。漢劉向《列仙傳·蕭史》：「蕭史者，秦穆公時人也。善吹簫，能致孔雀、白鶴於庭。穆公有女字弄玉，好之，遂以女妻焉。日教弄玉作鳳鳴。居數年，吹似鳳聲，鳳凰來止其屋。公爲作鳳臺，夫婦止其上，不下數年。一旦，皆隨鳳凰飛去。故秦人作鳳女祠於雍宫中，時有簫聲而已。」

②紫鴛弦：對琴弦的美稱。

③「載花」句：詞人感嘆自己無法用一葉木蘭舟將顧媚迎至身旁。木蘭船，用木蘭樹造的船。南朝梁任昉《述異記》卷下：「木蘭洲在潯陽江中，多木蘭樹。昔吴王闔閭植木蘭於此，用構宫殿也。七里洲中，有魯般刻木蘭爲舟，舟至今在洲中。詩家云木蘭舟，出於此。」木蘭舟即木蘭船。南朝梁劉孝威《采蓮曲》：「金槳木蘭船，戲采江南蓮。」後用作對船的美稱，并非實指木蘭木所製。

④「桃葉路」二句：詞人謂即使風雨路遥，顧媚所近的桃葉渡也是連接着自己所在的京師。即指自己雖與顧媚兩地相隔，但總有重聚的一天。桃葉路，即桃葉渡，見卷一《蓦山溪·送别出關已復同返用周美成韻》注②。幽燕，古稱今河北北部及遼寧一帶。唐以前屬幽州，戰國時屬燕國，故名。南朝宋顏延之《赭白馬賦》：「旦刷幽燕，晝秣荆越。」此處指北京。

【輯評】

魏學渠：碎劈鵾弦，嬌憨可掬。（《香嚴詞》卷上）

浪淘沙　其六〔一〕

翠幰報花來①。春恨重栽。西風吹夢上妝臺②。舊夢不留新夢遠，影裏徘徊。　客思繞秋苔。鐵馬驚開③。銀牀冷落薛濤④才。細展紅香温麗句，一字千猜⑤。

【校】

〔一〕《香嚴詞》題作「邸懷」。

【注】

①「翠幰」句：聯繫下文，此句指詞人夢見顧媚乘車而來。翠幰，飾以翠羽的車帷。唐盧照鄰《長安古意》：「隱隱朱城臨玉道，遥遥翠幰没金堤。」花，借指顧媚。

②「西風」句：詞人意謂自己夢迴顧媚眉樓之妝臺。宋詩人儲泳有《覺來》：「西風吹夢過錢塘，獨上孤山叩冷香。紙帳四垂燈影薄，覺來疑是月昏黄。」西風，多指秋風。唐李白《長干行》：「八月西風起，想君發揚子。」

③「鐵馬」句：意謂檐鈴的聲響驚散了自己的思緒。鐵馬，檐鈴。懸於檐間的鈴，風吹發聲。元王實甫《西厢記》第二本第四折：「莫不是鐵馬兒檐前驟風。」

④薛濤：約公元七六八—八三二年。唐名妓，字洪度。長安（今陝西西安）人。熟諳音律，工詩詞。此處借指顧媚。

⑤「細展」二句：詞人意謂自己細細品讀重温顧媚的書信，哪怕是簡單的一箇字，也能引發他千般猜想，凸顯了自己對情人的思戀。紅香，色紅而味香。此處指紅箋。

【輯評】

徐倬：鈿盒藏鬮，鸞緘包謎，非我佳人，莫之能解。（《香嚴詞》卷上）

浣溪沙 其七〔一〕①

青鳥夢

死向雲英一哭休②。藍橋風路〔二〕③不中④愁。勾符明注小紅樓⑤。

嘗〔三〕迷繡户，孤鴛冢莫葬芳洲。訴花難放玉搔頭⑥。

【校】

〔一〕《香嚴詞》題作「邸懷」。

〔二〕「路」，《香嚴詞》作「露」。

〔三〕「嘗」，《香嚴齋詞》、《香嚴詞》均作「長」。

【注】

①本詞是龔鼎孶幻想自己死後的種種情事，表達了自己即使身死，對顧媚的熾熱愛戀也絲毫不滅的情意。

②「死向」句：詞人意謂自己死後，要跑到顧媚跟前一訴自己的相思之苦方才罷休。雲英，唐代神話故事中的仙女名，此處指顧媚。傳説裴航過藍橋驛，以玉杵臼爲聘禮，娶雲英爲妻。後夫婦俱入玉峰成仙。事見唐裴鉶《傳奇・裴航》。

③藍橋風路：即藍橋風露。藍橋，裴航遇仙女雲英處，見卷一《十二時・浦口寄憶用柳耆卿秋夜韻》注⑧。風路，風和露。路，通「露」。宋程公許《寒食上巳雜吟八章》其三：「錦繡卷還春去了，藍橋風露放雲英。」

④不中：猶不堪。唐王建《春去曲》：「老夫不比少年兒，不中數與春別離。」

⑤「勾符」句：詞人意謂自己死後要用勾魂的符術將顧媚拘來。紅樓，紅色的樓。泛指華麗的樓房。唐李白《侍從宜春苑奉詔賦龍池柳色初青聽新鶯百轉歌》詩：「東風已緣瀛洲草，紫殿紅樓覺春好。」此處指顧媚所居之眉樓。

⑥「青鳥」三句：意謂夢見自己曾經派去給顧媚送信傳情的青鳥也迷失在眉樓的錦簾繡户中，未能順利傳信，他希望形單影隻的自己因相思而死後，不要葬在那芳草叢生的小洲，否則當顧媚

前來賞花游玩時，他還會情不自禁地扯住她的玉簪，不讓她離開。青鳥，神話傳説中爲西王母取食傳信的神鳥。《山海經·大荒西經》：「沃之野有三青鳥，赤首黑目，一名曰大鵹，一名少鵹，一名曰青鳥。」注：「皆西王母所使也。」《藝文類聚》卷九十一引舊題漢班固《漢武故事》：「七月七日，上（漢武帝）於承華殿齋，正中，忽有一青鳥從西方來，集殿前。上問東方朔，朔曰：『此西王母欲來也。』有頃，王母至，有兩青鳥如烏，俠侍王母旁。」後遂以「青鳥」爲信使的代稱。唐李商隱《無題》：「蓬山此去無多路，青鳥殷勤爲探看。」繡户，雕繪華美的門户。多指婦女居室。南朝宋鮑照《擬行路難》之三：「璇閨玉墀上椒閣，文窗繡户垂羅幕。」芳洲，芳草叢生的小洲。《楚辭·九歌·湘君》：「采芳洲兮杜若，將以遺兮下女。」玉搔頭，即玉簪。古代女子的一種首飾。《西京雜記》卷二：「武帝過李夫人，就取玉簪搔頭。自此後宫人搔頭皆用玉，玉價倍貴焉。」唐白居易《長恨歌》：「花鈿委地無人收，翠翹金雀玉搔頭。」

【輯評】

王士禛：誰掌勾符，定是氤氳使者。（《香嚴詞》卷上）

念奴嬌　中秋得南鴻，喜賦，用東坡中秋韻①

遠鴻飛送，有傾城、玉杵龍綃踪跡②。小字鴛鴦顛倒認，憑仗晶盤凝碧③。密約鐫花，深嚬謝柳，打破春愁國④。秋燈分照，短長程已親歷。爲想翠管輕籠，緑窗低唤，軟款憐征客⑤。迢遞江南天北意，佳事恰宜今夕。鈿合⑥香濃，鸞臺⑦雲熱。狂欲生雙翼。冰蟾遥共，畫樓人在吹笛⑧。

【注】

① 崇禎十五年（一六四二）中秋，顧媚從金陵啓程，北上京師。龔鼎孳得顧媚來信，喜而賦此詞。東坡，北宋詞人蘇軾（一〇三七—一一〇一），字子瞻，號東坡居士。眉山（今四川眉山）人。著作有《東坡全集》，詞集有《東坡樂府》。本詞用其《念奴嬌·中秋》（憑高望遠）韻。

② 「遠鴻」二句：詞人謂得到了顧媚的來信，有定情許嫁之意。遠鴻，遠方而來的鴻雁。《漢書·蘇武傳》載有大雁傳書之事，後因以鴻雁指書信。傾城，指美女。三國魏阮籍《咏懷詩》：「傾城迷下蔡，容好結中腸。」此處指顧媚。玉杵，唐裴鉶《傳奇·裴航》載，裴航以玉杵臼爲聘禮，娶雲英仙去。後因以玉杵指求婚之聘禮。明楊珽《龍膏記·空訪》：「多情委路塵，怕永負今生玉杵盟。」此處指顧媚信中有許嫁之意。龍綃，同「鮫綃」，指手帕。唐唐彦謙《無題》之十：「雲色鮫綃拭淚顔，一簾春雨杏花寒。」

③ 「小字」二句：詞人意謂自己在月色下反復端詳顧媚的來信。晶盤，指月亮。

④ 「密約」三句：意謂把顧媚與自己的約定鐫刻在花朵上，喜笑顔開地把顧媚許嫁的喜訊訴與柳

條，之前的愁緒一掃而空。嚬，笑貌。謝，告訴。

⑤「爲想」三句：詞人揣想顧媚一邊作書一遍低唤自己的名字，内心充滿了對顧媚的柔情蜜意。翠管，指毛筆。唐李遠《觀廉女真葬》：「玉窗抛翠管，輕袖掩銀鸞。」緑窗，緑色紗窗，此指顧媚居所。軟款，温柔，殷勤。征客，指作客他鄉的人。北周庾信《夜聽擣衣》詩：「倡樓驚別怨，征客動愁心。」此處指顧媚。

⑥鈿合：亦作「鈿盒」。鑲嵌金、銀、玉、貝的首飾盒子。元李裕《次宋編修顯夫南陌詩四十韵》：「寶釵分鳳翼，鈿合寄龍團。」

⑦鸞臺：妝臺。敦煌曲子詞《天仙子》：「燕語鶯啼驚覺夢，羞見鸞臺雙舞鳳。」

⑧「冰蟾」三句：意謂今夕自己與顧媚共一輪明月，想象顧媚在遠方畫樓擫笛娱情。冰蟾遥共，化用宋蘇軾《水調歌頭》「千里共嬋娟」意。冰蟾，指月亮。明湯顯祖《牡丹亭·鬧殤》：「海天悠，問冰蟾何處湧？玉杵秋空，憑誰竊藥把嫦娥奉？」畫樓，雕飾華麗的樓房。唐李嶠《晚秋喜雨》詩：「聚靄籠仙閣，連霏繞畫樓。」

【輯評】

嚴曾榘：尚書鐵肝石心，如此婉媚，辭又不止廣平梅花矣。（《香嚴詞》卷下）

蘭陵王　冬仲奉使出都，南轅已至滄州，道梗復返，用周美成賦柳韻〔一〕①

戍烽②直。山外寒雲捲碧。香塵道、千里繡弧③，淩亂垂楊暮烟④色。鴻飛如異國。何况朱顔⑤作客。茱萸帶、霜打雨吹，瘦損宮腰恰盈尺⑥。　京華旅人跡。正草讶金鞭，花暗瑶席⑦。五侯鯖⑧好無心食。聽白雁風快，紫鸞人遠⑨，鈿轅瞥過渭橋驛⑩。似天限南北。　心惻。萬愁積。料野館斜曛，芳影淒寂。回頭鳳闕情何極⑪。佇日麗仙掌，柳迴羌笛⑫。經年紅淚⑬，向錦衾畔宛轉滴。

【校】

〔一〕《倚聲初集》題作「冬仲出都，得家信。用周美成賦柳韻」。

【注】

① 崇禎十五年（一六四二）十一月癸未，龔鼎孳官拜兵科給事中，即日奉命察理畿南、廣平等處。《國榷》卷九十八：「癸未，召考選官，面問兵、食，即注官。時敏、李永茂、傅振鐸、龔鼎孳、曹良直、周而淳俱兵科給事中，立往真定、順德、廣平、大名、保定、河間料理城守，堅壁清野。」是月，北上赴京的顧媚塗至滄州，因道梗南返。此詞正爲嘆惋顧媚不能順利北上作。冬仲，即仲冬。

冬季的第二箇月，即農曆十一月。處冬季之中，故稱。《書・堯典》：「日短星昴，以正仲冬。」滄州，州名。春秋戰國爲燕齊地，自漢至晉爲渤海郡地。後魏熙平二年分瀛、冀二州爲滄州。轄境歷代常有變動。明洪武初領南皮、鹽山、慶雲三縣，屬河北省。周美成，即周邦彥，見卷一《驀山溪・送別出關已復同返用周美成韻》注①。本詞用周邦彥《蘭陵王・柳》（柳陰直）韻。

② 戍烽：邊防區域的營壘、城堡所燃起的烽烟。借指戰事。

③ 繡弧：即雕弓。刻畫有文彩之弓。此處指戰爭。《定山堂詩集》卷三十四《秋杪集澹心道歸堂時園次自廣陵髯孫自姑熟至》：「長干宛轉餘團扇，天下蕭條爲繡弧。」

④ 暮烟：傍晚的烟靄。南朝梁何遜《慈姥磯》：「暮烟起遥岸，斜日照安流。」

⑤ 朱顏：紅潤的面容。《楚辭・招魂》：「美人既醉，朱顏酡些。」引申指美人。此處指顧媚。

⑥ 「茱萸帶」二句：意謂顧媚作客異鄉，思念情人，日益消瘦，衣帶漸寬。茱萸帶，以茱萸結帶以爲佩飾。唐宋之問《江南曲》：「懶結茱萸帶，愁安玳瑁簪。」此處泛指衣帶。宮腰，《韓非子・二柄》：「楚靈王好細腰，而國中多餓人。」又《後漢書・馬廖傳》：「楚王好細腰，宮中多餓死。」後因以「宮腰」泛指女子的細腰。宋柳永《木蘭花・柳枝》：「楚王空待學風流，餓損宮腰終不似。」

⑦ 瑶席：以玉飾席。瑶，玉之美者。此處指珍美的酒宴。南朝宋謝靈運《石門新營所住四面高山回溪石瀨茂林修竹》：「芳塵凝瑶席，清醑滿金樽。」

⑧五侯鯖：指漢代婁護合王氏五侯家珍膳而烹飪的雜燴。五侯，漢成帝母舅王譚、王根、王立、王商、王逢時同日封侯，號五侯。鯖，肉和魚的雜燴。《西京雜記》卷二：「五侯不相能，賓客不得來往。婁護豐辯，傳食五侯間，各得其歡心，競致奇膳，護乃合以爲鯖，世稱五侯鯖，以爲奇味焉。」後用以指佳肴。

⑨紫鸞人遠：意謂紫鸞載着顧媚遠去。紫鸞，傳説中神鳥。唐杜甫《秋日夔府咏懷奉寄鄭監李賓客一百韻》：「紫鸞無近遠，黄雀任翩翾。」

⑩鈿轅瞥過渭橋驛：詞人嘆惋顧媚即將到達京城而又折返。鈿轅，飾以寶物的車轅。鈿，以金銀貝殼等鑲嵌器物。渭橋驛，漢唐京師長安渭橋邊的驛館。這裏借指明朝都城北京。

⑪「料野館」三句：詞人想象顧媚南返途中，形單影隻地栖止于鄉村旅舍中，回望詞人所在的京師，思緒萬千。野館，指鄉村旅舍。宋陸游《記夢》：「我夢結束游何邦，小憩野館臨幽窗。」斜曛，夕陽餘光。元陳旅《題高房山畫》：「縹緲房山何處在，晴窗短紙映斜曛。」鳳闕，漢代宫闕名。引申爲皇宫、朝廷。晋王嘉《拾遺記·魏》：「青槐夾道多塵埃，龍樓鳳闕望崔嵬。」

⑫「佇日麗」二句：謂顧媚在苦苦等待否極泰來、能與龔鼎孳相聚的一天。佇，等待。日麗仙掌，謂日照仙人掌峰，雨後放晴。仙掌，華山峰名。在今陝西省華陰縣。典出《文選·張衡〈西京賦〉》：「綴以二華，巨靈贔屓，高掌遠蹠，以流河曲，厥迹猶存。」李善注：「古語云，此本一山，當河水過之而曲行，河之神以手擘開其上，足蹋離其下，中分爲二，以通河流，手足之迹，于今

尚在。」唐崔顥《行經華陰》詩：「武帝祠前雲欲散，仙人掌上雨初晴。」柳回羌笛，謂羌笛不再吹奏哀怨的《折楊柳》，意即春回大地。唐王之涣《凉州詞》：「黄河遠上白雲間，一片孤城萬仞山。羌笛何須怨楊柳，春風不度玉門關。」《折楊柳》乃古《横吹曲》名。晋太康末，京洛有《折楊柳》歌，辭多言兵事勞苦。南朝梁、陳和唐人多爲傷春惜别之辭。日麗仙掌、柳回羌笛用於此，皆指否極泰來，久别重逢。

⑬紅淚：晋王嘉《拾遺記・魏》：「文帝所愛美人，姓薛名靈芸，常山人也……靈芸聞别父母，歔欷纍日，淚下沾衣。至升車就路之時，以玉唾壺承淚，壺則紅色。既發常山，及至京師，壺中淚凝如血。」後因以「紅淚」稱美人淚。

【輯評】

計南陽：此曲只應天上有。（《香嚴詞》卷下）

鄒祗謨：麗而有則，情不淪雅，在和韻尤稱僅事。（《倚聲初集》卷二十）

祝英臺近 聞暫寓清江浦，用辛稼軒春晚韻〔一〕①

緑烟横，蘭槳渡。金犢②偃淮浦。細草春寒，過盡斷腸雨。望中雀扇雲衣，温存無據③。枕邊心、關山留住。 莫輕覷。柳外無盡〔二〕長亭，朝朝〔三〕背人數。河上雙魚，聽否咒花語。更愁香夢來尋，重添離處。却也遣、病魂隨去。

【校】

〔一〕《今詞初集》題作「家信」；《倚聲初集》題作「聞暫寓清浦，寄憶用辛稼軒春晚韻」。

〔二〕「盡」，《今詞初集》作「限」。

〔三〕「朝朝」，《今詞初集》作「朝暮」。

【注】

①崇禎十五年（一六四二），顧媚北上受阻，南返暫寓淮河沿岸的清江浦，龔鼎孳知悉後作此詞。清江浦，水名。在江蘇淮安清江浦區北淮河與運河會合處。舊爲南北水陸交通要道。辛稼軒，南宋詞人辛棄疾（一一四〇—一二〇七），初字坦夫，後改字幼安，號稼軒，歷城（今山東濟南）人。有《稼軒詞》，又一本名《稼軒長短句》。本詞用其《祝英臺近·晚春》（寶釵分）韻。

②金犢：牛犢的美稱。唐温庭筠《春曉曲》：「油壁車輕金犢肥，流蘇帳曉春雞早。」

③「望中」二句：詞人意謂顧媚南返，自己只能惆悵遥望情人所在，而無法温存厮磨。雀扇，羽毛扇。唐温庭筠《晚歸曲》：「彎堤弱柳遥相矚，雀扇圓圓掩香玉。」雲衣，指雲氣。《楚辭·劉向〈九嘆·遠逝〉》：「游清靈之颯戾兮，服雲衣之披披。」引申爲漂亮的衣服。唐何仲宣《七夕賦詠成篇》：「歷歷珠星疑拖佩，冉冉雲衣似曳羅。」雀扇、雲衣，均以顧媚的器物衣飾指代顧媚。

【輯評】

杜濬：勝讀劉采春《囉嗊曲》。（《香嚴詞》卷上）

鄒祗謨：愁語什三，艷語什七。（《倚聲初集》卷十四）

風中柳 復聞渡江泊京口，用孫夫人閨情韻①

天半②峰青，遮定玉帷花惱。捲〔一〕珠屏、依然碧草。過江心事，罵飛鴻難告。問東風、可曾知道。　兩點金焦③，看遍淺嚬④微笑。送粉絲⑤、春潮漸杳。黄昏纔慣，信羅衣寬蚤⑥。又禁得、杜鵑聲老。

【校】

〔一〕「捲」，《倚聲初集》作「捧」。

【注】

①顧媚自清江浦渡江泊京口，龔鼎孳聞悉作此詞。依「東風」「春潮」等詞看來，應是作於崇禎十六年（一六四三）春。京口，城名，地在今江蘇鎮江市。爲古代長江下游的軍事重鎮。「孫夫人，不知何許人。或以爲即孫道絢，或以爲鄭文妻，疑俱無所據……」（見《全宋詞》第五册）本詞用其《風中柳·閨情》（鎖減芳容）韻。

②天半：猶言半空中。《藝文類聚》卷三十九引南朝梁王僧孺《侍宴》：「蔓草亘巖垂，高枝起天半。」

③金焦：金山與焦山的合稱。兩山都在今江蘇鎮江。金山原名浮玉，因裴頭陀江際獲金，唐貞元間李騎奏改。焦山因漢焦光隱居此山得名。元薩都剌《題喜壽里客廳雪山壁圖》：「大江東去流無聲，金焦二山如水晶。」

④嚬：同「顰」。皺眉頭，表示憂愁或愁悶。

⑤粉絲：指花絲。宋蘇軾《山茶》：「游蜂掠盡粉絲黃，落蕊猶收蜜露香。」

⑥蚤：通「早」。《詩·豳風·七月》：「四之日其蚤，獻羔祭韭。」孔穎達疏：「四之日其早朝，獻黑羔於神。」

【輯評】

曹爾堪：尖穎是詞家本色，至其渾脱處，又古所謂「曲子縛不住」者。（《香嚴詞》卷上）

鄒祗謨：神艷處都無常語。（《倚聲初集》卷十二）

賀新郎 得京口北發信，用史邦卿韻①

鶯館②安排静。待珠輪③、逐程屯劄，柳旗花令。預遣探香烏鵲④去，露灑星橋⑤玉冷。可曾見、盧家官艇⑥。金字虎頭青鳥印，押紅泥、遮抹春愁影⑦。騎鳳月，破烟瞑。　瑶箱淚疊朱絲剩⑧。試芙蓉、兩行宮燭，對攤芳信⑨。薇雨細揉〔一〕彈事筆，温熟低心軟性⑩。料錦鯉⑪、今番情定。霧幔晴衫深打疊，怕秋棠、不耐商飆勁⑫。因蚤雁⑬，囑君聽。

【校】

〔一〕「揉」，《香嚴詞》作「操」。

【注】

① 龔鼎孳得顧媚自京口（今江蘇鎮江）北上之書信，作此詞。從後文看來，時間當爲崇禎十六年（一六四三）近秋之時。史邦卿，即史達祖，見卷一《東風第一枝·樓晤用史邦卿韻》注①。本詞用史達祖之《賀新郎》（花落臺池静）韻。

② 鶯館：對旅館的美稱。

③ 珠輪：飾珠之車輪，車之美稱。三國吴華覈《車賦》：「鞍罽緝袠，珠輪玉光。」

④ 探香烏鵲：指詞人派遣的探聽顧媚音信之人。

⑤ 星橋：神話中的鵲橋。北周庾信《舟中望月》：「天漢看珠蚌，星橋似桂花。」

⑥ 盧家官艇：指顧媚所乘之舟船。盧家，古樂府中相傳有洛陽女子莫愁，嫁于豪富的盧氏夫家。南朝梁武帝《河中之水歌》：「盧家蘭室桂爲梁，中有鬱金蘇合香。」泛指富裕之家。

⑦「金字」二句：謂顧媚書信上有其印章，紅色的印泥仿佛抹去了寫信者一直以來的慘淡愁緒。意謂顧媚得以北上，心情頓由悲愁轉爲歡愉。金字，以金粉書就之文字。指銘刻於碑石、器物上的文字。《文選·陸倕〈新漏刻銘〉》：「寧可使多謝曾水，有陋昆吾，金字不傳，銀書未勒者哉！」此處指銘刻於印章的文字。虎頭，指虎形印章。青鳥，見卷一《浣溪沙·邸懷其七》注⑥。紅泥，蓋章用的紅色印泥。遮抹，遮掩、遮没。

⑧「瑶箱」句：謂琴匣中盛滿了自己的相思之淚。瑶箱，用珠玉鑲嵌的精緻匣子。唐王勃《梓州通泉縣惠普寺碑》：「故能使雕形畫塔，象設年滋；彩帙瑶箱，龍編月久。」朱絲，朱弦。用熟絲製的琴弦。唐劉禹錫《調瑟詞》：「朱絲二十五，闕一不成曲。」引申爲琴瑟。

⑨「試芙蓉」二句：謂在燭光下展開顧媚的來信品讀。芙蓉，蓋爲對蠟燭之美稱。元馬致遠《漢宫秋》第二折【梁州第七】：「偏宜向梨花月底登樓，芙蓉燭下藏鬮。」宫燭，宫廷中所用的蠟燭。唐韓愈《答張徹》：「梅花灞水别，宫燭驪山醒。」芳信，指閨中人的書信。宋史達祖《雙雙燕·詠燕》：「應自棲香正穩，便忘了天涯芳信。」

⑩「薇雨」二句：詞人操起往日書寫彈章的筆書寫此刻心緒。意謂顧媚的即將到來讓自己在守正敢言的朝官本色外，又平添了大丈夫的多情與温存。彈事，彈劾官吏的奏疏，也稱彈章。南朝梁劉勰《文心雕龍·奏啓》：「後之彈事，迭相斟酌。」温熟，通過温習而熟悉。

⑪錦鯉：書信的美稱。鯉，典出《文選·飲馬長城窟行》：「客從遠方來，遺我雙鯉魚。呼兒烹鯉

魚，中有尺素書。」代指書信。宋李泳《賀新郎・感舊》：「彩舫淩波分飛後，別浦菱花自老，問錦鯉何時重到。」

⑫「霧幔」二句：時近秋日，詞人擔心顧媚不耐風寒，早早爲她疊被鋪牀、備辦秋裳。打疊，收拾。宋劉昌詩《蘆蒲筆記・打字》：「收拾爲打疊，又曰打迸（一作併）。」元無名氏《小孫屠》第四折：「母親暗藏着腹内憂，打迭起心頭悶。」商飈，亦作「商猋」。秋風。晉陸機《園葵詩》：「時逝柔風戢，歲暮商猋飛。」

⑬蚤雁：蚤，同「早」。

【輯評】

陳維岳：貴主雲軿，宓妃羅襪，高華瑋麗，絶非時世梳裹。（《香嚴詞》卷下）

玉女搖仙佩　中秋至都門，距南鴻初來適周歲矣，用柳耆卿《佳人》韻志喜〔一〕①

青天萬里，忽下檀雲，送到虬幢鮫綴②。六代金霞，三春鶯粉，拾得有情佳麗〔二〕③。便倩秋蟾④比。怪年年碧海，成雙非易。儘疇昔、羅裙畫簟，無數銷魂，見面都已。相逢恰今宵，一世團欒〔三〕⑤，花明月媚。兼有九宵玉珮，五夜香爐，好景安容拋棄。斗帳霧濃〔四〕，珠絲絲熱〔五〕，柳毅龍宫輸美⑥。紫幄同心倚。任消受南國，知名才藝。那忍忘、燈前却扇⑦，笛邊沽酒、上樓歡意。三生誓。玄霜碾入鵜鵜被⑧。

【校】

〔一〕《倚聲初集》《今詞初集》均題作「志喜用柳耆卿佳人韻」。

〔二〕「麗」，《倚聲初集》《今詞初集》均作「雨」。

〔三〕「圞」，《倚聲初集》《今詞初集》均作「圓」。

〔四〕「霧濃」，《今詞初集》作「微酣」。

〔五〕「珠絲絲熱」，《今詞初集》作「珠絲並熱」。

【注】

①本詞作於崇禎十六年（一六四三）。是年中秋，顧媚抵達京城，歸嫁龔鼎孳。此時距詞人得顧媚北上書信的崇禎十五年（一六四二）中秋恰整一年。見卷一《念奴嬌·中秋得南鴻喜賦用東坡中秋韻》。柳耆卿，即柳永，見卷一《十二時·浦口寄憶用柳耆卿秋夜韻》注①。本詞用柳永《玉女摇仙佩·佳人》（飛瓊伴侶）韻。

②虬幢鮫綴：畫有無角龍的帷幔和畫有鮫魚的旗幟。幢，舟、車上形如車蓋的帷幔。綴，旌旗。

均借指顧媚的舟車。

③「六代」三句：謂顧媚是從南京出發，千里迢迢，遠嫁至京。六代，指三國吴、東晋和南朝之宋、齊、梁、陳。它們都共同建都於建康（或稱建鄴，今南京）。唐李白《留别金陵諸公》：「六代更霸王，遺迹見都城。」此處指南京。金霞，額黄。唐温庭筠《南歌子》：「臉上金霞細，眉間翠鈿深。」三春，春季三箇月，農曆正月稱孟春，二月稱仲春，三月稱季春。漢班固《終南山賦》：「三春之季，孟夏之初，天氣肅清，周覽八隅。」鵞粉，黄色的粉。古代女子化妝所用。元馬祖常《賦王叔能宅芍藥》：「鵞粉分奩艷有光，天工巧製殿春陽。」六代金霞、三春鵞粉，指南京自古江南佳麗地。

④秋蟾：秋月。唐姚合《秋夜月中登天壇》：「秋蟾流異彩，齋潔上壇行。」

⑤團圞：此處有二義，一指中秋圓月。前蜀牛希濟《生查子》：「新月曲如眉，未有團圞意。」二指團聚。宋薛嵎《中秋家人玩月》：「年年照離别，今夕喜團圞。」

⑥「斗帳」三句：詞人謂自己得與顧媚團聚，極盡歡愉，即便是柳毅得娶龍女，也不及他的塵世繾綣。斗帳，見卷一《長相思·邸懷其三》注①。珠絛，絲帶。柳毅，唐李朝威作傳奇小説《柳毅傳》，記洞庭龍女遭夫家虐待，柳毅助其脱離苦難，遂相愛慕。幾經波折，終成夫妻。

⑦却扇：古代行婚禮時新婦用扇遮臉，交拜後去之。後用以指完婚。北周庾信《爲梁上黄侯世子與婦書》：「分杯帳裏，却扇牀前。」

⑧「玄霜」句：謂歷盡艱難，有情人終成眷屬。玄霜，神話中的一種仙藥。《初學記》卷二引《漢武帝内傳》：「仙家上藥有玄霜、絳雪。」唐裴鉶《傳奇·裴航》載，裴航欲娶雲英爲妻，雲英之祖母稱：「昨有神仙遺靈丹一刀圭，但須玉杵臼，搗之百日，方可就吞，當得後天而老。君約取此女者，得玉杵臼，吾當與之也。」裴航求得玉杵臼後，日夜搗藥，終得娶雲英。《傳奇·裴航》有詩云：「一飲瓊漿百感生，玄霜搗盡見雲英。」鶼鶼被，繡有比翼鳥的被子。鶼鶼，比翼鳥。《爾雅·釋地》：「南方有比翼鳥焉，不比不飛，其名謂之鶼鶼。」郭璞注：「似鳧，青赤色，一目一翼，相得乃飛。」此處喻指夫妻情深。

【輯評】

王澐：仙音澒洞，天樂鏗鏘，當然使飛瓊鼓瑟，雙成拊磬，下視高頭樂部，直村笛巴謳耳。（《香嚴詞》卷下）

吴綺：艷思逸響，字字紅靺鞨矣。致光、義山見此能無閣筆？（《香嚴詞》卷下）

鄒祇謨：字字精彩絶艷。（《倚聲初集》卷二十）

念奴嬌　花下小飲，時方上書，有所論列，八月廿五日也。用東坡赤壁韻①

畫眉餘興，哂王章閨閣、都無英物②。北闕浮雲遮望眼，誰作中流鐵壁③。剪豹天關，搏鯨地軸④，隻字飛霜雪。焚膏相助⑤，壯哉兒女人傑。投袂⑥太息花前，仰天長笑〔一〕，正酒狂初發。赤日金鱗霄漢轉，坐見嶽摇氛〔二〕滅⑦。一葉身輕，千峰約在，幸少星星髮⑧。與君沉醉，玉臺⑨斜過佳月。

【校】

〔一〕「笑」，《瑶華集》作「嘯」。

〔二〕「氛」，《香嚴詞》作「氣」。

【注】

① 本詞作於崇禎十六年（一六四三）八月二十五日。是日龔鼎孳上書言事，據詞意，上書的内容應是彈劾權貴。歸邸與顧媚花下小飲，作此詞。龔鼎孳入京爲官後，踔厲風發，時常糾彈官員。明李清《三垣筆記》：「然兩公（龔鼎孳與曹良直）皆險刻，每遇早朝，則自大僚以至臺諫，咸嘖嘖附耳，或曰曹糾某某，或曰龔糾某某，皆畏之如虎。」「曹給諫良直、龔給諫鼎孳居言路，日事羅織。」「險刻」「羅織」等語或責之過苛。論列，指言官上書檢舉彈劾。《舊唐書·孔戣傳》：「時吐突承璀以出軍無功，諫官論列，坐希光事出爲淮南監軍。」東坡，即蘇軾，見卷一《念奴嬌·中秋得南鴻喜賦用東坡中秋韻》注①。本詞用蘇軾《念奴嬌·赤壁懷古》（大江東去）韻。

②「畫眉」二句：詞人一面用張敞畫眉典謂自己與顧媚情投意合，一面嘲笑西漢大臣王章的妻子没有膽識氣魄來反襯顧媚乃巾幗英雄。畫眉，以黛描飾眉毛。《漢書·張敞傳》：「敞無威儀……又爲婦畫眉，長安中傳張京兆眉憮。有司以奏敞。上問之，對曰：『臣聞閨房之内，夫婦之私，有過於畫眉者。』」唐朱慶餘《近試上張水部》：「妝罷低聲問夫婿，畫眉深淺入時無？」後以「畫眉」喻夫妻感情融洽。王章，西漢大臣，位至京兆尹。剛直敢言，後因奏彈王鳳被誣陷繫獄死。在他上封事之前，其妻曾出言勸阻。事見《漢書·王章傳》。英物，傑出的人物。《晉書·桓温傳》：「桓温字元子……生未朞而太原温嶠見之，曰：『此兒有奇骨，可試使啼。』及聞聲，曰：『真英物也。』」

③「北闕」二句：詞人謂己有意作中流鐵壁，一掃朝政亂象。北闕，古代宫殿北面的門樓。是臣子等候朝見或上書奏事之處。此處泛指宫禁、朝廷。北闕浮雲遮望眼，化用王安石《登飛來峰》「不畏浮雲遮望眼」句，意謂朝廷奸佞充塞、政治窳敗。誰作中流鐵壁，必須有人能充當國家之中流鐵壁以振衰起敝、力挽狂瀾。詞人實以國之中堅自命。

④「剪豹」二句：詞人指自己不避險惡，勇於糾彈權貴。天關，猶天門。北周庾信《周祀圜丘歌·雍樂》：「迴日轡，動天關。」地軸，指大地。《南齊書·樂志三》：「義滿天淵，禮昭地軸。」

⑤「焚膏」句：詞人指顧媚不避辛勞地佐助自己。焚膏，謂夜間繼續工作或學習。韓愈《進學解》：「焚膏油以繼晷，恒兀兀以窮年。」

⑥ 投袂：甩袖。形容激動奮發。《左傳・宣公十四年》：「楚子聞之，投袂而起。」

⑦「赤日」二句：意謂朝廷出現了可喜的轉變，一掃妖氛。金鱗，比喻閃爍於水面的細碎日光。元郭鈺《賦清溪》：「半篙晴日蕩金鱗，一帶秋烟溜寒玉。」霄漢，雲霄和天河，指天空，喻指京都附近或帝王左右。唐杜牧《書懷寄中朝往還》：「霄漢幾多同學伴？可憐頭角盡卿材！」氛，妖氛。不祥的雲氣。多喻指凶災、禍亂。三國魏曹丕《送劍書》：「用給左右，以除妖氛。」

⑧ 星星髮：花白的頭髮。唐張說《相州冬日早衙》：「鏡中星髮變，頓使世情闌。」

⑨ 玉臺：臺觀的美稱。

【輯評】

馬駿：浩氣纏膺，杜少陵「掖垣花隱」詩有此情事。（《香嚴詞》卷下）

秦松齡：王章對泣，張敞畫眉，兒女英雄合爲一傳。（《香嚴詞》卷下）

菩薩蠻 初冬以言事繫獄，對月寄懷①

冰綃②冷織孤烟悄。檐濤響壓花鈴小③。夜色上啼烏。青燈④一壯夫。　嬋娟⑤千種意。莫照傷時字。此夜繡牀前。清光⑥圓未圓。

【注】

① 崇禎十六年(一六四三)十月初七，龔鼎孳上疏彈劾首輔陳演庇貪誤國，忤帝意，下獄。《國榷》卷九十九：「十月辛酉朔……丁卯，□科給事中龔鼎孳下獄。」清嚴正矩《大宗伯龔端毅公傳》：「至庇貪誤國一疏，則專擊首揆，以此下公於理。」首揆指當時之内閣首輔陳演。陳演(?—一六四四)，四川井研人。天啓二年(一六二二)進士。《明史》卷二百五十三：「(崇禎)十五年(演)以山東平盜功加太子少保，改户部尚書、武英殿。被劾，乞罷，優旨慰留。明年五月，周延儒去位，遂爲首輔。尋以城守功，加太子太保。十七年正月，考滿加少保，改吏部尚書、建極殿。踰月罷政。再踰月，都城陷，遂及於難。演爲人，既庸且刻。」《定山堂詩集》卷五有《癸未十月初七日以言事下獄》二首。《龔端毅公奏疏》附卷載龔鼎孳順治元年上多爾衮《衰病殘軀不能供職補牘陳情乞允放啓》：「會以參論故輔陳演庇貪誤國一疏，冒昧無當。先帝下之於理……」龔鼎孳能挺過殘酷的詔獄，與顧媚的關懷及支持有很大關係。本詞及以下之《臨江仙・除夕獄中寄憶》《玉燭新・上元獄中寄憶》均爲龔鼎孳在獄中思憶顧媚作。《定山堂詩集》亦有若干詩篇敘寫龔顧患難與共之深情。《定山堂詩集》卷三十六《生辰曲》十首、《寒甚善持君送被夜卧不成寐口占答之》二首、《上元詞和善持君韻》二首均爲龔鼎孳於獄中念及顧媚作。《生辰曲》十首寫於崇禎十六年十一月初三，是日爲顧媚二十五歲生辰，鼎孳作詩爲壽(《龔芝麓先生集》《尊拙齋詩集》題作《内子初度》)。其一：「一林絳雪照瓊枝，天册雲霞冠黛眉。玉

蕊珠叢難位置，吾家閨閣是男兒。」其二：「奇襟逸思涌春潮，吐蕙含蘭静若遥。長倚菱花隨意看，風前鬢影福難消。」其三：「閒裁好句鬬丹霞，碧玉奩藏錦字賒。翠羽明珠驚入掌，生成解語即名花。」其四：「緑紗窗几浄無塵，點染秋山入練巾。雙黛聯娟宜淡掃，倚風身是畫圖人。」其五：「博山香冷鬱金釵，蔬笋看經月一街。繡佛應憐人寂寞，太常妻子更清齋。」其六：「蕭條四壁不堪愁，酒債琴心自唱酬。近識文君操作苦，侍臣無復鷫鸘裘。」其七：「九閽豺虎太縱横，請劍相看兩不平。郭亮王調今寂寞，一時意氣在傾城。」其八：「星高魚鑰一燈寒，貫索烏啼夜未闌。敢望金雞天際下，妝樓小帖暫平安。」其九：「琉璃爲篋貯冰霜，諫草琳瑯粉澤香。笑泣牛衣兒女態，獨將慷慨對王章。」其十：「今日初辭神武冠，明朝買棹白鷗灘。五湖大有同心客，弋外冥鴻天地寬。」《寒甚善持君送被夜卧不成寐口占答之》其一：「霜落并州金剪刀，美人深夜玉纖勞。停針莫怨珠簾月，正爲羈臣照二毛。」其二：「金猊深擁繡床寒，銀剪頻催夜色殘。百和自將羅袖倚，餘香長繞玉闌干。」《上元詞和善持君韻》其一：「紫霧晴開鳳闕初，五侯絃管碧油車。芳閨此夕殘燈火，獨照孤臣諫獵書。」其二：「珠斗春濃接玉京，千門萬户月華生。五陵游冶青絲騎，誰愛荆卿擊筑聲。」

② 冰綃：薄而潔白的絲綢。唐王勃《七夕賦》：「停翠梭兮卷霜縠，引鴛杼兮割冰綃。」

③「檐濤」句：謂風打屋檐完全壓倒了護花鈴發出的聲響。檐濤，風打屋檐，聲如波濤。花鈴，用以驚嚇鳥雀的護花鈴。

④青燈：光綫青熒的油燈。唐韋應物《寺居獨夜寄崔主簿》：「坐使青燈曉，還傷夏衣薄。」
⑤嬋娟：指代明月或月光。宋蘇軾《水調歌頭》：「但願人長久，千里共嬋娟。」
⑥清光：指清亮的月光。

【輯評】

姜延幹：嫵媚語偏寫得如許磊砢。（《香嚴詞》卷上）

臨江仙　除夕獄中寄憶①

不記今爲何夕，隔牆鐘鼓催春。逞風花草太無因②。籠香深病色，罷酒得愁身。

料是紅閨初掩，清眸不耐羅巾。長齋甘伴鸕鷀③貧。忍將雙鬢事，輕報可憐人。

【注】

①本詞乃龔鼎孳於崇禎十六年（一六四三）除夕獄中思念顧媚作。
②「逞風」句：詞人悔恨自己直言召禍。稱自身不過柔弱如花草，無所憑藉，却渴望在亂世中有所作爲，自召其禍。逞風，謂顯示威風，趁勢肆行。無因，無所憑借。《楚辭·遠游》：「質菲薄而無因兮，焉托乘而上浮？」

③鷫鸘：即鷫鸘裘。相傳爲漢司馬相如所着的裘衣。由鷫鸘鳥的皮製成。一說，用鷫鸘飛鼠之皮製成。舊題漢劉歆《西京雜記》卷二：「司馬相如初與卓文君還成都，居貧愁懣，以所着鷫鸘裘就市人陽昌貰酒與文君爲歡。」

【輯評】

程可則：福堂肺石間偏能作《閒情賦》，正東坡先生鼻息如雷時也。其霽九重之怒宜矣。

（《香嚴詞》卷上）

玉燭新　上元獄中寄憶①

天街②風定後。想畫鼓雲繁，絳籠星就〔一〕③。虎城豹柝，輕烟外、逗出銅龍春漏④。侯家錦毯，醉不了、珠場花候⑤。誰信道、青鬢孤臣，今宵〔二〕雪霜盈袖⑥。

依稀燭下屏前，有翠靨⑦綃衣，月明安否。小眉應鬬。恨咫尺、不見背燈人瘦。香柔粉秀。猛伴得、英雄搔首。千古意，惟許冰絲，平原對繡⑧。

【校】

〔一〕「就」，《今詞初集》作「驟」。

〔二〕「宵」，《今詞初集》作「朝」。

【注】

①崇禎十七年(一六四四)正月十五日，龔鼎孳仍繫獄，憶及顧媚，作此詞。

②天街：京城中的街道。唐韓愈《早春呈水部張十八員外》之一：「天街小雨潤如酥，草色遥看近却無。」

③「想畫鼓」三句：這是詞人在獄中想象外界元宵節的熱鬧景象。畫鼓聲聲仿佛是從層雲中傳來，天上的星光鋪灑在紅色燈籠上。絳籠，紅色燈籠。明李東陽《早朝露坐》：「清漏水聲催玉箭，絳籠燈影動金鋪。」

④銅龍春漏：指時間流逝。銅龍，漏器的吐水龍頭。亦借指漏壺。唐李商隱《深宫》：「金殿銷香閉綺櫳，玉壺傳點咽銅龍。」春漏，春日的更漏。多指春夜。唐韋應物《聽鶯曲》：「還栖碧樹鎖千門，春漏方殘一聲曉。」

⑤「侯家」二句：意謂上元之夜，侯門顯貴酣歌醉舞，熱鬧非凡。侯家，猶侯門。指顯貴人家。明何景明《明月篇》詩：「侯家臺榭光先滿，戚里笙歌影乍低。」花侯，花期。宋王沂孫《一萼紅·石屋探梅》：「花候猶遲，庭陰不掃。門掩山意蕭條。」

⑥「誰信道」二句：詞人謂自己剛直罹禍，憂思悲憤，未老先衰。青鬢，濃黑的鬢髮。引申爲年輕人。唐許渾《送客自兩河歸江南》：「遥羨落帆逢舊友，緑蛾青鬢醉横塘。」青鬢孤臣，乃龔鼎孳自指。雪霜，白髮。唐白居易《同微之贈别郭虚舟煉師五十韻》：「雪霜各滿鬢，朱紫徒爲衣。」

雪霜盈袖，意即白髮落滿懷袖。

⑦翠靨：古代貴族婦女的面飾。用綠色「花子」粘在眉心，或製成小圓形貼在嘴邊酒窩地方。後蜀顧敻《虞美人》：「遲遲少轉腰身裊，翠靨眉心小。」

⑧「千古意」三句：詞人通過表達對愛才好士的平原君的景仰追思，來反襯統治者之不辨忠奸、摧折士氣。冰絲，冰蠶所吐的絲。常用作蠶絲的美稱。晉王嘉《拾遺記》卷十：「有冰蠶長七寸，黑色，有角，有鱗。以霜雪覆之，然後作繭，長一尺，其色五彩。織爲文錦，入水不濡，以之投火，經宿不燎。唐堯之世，海人獻之，堯以爲黼黻。」宋葉適《送趙季清兼謝所惠詩》：「纍珠貫冰絲，耿光發沉淵；二千八百字，字字合管弦。」平原繡，戰國時趙國的平原君趙勝，門下有食客數千人。用冰絲來繡平原君，表示對平原君極其欽慕。唐李賀《浩歌》：「買絲繡作平原君，有酒惟澆趙州土。」

【輯評】

汪琬：「身後牛衣媿老妻」，讀子瞻獄中詩徒增哽咽，不若先生游戲神通，作如許伎倆。（《香嚴詞》卷下）

萬年歡 春初繫釋，用史邦卿春思韻〔一〕①

一笑東風，喜寒梅尚繁，香散瑤雪。攜手花前，重見酒杯豪發。鐵石②銷磨未盡，算只有、風情癡絕。生拋撇，瘴戟蠻裝，更央珊枕埋骨。而今虎鬚怒歇。料天荒地老，比翼難別。絡粉調笙，還讓引裾人物③。儘取頭廳④重印，肯換却、纖纖霞〔二〕襪。甘心署、錦隊鉗奴，五湖編管烟月⑤。

【校】

〔一〕《今詞初集》《瑶華集》均題作「癸未春作」；《倚聲初集》題作「癸未春作，用史邦卿春思韻」。

〔二〕「霞」，《今詞初集》作「羅」。

【注】

① 崇禎十七年（一六四四）正月二十八日，龔鼎孳出獄，貶爲城旦。清嚴正矩《大宗伯龔端毅公傳》：「至庇貪誤國一疏，則專擊首揆，以此下公於理。旋釋爲城旦。」本詞乃龔鼎孳記出獄作。詞人表達了自己經歷宦海風波後心生倦意，願攜手顧媚流連風月、逍遥山水的情懷。史邦卿，即史達祖，見卷一《東風第一枝·樓晤用史邦卿韻》注①。本詞用史達祖《萬年歡·春思》（兩袖梅風）韻。《明季北略》卷二十：（正月）廿八丁巳，始傳平陽之陷，都人大震。陳演揭救在獄諸臣，命限十日審結，其方士亮、姜埰、尹民興、龔鼎孳保出。」亦有稱龔鼎孳三月出獄。鄧漢儀《慎墨堂筆記》：「龔孝升以三月十三日出詔獄。」龔鼎孳與姜埰同時出獄。姜埰《姜貞毅先生自著年譜》：「甲申年，三十八歲……二月一日，詔譴宣州衛，同年友成德等各賦詩送行。初十

日出都。」可見當以《明季北略》之説爲是。《定山堂詩集》卷十六《送姜如農給諫謫戍宛陵兼懷如須大行》四首即龔鼎孳爲姜埰送行作。

②鐵石：比喻堅定不移。《三國志・魏書・武帝紀》「燒丞相長史王必營」，裴松之注引《魏武故事》：「領長史王必，是吾披荆斬棘時吏也。忠能勤事，心如鐵石，國之良吏也。」

③「絡粉」二句：意謂自己這箇犯言直諫的忠鯁之臣，此後甘願爲佳人傅粉吹笙。引裾，拉住衣襟。指三國魏辛毗拉住文帝衣襟堅持諍諫的故事。見《三國志・魏書・辛毗傳》。後以「引裾」喻人臣能據理直諫。「引裾人物」乃龔鼎孳自指。

④頭廳：古代稱中央政府的最高行政機構。唐尚顔《將欲再游荆渚留辭岐下司徒》：「今朝回去精神別，爲得頭廳宰相詩。」

⑤「甘心署」二句：詞人意謂自己願意在歌舞樂隊中爲奴，甘心被謫放，過逍遥自在的隱居生活。意即不再涉足政治。錦隊，指歌舞樂隊。鉗奴，髡鉗爲奴者。漢司馬遷《報任少卿書》：「季布爲朱家鉗奴，灌夫受辱於居室。」五湖編管烟月，謂只受五湖風月管束，意即隱居不仕。五湖，春秋末越國大夫范蠡，輔佐越王勾踐，滅亡吴國，功成身退，乘輕舟以隱于五湖。見《國語・越語下》。後因以「五湖」指隱遁之所。唐劉長卿《贈秦系》：「明日東歸變名姓，五湖烟水覓何人。」編管，宋代官吏得罪，謫放遠方州郡，編入該地户籍，并由地方官吏加以管束，謂之「編管」。《宋史》卷四七三《姦臣傳・秦檜傳》：「王廷珪編管辰州，以作詩送胡銓也。」

【輯評】

王士禄：瓊樓玉宇，寓言十九，此正則咏香草，非廣平賦梅花也，讀者慎勿當面錯過。（《香嚴詞》卷下）

王士禛：真英雄人定非下愚不及情可比，兒女情多，英雄氣少，然乎？否耶？（《倚聲初集》卷十六）

綺羅香　同起自井中賦記，用史邦卿春雨韻①

弱羽填潮②，愁鵑帶血，凝望宮槐烟暮③。並命鴛鴦，誰倩藕絲留住。搴杜葯、正則懷湘，珥瑶碧、宓妃横浦④。誤承受、司命⑤多情，一雙唤轉斷腸路。人間兵甲滿地，辛苦蛟龍外，前溪難渡⑥。壯髮⑦三千，黏濕遠山香嫵。憑蝶夢⑧、吹恨重生，問竹簡⑨、殉花何處。肯輕負、女史萇弘，止耽鶯燕語⑩。

【注】

①崇禎十七年（一六四四）三月十九日，李自成攻陷北京城，崇禎帝自縊於煤山。龔鼎孳被闖軍捕獲，備受拷掠之苦。後與顧媚投井殉節，爲附近居民所救。本詞即記投井獲救事。史邦卿，即史達祖，見卷一《東風第一枝·樓晤用史邦卿韻》注①。本詞用史達祖《綺羅香·咏春雨》

韻。嚴正矩《大宗伯龔端毅公傳》：「寇陷都城，公闔門投井，爲居民救蘇。」熊文舉《雪堂先生集選・龔孝升近草序》稱龔鼎孳於國變之時「引義慷慨，談笑蹈蛟宮而靡悔」。此外，《龔端毅公文集》卷四《丁野鶴逍遥游序》、卷十四《還願禮佛疏》、卷十六《題哭曹古遺詩後》《題畫贈道公》、卷二十五《答王用五》其一、《與盧德水先生》其二、《與閻古古》，瞻麓齋本《定山堂文集》卷五《祈嗣文》、卷六《與吴梅村書（庚寅秋臨淮舟中）》皆提及投井事。《龔端毅公奏疏》附卷《哀病殘軀不能供職補牘陳情乞恩允放啓》：「會以參論故輔陳演庇貪誤國一疏，冒昧無當，先帝下之於理，幸荷曠恩，待以不死，俾得列名城旦。嘗爲廢人，職亦自分秉耒歸田，無意人間事矣。束裝甫就，流寇陷城，夾拷慘毒，骨脛折斷，闔門投井，爲居民救甦。裹痛扶傷，逃命山谷。」在《定山堂詩集》卷十六《懷方密之詩序》中，龔鼎孳詳細記述了國變後自己被捕、受拷、投井諸種遭遇。上述諸種，均可與本詞同觀。

② 弱羽填潮：字面指上古神話精衛填海。《山海經・北山經》：「炎帝之少女，名曰女娃。女娃游于東海，溺而不返，故爲精衛，常銜西山之木石以堙于東海。」喻指自己與顧媚投井事。弱羽，謂羽毛未豐。指飛行力弱的小鳥。南朝梁王僧孺《棲雲寺雲法師碑》：「庭棲弱羽，檐挂輕蘿。」

③「愁鵑」二句：指崇禎帝殉國事。愁鵑，相傳古代蜀帝杜宇讓位鱉靈自逃，後欲復位不得而死，魂化爲鵑，悲啼不止，乃至血出，人稱冤鳥。此以望帝喻崇禎帝。宫槐，蓋指崇禎帝縊死於槐

樹。關於崇禎帝自縊之所，歷來衆説紛紜，其中「死於煤山（即景山，又稱萬歲山）」説爲多數人認同。但關於此説，亦生出不同版本，難定一尊，約略舉之，蓋有如下幾説：（一）自縊於煤山東麓的槐樹下。在今北京景山公園的一株槐樹旁，仍樹立「明思宗殉國處」碑。（二）自縊於煤山紅閣之海棠樹下。清計六奇《明季北略》卷二十：「丁未五鼓，上御前殿，與二人手自鳴鐘集百官，無一至者。遂散遣内員，手携王承恩入内苑，人皆莫知。上登萬歲山之壽皇亭，即煤山之紅閣也。亭新成，先帝爲閱内操特建者……遂自經于亭之海棠樹下。太監王承恩對面縊死。」（三）自縊於煤山松樹下。明趙世錦《甲申紀事》：「二十二日，賊搜得先帝遺弓于煤山松樹下。與内監王承恩對面縊焉。」（四）自縊於煤山之亭。《明史》卷三百九：「十九日丁未，天未明，皇城不守。鳴鐘集百官，無至者。乃復登煤山，書衣襟爲遺詔，以帛自縊於山亭，帝遂崩。太監王承恩縊於側。」

④「褰杜葯」二句：詞人以屈原投汨羅江、宓妃溺死洛水的兩箇典故分别指代自己和顧媚之投井殉節。正則，戰國楚人屈原，名平，字原，又名正則，字靈均。《離騷》：「皇覽揆余初度兮，肇錫余以嘉名，名余曰正則兮，字余曰靈均。」懷湘，指屈原投汨羅江事。屈原乃楚國貴族，他憂國憂民，但他的變法主張不被楚王接納，楚國政治江河日下。公元前二七八年秦國攻破楚國首都郢都，悲憤交集的屈原在長沙附近的汨羅江自殺。瑶碧，兩種玉名。《山海經·西山經》：「又西二百八十里，曰章莪之山，無草木，多瑶碧。」此處指宓妃之耳飾。宓妃，傳説洛水女神

名。屈原《離騷》：「吾令豐隆乘雲兮，求宓妃之所在。」《史記・司馬相如列傳》之《上林賦》「若夫青琴、宓妃之徒」，《索隱》引如淳：「宓妃，伏羲女，溺死洛水，遂爲洛水之神。」

⑤ 司命：掌管生命的神。《莊子・至樂》：「吾使司命復生子形，爲子骨肉肌膚。」

⑥ 「人間」三句：詞人謂除了投井以葬身蛟龍之口外，兵連禍結的人間似已讓人前行無路。前溪，前面的溪流。《樂府詩集・清商曲辭二・前溪歌》：「憂思出門倚，逢郎前溪度。」

⑦ 壯髮：謂成年人的頭髮，引申指壯盛時期。唐王昌齡《途中作》：「羈旅悲壯髮，別離念征衣。」

⑧ 蝶夢：《莊子・齊物論》：「昔者莊周夢爲胡蝶，栩栩然胡蝶也，自喻適志與！不知周也。俄然覺，則蘧蘧然周也。不知周之夢爲胡蝶與，胡蝶之夢爲周與？周與胡蝶，則必有分矣。此之謂物化。」後因以「蝶夢」喻迷離惝恍的夢境。

⑨ 竹簡：古代用以書寫、記事的竹片。《後漢書・宦者傳・蔡倫》：「自古書契多編以竹簡，其用縑帛者謂之爲紙。」引申指史册。

⑩ 「肯輕負」二句：謂決不輕易辜負顧媚的忠貞之懷，故不會耽溺於鶯鶯燕燕的温柔鄉中，而必圖有所作爲。女史，古代女官名。以知書婦女充任。掌管有關王后禮儀等事。或爲世婦下屬，掌管書寫文件等事。《周禮・天官・女史》：「女史掌王后之禮職，掌内治之貳，以詔后治内政。」引申爲對知識婦女的美稱。此處指顧媚。萇弘，人名。周景王、敬王的大臣劉文公所屬大夫。劉氏與晉范氏世爲婚姻，在晉卿内訌中，由于幫助了范氏，晉卿趙鞅爲此聲討，萇弘

被周人殺死。傳説死後三年，其血化爲碧玉。事見《左傳・哀公三年》。《莊子・外物》：「人主莫不欲其臣之忠，而忠未必信，故伍員流于江，萇弘死于蜀，藏其血三年，而化爲碧。」萇弘亦喻指顧媚。

【輯評】

汪琬：陳叔寶、張麗華那從得此韻語。（《香嚴詞》卷下）

龐樹柏：「龔芝麓與顧橫波，人多艷之，今讀其《綺羅香》詞，殆亦眉樓中一段秘史與！題爲《同起自井中賦記》，詞云（略），極香憐玉愛之致，欲步叔寶後塵而未能，以視孫臨、葛嫩之同時殉難，能無愧死！」（《龍禪室摭譚》）

【紀事】

蘇瀜《惕齋見聞録》：「龔鼎孳降賊，受直指使，後見人輒曰：『我原要死，小妾不肯。』小妾者，其爲垣中時所娶秦淮倡顧媚也。此見馬士英奏疏中。」

石州慢 感春〔一〕①

香閣春添，庭院晝長，花雨②飄灑。清明時候，輕寒小熱，暗愁盈把。呢喃燕子，却憎畫棟，雕零烏衣③，閒恨猶牽惹。拍碎玉闌干，儘黄鸝描寫。　游冶。禁烟吹散，寶瑟風前，紫騮〔二〕花下④。何似一燈寒食，柴門初打。樓頭柳色，望裏青斷天涯。絮飛還殢王孫馬⑤。解道莫愁誰，只長干人也⑥。

【校】

〔一〕《香嚴詞》題作「感春，和高季迪韻」。

〔二〕「紫騮」，《瑤華集》作「金觥」。

【注】

① 本詞作於崇禎十七年（一六四四）三月十九日北京城破、崇禎帝自縊之後。國破君亡之時，正值暮春時節，故明清之際的文人的傷春感懷之作，往往都有特殊的涵義。龔鼎孳此時與顧媚留滯京師，身不由己。本詞和明高啓《石州慢·春思》（落了辛夷）韻。高啓（公元一三三六—一三七四年），字季迪，號槎軒，又號青丘子，長洲（今江蘇蘇州）人。詞集《扣舷集》。《定山堂詩集》卷十六有龔鼎孳作於崇禎十七年二月的《感春二十首》，組詩敘寫了明王朝大廈將傾之日的紛紜亂象與龔鼎孳的窮途之嘆，可與《定山堂詩餘》之題爲「感春」「送春」「追春」「春憶」等詞互觀。《感春二十首 甲申二月》其一：「手撫明絃目送鴻，雲霄一羽墮墻東。鳳衰誤叫扶桑日，鯨大平翻灩澦風。鐵甲氣連關塞黑，玉珂雲散枕痕紅。步兵哭歎非無謂，不擬春愁訴路窮。」其二：「無聊春色改霜冬，風動簷花影欲重。牀有百城輸米甕，身無四壁閣眉峰。絕交並

斥彝門客，玩世高題城旦春。强項應招卿相厭，金貂曾不戀疏慵。」其三：「問世心長晝掩扉，蓬萊院亦避芸暉。泰階自指三台正，傲客長看七尺微。奮臂天關馴虎尾，還山風雨付牛衣。扁舟預訂桃溪約，二月漁竿水漸肥。」其四：「自悔雕蟲詘壯圖，霜鷹踢翼遠難呼。西山草木猶群盜，北極衣冠孰老儒。十道爭飛常侍檄，五侯初進富民租。高烽夜照麒麟閣，無數歸人踏緑蕪。」其五：「九霄玉闔迥難排，偶語天衢漸不佳。閹寺氣方横鎖鑰，神州涕已落秦淮。乘時紈袴新專閫，養賊機宜舊舞階。幸守布衣充雜作，不辭被酒卧春齋。」其六：「北山心向薜蘿回，勇退何煩猿鶴催。去國塵沙空駐馬，懷鄉風物幾登臺。子真身隱書猶壯，太傅時清笑誤哀。典盡朝衫春夢破，蕭條生事屬銜杯。」其七：「得還初服豈辭貧，四海烽烟去住身。天上笙歌仍北里，門前車馬又東鄰。違時敢賣當罏酒，閉户長閒折角巾。罵座談兵都不應，名香聊復唤真真。」其八：「莫拈瓊草命靈氛，昂首曾披閶闔雲。瘴骨已甘蛟穴棄，宫衣無分麝煤薰。書成誰念劉中壘，檻折難堪張子文。火燭甘泉天欲哭，最無聊賴度春分。」其九：「睨柱何人倖璧還，杞天憂憤一時删。雀羅賓客今揮手，虎食賢豪夜守關。杜密虚憐同日志，莊周甘處不材間。三春生事惟高枕，又倩香紈護博山。」其十：「宫城未許聽咸韶，生計惟宜舊緯蕭。白下有雲慚子舍，青門無路惜長條。讒人福厚難投虎，逐客愁多莫厭鴞。獻策行歌俱報罷，春風窮巷一簞瓢。」其十一：「莫倚群公恕草茅，上書擊劍總相嘲。何時斫案焚毛穎，盡日憂天坐燕巢。自飲慶卿春市酒，敢疑丞相故人肴。罷官結客誰憐汝，只許青雲有石交。」其十二：「虚將誤國罪王何，欲攫金錢塞上多。大將幾人承廟略，甘泉終日望鐃歌。烽連雁磧疑丸羽，雲蔽龜山袖斧柯。河朔少年空技擊，漢庭無策佐横戈。」其十三：「敢屈金吾比麗華，津通北寺壓南衙。九衢輻輳來朱轂，四座傴僂聽白麻。唾手錢刀封兔窟，吞聲冠蓋化蟲沙。滔滔蕃武河山隔，愁見天街日易斜。」其十四：「宣室宵衣刻漏長，凝丞前席語難詳。豺狼勢正喧都邑，龍虎軍誰控太行。日麗鳳城愁撤樂，春深晝省憶添香。上林陪從紛英俊，諫獵孤臣鬢已蒼。」其十五：「低頭誰敢作書生，天下功名讓老兵。關輔鼓鼙青犢盛，徹侯印紱爛羊輕。投醪恩遍霑牙鉞，懸釜軍猶譟癸庚。命合凌烟羞破賊，春雷繞匣笑孤鳴。」其十六：「何處乾坤問短亭，卧龍風味讓鴻冥。壘高薊北烽争赤，春到江南草正青。燕語曉梁驚玉枕，蛛絲晴日上花鈴。分牋掠鬢消孤憤，愁見紅泥壓錦萍。」其十七：「滔滔濁浪薄甘陵，白日驚看毒霧蒸。六詔風烟遷客夢，時興化相國得金齒戍。三冬雨雪貫城燈。身還土室名猶錮，天祐同文獄不興。獨倚春樽彈舊淚，西山雲盡露高層。」其十八：「監門兒女亦能憂，忍怨春裝滯石尤。風起四方思猛士，月明萬骨嘯哀丘。請纓有客餘悲壯，避世無名任拍浮。紫閣頭銜新賜玉，功成已伴赤松游。」其十九：「猶記晴江柳十尋，春衫曾許月華侵。當年别淚彈紅雨，此夕深杯對素琴。蘭篆笑薰藏袖字，粉奩貧謝辟寒金。披鱗熱血澆花酒，憔悴人間男子心。」其二十：「還山小草别仙凡，邀惠斯人脱縶銜。車上肯教憐越石，幡高常恐累王咸。殘書興盡隨歸棹，封事灰存付枕函。薄福東風消不得，峥嶸布帽與青衫。」詩後識曰：「布帽青衫，未許東風消受，曾幾何時，而寇陷都城矣。

悲哉！詩之爲讖也。」

②花雨：落花如雨。形容彩花紛飛。

③烏衣：地名。在今南京市秦淮河南。三國吴時在此置烏衣營，以士兵著烏衣而得名。東晋時王、謝等望族居此，因著聞。南朝宋劉義慶《世説新語·雅量》：「有往來者云：『庾公有東下意。』或謂王公曰：『可潛稍嚴，以備不虞。』王公曰：『我與元規雖俱王臣，本懷布衣之好，若其欲來，吾角巾徑還烏衣，何所稍嚴？』」後指世家望族。劉禹錫《烏衣巷》詩：「朱雀橋邊野草花，烏衣巷口夕陽斜。舊時王謝堂前燕，飛入尋常百姓家。」

④「游冶」四句：詞人追憶昔年春日之游樂盛事，與如今之「一燈寒食，柴門初打」形成鮮明對比。游冶，游蕩娱樂。唐李白《君馬黄》：「共作游冶盤，雙行洛陽陌。」禁烟，皇宫中的烟霧。唐李遠《贈弘文杜校書》：「漠漠禁烟籠遠樹，泠泠宫漏響前除。」紫騮，古駿馬名。《南史·羊侃傳》：「帝因賜侃河南國紫騮，令試之。侃執稍上馬，左右擊刺，特盡其妙。」

⑤「絮飛」句：表面意謂飛絮使自己的馬滯留不前，實際暗指自己在國破後留滯京師、不能自主的無奈處境。殢，滯留。王孫，公子。《史記·淮陰侯列傳》：「大丈夫不能自食，吾哀王孫而進食，豈望報乎？」《集解》：「如言公子也。」《索隱》：「秦末多失國，言王孫、公子，尊之也。」此處乃詞人自指。

⑥「解道」二句：詞人指此種落寞無奈的處境下，惟有顧媚陪伴左右。莫愁，古樂府中傳説的女

子。一説爲洛陽人，後至建康爲盧家少婦。南朝梁武帝《河中之水歌》：「河中之水向東流，洛陽女兒名莫愁。……十五嫁爲盧家婦，十六生兒字阿侯。」另一説爲石城人（在今湖北鍾祥）。《舊唐書·音樂志二》：「石城有女子名莫愁，善歌謡，《石城樂》和中復有『莫愁』聲，故歌云：『莫愁在何處？莫愁石城西，艇子打兩槳，催送莫愁來。』」此處指顧媚。長干，古建康里巷名。故址在今江蘇省南京市南。《文選·左思〈吴都賦〉》：「長干延屬，飛甍舛互。」劉逵注：「江東謂山岡間爲『干』。建鄴之南有山，其間平地，吏民居之，故號爲『干』。中有大長干、小長干，皆相屬。」長干人，點明顧媚來自南京。

【輯評】

鄒祗謨：韻用季迪，風致亦復神似，新都、太倉俱遜一解。（《香嚴詞》卷下）

望海潮 同前〔一〕①

江山如此，年華依舊，分明又度春宵。銀鴨②吐香，蓮銅滴月③，朱欄瘦拂長條④。閒倚玉屏腰。見鬢雲送懶，羅襪藏嬌。怕被花窺，一天風露近藍橋⑤。幽情慣是無聊。記青綾寵愛，紅砑丰標⑥。隋苑⑦鶯殘，吴宫⑧葉冷，蒼茫昨日今朝。清夢⑨轉迢迢。望碧天草色，烟雨淒遥。無計留春，淚絲偷印美人蕉。

【校】

〔一〕《香嚴詞》《倚聲初集》均題作「感春」。

【注】

①本詞創作背景同前。詞人表面是感懷與顧媚的昔年情事，實則抒寫家國身世之感。

②銀鴨：鍍銀的鴨形銅香爐。唐李白《襄陽歌》：「誰能憂彼身後事，金鳧銀鴨葬死灰。」

③蓮銅滴月：蓮花漏的水滴在詞人聽來，仿佛聲聲滴在月亮上，突出環境靜謐，同時也暗示時光流逝。宋張公庠《宮詞》：「朱字銜香伴玉爐，丁丁蓮漏月來初。」蓮銅，即蓮花漏，古代的一種計時器。明陳汝元《金蓮記·媒合》：「風傳漏滴蓮銅響，且沉醉花屏蜂帳。」

④長條：特指柳枝。南朝梁元帝《緑柳》：「長條垂拂地，輕花上逐風。」

⑤藍橋：見卷一《十二時·浦口寄憶用柳耆卿秋夜韻》注⑧。

⑥「記青綾」二句：是詞人對往昔春日自己與顧媚之富貴旖旎生活的追憶。青綾，青色的有花紋的絲織物。古時貴族常用以製被服帷帳。北周庾信《謝趙王賚白羅袍袴啓》：「永無黄葛之嗟，方見青綾之重。」紅砑，蓋指「砑紅箋」，一種壓印圖畫的紅色箋紙。丰標，風度，儀態。紅砑丰標，指顧媚在砑紅箋上寫詩題詞的動人儀態。清柳如是《江城子·憶夢》：「砑紅箋，青綾被。留他無計，去便隨他去。」

⑦隋苑：園名。隋煬帝時所建。即上林苑，又名西苑。故址在江蘇揚州西北。唐杜牧《寄題甘

露寺北軒》:「天接海門秋水色,烟籠隋苑暮鐘聲。」

⑧吴宫:三國吴主的宫殿。唐李白《登金陵鳳凰臺》詩:「吴宫花草埋幽徑,晉代衣冠成古丘。」

⑨清夢:猶美夢。宋陸游《枕上述夢》:「江湖送老一漁舟,清夢猶成塞上游。」

【輯評】

曹溶:碎劈荔肌,紅鮮欲滴,他家金虀玉菜終不免寒儉氣。(《香嚴詞》卷下)

王士禛:令琅琊王伯輿拈筆作情語,未知得如此不?(《倚聲初集》卷十八)

蝶戀花　送春,用趙栗夫韻①

簾外游絲②飛去了。打疊③閒愁,斷送啼鶯曉。一曲畫闌銀月小。玳牀人倦殘春杳。　生怕金鈴④催宿鳥⑤。叫過三更,月與花都少。斜倚博山⑥幽恨悄。雙眉做就堆煩惱。

【注】

①本詞爲送春作。送春,見卷一《石州慢・感春》注①。趙栗夫,趙寬(一四五七—一五〇五),字栗夫,號半江,吴江(今江蘇吴江)人。著有《半江集》十五卷,詞附。趙尊岳裁其詞,題爲《半江詞》,録入《明詞匯刊》。本詞用其《蝶戀花・題花鳥圖》(香雨新施膏沐了)韻。

②游絲：飄動著的蛛絲。南朝梁沈約《三月三日率爾成篇》：「游絲映空轉，高楊拂地垂。」

③打疊：見卷一《賀新郎·得京口北發信用史邦卿韻》注⑫。

④金鈴：用以驚嚇鳥雀的護花鈴。

⑤宿鳥：歸巢棲息的鳥。唐吴融《西陵夜居》：「林風移宿鳥，池雨定流螢。」

⑥博山：博山爐的簡稱。因爐蓋上的造型似傳聞中的海中名山博山而得名。一説像華山，因秦昭王與天神博於是，故名。後作爲名貴香爐的代稱。《西京雜記》卷一：「長安巧工丁緩者……又作九層博山香爐，鏤爲奇禽怪獸，窮諸靈異，皆自然運動。」

【輯評】

沈荃：「叫過三更，月與花都少」，秦少游得意語。（《香嚴詞》卷上）

鄒祗謨：如白練水晶針，將連理綫貫同心花，總無凡縷可入。（《倚聲初集》卷十一）

如夢令　題畫蘭裙子①

金縷水沉熏透②。蛺蝶趁花③風瘦。整整復斜斜，澹墨妙于濃繡。生就。生就。摇曳一痕紅味④。

【注】

①本詞乃題顧媚手繪蘭花之裙子而作。顧媚善畫蘭。清余懷《板橋雜記》卷中：「（顧媚）善畫蘭，追步馬守真……客有求尚書詩文及乞畫蘭者，縑箋動盈篋笥，畫款所書『横波夫人』者也。」陳維崧《婦人集》：「顧夫人識局朗拔，尤擅畫蘭蕙。蕭散落托，畦徑都絶，固當是神情所寄。」周小儒、蔣玲玲《中國歷代女書法家》歷數顧媚傳世之蘭圖：「崇禎十年（一六三七）作《蘭石圖》扇頁，著録於《中國書畫家印鑒款識》；十六年（一六四三）作《九畹圖》卷，綾本，水墨，現藏故宫博物院；與范珏合寫《叢蘭合卷》，共四段，紙本，墨筆，顧媚畫蘭二段，現藏無錫市博物館；另有《墨蘭圖》卷著録於《澄懷堂書畫目録》。」《定山堂詩集》卷十七《題善持君畫蘭》、卷三十六《初夏偕善持君游法相寺坐石浪軒筆墨閒適看作畫蘭數枝于壁間因漫題一絶冀他日重游山中幽窗竹石吾兩人不謂生客也》、《龔端毅公文集》卷十六《題畫贈道公》《題畫蘭卷子與三弟》均提及顧媚畫蘭事。

②「金縷」句：點明裙子的金絲質地與經沉香熏染而得的香氣。金縷，指金縷衣，以金絲編織的衣服。唐杜牧《杜秋娘詩》序謂李錡長唱：「勸君莫惜金縷衣，勸君須惜少年時。」水沉，用沉香製成的香。唐杜牧《爲人題贈》之一：「桂席塵瑶珮，瓊爐燼水沉。」

③蛺蝶趁花：指金縷裙上有蝴蝶逐花的圖案。趁，追逐，跟隨。

④「摇曳」句：意謂畫圖上有紅咮啄花。美人行動時，裙裾摇曳，仿佛是紅咮在摇擺，凸顯了靈動

與生機。紅味，紅色的鳥嘴。

【輯評】

王士禄：着色生香，一幅宋繡。（《香嚴詞》卷上）

一落索〔一〕 小窗夜坐，用周美成韻①

人影放簾深秀。玉鈎風皺。篆香②銀燭③艷成堆，全襯貼④、凌波⑤瘦。　清露曲欄吟久。歡愁都有。唾壺敲斷五更心⑥，無一事、姑⑦花柳。

【校】

〔一〕《香嚴詞》詞牌題作「清平樂」。

【注】

①本詞乃記與顧媚夜間並坐事。周美成，即周邦彦，見卷一《驀山溪·送別出關已復同返用周美成韻》注①。本詞用周邦彦《一落索》（眉共春山争秀）韻。

②篆香：猶盤香。宋李清照《滿庭芳》之一：「篆香燒盡，日影下簾鈎。」

③銀燭：白色的蠟燭。唐杜牧《秋夕》：「銀燭秋光冷畫屏，輕羅小扇撲流螢。」

④襯貼：襯托，配襯。

⑤凌波：比喻美人步履輕盈，如乘碧波而行。《文選·曹植〈洛神賦〉》：「凌波微步，羅襪生塵。」呂向注：「步於水波之上，如塵生也。」此處指顧媚之纖足。

⑥「唾壺」句：用「唾壺擊缺」典。南朝宋劉義慶《世説新語·豪爽》：「王處仲（王敦）每酒後輒詠『老驥伏櫪，志在千里。烈士暮年，壯心不已』。以如意打唾壺，壺口盡缺。」後以「唾壺擊缺」或「唾壺敲缺」形容心情憂憤或感情激昂。詞人此處藴含了國破後許多難以明言的心緒。

⑦姑：姑且。

【輯評】

紀映鍾：警秀。（《香嚴詞》卷上）

汪琬：燭花影裏，玉人如畫。（《香嚴詞》卷上）

前調〔一〕①

失路酒狂②悲苦。目隨雲去。等閒畫閣似扁舟③，單欠著、風和雨。　約定滄江烟樹④。先傳鯉素⑤。莫將香粉笑鴟彝⑥，天送與、藏身處。

【校】

〔一〕《香嚴詞》詞牌題作「清平樂」。

【注】

①本詞作於明亡之初。國變失節，兼之在新朝的不得志，造成了詞人沉重的心靈重壓。

②失路酒狂：迷失道路而縱酒使氣之人。詞人自指。失路，迷失道路。此處詞人主要指自己的國變改節宛如人生失路。酒狂，指縱酒使氣的人。《漢書·蓋寬饒傳》：「無多酌我，我乃酒狂。」

③「等閒」句：意謂詞人雖身在畫閣，然有「身世扁舟裏，飄飄可奈何」之感，同時也流露宦途悲苦，有歸隱之願。畫閣，彩繪華麗的樓閣。南朝梁庾肩吾《咏舞曲應令》：「歌聲臨畫閣，舞袖出芳林。」扁舟，小船。《史記·貨殖列傳》：「范蠡既雪會稽之耻，乃喟然而嘆曰：『計然之策七，越用其五而得意。既已施於國，吾欲用之家。』乃乘扁舟浮於江湖。」

④「約定」句：詞人謂有意歸隱。滄江，江流，江水。以江水呈蒼色，故稱。南朝梁任昉《贈郭桐廬》：「滄江路窮此，湍險方自兹。」烟樹，雲烟繚繞的叢林。南朝宋鮑照《從登香爐峰》：「青冥摇烟樹，穹跨負天石。」滄江、烟樹均代指隱居之處。

⑤鯉素：書信。南朝陳王瑳《長相思》：「雁封歸飛斷，鯉素還流絶。」

⑥鴟彝：亦作「鴟夷」，即鴟夷子皮。春秋越范蠡之號。《史記·越王勾踐世家》：「范蠡浮海出齊，變姓名，自謂鴟夷子皮，耕於海畔，苦身勠力，父子治産。」司馬貞《索隱》：「范蠡自謂也。蓋以吴王殺子胥而盛以鴟夷，今蠡自以有罪，故爲號也。韋昭曰：『鴟夷，革囊也。』或曰生牛皮也。」

【輯評】

趙澐：范少伯千古知己。（《香嚴詞》卷上）

滿庭芳 從友人處分得新茗少許以遺閨人〔一〕，用山谷韻〔二〕①

箬葉雲籠，銀瓶風嫩，旅客魂斷鄉關②。箇儂情重，千里歷風烟③。憶得春江轂雨，蘼蕪路、蚤隔仙凡④。今何夕，輕嘗慢啜，紅藥⑤正斕斑。佳人應倦繡，青燈小閣，緗軸⑥初翻。要親扶香影，吹上眉山⑦。恰值珠簾半捲，芳磁⑧送、幽韻無邊。重攜手，欄花莫睡，明月晚妝前。

【校】

〔一〕「人」，《香嚴詞》作「子」。

〔二〕《瑶華集》題作「遺閨人新茗」。

【注】

① 本詞爲詞人將從友人處所得新茶饋遺顧媚時作。山谷，北宋詞人黄庭堅（一〇四五—一一〇五），字魯直，號山谷道人，又號涪翁、黔江居士。祖籍金華（今屬浙江），後遷洪州分寧（今江西

修水）。著有《山谷集》，詞集名《山谷琴趣外篇》，一本名《山谷詞》。本詞用其《滿庭芳·茶》（北苑春風）韻（一説秦觀詞）。

②「箬葉」三句：點明藏茶、煎茶之物深蘊故鄉的風輕雲浄之氣。從「魂斷鄉關」看，蓋爲友人從詞人之故鄉帶回的新茗。箬葉，箬竹的葉子，常被用以藏茶。熊明遇《羅岕茶記》：「藏茶宜箬葉而畏香藥，喜温燥而忌冷濕。收藏時先用青箬，以竹絲編之，置罌四周。」銀瓶，一種茶器，即熬茶、煮茶、煎茶之用的湯瓶。宋蘇東坡《試院煎茶》：「銀瓶瀉湯誇第二，未識古人煎水意。」

③「箇儂」二句：感謝友人情深意重，歷盡千里風烟爲他帶來故鄉的茶茗。箇儂，這人，那人。唐韓偓《贈漁者》：「箇儂居處近誅茅，枳棘籬兼用荻梢。」此指友人。

④「憶得」二句：詞人回憶自己在穀雨時節采製家鄉的春茶，但如今采茶的那條舊路，於他已是仙凡之隔。這一方面是感嘆自己遠離故鄉，另一方面也是經歷世變後的詞人内心陡生的往事不可追尋的感慨。蘼蕪，香草。《玉臺新咏》卷一《古詩》之一：「上山采蘼蕪，下山逢故夫。」「蘼蕪路」在此喻指一條能將自己帶往舊人舊事的道路。蚤，通「早」。

⑤紅藥：芍藥花。南朝齊謝脁《直中書省》：「紅藥當階翻，蒼苔依砌上。」

⑥緗軸：指書畫卷軸。明阮大鋮《燕子箋·駝泄》：「閨裏收緗軸，江邊拾彩箋。」

⑦「要親扶」二句：謂茶香浮動於美人的鬢影眉山間。《西京雜記》卷二：「文君（卓文君）姣好，眉色如望遠山。」後因以「眉山」形容女子秀麗的雙眉。宋王觀《慶清朝慢·踏青》：「東風巧，

盡收翠緑，吹在眉山。」

⑧芳磁：對盛茶的瓷杯的美稱。

【輯評】

杜濬：幽情逸韻，何必更讀王元美《捧茶》詩，至麝月龍團與眉山鬢影相淩亂。（《香嚴詞》卷下）

菩薩蠻 題畫蘭雲扇〔一〕①

春風宛轉朱闌曲。吹花直上烟鬟緑②。芳韻一枝斜。鏡中人是花。　纖雲摇更曳。襯出芙蓉雪③。生愛靠香肩。倒言花可憐④。

【校】

〔一〕「扇」，《香嚴詞》作「間」。

【注】

①本詞乃龔鼎孳爲顧媚的畫蘭雲扇所題。雲扇，畫有雲狀圖案的扇子。畫蘭雲扇指有顧媚手繪蘭花之雲扇。顧媚善畫蘭，詳見卷一《如夢令·題畫蘭裙子》。

②「吹花」句：詞人稱打算把雲扇上的蘭花吹到顧媚的鬟髮上。烟鬟，指婦女的鬟髮。亦形容鬟

髮美麗。唐韓愈《題炭谷湫祠堂》：「祠堂像侔真，擢玉紆烟鬟。」

③「纖雲」二句：意謂扇面上的白色微雲襯托得顧媚的膚色更爲白皙。纖雲，微雲；輕雲。《文選·傅玄〈雜詩〉》：「纖雲時仿髴，渥露沾我裳。」芙蓉雪，謂佳人膚白如雪。《西京雜記》卷二：「文君姣好，眉色如望遠山，臉際常若芙蓉。」後因以「芙蓉」喻指美女。

④「生愛」二句：意謂雲扇喜歡停靠在顧媚的香肩上，但顧媚却反過來説扇面上的花兒很可愛，故而作爲貼身之物。生愛，很愛。生，副詞，表示程度，相當「甚」「很」。可憐，可愛。《玉臺新咏·無名氏古詩〈爲焦仲卿妻作〉》：「東家有賢女，自名秦羅敷。可憐體無比，阿母爲汝求。」

【輯評】

彭孫遹：傳神處俱在箇中言外。（《香嚴詞》卷上）

趙進美：真是芳蘭竟體。（《香嚴詞》卷上）

小重山 重至金陵①

長板橋②頭碧浪柔。幾年江表③夢、恰同游。雙蘭④又放小簾鈎。流鶯⑤熟，嗔喚一低頭。　花落後庭秋。蔣陵⑥烟樹下、有人愁。玉簫憑倚剩風流。烏衣燕，飛入舊紅樓⑦。

【注】

①順治三年（一六四六）至七年（一六五〇），龔鼎孳因父喪歸合肥守制。其間，他携顧媚往返於金陵、鎮江、揚州、杭州等地，本詞蓋作於順治四年（一六四七）九月。金陵，古地名。即今江蘇省南京市。東吴、東晉、宋、齊、梁、陳曾定都於此。明洪武元年建都於此，曰南京。永樂帝遷都北京。李自成攻陷北京後，南明弘光政權亦依托南京爲都城。歷代文人感慨家國興亡，「金陵懷古」乃一重要主題。「金陵」對明末清初的文人更有着不同尋常的意義。對龔鼎孳而言，此處也是他與顧媚的相識定情之所。龔鼎孳於明亡後重游金陵，頗多吟詠，如《定山堂詩集》卷三《至白下吴巖子以詩見貽展玩之餘輒爲遥和此篇兼送其卜居湖上》，卷十八《至白下卞楚玉招飲方子唯園亭》《桃葉渡雨舫同與治子翥分韻》《暮春集子唯園亭酬贈》《秦淮小泛同于皇清瑟》《秦淮社集白孟新有詩紀事和韻四首》等均作於此時，當中多寓興亡之嘆與身世之感，如《至白下吴巖子以詩見貽展玩之餘輒爲遥和此篇兼送其卜居湖上》：「送春猶及柳絲風，杜宇情多繞故宫。草長六橋香欲去，花飛三月夢初逢。青溪烟雨知何代，後庭玉樹紛難再。啼烏應改舊朱樓，當年人影雙雙在。萬里飄零豈自繇，鵾彝一艇還綢繆。博山簾捲開芳咏，無數紅蘭正並頭。九天咳唾明珠墜，玉鈎敲醒鸚哥醉。閨閣文章事已奇，江山罨畫家如寄。千秋逸韻落晴湖，廡下何須更僦吴。爲著風流高士傳，敢題金粉麗人圖。」

②長板橋：故址在南京秦淮河南岸，過橋西即爲舊院，是明清時期青樓畫舫最爲集中之地。

③江表：江外，江東。指長江下游南朝治域。漢阮瑀《爲曹公作書與孫權》：「若能内取子布，外擊劉備，以效赤心，用復前好，則江表之任，長以相付。」

④雙蘭：即並蒂蘭，形容情好綢繆。可參《東風第一枝・樓晤用史邦卿韻》：「愛紫蘭。報放雙頭，恰好阮郎初見。」

⑤流鶯：即鶯。流，謂其鳴聲婉轉。南朝梁沈約《八咏詩・會圃臨東風》：「舞春雪，雜流鶯。」

⑥蔣陵：即三國時期吴大帝孫權的陵墓，在南京蔣山（今稱鍾山），故名。

⑦「烏衣燕」二句：表達一種物是人非、世事無常的滄桑感。化用唐劉禹錫《烏衣巷》：「舊時王謝堂前燕，飛入尋常百姓家。」烏衣，見卷一《石州慢・感春》注③。紅樓，見卷一《浣溪沙・邸懷其七》注⑤。

【輯評】

劉體仁：與大樽先生詞分鑣競爽，隔江商婦不必重奉琵琶矣。（《香嚴詞》卷上）

王士禛：令與陳、宋旗亭畫壁，未知誰當擅場。（《倚聲初集》卷十）

鎖陽臺（一）　重游京口，用周美成懷錢塘韻①

樓枕層濤，屏横遥翠②，捲簾多少黄昏。西風客到，紅蓼剪江村③。一派天台舊路④，金輿送、七寶霞裙⑤。差僥倖，雲階嘆息，阮肇不曾聞⑥。牆東諸女伴，蒼苔共踏，争拾香塵⑦。爲映花人面，常夢題門⑧。記得妝臺小妹，看看改、芳歲天孫⑨。青山外，六朝⑩明月，留照綺羅春⑪。

【校】

〔一〕《香嚴齋詞》《香嚴詞》詞牌均題作「滿庭芳」。

【注】

① 據萬國花《詩家與時代：龔鼎孳及其詩論、詩歌創作研究》附録一《龔鼎孳年譜新編》（復旦大學博士學位論文，二〇一一年），本詞繫於龔鼎孳順治四年（一六四八）過京口（今江蘇鎮江）之時。周美成，即周邦彦，見卷一《驀山溪・送別出關已復同返用周美成韻》注①。本詞用周邦彦《滿庭芳・憶錢塘》（山崦籠春）韻。觀詞意，有繁華難駐、物是人非之慨。《定山堂詩集》卷三十六《重過京口感懷同孟貞子翥作》四首可與之同賞。其一：「年年秋盡片帆過，風起揚舲一浩歌。落日雁鴻南樹盡，隔江車馬北音多。」其二：「北固樓臺接建康，大江東下水湯湯。英雄廣武空餘恨，意氣孫劉亦莫當。」其三：「帶甲乾坤生事微，河山臨眺一沾衣。渡江名士淪亡盡，獨有金焦駐落暉。」其四：「寄奴秋草碧連天，萬甲蘄王散曉烟。誰遣江潮銷鐵鎖，似聞歌舞隘樓船。」此外，《定山堂詩集》卷六《登北固和吴巖子韻》三首、《登京口鶴林寺杜鵑樓用岳侍

郎韻》二首亦大致作於同時。

②「樓枕」二句：詞人謂他所旅居的樓閣仿佛枕靠在長江起伏的波浪上，使他能清楚地聽見波濤拍岸的聲音；屏風上峰巒疊翠，一望無垠。層濤，起伏的波浪。南朝梁陶弘景《水仙賦》：「及秋水方至，層濤架山，各巡封隩，來賓王言。」

③「西風」二句：點明時令爲秋。西風，見《浪淘沙·邸懷其六》注②。紅蓼，蓼的一種。多生水邊，花呈淡紅色。唐白居易《曲江早秋》詩：「秋波紅蓼水，夕照青蕪岸。」

④天台舊路：詞人將自己重游京口喻爲劉晨、阮肇重入天台尋仙，有似曾相識之感，亦有時過境遷之慨。天台，山名。在今浙江天台縣北，仙霞嶺山脈的東支。南朝宋劉義慶《幽明録》中記載漢劉晨、阮肇入天台山采藥遇仙女的故事，相傳即此山。

⑤「金輿」句：意謂穿著華貴服飾的女子乘著豪華的轎輦匆匆駛去。金輿，帝王乘坐的車轎。《史記·禮書》：「人體安駕乘，爲之金輿錯衡，以繁其飾。」這裏泛指豪華的車轎。

⑥「差僥倖」三句：詞人嗟嘆自身物是人非之感有甚於阮肇。

⑦「墻東」三句：謂一群美麗的女子出外游玩。墻東諸女伴，指美麗的女子。用「宋玉墻東」之典。宋玉《登徒子好色賦》：「(宋)玉曰：『天下之佳人莫若楚國，楚國之麗者莫若臣里，臣里之美者莫若臣東家之子。』」拾香塵，謂女子行走。香塵，芳香之塵。多指女子之步履而起者。語出晋王嘉《拾遺記·晋時事》：「(石崇)又屑沉水之香如塵末，布象牀上，使所愛者踐之。」唐

沈佺期《洛陽道》詩：「行樂歸恒晚，香塵撲地遥。」明袁宏道《閒居雜題》其三：「晴日園林放好春，館娃宫裏拾香塵。」

⑧「爲映花」二句：用崔護題詩典。相傳唐崔護清明郊游，至村居求飲。有女持水至，含情倚桃佇立。明年清明再訪，則門庭如故，人去室空。因題詩曰：「去年今日此門中，人面桃花相映紅。人面不知何處去，桃花依舊笑春風。」事見唐孟棨《本事詩・情感》。後用以爲男女邂逅鍾情，隨即分離之後，男子追念舊事的典故。崇禎十五（一六四二）、十六（一六四三）年間顧媚北上歸嫁龔鼎孳時曾旅泊京口，詞人用於此處，或表達了對自己與顧媚早年浪漫旖旎而不無波折的愛情生活之追憶。

⑨「記得」二句：感嘆歲月如梭，佳人朱顔易改。芳歲，芳春，盛年。南朝宋鮑照《紹古辭》之四：「芳歲猶自可，日夜望君歸。」天孫，星名。即織女星。《史記・天官書》：「婺女，其北織女。織女，天女孫也。」唐柳宗元《乞巧文》：「下土之臣，竊聞天孫，專巧於天。」此處借指「墻東女伴」「妝臺小妹」之類佳人。

⑩六朝：三國吴、東晉和南北朝的宋、齊、梁、陳，相繼建都於建康（今南京），史稱「六朝」。《宋史・張守傳》：「建康自六朝爲帝王都，江流險闊。」元薩都剌《百字令・登石頭城》：「指點六朝形勝地，惟有青山如壁。」

⑪綺羅春：此處指繁華的生活、綺艷的愛情。

【輯評】

宋實穎：秋水緑波，秋雲似羅，仿佛見桃根桃葉渡江擁檝時。（《香嚴詞》卷下）

西江月　春日湖上，用秋岳韻①

晴日花邊簫鼓，春人②畫裏樓臺。鴟彝〔一〕③烟槳④碧天開。不記鳴笳絶塞⑤。

歲月頻銷濁酒，風波不到蒼苔。小蘇羅帶柳卿才⑥。喜與青山同在。

【校】

〔一〕「彝」，《香嚴詞》作「夷」。

【注】

① 本詞乃順治五年（一六四八）游杭時作。湖上，指杭州西湖。《定山堂詩集》卷十八《西湖泛舟即事》二首、卷十九《西湖春雪》《昭慶蘭若看牡丹》等大致作於同時。秋岳，明末清初人曹溶（一六一三—一六八五），字潔躬，一字鑒躬，號秋岳，别號倦圃，又作金陀老圃，晚號鋤菜翁。浙江秀水（今嘉興）人。明崇禎十年（一六三七）進士，官御史。明亡，事李自成政權。後降清。其詩與龔鼎孳齊名。詞卓然名家，論者以其爲浙西詞派先河。著有《静惕堂詩集》《静惕堂詞》等。本詞用其《西江月·感述》（溪上尊罏短棹）韻。

②春人：游春的人。北周庾信《望美人山銘》：「禁苑斜通，春人常聚。」

③鴟彝：見卷一《一落索》（失路酒狂悲苦）注⑥。詞人自比爲范蠡，取其泛舟五湖、遁世歸隱意。

④烟槳：烟波槳聲。宋馮時行《縉雲文集》卷二：「會當月夕駕烟槳，吹笛呼龍出龍窟。」

⑤絶塞：極遠的邊塞地區。唐駱賓王《晚度天山有懷京邑》：「交河浮絶塞，弱水浸流沙。」

⑥「小蘇」句：詞人以蘇小小比顧媚，以柳永自比，意謂才子佳人，雙美遇合。小蘇，即蘇小小。南齊錢塘名歌妓。見《樂府詩集》卷八十五《蘇小小歌序》。也省作「蘇小」。柳卿，即北宋著名詞人柳永，見卷一《十二時・浦口寄憶用柳耆卿秋夜韻》注①。柳永有詞《望海潮》寫錢塘繁華，據羅大經《鶴林玉露》載，金主完顔亮聞柳詞，「遂起投鞭渡江、立馬吴山之志」。又，蘇小小、柳永二人皆與錢塘淵源甚深，用此頗見巧思。

【輯評】

丁澎：此數言固是長卿慢世。（《香嚴詞》卷上）

董以寧：袖舉帬拖，都覺春風可罵。（《香嚴詞》卷上）

蝶戀花 湖上春雨，用吴修蟾倦繡韻①

宛轉②珠欄烟共倚。薄倦〔一〕微寒，小坐〔二〕香肩比③。乍聽曉鶯啼夢裏。海棠又濕鸜哥嘴。柳外蘭橈添漲水。黛淺嚬深④，雨過千峰矣。瘦損落花擎不起。春來一味愁而已。

【校】

〔一〕「倦」，《百名家詞鈔》作「卷」。

〔二〕「坐」，《倚聲初集》作「生」。

【注】

①本詞創作背景同前。吳修蟾，吳剛思，字德乾，一字見止，號修蟾，江蘇武進人。明崇禎十六年（一六四三）進士，官知縣。有《遠山閣詞五刻》。清計六奇《明季北略》卷二十二：「吳剛思，南直武進人，僞兵政府從事。」《明史》卷二百七十五：「十七年五月福王立於南京……時方治從賊之獄，仿唐制六等定罪……五等應徒擬贖者：通政司參議宋學顯，諭德方拱乾，工部主事繆沅，給事中吕兆龍、傅振鐸，進士吳剛思，檢討方以智、傅鼎銓，庶吉士張家玉及沈元龍十人也。」清李漁《笠翁詩集》卷二《次韻和吳修蟾使君過訪二首》序：「修蟾才大而官小，以三十年之巍科，猶淹下吏，數奇亦至此哉！」吳剛思詞不詳。

②宛轉：回旋，盤曲，蜿蜒曲折。《楚辭・劉向〈九嘆・逢紛〉》：「揄揚滌蕩，漂流隕往，觸崟石兮。龍邛脟圈，繚戾宛轉，阻相薄兮。」

③小坐香肩比：詞人謂自己與顧媚并肩而坐。小坐，隨便坐坐，稍坐片刻。漢桓寬《鹽鐵論・散不足》：「今俗，因人之喪以求酒肉，幸與小坐而責辨，歌舞俳優，連笑伎戲。」比，并列。

④黛淺嚬深：意謂顧媚描眉輕淺，眉頭深鎖。黛，見卷一《風流子・春明寄憶其三》注②。嚬，見卷一《風中柳・復聞渡江泊京口用孫夫人閨情韻》④。

【輯評】

紀映鍾：「春來一味愁而已」，是倚聲中白描手。（《香嚴詞》卷上）

鄒祗謨：末句是情語，不嫌其盡。（《倚聲初集》卷十一）

清平樂 春情，和吴修蟾韻①

淺顰深語。疼殺櫻桃雨。柳岸人家烟正吐。寒食春陰②當午。　清波寫影堪憐。春人③好處難傳。便爲花愁無賴④，禁他風鬢雲鬟⑤。

【注】

①本詞作於順治五年（一六四八）寒食前後。依詞意，寫的是詞人與顧媚泛舟西湖之情事。吴修蟾，即吴剛思，見前首。本詞和吴剛思《清平樂・春思》（桃花無語）韻。

②春陰：春季天陰時空中的陰氣。南朝梁簡文帝《侍游新亭應令詩》：「沙文浪中積，春陰江

上來。」

③春人：見卷一《西江月·春日湖上用秋岳韻》注②。此處指陪同自己共同游春之顧媚。

④無賴：無可奈何。漢焦贛《易林·泰之豐》：「龍蛇所聚，大水來處，滑滑沛沛，使我無賴。」

⑤風鬟雲鬢：形容顧媚頭髮之美。

【輯評】

孫枝蔚：下纖巧語，不涉南曲，是摩什吞針伎倆。（《香嚴詞》卷上）

點絳唇　春閨，追和何籀韻①

菱鏡堆烟②，黛螺③過午猶慵掃。荼蘼④開了。衣桁⑤楊花小。　識字鸚哥，宛轉相排調⑥。愁多少。玉鈎縈抱⑦。羞見紅蘭老。

【注】

①本詞或作於順治五年（一六四八）游杭時，所寫乃詞人與顧媚之閨中情事。何籀，字子初，信安（今河北霸仙）人。宋詞人。餘事不詳。本詞用其《點絳唇》（鶯踏花翻）韻（《草堂詩餘》前集卷下歸爲無名氏詞）。

②菱鏡堆烟：刻畫顧媚閨房的環境。從香爐裏裊裊而出的香烟繚繞着菱鏡。菱鏡，即菱花鏡，

見卷一《薄倖・春明寄憶》注③。隋薛道衡《昭君辭》：「自知蓮臉歇，羞看菱鏡明。」

③ 黛螺：青黑色顔料。可用以畫眉或繪畫。元虞集《贈寫真佟士明》：「贈君千黛螺，翠色秋可掃。」因以爲女子眉毛的代稱。

④ 荼蘼：即酴醾。荼蘼花在春季末夏季初開花，凋謝後即表示花季結束，所以有完結的意思。宋王琪《春暮游小園》：「開到荼蘼花事了，絲絲天棘出莓墻。」

⑤ 衣桁：猶衣架，挂衣服的横木。唐岑參《山房春事》之一：「數枝門柳低衣桁，一片山花落筆牀。」

⑥ 排調：戲弄調笑。

⑦ 玉鈎縈抱：意謂月色環繞。玉鈎，喻彎月。南朝宋鮑照《玩月城西門廨中》詩：「蛾眉蔽珠櫳，玉鈎隔瑣窗。」縈抱，環抱。三國魏嵇康《琴賦》：「澹乎洋洋，縈抱山丘。」

【輯評】

許東：「衣桁楊花小」五字描畫不出。（《香嚴詞》卷上）

桃源憶故人 同善持君〔一〕湖舫送春，用少游春閨韻①

子規絮夢蘭窗曉。哽咽落紅無了。今夜斷腸花鳥。春去愁應少。　畫欄十二香綿②裊。吹上白蘋③難掃。青鬢④爲誰催老。又是西陵⑤草。

【校】

〔一〕「善持君」，《香嚴齋詞》《香嚴詞》均作「内人」。

【注】

①本詞寫龔鼎孳與顧媚順治五年（一六四八）泛舟西湖事。送春，見卷一《石州慢・感春》注①。少游，北宋詞人秦觀（一〇四九—一一〇〇），字太虛，後改字少游，别號邗溝居士，又號淮海居士，學者稱淮海先生。揚州高郵（今江蘇高郵）人。有《淮海集》。詞集有《淮海詞》，或稱《淮海居士長短句》。本詞用其《桃源憶故人・春閨》（碧紗影弄東風曉）韻。

②香綿：指柳絮。明何景明《柳絮歌》：「君不見江頭緑葉吹香綿，隨波化作浮萍草。」

③白蘋：一種水中浮草。即馬尿花。南朝宋鮑照《送别王宣城》：「既逢青春獻，復值白蘋生。」

④青鬢：見卷一《玉燭新・上元獄中寄憶》注⑥。

⑤西陵：陵墓名。南朝齊錢塘名妓蘇小小的墓。唐李賀《蘇小小墓》：「西陵下，風吹雨。」

【輯評】

黄永：縹緲幽倩，自是北宋人本色。（《香嚴詞》卷上）

徐釚：人言愁，我亦欲愁。（《香嚴詞》卷上）

虞美人 其二，用秋岳泊京口韻〔一〕①

春光九十原嫌窄。閃殺②飄零客。啼花淚逐水東流。且載銀樽緑鬢③盡情游。
千山罨畫④吹紅霧。却改離亭路。長條⑤攀折一番新。囑付明年還傍可憐人。

【校】

〔一〕《香嚴詞》題作「同内人湖舫送春」；《倚聲初集》題作「同内人湖舫送春用秋岳泊京口韻」。

【注】

①本詞創作背景同前。秋岳，即曹溶，見卷一《西江月·春日湖上用秋岳韻》注①。本詞用曹溶《虞美人·泊京口有寄》（故園寒食看花客）韻。

②閃殺：苦煞，苦死。元馬致遠《青衫淚》楔子：「今相公遠行，兀的不閃殺人也。」

③緑鬢：烏黑而有光澤的鬢髮。形容年輕。南朝梁吴均《和蕭洗馬子顯古意詩》之三：「緑鬢愁中改，紅顔啼裏滅。」

④罨畫：色彩鮮明的繪畫。唐秦韜玉《送友人罷舉除南陵令》：「花明驛路胭脂暖，山入江亭罨畫開。」

⑤長條：見卷一《望海潮·感春》注④。

【輯評】

顧貞觀：一番寬慰，一番囑咐，何等纏綿。（《香嚴詞》卷上）

鄒祗謨：婉轉綿至，一往情深。（《倚聲初集》卷九）

臨江仙　其三，用歐陽永叔夏景韻〔一〕①

誰遣封姨②吹畫檝，晴湖蹴作濤聲。輕〔二〕寒羅袖最分明。催花落盡，此別太生生③。　薄福東君④應自〔三〕悔，一春雲幔風旌。雙蛾⑤小皺縠紋⑥平。夕陽無賴⑦，不管鈿釵橫。

【校】

〔一〕《香嚴詞》《百名家詞鈔》均題作「同內人湖舫送春」；《倚聲初集》題作「同內人湖舫送春，用歐陽永叔夏景韻」。

〔二〕「輕」，《今詞初集》作「淺」。

〔三〕「自」，《今詞初集》作「有」。

【注】

①本詞創作背景同前。歐陽永叔，北宋詞人歐陽修（一〇〇七—一〇七二），字永叔，號醉翁，晚號

六一居士，廬陵（今江西吉安）人。有《歐陽文忠公集》。詞集舊名《平山集》，後世傳本有《歐陽文忠公近體樂府》，一名《六一詞》，另有本名《醉翁琴趣外篇》。本詞用其《臨江仙》（柳外輕雷池上雨）韻。

②封姨：亦作「封夷」。古時神話傳説中的風神。亦稱「封家姨」「十八姨」「封十八姨」。唐天寶中，崔玄微于春季月夜，遇美人緑衣楊氏、白衣李氏、絳衣陶氏、緋衣小女石醋醋和封家十八姨。崔命酒共飲。十八姨翻酒污醋醋衣裳，不歡而散。明夜諸女又來，醋醋言諸女皆住苑中，多被惡風所撓，求崔於每歲元旦作朱幡立於苑東，即可免難。時元旦已過，因請於某日平旦立此幡。是日東風颳地，折樹飛沙，而苑中繁花不動。崔乃悟諸女皆花精，而封十八姨乃風神也。見唐谷神子《博異志·崔玄微》。後詩文中常作爲風的代稱。宋范成大《嘲風》：「紛紅駭緑驟飄零，痴騃封姨没性靈。」

③生生：勉强貌。宋趙蕃《八月二十四日同審知登塔山》：「異時訪我入此山，扣牛共唱生生別。」

④東君：司春之神。唐王初《立春後作》：「東君珂佩響珊珊，青馭多時下九關。方信玉霄千萬里，春風猶未到人間。」

⑤雙蛾：指美女的兩眉。蛾，蛾眉。南朝梁沈約《昭君辭》：「朝發披香殿，夕濟汾陰河，于茲懷九逝，自此斂雙蛾。」

⑥縠紋：縐紗似的皺紋。常用以喻水的波紋。宋蘇軾《臨江仙》：「夜闌風静縠紋平。」

⑦無賴：指似憎而實愛。含親昵意。唐段成式《折楊柳》之四：「長恨早梅無賴極，先將春色出前林。」

【輯評】

宗元鼎：「夕陽無賴」句較「日長人静」，覺後來居上。（《香嚴詞》卷上）

鄒祗謨：宗梅岑詩云「翠羽日翻歌管部，紅燈春泊木蘭船」，殆此時作耶？（《倚聲初集》卷十）

蘇幕遮〔一〕 其四，用范希文韻〔二〕①

粉香城，歌舞地。明月今宵，偏照雙峰②翠。一夜碧蟾③凉似水。爲送春歸，特到紅窗外。　五更愁，千疊思。對月端詳，不許垂楊睡。珠箔④檀肩⑤長共倚。斷鼓零簫，迸入留春淚。

【校】

〔一〕《香嚴詞》注：「第二體。」

〔二〕《香嚴詞》題作「同内人湖舫送春」；《倚聲初集》題作「湖舫送春」。

【注】

①本詞創作背景同前。范希文，北宋詞人范仲淹（九八九—一〇五二），字希文，吴縣（今江蘇蘇州）人。著有《范文正公集》，詞集《范文正公詩餘》。本詞用其《蘇幕遮·懷舊》（碧雲天）韻。

②雙峰：即西湖之南高峰、北高峰。南宋祝穆《方輿勝覽》：「北高峰，在靈隱山後。南高峰，在南山石塢，烟霞洞後。」民國李榕《（民國）杭州府志》卷三十三：「雙峰插雲，南高、北高兩峰相去十里許，其間層巒疊嶂，蜿蜒蟠結，列峙争雄，而兩峰獨以高稱，爲會城之巨鎮。山勢既峻，能興雲雨，故其上常多奇雲。山峰高出雲表，時露雙尖，望之如插，宋人稱『兩峰插雲』。」南宋吴自牧《夢粱録》卷十二記「西湖十景」，其中一景即爲「兩峰插雲」。

③碧蟾：猶碧月。清澈的月亮。

④珠箔：即珠簾。《漢武故事》：「武帝起神室，以白珠織爲箔。」唐李白《陌上贈美人》：「美人一笑褰珠箔，遥指紅樓是妾家。」

⑤檀肩：猶香肩。

【輯評】

王士禛：末句似「何人夜吹笛，風急雨冥冥」。急管繁弦，非復常調。（《香嚴詞》卷上）

誤佳期 雨後看月，用秋岳舟中見韻①

雨被緑楊黏駐（一）。月戀紅扉乍吐。簾香透隙似黄昏，博得當風顧。　梧犬②吠初星，花鴨③喧清露。明朝草色太殷勤，襯貼凌波④步。

【校】

〔一〕「駐」，《香嚴詞》作「住」。

【注】

①本詞作於順治五年（一六四八）游杭時。秋岳，即曹溶，見卷一《西江月·春日湖上用秋岳韻》注①。曹溶詞不詳。

②梧犬：梧桐樹下的狗。

③花鴨：毛色分明的鴨子。唐杜甫《江頭五咏·花鴨》：「花鴨無泥滓，階前每緩行。羽毛知獨立，黑白太分明。」

④凌波：喻美人步履輕盈，詳見卷一《一落索·小窗夜坐用周美成韻》注⑤。

【輯評】

孫默：後段結語妙甚，所謂賦水者，當于水之前後左右言之。（《香嚴詞》卷上）

菩薩蠻　其二　用李太白閨情韻〔一〕①

嵐光②倒影金波③織。洞簫吹散孤雲碧。吴越此南樓。遮燈有莫愁④。　迴廊人小立。漏箭⑤催何急。送月兩三程。濕鶯低柳亭。

【校】

〔一〕《香嚴詞》題作「雨後看月」。

【注】

① 本詞創作背景同前。李太白，唐詩人李白（七〇一——七六二），字太白，自號青蓮居士、酒仙翁，祖籍隴西成紀（今甘肅秦安），隋末其先人流寓碎葉（今吉爾吉斯境内托克馬克附近），後遷居綿州隆昌（今四川江油）青蓮。本詞用傳爲李白作《菩薩蠻》（平林漠漠烟如織）韻。

② 嵐光：此處指山間霧氣經月光照射而發出的光影。

③ 金波：謂月光。《漢書·禮樂志》：「月穆穆以金波，日華耀以宣明。」顔師古注：「言月光穆穆，若金之波流也。」

④ 莫愁：見卷一《石州慢·感春》注⑥。此處借指顧媚。

⑤ 漏箭：漏壺的部件。上刻時辰度數，隨水浮沉以計時。宋陸游《晨起》：「夜潤熏籠暖，燈殘漏箭長。」

【輯評】

越闓：太白此調遂爲詞祖，千載後乃見替人奇絶。（《香嚴詞》卷上）

浪淘沙　湖樓晚坐，用陳眉公山中夏夜韻①

乍雨又微晴。山外山青。屏風六曲②護銀燈。供奉筆牀③香一瓣，雪净花明。

坐對古先生④。病裏人清。芳磁碧乳⑤勝金莖⑥。小艇春鶯誰度曲，添注風情。

【注】

①本詞作於順治五年（一六四八）游杭時。湖樓，杭州西湖邊的樓閣。陳眉公，明代陳繼儒（一五五八—一六三九），字仲醇，號眉公，又號麋公，松江華亭（今上海松江）人。著有《眉公全集》。趙尊岳裁其詞，題爲《陳眉公詩餘》，輯入《明詞匯刊》。本詞用其《浪淘沙》（風雨霎時晴）韻。

②屏風六曲：五折六扇屏風。

③筆牀：卧置毛筆的器具。南朝陳徐陵《〈玉臺新咏〉序》：「翡翠筆牀，無時離手。」

④古先生：東漢末有老子入夷狄爲浮屠的傳説，至《老子化胡經》《西升經》等道經，益增附會，證成其説，謂老子西游化胡成佛，并以佛爲其弟子，自號爲「古先生」。後世因以「古先生」借稱佛及佛像。唐王維《過乘如禪師蕭居士嵩丘蘭若》：「深洞長松何所有，儼然天竺古先生。」

⑤碧乳：茶中的精品。《茶譜》：「婺州有舉岩茶，斤片方細，所出雖少，味極甘芳，煎如碧乳。」

⑥金莖：即金莖露。金莖承露盤中的露。唐李商隱《漢宮詞》：「侍臣最有相如渴，不賜金莖露一杯。」馮浩箋注引《三輔黃圖》：「建章宮有神明臺，武帝造，祭仙人處。上有承露臺，有銅仙人舒掌捧銅盤玉杯，以承雲表之露，和玉屑服之。」

【輯評】

朱彝尊：冰雪浄聰明。（《香嚴詞》卷上）

水調歌頭 述懷，用蘇東坡中秋韻①

小住爲佳耳，萬事總繇天。乞天判與沉醉，斷送奈何年。往日寶刀横吹②，入夜清燈疏雨，鬢髮暮雲寒。吾老是鄉矣，雙袖百花間〔一〕。倦司馬，窮阮籍，只高眠③。宿酲④剛醒，又〔二〕問明〔三〕月可曾圓。長策⑤瓊臺采藥⑥，小隱於陵織屨⑦，雅操仗君全。放眼憑欄久，風露正娟娟⑧。

【校】

〔一〕「間」，《香嚴詞》《倚聲初集》均作「前」。

〔二〕「又」，《香嚴詞》作「迓」。

〔三〕「明」，《倚聲初集》作「皓」。

【注】

①本詞或作於順治五年（一六四八）游杭時。東坡，即蘇軾，見卷一《念奴嬌·中秋得南鴻喜賦用東坡中秋韻》注①。本詞用蘇軾《水調歌頭》（明月幾時有）韻。

②横吹：樂器名。即横笛，又名短簫。唐王維《送宇文三赴河西充行軍司馬》：「横吹雜繁笳，邊風捲塞沙。」

③「倦司馬」三句：詞人以倦游相如和窮途阮籍自比，稱今惟有高眠一途以應對人世。表達了世變後自己的悲苦心境。倦司馬，即司馬倦游。《史記·司馬相如列傳》：「長卿故倦游。」窮阮籍，用阮籍哭窮途典。《晋書·阮籍傳》：「（籍）時率意獨駕，不由徑路，車迹所窮，輒痛哭而返。」唐王勃《滕王閣序》：「阮籍猖狂，豈效窮途之哭！」本謂因車無路可行而悲傷，後亦謂處于困境所發的絶望的哀傷。

④宿酲：猶宿醉。三國魏徐幹《情詩》：「憂思連相屬，中心如宿酲。」

⑤長策：長，常。策，拄杖。

⑥瓊臺采藥：用劉晨、阮肇入天台山采藥遇仙的典故。漢明帝永平五年，會稽郡剡縣劉晨、阮肇共入天台山采藥，遇兩麗質仙女，被邀至家中，并招爲婿。事見《太平御覽》卷四十一引南朝宋劉義慶《幽明録》。瓊臺，山峰名。在浙江天台山西北。晋孫綽《游天台山賦》：「雙闕雲聳以夾路，瓊臺中天而懸居。」

⑦小隱於陵織屨：用陳仲子隱居於陵，親身織屨的典故。於陵，於音烏。古地名，在今山東鄒平東南。陳仲子，戰國齊人。以兄食禄萬鍾爲不義，適楚，居於於陵，號於陵仲子。楚王欲以爲相，不就，與妻逃去，爲人灌園。《孟子・滕文公下》：「彼（仲子）身織屨，妻辟纑以易不義之禄，而不食也。」

⑧娟娟：明媚美好的樣子。宋司馬光《和楊卿中秋月》：「嘉賓勿輕去，桂影正娟娟。」

【輯評】

曹爾堪：長歌破衣襟，短歌斷白髮，一弦一柱，爲恨爲悲，正恐千古達人于此不免。（《香嚴詞》卷下）

王士禛：艷思纏綿，壯思噴薄。讀此闋始知英雄兒女子不應作殊觀。（《倚聲初集》卷十五）

羅敷媚〔一〕①

五月十四夜，湖風酣暢，月明如洗，繁星盡斂，天水一碧，偕善持君〔二〕繫艇於寓樓②下，剥菱煮芡，小飲達曙。人聲既絶，樓臺燈火，周視悄然，惟四山蒼翠，時時滴入杯底。千百年西湖，今夕始獨爲吾有，徘徊顧戀，不謂人世也。酒語清恬，因口占四調以紀其事。子瞻云「何夜無月，但少閒人如吾兩人」，予則謂：何地無閒人，無事尋事如吾兩人者，未易多得爾。

藕花社榜③

疏一湖風漾當樓月，涼滿人間。我與青山，冷淡相看不等閒。

狂約，綠酒朱顏。放進嬋娟④，今夜紗窗可忍關。

【校】

〔一〕《香嚴齋詞》詞牌題作「醜奴兒令」，《香嚴詞》詞牌題作「采桑子」。

〔二〕「善持君」，《香嚴齋詞》《香嚴詞》均作「内人」。

【注】

① 本詞及後三闋詞作於順治五年（一六四八）與顧媚游賞杭州西湖時。

② 寓樓：供客寄居的樓房。

③ 藕花社榜：龔鼎孳、顧媚二人所乘之舟名「藕花社」。徐珂編《清稗類鈔·舟車類》：「龔芝麓宗伯鼎孳嘗偕其姬人顧橫波游杭州，寓西湖。夏夜繫艇樓下，小飲達曙。月明如洗，天水一碧，樓臺燈火，周視悄然，惟四山蒼翠，時時滴入杯底，因作《醜奴兒令》，詞云（略）。藕花社，舟名也。」榜，船。唐羅隱《春日憶湖南舊游寄盧校書》：「旅榜前年過洞庭，曾提刀筆事甘寧。」

④ 嬋娟：見卷一《菩薩蠻·初冬以言事繫獄對月寄懷》注⑤。

【輯評】

陳維岳：縹緲虛無，幾欲乘風歸去。（《香嚴詞》卷上）

程鶴湖：直令千古湖山一時妒煞，又復一時生面。（《香嚴詞》卷上）

查禮：龔芝麓鼎孳與橫波夫人月夜泛舟西湖作〔醜奴兒令〕四闋，自序云：（略）詞云：（略）二解云：（略）三解云：（略）四解云：（略）其高情逸調，可與湖光并千古也。《榕巢詞話》（《查恂叔集》）

前調〔一〕

木蘭①掀蕩波光碎，人似乘潮。何處吹簫。輕逐流螢度畫橋。　白鷗睡熟金鈴②悄，好是蕭條。多謝雙高③。折簡明宵不用招④。

【校】

〔一〕《香嚴齋詞》詞牌題作「醜奴兒令」；《香嚴詞》詞牌題作「采桑子」。

【注】

① 木蘭：木蘭船，見卷一《小重山・邸懷其五》注③。

② 金鈴：護花鈴。見卷一《蝶戀花・送春用趙粟夫韻》注④。

③ 雙高：指西湖邊兩座高峰。《香嚴詞》注云：「雙高謂南北高峰也。」見卷一《蘇幕遮・同善持君湖舫送春其四用范希文韻》注②。

④「折簡」句：意謂湖山即便不對自己折簡相召，自己明晚亦必如期再至。折簡，古人以竹簡作

書，簡長二尺四寸，短者半之。單執一札謂之簡；折簡者，折半之簡，言其禮輕，隨便。《晉書·宣帝紀》：「（王淩）面縛水次，曰：『淩若有罪，公當折簡召淩，何苦自來邪？』帝曰：『以君非折簡之客，故耳。』」

【輯評】

徐倬：山靈有知，應曰：那得此不速之客。（《香嚴詞》卷上）

前調〔一〕

情癡每與銀蟾①約，見了銷魂。爾許温存。領受嫦娥一笑恩。　戲拈梅子橫波②打，越樣③心疼。和月須吞。省得濃香不閉門④。

【校】

〔一〕《香嚴齋詞》詞牌題作「醜奴兒令」；《香嚴詞》詞牌題作「采桑子」。

【注】

①銀蟾：見卷一《薄倖·春明寄憶》注⑤。

②橫波：橫流的水波。《楚辭·九歌·河伯》：「與女游兮九河，衝風起兮橫波。」此處有雙關意。詞人一是點明自己與顧媚是乘舟於水邊嬉戲；再者，顧媚歸嫁龔鼎孳後，改姓徐，名橫波，故

「橫波」在此亦指顧媚。
③越樣：出格，出衆。宋辛棄疾《永遇樂・賦梅雪》：「細看來，風流添得，自家越樣標格。」
④「和月」二句：意謂顧媚撲打過來的梅子，自己是要和着月色吞下的，否則沾染了佳人身上香氣的梅子就會四處飄香。

【輯評】

陳廷敬：放誕排奡，最能陡健舉。（《香嚴詞》卷上）

前調〔一〕

清輝①依約雲鬟綠，水作菱花②。蘇小夭斜③。不見留人駐晚車。　　湖山符

牒④誰能管，讓與天涯。如此豪華。除却芳樽一味賒⑤。

【校】

〔一〕《香嚴齋詞》詞牌題作「醜奴兒令」；《香嚴詞》詞牌題作「采桑子」。

【注】

①清輝：此處指月亮的清光。
②菱花：謂鏡，見卷一《薄倖・春明寄憶》注③。

③蘇小夭斜：以裊娜多姿的蘇小小比顧媚。蘇小，南齊錢塘名妓，見卷一《西江月・春日湖上用秋岳韻》注⑥。夭斜，裊娜多姿貌。唐白居易《和春深》之二十：「揚州蘇小小，人道最夭斜。」

④符牒：符移關牒等公文的統稱。唐吴兢《貞觀政要・擇官》：「比聞公等聽受辭訟，日有數百，此則讀符牒不暇，安能助朕求賢哉？」

⑤「除却」句：謂眼前所得除了美酒外，湖山美景皆是不必以錢換取的。芳樽，精緻的酒器。亦借指美酒。《晋書・阮籍等傳論》：「嵇阮竹林之會，劉畢芳樽之友。」賒，買物延期交款。《字彙・貝部》：「賒，不交錢而買曰賒。」

【輯評】

尤侗：閒情勝致，筆墨如畫，此樂真不減摩訶池上「冰肌玉骨」之詞。（《香嚴詞》卷上）

【紀事】

徐釚《南州草堂詞話》卷上：「龔芝麓尚書與横波夫人月夜泛舟西湖，作《醜奴兒令》四闋，自序云（略）。詞云（略）。」

卷二　綺懺

題　辭

湖上旅愁，呼春風柳七，憑欄欲語，時一吟花間小令，爲曉風殘月招魂，脱口津津，尋自厭悔。昔山谷以綺語被訶，針鎚甚痛，要其語誠妙天下，無妨爲大雅罪人。吾不能綺，而詭之乎懺，然則吾不當懺綺語，當懺妄語矣。

燭影摇紅　方密之索賦催妝，即用其韻①

何來才子，自負多情。選艷花叢，既眼苛於冀北；效顰桃葉，空夢繞乎江南。無處尋愁，歌燕市酒人之曲②；有官割肉③，慳金門少婦之緣④。願得一心，合爲雙璧⑤。今且窮搜粉譜，恰遇麗姝。綰髻相思，能誦義山之句⑥；投珠未嫁，欣挑客座之琴⑦。眉黛若遠山，臉際若芙蓉⑧，風流放誕，驚絶世之佳人；玉釵挂臣冠，羅袖拂臣衣，微笑遷延⑨，快上國之公子⑩。錦茵角枕⑪，良夜未央；白雪幽蘭，新歡方洽。兼以花枰月拍⑫，并是慧心；壁版烏絲⑬，時呈纖手。搴玉堂之紅藥⑭，吐金屋之奇姿。可謂勝絶一時，風華千載者矣。昔宋玉口多微詞，自許温柔之祖，而其告楚王曰：「天下之美，無如臣里，臣里無如東家之子⑮。」嘻，何隘也！燕趙多佳，夙矜名貴，文鴛⑯擇栖，未肯匹凡鳥耳。豈必聽子夜於吴趨，載莫愁於烟艇⑰，乃稱雅合哉？

一揖芙蓉⑱，閒情⑲亂似春雲髮。凌波⑳背立笑無聲，學見生人法。此夕歡娱幾許，唤新妝、佯羞淺答。算來好夢，總爲今番，被他猜殺㉑。宛轉菱花㉒，眉峰小映紅潮㉓發。香肩生就靠檀郎㉔，睡起還凭榻。記取同心帶子，雙雙綰、輕綃尺八㉕。畫樓南畔，有分鴛鴦，預憑錦札㉖。時予南鴻初至㉗。

【注】

①崇禎十五年（一六四二）中秋後，方以智納妾，龔鼎孳、曹溶、杜濬、張學曾、姜垓同賦催妝詩詞。方以智索賦催妝詞不詳。方以智（一六一一—一六七一），字密之，號曼公，又號鹿起、龍眠愚

者等。安徽桐城人。明末四公子之一。崇禎十一年（一六三八），方以智之父方孔炤巡撫湖廣，方以智隨征武昌。時任蘄水縣令的龔鼎孳爲方孔炤下屬，遂得與方以智訂交。崇禎十五年（一六四二），龔鼎孳抵京，時方以智在京任王府講官，二人時相過從。詳見《定山堂詩集》卷十六《懷方密之詩序》。《定山堂詩集》卷十六有《爲密之催妝同秋岳于皇爾唯如須限韻三首》，其一：「綺閣鴛鴦繡譜陳，押簾銀蒜護花塵。舊憐染硯宜紈袖，新學梳頭問侍人。荳蔻試香矜午夜，海棠留夢伴芳辰。金門好是琴心地，爲博文君一啓唇。」其二：「畫黛牙籤夾座陳，深閨筆墨浄秋塵。書宜内史增彤管，天與龍綃寵玉人。絳燭影憐三喚後，綵簫吹待百花辰。章臺漸有香螺染，不羨東方獨嚙唇。」其三：「流蘇雙結翠茵陳，玉暖湘鈎蹴粉塵。視草鳳池蘭作佩，簪花鸞鏡璧爲人。緑雲斜照金釵夕，紅印香消寶靨辰。爲説主恩清禁渥，口脂新賜及檀唇。」催妝，舊俗新婦出嫁，必多次催促，始梳妝啓行。唐段成式《酉陽雜俎・禮異》謂北朝婚禮，夫家領人挾車至女家，高呼「新婦子，催出來」，至新婦上車始止。宋時其禮儀又不同。宋孟元老《東京夢華録・娶婦》：「凡娶媳婦……先一日，或是日早，下催妝冠帔花粉，女家回公裳花幞頭之類。」文人則因此俗有催妝詩詞。杜濬《變雅堂遺集・詩集》卷二《合歡歌爲密之》、曹溶《静惕堂詩集》卷二十九《和友人納姬合歡詞二首》，皆作於同時。

② 歌燕市酒人之曲：用荆軻歌飲於燕市之典。燕市，戰國時燕國的國都。《史記・刺客列傳》：「荆軻嗜酒，日與狗屠及高漸離飲於燕市。酒酣以往，高漸離擊筑，荆軻和而歌於市中，相樂

也。已而相泣，旁若無人者。」此處指燕京，即北京。金元好問《人日有懷愚齋張兄緯文》詩：「明月高樓燕市酒，梅花人日草堂詩。」

③「有官」句：《漢書・東方朔傳》：「久之，伏日，詔賜從官肉。大官丞日晏不來。朔獨拔劍割肉……上曰：『先生起自責也。』朔再拜曰：『朔來！朔來！……拔劍割肉，壹何壯也！……歸遺細君，又何仁也！』……復賜酒一石，肉百斤，歸遺細君。」

④慳金門少婦之緣：意謂無緣與富貴人家的少婦相識。慳，少。金門，代指富貴人家。《魏書・常景傳》：「夫如是，故綺閣金門，可安其宅；錦衣玉食，可頤其形。」

⑤雙璧：一對完美的人或物。《北史・陸凱傳》：「子暐與弟恭之并有時譽，洛陽令賈楨見其兄弟，嘆曰：『僕以年老，更睹雙璧。』」此處喻指結爲夫妻。

⑥「綰髻」二句：用李商隱與柳枝情事之典。晚唐詩人李商隱，字義山。李商隱《柳枝詩序》：「柳枝，洛中里娘也……生十七年，塗妝綰髻未嘗竟，已復起去，吹葉嚼蕊，調絲擫管，作天海風濤之曲，幽憶怨斷之音。……余從昆讓山，比柳枝居爲近。他日春曾陰，讓山下馬柳枝南柳下，咏余《燕臺詩》。柳枝驚問：『誰人有此？誰人爲是？』讓山謂曰：『此吾里中少年叔耳。』柳枝手斷長帶，結讓山爲贈叔乞詩。」此處用此典，以柳枝之靈慧知音擬方氏姬妾。

⑦「投珠」二句：謂佳人未嫁時，便與方以智相互傾慕，兩人互通情誼。投珠，用「投珠報玉」典。《文選》卷十九曹植《洛神賦》李善注：「《記》曰：魏東阿王漢末求甄逸女，既不遂，太祖回與五

官中郎將。植殊不平，晝思夜想，廢寢與食。……時已爲郭后讒死。……植還……將息洛水上，思甄后。忽見女來，自云：『我本托心君王，其心不遂……』言訖，遂不復見所在。遣人獻珠于王，王答以玉珮。悲喜不能自勝，遂作《感甄賦》。」此處喻佳人示好於方以智。欣挑客座之琴，用西漢司馬相如與卓文君典。《史記·司馬相如列傳》載，臨邛巨富卓王孫招臨邛令及司馬相如飲。「酒酣，臨邛令前奏琴曰：『竊聞長卿好之，願以自娛。』相如辭謝，爲鼓一再行。是時卓王孫有女文君新寡，好音，故相如繆與令相重，而以琴心挑之。相如之臨邛，從車騎，雍容閒雅甚都；及飲卓氏，弄琴，文君竊從户窺之，心悦而好之，恐不得當也。既罷，相如乃使人重賜文君侍者通殷勤。文君夜亡奔相如，相如乃與馳歸成都。」此處喻方以智打動佳人芳心。

⑧「眉黛」二句：典出《西京雜記》卷二：「文君姣好，眉色如望遠山，臉際常若芙蓉。」

⑨微笑遷延：化用漢司馬相如《美人賦》：「有女獨處，婉然在牀。奇葩逸麗，淑質艷光。睹臣遷延，微笑而言。」遷延，形容徘徊不前。

⑩上國之公子：對方以智的尊稱。上國，指京師。南朝梁江淹《四時賦》：「憶上國之綺樹，想金陵之蕙枝。」

⑪錦茵角枕：指新牀上的陳設。錦茵，錦製的墊褥。《文選·潘岳〈寡婦賦〉》：「易錦茵以苫席兮，代羅幬以素帷。」角枕，角製的或用角裝飾的枕頭。《詩·唐風·葛生》：「角枕粲兮，錦衾爛兮。」

⑫花枰月拍：對棋盤和拍板的美稱。枰，棋盤。拍，樂器拍板。《元史·禮樂志五》：「拍板，制以木爲板，以繩聯之。」明張羽《席上聽歌妓詩》：「淺按紅牙拍，輕和寶鈿箏。」

⑬璧版烏絲：指書籍。璧版，對書籍的美稱。版乃古時書寫用的木片，後也泛指書籍。烏絲，即烏絲欄。指上下以烏絲織成欄，其間用朱墨界行的絹素。後亦指有墨綫格子的箋紙。唐李肇《唐國史補》卷下：「宋亳間，有織成界道絹素，謂之烏絲欄、朱絲欄。」

⑭紅藥：芍藥花，詳見卷一《滿庭芳·從友人處分得新茗少許以遺閨人用山谷韻》注⑤。

⑮「昔宋玉」六句：戰國楚宋玉《登徒子好色賦》：「大夫登徒子侍於楚王短宋玉曰：『玉爲人體貌閒麗，口多微詞，又性好色，願王勿與出入後宮。』……玉曰：『天下之佳人，莫若楚國；楚國之麗者，莫若臣里；臣里之美者，莫若臣東家之子。』」

⑯文鴛：即鴛鴦。以其羽毛華美，故稱。宋張先《減字木蘭花》：「文鴛綉履，去似楊花塵不起。」

⑰「豈必」二句：謂燕趙多佳人，美人不必盡出南國，蓋方以智之佳人來自北國。子夜，即子夜歌。樂府《吴聲歌曲》名。相傳是晉女子子夜所作，故名。孝武帝太元中即已流行。見《宋書·樂志一》。吴趨，即吴趨曲。吴地歌曲名。晉陸機《吴趨行》：「四坐并清聽，聽我歌《吴趨》。」晉崔豹《古今注·音樂》：「《吴趨曲》，吴人以歌其地也。」莫愁，見卷一《石州慢·感春》注⑥。此處借指南方女子。烟艇，烟波中的小舟。唐杜甫《八哀詩·故右僕射相國曲江張公九齡》：「向時禮數隔，制作難上請。再讀徐孺碑，猶思理烟艇。」

⑱芙蓉：用卓文君典，見注⑧。此處以「芙蓉」喻指佳人。

⑲閒情：指男女之情。唐昭宗《巫山一段雲》之二：「青鳥不來愁絶，忍看鴛鴦雙結。春風一等少年心，閒情恨不禁。」

⑳凌波：喻美人步履輕盈，見卷一《一落索・小窗夜坐用周美成韻》注⑤。

㉑猜殺：拼命地猜想。殺，副詞，表示程度深。

㉒菱花：謂鏡。見卷一《薄倖・春明寄憶》注③。

㉓紅潮：因害羞與感情激動而兩頰泛起的紅暈。

㉔檀郎：《晉書・潘岳傳》《世説新語・容止》載，晉潘岳美姿容，嘗乘車出洛陽道，路上婦女慕其丰儀，手挽手圍之，擲果盈車。岳小字檀奴，後因以「檀郎」爲婦女對夫婿或所愛慕的男子的美稱。唐温庭筠《蘇小小歌》：「吴宮女兒腰似束，家在錢唐小江曲，一自檀郎逐便風，門前春水年年緑。」

㉕「記取」三句：意謂同心帶綰結在輕綃裹著的尺八上。同心帶子，綰有同心結的絲帶。唐楊衡《夷陵郡内叙别》：「留念同心帶，贈遠芙蓉簪。」輕綃，一種透明而有花紋的絲織品。尺八，古樂器名。唐吕才製尺八，共十二枚，長短不同，各應律管。見《舊唐書》卷七九《吕才傳》。這是尺八最早的出處，但其形製不詳。一説尺八即簫管，又名中管、豎笛。管有六孔，旁一孔加竹膜。管長一尺八寸，故得名，今猶流行於日本，形製稍異。

㉖「畫樓南畔」三句：詞人見方氏納姬而思顧媚。稱自己與顧媚是一對暫時分開的鴛鴦，而二人的相聚合婚已經預先憑借書信約定，佳期指日可待。錦札，對書信的美稱。

㉗時予南鴻初至：龔鼎孳得顧媚北上歸嫁書信在崇禎十五年中秋。見卷一《念奴嬌·中秋得南鴻喜賦用東坡中秋韻》①、②。

【輯評】

吴兆寬：龍梭鴛鑷，異樣花紋，簇簇能新，羅羅見異。（《香嚴詞》卷下）

徐釚：桐城方太史納姬，合肥龔中丞賦《燭影摇紅》催妝詞，詞輯纖穠，序尤綺麗。今載《香嚴集》中。序云（略），詞云（略）。（《南州草堂詞話》卷中）

沈雄：《梅墩詞話》曰：近代芝麓龔宗伯有催妝詞云：「一揖芙蓉，鬧情亂似春雲髮。凌波背立笑無聲，學見生人法。此夕歡娱幾許，唤新妝、佯羞淺答。算來好夢，總爲今番，被他猜殺。」則已極此調之工艷矣。（《古今詞話·詞辨》卷下）

王士禛：今人想見西子舞罷，倚東吴白玉牀時也。（《倚聲初集》卷十六）

菩薩蠻　代友人惜别

子規叫破山花血。銀屏香瘦蘭衾熱。芳草約裙齊①。濃愁妒馬蹄。前溪②

從此渡。記取栖烏樹③。今夕定何年。人分月恰圓。

【注】

① 芳草約裙齊：五代詞人牛希濟《生查子》（春山烟欲收）寫離情，中有「記得綠羅裙，處處憐芳草」句，叮囑離人但見芳草之綠，即思閨人羅裙之綠。此處暗用此典。

② 前溪：《樂府詩集·清商曲辭二·前溪歌》：「憂思出門倚，逢郎前溪度。」

③ 栖烏樹：南朝梁蕭繹《咏晚栖烏》：「日暮連翩翼，俱向上林栖。風多前烏（一作烏）駛，雲暗後群迷。路遠聲難徹，飛斜行未齊。應從故鄉返，幾過入蘭閨。借問倡樓妾，何如蕩子妻。」敘離思閨怨，用於此處恰合題意。

【輯評】

曾燦：暫游萬里，小別千年，能使鬼魄啼香，龍漦泣玉。（《香嚴詞》卷上）

前調

斜陽拗作黃昏雨。天涯就是門前路。莫踏柳絲橋。柔腸一萬條。　花愁沾玉斝①。回袂春星下。不惜褪歸期。從頭溫別離。

【注】

①玉斝：酒杯的美稱。南朝齊王融《游仙》：「金卮浮水翠，玉斝挹泉珠。」

【輯評】

陳玉璂：從頭温別離，「温」字下得奇。（《香嚴詞》卷上）

畫堂春 代友人贈所歡

玉芙蓉①剪柳絲眉。花因解語頭低。闌干約略②小腰圍。不爲春歸。　睡重惱開鸞鏡，燈昏揉碎烏絲③。淺嗔深妒任嬌癡。畢竟憐伊。

【注】

①玉芙蓉：喻美人。以芙蓉喻美人面，詳見卷一《菩薩蠻・題畫蘭雲扇》注③。宋方千里《浣溪沙》：「面面虛堂水照空。天然一朵玉芙蓉。千嬌百媚語惺憁。」

②約略：仿佛，依稀。唐李端《長安書事寄薛戴》：「笑語且無聊，逢迎多約略。」

③烏絲：猶黑絲。比喻黑髮。唐杜甫《蘇大侍御訪江浦賦八韻記異》：「余髮喜却變，白間生黑絲。」

【輯評】

秦松齡：艷處能生，麗處帶別，詞品中程正伯、洪叔嶼一流。（《香嚴詞》卷上）

念奴嬌　和雪堂先生感春〔一〕①

凭欄〔二〕無賴②，受東風冷暖、瞞人情緒。一夕梅魂芳霧散，把酒頻澆黄土。露浥金鈴③，烟籠粉幔，似聽酴醿語。啼鵑初瘦，月高誰作花主。　分付弱柳千條，小闌干外，替兩眉辛苦。薄醉濃香簾幕捲，又是流鶯梳羽。玉管横吹④，霞綃⑤癡〔三〕寫，怕到酸心處。五侯⑥亭館，當年何限歌舞。

【校】

〔一〕《百名家詞鈔》題作「感春和雪堂先生」。

〔二〕「欄」，《今詞初集》作「樓」。

〔三〕「癡」，《今詞初集》作「遍」。

【注】

① 本詞作於明亡的甲申（一六四四）、乙酉（一六四五）之際，乃糅合了興亡之感的傷春之作，可與

卷一《石州慢·感春》《望海潮·感春》等合觀。雪堂，熊文舉（一五九九—一六六九），字公遠，號雪堂，江西新建人。明崇禎四年（一六三一）進士，官吏部侍郎。入清後官兵部右侍郎。撰有《雪堂文集》二十八卷。龔鼎孳早年受知於熊氏，明亡後又同爲貳臣，熊氏於龔鼎孳亦師亦友。本詞用熊文舉《念奴嬌》（一年春色）韻。

②無賴：無聊。謂情緒因無依托而煩悶。宋蘇舜欽《奉酬公素學士見招之作》：「意我羈愁正無賴，欲以此事相誇招。」

③金鈴：用以驚嚇鳥雀的護花鈴。

④玉管橫吹：玉管，泛指管樂器，此當指橫笛一類。「玉管橫吹」猶「橫吹玉笛」，古「橫吹曲」多離別悲傷之辭，與此「感春」題旨正合。

⑤霞綃：像薄綢一樣的紅霞。明高明《琵琶記·中秋望月》：「你看玉樓金氣捲霞綃，雲浪空光澄徹。」

⑥五侯：漢成帝同日封其舅，王譚爲平阿侯、王商爲成都侯、王立爲紅陽侯、王根爲曲陽侯、王逢時爲高平侯。見《漢書·元后傳》。後泛指權貴豪門。唐韓翃《寒食》：「日暮漢宮傳蠟燭，輕烟散入五侯家。」

【輯評】

沈荃：琢字如蔣勝欲，鍊句如吴夢窗，人巧極天工錯矣。（《香嚴詞》卷下）

王士禛：杜若飄零，竹箭蕭瑟，哀感都在言外。（《倚聲初集》卷十七）

百字令 其二①

斷魂無那②，霎時間、柳絮蘋花吹合。幾點殘紅③隨蝶粉，倒挂蛛絲檐角。鸚鵡呼來，鷓鴣催去，恨與晴波④闊。斜陽無語，半天烟岫⑤寥廓。何處麥雨葵風⑥，含桃金碗⑦，九十春光惡。惆悵江南花落盡，玉樹歌聲重作⑧。畫鼓螢流，瓊簫人遠，野草迷長樂⑨。御溝流水，應憐雲鬟梳削⑩。

【注】

① 本詞創作背景同前，用熊文舉《百字令》（東風薄倖）韻。

② 無那：無奈，無可奈何。唐杜甫《奉寄高常侍》：「汶上相逢年頗多，飛騰無那故人何！」

③ 殘紅：凋殘的花，落花。唐王建《宫詞》之九十：「樹頭樹底覓殘紅，一片西飛一片東。」

④ 晴波：陽光下的水波。唐楊炯《浮漚賦》：「狀若初蓮出浦，映晴波而未開。」

⑤ 烟岫：雲霧繚繞的山巒。南朝梁江淹《草木頌・栟櫚》：「烟岫相珍，雲壑共寶。」

⑥ 麥雨葵風：此處有感悼前明與慨嘆世事滄桑的意味。麥雨，原意爲麥熟時節所降的雨。但此處重於「麥秀」之感。麥秀，指麥子秀發而未實。《史記・宋微子世家》：「箕子朝周，過故殷

虛，感宫室毁壞，生禾黍，箕子傷之，欲哭則不可，欲泣爲其近婦人，乃作《麥秀之詩》以歌咏之。其詩曰：『麥秀漸漸兮，禾黍油油。彼狡僮兮，不與我好兮！』」故「黍離麥秀」爲感慨亡國之詞。葵風，兔葵風。兔葵乃植物名，《爾雅·釋草》作「菟葵」。明袁宏道《登遨游冢有感示凡公響泉道人》詩：「古冢新新道，荒原漠漠楓。荷衣蕙帶鬼，燕麥兔葵風。頹疊高陵變，分趨逝水東。莫言空不得，何事不成空。」「燕麥兔葵風」有感嘆景色蕭條、滄海桑田之意味。袁宏道《章臺詩四首》其二：「兔葵傷故國，狐粉嘯空臺。」皆用兔葵抒發傷悼故國之情。

⑦含桃金碗：櫻桃與棣棠花。含桃，櫻桃的别稱。《禮記·月令》：「是月（仲夏之月）也，天子乃以雛嘗黍，羞以含桃先薦寢廟。」金碗，花名。棣棠花的一種。《廣群芳譜·花譜二二·棣棠》：「棣棠花若金黄，一葉一蕊，生甚延蔓，春深與薔薇同開，可助一色，有單葉者，名金碗，性喜水。」

⑧「惆悵」二句：有嘆惋人事、悼傷亡明之意。惆悵江南花落盡，唐杜甫《江南逢李龜年》：「正是江南好風景，落花時節又逢君。」是杜甫在安史之亂後感嘆繁華衰歇物是人非，而龔鼎孳於明亡後慨嘆「惆悵江南花落盡」，寓意可見。玉樹歌聲，用「玉樹後庭花」典。《陳書·後主張貴妃傳》：「後主每引賓客對貴妃等游宴，則使諸貴人及女學士與狎客共賦新詩，互相贈答。采其尤艷麗者以爲曲詞，被以新聲……其曲有《玉樹後庭花》《臨春樂》等，大指所歸，皆美張貴妃、孔貴嬪之容色也。其略曰：『璧月夜夜滿，瓊樹朝朝新。』」《隋書·五行志》：「禎明初，後主作

新歌，詞甚哀怨……其詞曰：『玉樹後庭花，花開不復久。』時人以爲歌讖，此其不久兆也。」後因以「玉樹後庭花」指亡國之音。

⑨野草迷長樂：指一種昔盛今衰的景象。長樂，長樂宫。西漢高帝時，就秦興樂宫改建而成。爲西漢主要宫殿之一。漢班固《西都賦》：「自未央而連桂宫，北彌明光而亘長樂。」後用以泛指宫殿。明唐肅《長安古意》：「流鶯獨繞昭陽殿，芳草深迷長樂宫。」

⑩「御溝」二句：表達了詞人對明亡後深宫女子命運的擔憂與憐惜。詞人明亡後滯留京師，身不由己，此處他是以無力把握自己命運的深宫女子自比。御溝流水，用紅葉題詩典。唐范攄《雲溪友議》卷十載：「中書舍人盧渥，應舉之歲，偶臨御溝，見一紅葉，命僕搴來，葉上有一絶句，置於巾箱。」後宣宗放出宫人擇配，渥得其一。宫人見渥箱中紅葉，正是自己所題，吁嘆良久。詩曰：「流水何太急，深宫盡日閒。殷勤謝紅葉，好去到人間。」

【輯評】

紀映鍾：恨與晴波闊，可云「目極千里兮傷春心」。（《香嚴詞》卷下）

王士禛：哀而不傷，怨誹而不亂，填詞小技，遂有《國風》《小雅》之遺。（《倚聲初集》卷十七）

滿庭芳①

韋公祠②西府海棠③數本，繁艷甲於京師，春時朝士讌賞，不減慈恩牡丹④

也。滄桑既〔一〕變，而此花不改。三月十八日與諸子社集其下，感幸繫之。〔二〕

紅玉籠雲，胭脂侵雪⑤，兩行⑥擷艷驚奇。乳鶯聲裏，香雨一庭滋。繡帶留仙小立⑦，絳霞畔，飄送瓊璣⑧。銷魂處、如嗔欲笑，狂眼任紛披⑨。　珠鈿芳草路⑩，憑空十載，抛撇幽姿。那堪過天寶，再趁花期⑪。落日華清⑫似夢，弦索〔三〕⑬冷、妃子容衰。無情甚、東風賣眼⑭，看殺爛柯棋⑮。

【校】

〔一〕「既」，《香嚴齋詞》《香嚴詞》均作「數」。

〔二〕《今詞初集》題作「韋公祠看西府海棠，時三月十八日」；《瑤華集》題作「韋公祠西府海棠繁艷，甲於京師，不減慈恩寺牡丹也，三月十八日社集其下，感幸係之」；《倚聲初集》題作「韋公祠看西府海棠」。

〔三〕「弦索」，《瑤華集》作「幺弦」。

【注】

①本詞作於順治二年（一六四五）三月十八日。去歲三月十九日，李自成攻陷北京城，崇禎帝自縊。故順治二年三月十八日是甲申之變一周年之特殊日子。據計六奇《明季北略》載，崇禎自縊于煤山紅閣之海棠樹下。諸子於甲申國變一周年之際社集賞海棠，有感悼故國故君之用

意。《定山堂詩集》卷五《社集韋公祠看海棠同諸子分韻》可同觀。其一：「地僻快幽擕，銜杯勝日宜。如何傾國恨，又上海棠枝。藉草憐衫薄，行花奏鼓遲。杜鵑憔悴後，愁與落紅期。」其二：「霞暈發瓊枝，東風萬玉垂。花憐萍跡改，春入醉鄉悲。舊夢牽香草，荒烟冷麗姿。林中雙燕過，楚楚説興衰。」

② 韋公祠：即弘善寺，明正德間韋霦建於京師。清談遷《北游録·紀郵上》：「正德甲戌，司禮太監韋霦預卜葬於十里河，立弘善寺，賜額……佛殿後蘋婆樹一，大合抱。内祠霦。有海棠二，各合抱。」

③ 西府海棠：海棠名種之一。明王世懋《學圃餘疏·花譜》：「海棠種類甚多，曰垂絲，曰西府……就中西府最佳，而西府之名紫綿者尤佳，以其色重而瓣多。」

④ 慈恩牡丹：指慈恩寺的牡丹。慈恩即慈恩寺。古蹟名。舊寺在長安東南曲江北。宋時已毁，僅存雁塔。慈恩寺之牡丹非常有名。《唐語林》卷七：「京師貴牡丹。佛宇、道觀多游覽者。慈恩浴室院有花兩叢，每開及五六百朵。」

⑤「紅玉」二句：指海棠花紅白相間。紅玉，紅色寶玉。古常以比喻美人肌色。《西京雜記》卷一：「趙后體輕腰弱，善行步進退，女弟昭儀，不能及也。但昭儀弱骨豐肌，尤工笑語。二人并色如紅玉。」

⑥ 兩行：指兩叢海棠花。

⑦「繡帶」句：此處用「留仙裙」之典，以漢代美人趙飛燕擬海棠。漢伶玄《趙飛燕外傳》載，成帝於太液池作千人舟，號合宮之舟。后歌舞《歸風》《送遠》之曲，侍郎馮無方吹笙以倚后歌。中流，歌酣，風大起。后揚袖曰：「仙乎，仙乎，去故而就新，寧忘懷乎？」帝令無方持后裙。風止，裙爲之縐。他日，宮姝幸者，或襞裙爲縐，號「留仙裙」。

⑧「絳霞」二句：以「絳霞」「瓊肌」擬海棠之色澤質感。絳霞，紅霞。瓊璣，美玉。

⑨紛披：盛多貌。《宋書·謝靈運傳論》：「六義所因，四始攸繫，升降謳謡，紛披風什。」唐杜甫《九日寄岑參》：「是節東籬菊，紛披爲誰秀？」

⑩「珠鈿」句：以楊貴妃擬海棠。唐白居易《長恨歌》寫楊妃縊死於馬嵬坡之時的慘狀：「花鈿委地無人收，翠翹金雀玉搔頭。」「珠鈿芳草路」用於此處，便有花殘人逝的傷悼之意。

⑪「那堪」二句：意謂國破之後，即便舊地重游花期重至，也不再有賞花之心緒。天寶，公元七四二年正月—七五六年七月，是唐玄宗李隆基的年號，共計十五年。此處是以天寶風流（李隆基與楊玉環之情事）的消逝來關合明王朝的滅亡。趁，逐，追逐。

⑫華清：即華清宮。唐宮名。故址在今陝西臨潼驪山上。宮有温泉，唐貞觀十八年置，咸亨十二年名温泉宮。天寶六載大加擴建，更名華清宮。宮治湯井爲池，環山築宮室，築羅城，池稱華清池。安禄山之亂，破壞甚多。元和間重修，已罕游幸，逐漸荒廢。

⑬弦索：弦樂器上的弦。指弦樂器。唐元稹《連昌宮詞》：「夜半月高弦索鳴，賀老琵琶定

場屋。」

⑭賣眼：謂以眼波媚人。南朝梁武帝《子夜四時歌·冬歌》：「賣眼拂長袖，含笑留上客。」唐李白《越女詞》之二：「賣眼擲春心，折花調行客。」王琦注：「賣眼即楚《騷》目成之意。」

⑮爛柯棋：南朝梁任昉《述異記》卷上：「信安郡石室山，晋時王質伐木至，見童子數人，棋而歌，質因聽之。童子以一物與質，如棗核，質含之，不覺飢。俄頃，童子謂曰：『何不去？』質起，視斧柯爛盡，既歸，無復時人。」後以之謂歲月流逝，人事變遷。宋戴復古《過三衢尋鄉僧適遇愛山徐叔高同訪鄭監丞其家梅園甚佳選百家詩》詩：「匆匆又行役，不見爛柯棋。」

【輯評】

鄧漢儀：廢苑平臺，野花蔓草，如聽繡嶺宮人唱紅豆秋槐之曲。（《香嚴詞》卷下）

王士禛：似秀嶺宮前鶴髮人語。（《倚聲初集》卷十五）

如夢令 惜春

無處訴花啼柳。白袷①半沾春酒。芳絮盡情飛，惱得海棠消瘦。難受。難受。說着曉風眉皺。

【注】

①白袷：白色夾衣。《世説新語·雅量》「顧和始爲揚州從事」，劉孝標注引晉裴啓《語林》：「周侯飲酒已醉，着白袷，憑兩人來詣丞相。」唐李商隱《楚澤》：「白袷經年卷，西來及早寒。」

【輯評】

宋琬：當與浣花翁「一片花飛減却春」同斯涕淚。（《香嚴詞》卷上）

前調

春去晴絲①庭院。丢下枕痕一綫。帶恨過簾櫳②，又是舊年雙燕。心顫。心顫。陡被落紅瞧見。

【注】

①晴絲：蟲類所吐的、在空中飄蕩的游絲。唐杜甫《春日江村》之四：「燕外晴絲卷，鷗邊水葉開。」

②簾櫳：窗簾和窗牖，詳見卷一《惜奴嬌·離情用史邦卿韻》注⑤。

【輯評】

尤侗：海棠惱飛絮，雙燕恨落紅。坡老所云「多情却被無情惱」也。尖新活潑，生色真香。

風流子 社〔一〕集天慶寺送春，和舒章韻①

柔絲②牽不住，眉尖小、一蹙又斜陽。問紅雨③灑愁，幾番離別，緑蘋④漾恨，何代蒼茫。子規說、麝迷青冢⑤月，珠墮馬嵬⑥妝。苔臥錦錢⑦，橫拋芳影，燕銜簾蒜⑧，偷覷柔腸。　前歡真如夢，流鶯懶風日，枉媚銀塘⑨。擔閣背〔二〕花心性⑩，淚不成行。嘆樓空杜牧⑪，濃陰乍滿，人分結綺，落粉猶香⑫。拈合一春滋味，彈出伊涼⑬。

【校】

〔一〕「社」，《倚聲初集》作「同」。

〔二〕「背」，《倚聲初集》作「看」。

【注】

① 順治二年（一六四五）四月八日，龔鼎孳與李雯、袁于令、張學曾社集天慶寺送春。送春，見卷一《石州慢・感春》注①。《定山堂詩集》卷十六有《天慶寺送春和舒章籜庵爾唯諸子》：「燈火催春過上元，又看春盡燕泥翻。銅駝陌冷絲牽棘，金谷歌殘月滿園。蕭寺茶烟參半偈，舊家塵尾憶諸昆。芒鞋布襪隨春去，夢裏青山幾曲存。」清鄒漪《五大家詩鈔》録龔鼎孳《社集天慶寺

送春》：「隔歲春光換紀元，上林鶯羽帶愁翻。惟聞苜蓿叢芳甸，不見櫻桃薦寢園。南望陣雲迷碭澤，西來璧琬詫堅昆（時有西域入貢事）。閒花閒草春如許，尚有吞聲野老存。」李雯有《四月八日謝都護招飲天慶寺即事得元字》：「薰風朝夕度含光，忽見晴郊柳絮翻。客裏送春當佛日，愁中多病豈文園。新詞痛哭惟烟草，故國交游似弟昆。惆悵江南行樂處，落花今日幾枝存。」舒章，李雯（一六〇八—一六四七），字舒章，號蓼齋，江南華亭（今屬上海）人。明崇禎十五年舉人，入清，授弘文院撰文、中書舍人。少與陳子龍、宋徵輿齊名，稱「雲間三子」。工詞。著有《蓼齋集》《蓼齋後集》《仿佛樓草》《蓼齋詞》一卷。又與陳子龍、宋徵輿合刻有《幽蘭草》詞。本詞用李雯《風流子·送春》（誰教春去也）韻。

②柔絲：指柳絲。宋黄敏求《柳絮》：「近日柔絲可着鴉，又分晴絮落天涯。」

③紅雨：見卷一《鷓山溪·送別出關已復同返用周美成韻》注⑤。

④緑蘋：一種水面浮生植物。

⑤青冢：指漢王昭君墓。在今内蒙古自治區呼和浩特市南。傳説當地多白草而此冢獨青，故名。唐杜甫《咏懷古蹟》之三：「一去紫臺連朔漠，獨留青冢向黄昏。」唐劉滄《邊思》：「蛾眉一没空留怨，青冢月明啼夜烏。」

⑥馬嵬：地名。在陝西興平。唐安史之亂，玄宗奔蜀，途次馬嵬驛，禁衛軍殺楊國忠，玄宗被迫賜楊貴妃死。葬於馬嵬坡。唐李商隱《馬嵬》之一：「君王若道能傾國，玉輦何由過馬嵬。」

⑦錦錢：錦錢葵。《（崇禎）肇慶府志》卷十：「錦錢葵似戎而小，高僅尺許。花如五銖錢，葉亦微圓。《毛詩》『視爾如荍』即此。亦名芘。」

⑧簾蒜：即銀蒜。銀質蒜條形簾鈎，用以鈎簾。北周庾信《夢入堂内》：「幔繩金麥穗，簾鈎銀蒜條」倪璠注：「銀鈎若蒜條，象其形也。」

⑨「流鶯」二句：謂流鶯無意於眼前之風光，它的美麗倒影只是徒然取悦了明浄的池塘。銀塘，清澈明浄的池塘。南朝梁簡文帝《和武帝宴詩》之一：「銀塘瀉清渭，銅溝引直漪。」

⑩「擔閣」句：謂春光短暫，不經意便耽誤了花期，辜負了賞花的心願。擔閣，耽誤。宋王安石《千秋歲引・春景》：「無奈被些名利縛，無奈被他情擔閣。」背花，倚花。

⑪樓空杜牧：化用唐杜牧有《過勤政樓》：「千秋佳節名空在，承露絲囊世已無。唯有紫苔偏稱意，年年因雨上金鋪。」慨嘆唐王朝昔盛今衰。龔鼎孳用於此，自然有傷悼亡明之意。

⑫「人分」二句：指陳朝滅亡，陳後主與后妃投井事。龔鼎孳以此暗指明亡時崇禎帝與周皇后殉國。結綺即結綺閣。南朝陳後主至德二年，起臨春、結綺、望仙三閣，閣高數丈，並數十間，窗牖、壁帶之類皆以沉檀香木爲之，飾以金玉，間以珠翠，其服玩之屬，瑰奇珍麗，窮極奢華，近古所未有。後主自居臨春閣，張貴妃居結綺閣，龔、孔二貴嬪居望仙閣，并複道交相往來。見《陳書・皇后傳・後主張貴妃》。唐歐陽詢《道失》：「不下結綺閣，空迷江令語。」落粉，指胭脂井，即南朝陳景陽宫的景陽井，故址在今南京市。隋兵南下，後主與妃張麗華、孔貴嬪并投此井，

卒爲隋人牽出，故又名辱井。井有石欄，呈紅色，好事者附會爲胭脂所染，呼爲胭脂井。宋周必大《二老堂雜志·記金陵登覽》：「辱井者，三人俱投之井也，在寺之南。甚小而水可汲，意其地良是，而井則可疑。世傳二妃將墜，淚漬石欄，故石脈類胭脂，俗又呼胭脂井。」元薩都剌《滿江紅·金陵懷古》：「《玉樹》歌殘秋露冷，胭脂井壞寒螿泣。」

⑬伊凉：曲調名。指《伊州》《凉州》二曲。宋蘇軾《子玉家宴用前韻見寄復答之》詩：「自酌金樽勸孟光，更教長笛奏伊凉。」

【輯評】

尤侗：艷語如絲，抽之愈出。「子規説」三字亦奇。（《香嚴詞》卷下）

鄒祗謨：陸輔之謂，詞不用雕刻，刻則傷氣。如此瑰奇神艷，令讀者目眩魂摇，不許爲空疏人借逕。（《倚聲初集》卷十九）

踏莎行　又送春，用劉伯温韻〔一〕①

亂緑迷烟，殘英②墜雨。東風不肯留春住。問春尚未到天涯，玉驄③只索花邊去。

羅襪凝香〔二〕，紅茵④沾絮。春歸料是春來處。黄鸝强要訴花愁，夕陽催上相思樹。

【校】

〔一〕《瑶華集》《倚聲初集》均題作「送春」。

〔二〕「香」，《瑶華集》作「春」。

【注】

①本詞約作於順治二年（一六四五）。送春，見前首。劉伯温，劉基（一三一一——一三七五），字伯温，號犁眉，處州青田（今浙江青田）人。佐朱元璋建立帝業，封誠意伯。有《誠意伯文集》。其詞集名爲《寫情集》。本詞用其《踏莎行》（弱不勝烟）韻。

②殘英：殘存未落的花，落花。元尹廷高《揚州后土祠瓊花》：「無雙亭下萬人看，欲覓殘英一片難。」

③玉驄：即玉花驄，唐玄宗所乘駿馬名。亦泛指駿馬。唐韓翃《少年行》：「千點斑斕噴玉驄，青絲結尾綉纏鬃。」

④紅茵：紅色的墊褥。唐元稹《夢游春七十韻》：「鋪設繡紅茵，施張鈿妝具。」

【輯評】

毛先舒：「春歸畢竟歸何處」是鶻突語，「春歸料是春來處」是伶俐語。（《香嚴詞》卷上）

鄒祗謨：「春歸料是春來處」，多少送春詞，都被一語抹却。（《倚聲初集》卷十）

大酺　和秋岳春憶①

憶柳〔一〕如烟，烏啼月，江左瑯琊②何處。高樓紅樹裏，有銀箏紈扇，與花相妒。六代③鶯聲，三山④草色，曾記游人來否。芳懷〔二〕隨雲散，悔東華走馬⑤，此行原誤。更風滿敗梧，日斜横笛，燕穿飛絮。　包胥無一旅⑥。看公等、歌舞誇南渡⑦。爲問取、彝〔三〕吾往矣，祖逖何如，繡芙蓉、那能頻顧⑧。夢逐江流去。還懊惱、數峰遮住⑨。料難到、家山路。菱花憐我，蕭索長卿非〔四〕故⑩。倩誰百斤買賦⑪。

【校】

〔一〕「憶柳」，《瑶華集》作「柳色」。

〔二〕「芳懷」，《今詞初集》作「勝侶」；《香嚴詞》作「芳袖」。

〔三〕「彝」，《香嚴詞》作「夷」。

〔四〕「非」，《今詞初集》作「如」。

【注】

① 本詞約作於順治二年(一六四五)。春憶，見卷一《石州慢·感春》注①。秋岳，即曹溶，見卷一《西江月·春日湖上用秋岳韻》注①。曹溶詞不詳。本詞主旨在指斥南明弘光君臣荒嬉誤國，

同時亦傷己之不得志。

②江左瑯琊：指瑯琊王氏。瑯琊，也作「琅玡」「琅邪」。郡名。秦置，治所在瑯琊，漢後，治所屢有遷徙。隋廢。地在今山東膠南諸城縣一帶。漢代，王氏家族一直居住于瑯琊臨沂，西晋末年永嘉之亂便舉族遷居金陵，衣冠南渡。太興三年於白下（今南京市北）僑置瑯琊郡，至陳廢。所謂江左瑯琊，即指南瑯琊郡。西晉永嘉之亂後，以王導爲首的士族集團輔佐瑯琊王司馬睿，建立東晉。瑯琊王氏因之成爲當時的「第一望族」，人稱「王與馬，共天下」。

③六代：指東吴、東晉、宋、齊、梁、陳六箇定都於南京的朝代。

④三山：山名。在今南京市西南，長江東岸，突出江中，爲江防要地，又名護國山。南朝謝朓有《晚登三山還望京邑》詩。唐李白《登金陵鳳凰臺》：「三山半落青天外，二水中分白鷺洲。」

⑤東華走馬：謂出仕爲官。東華，明清時中樞官署設在宫城東華門内，因以借稱中央官署。明袁宏道《途中懷大兄》：「一自直東華，先雞每戒睡。」泛指朝廷。走馬，騎馬疾走，馳逐。《詩·大雅·緜》：「古公亶父，來朝走馬。」

⑥包胥無一旅：意謂明亡之際，自己縱然像申包胥那樣有報國之忱，却無挽救危亡之力。包胥，申包胥。春秋時期楚國大夫。公元前五〇六年，伍子胥率吴國軍隊攻打楚國，攻入楚都郢，楚昭王出逃至隨。申包胥至秦國求援，秦王初不允，申包胥便在秦城墻外哭了七天七夜，滴水不進，終于感動了秦國君臣，事見《左傳·定公五年》。旅，軍之五百人爲旅。

⑦南渡：晉元帝渡江，建都建業，史稱東晉；宋高宗渡江，建都臨安，史稱南宋。都是自北渡過長江，所以叫南渡。李白《金陵》詩：「晉家南渡日，此地舊長安。」元趙孟頫《岳鄂王墓》詩：「南渡君臣輕社稷，中原父老望旌旗。」此處指李自成攻陷北京後，明留都南京擁立弘光政權。

⑧「爲問取」三句：指南明王朝既没有王導般穩定大局的肱股之臣，亦没有祖逖此等揮師北伐的豪傑之士，只是一味偏安，沉醉於聲色犬馬的温柔鄉中。彝吾，即管夷吾，清人諱言「夷」字故改爲「彝」。管夷吾（？—公元前六四五年），名夷吾，字仲。春秋齊潁上人。初事公子糾，後相齊桓公，主張通貨積財，富國强兵，九合諸侯，一匡天下，使桓公成爲春秋五霸之首。王導（公元二七六—三三九年），晉臨沂人。東晉政權的奠基者。歷事元帝、明帝、成帝三朝，官至太傅。《晉書》卷六十七：「于時江左草創，綱維未舉，嶠殊以爲憂。及見王導，共談，歡然曰：『江左自有管夷吾，吾復何慮！』」祖逖（公元二六六—三二一年），晉范陽遒縣人。纍遷太子中舍人、豫章王從事中郎。時晉室大亂，逖率部曲百餘家渡江，中流擊楫而誓曰：「祖逖不能清中原而復濟者，有如大江。」元帝時爲豫州刺史，自募軍，收復黄河以南爲晉土。繡芙蓉，被褥上繡有芙蓉圖案，此借指南明君臣尋歡作樂、苟且偷安的生活。杜甫《李監宅》：「屏開金孔雀，褥隱繡芙蓉。」

⑨「夢逐」二句：宋辛棄疾《菩薩蠻·書江西造口壁》有「西北望長安，可憐無數山。青山遮不住，畢竟東流去」句，周濟《宋四家詞選》評爲「惜水怨山」，正可作龔詞此二句注脚。

⑩「菱花」二句：意謂鏡中的自己朱顏漸老，亦指心境不似從前。長卿，司馬相如（公元前一七九—前一一八年），字長卿。漢成都人。司馬相如早年不遇，事武帝後又頗多浮沉，晚年以病免，居茂陵。唐李商隱在《寄令狐郎中》詩叙其窮愁，即自擬爲「茂陵秋雨病相如」。龔鼎孳在此以長卿自況，稱「蕭索長卿」，乃因國變失節，兼之立足新朝之不得志而致。

⑪「倩誰」句：詞人感嘆自己不能像司馬相如一樣，有才華而被賞識。漢司馬相如《長門賦》序：「孝武皇帝陳皇后時得幸，頗妒，别在長門宫，愁悶悲思。聞蜀郡成都司馬相如天下工爲文，奉黄金百斤，爲相如、文君取酒，因于解悲愁之辭。而相如爲文以悟主上，陳皇后復得親幸。」

【輯評】

陳維岳：庾子山《哀江南賦》耶？沈初明《通天臺表》耶？讀之唾壺欲碎。（《香嚴詞》卷下）

臨江仙 和雪堂先生韻感懷①

一陣催花風似箭，小樓昨夜還曾。獨撚衣帶暗香凝。此生惟恨恨，誰解惜惺惺。

楚水吴山②渾是夢，羨他行脚孤僧③。仲宣高處不須登④。斷魂千古月，龕淚十年燈。

【注】

①本詞蓋作於順治二年（一六四五）熊文舉引疾乞歸前。雪堂先生，即熊文舉，見卷二《念奴嬌·和雪堂先生感春》注①。《清世祖實録》卷十七：「（順治二年六月）辛未……吏部右侍郎熊文舉、通政使司右通政高有聞、吏科都給事中朱徽各引疾求罷，允之。」《定山堂詩集》卷一《送雪堂夫子南歸用古詩十九首韻》作於同時。《定山堂詩集》卷三十八《泊頭書事》其四注：「乙酉秋，雪堂先生同遂初乞歸，至泊頭小停，予爲遣書追送。」熊文舉《雪堂先生文集》卷二十《題東坡書九歌圖》：「乙酉六月去都門，僉憲趙洞門、太常李梅公、都諫龔芝麓、侍御曹秋岳眷眷臨岐，不能别去。」本詞和熊文舉《臨江仙》（曉風殘月當年事）韻。

②楚水吴山：指江西，因古豫章一帶有「楚尾吴頭」之稱。熊文舉爲江西新建人，此次乞歸還家，故及之。

③行脚孤僧：行脚僧指步行參禪的雲游僧。宋陸游《雙流旅舍》：「開門拂榻便酣寢，我是江南行脚僧。」「孤」不僅突出形單影隻，也表明精神之特立獨行。此處以「行脚孤僧」指熊文舉之天涯漂泊、落落寡合。

④仲宣高處不須登：用「王粲登樓」典。仲宣，王粲（公元一七七—二一七年），字仲宣。三國魏山陽高平人。獻帝初避地往依荆州劉表十五年，期間作《登樓賦》。《文選·王粲〈登樓賦〉》劉良注：「時董卓作亂，仲宣避難荆州，依劉表，遂登江陵城樓，因懷舊而有此作，述其進退危懼

之情也。」龔鼎孳用於此乃謂自己與熊文舉雖同有仲宣的不遇之感，然得以南歸之熊文舉却無去國懷鄉之憂。

【輯評】

顧有孝：固是有情癡。（《香嚴詞》卷上）

南鄉子 其二〔一〕①

槐影落宮牆。寶瑟瑶笙恨杳茫。負了多情簾外燕，昭陽②。不見臨春③鏡裏妝。月地〔二〕問玄〔三〕霜④。蕭〔四〕后臺⑤邊鈿粉荒。玉漏不知金井换⑥，悲凉。只記長門⑦一樣長。

【校】

〔一〕《倚聲初集》題作「宮怨，用雪堂韻」。

〔二〕「地」，《倚聲初集》作「裏」。

〔三〕「玄」，《倚聲初集》作「懸」。

〔四〕「蕭」，《今詞初集》、《香嚴詞》均作「遼」。

【注】

①本詞創作背景同前，用熊文舉《南鄉子・憶舊》（秋色集帆檣）韻。

②昭陽：即昭陽殿。漢宮殿名。《三輔黃圖》卷三：「武帝時，後宮八區，有昭陽、飛翔、增成、合歡、蘭林、披香、鳳皇、鴛鴦等殿。」漢班固《西都賦》：「昭陽特盛，隆乎孝成。」後泛指后妃所住的宮殿。唐王昌齡《長信怨》：「玉顏不及寒鴉色，猶帶昭陽日影來。」

③臨春：閣名。南朝陳後主時建。《陳書・皇后傳・張貴妃》：「至德二年，乃於光照殿前起臨春、結綺、望仙三閣。閣高數丈，并數十間，其窗牖、壁帶、懸楣、欄檻之類，并以沉檀香木爲之，又飾以金玉，間以珠翠，外施珠簾，内有寶牀、寶帳，其服玩之屬，瑰奇珍麗，近古所未有。」唐劉禹錫《臺城》詩：「臺城六代競豪華，結綺臨春事最奢。」

④玄霜：神話中的仙藥，詳見卷一《玉女摇仙珮・中秋至都門距南鴻初來適周歲矣用柳耆卿佳人韻志喜》注⑧。

⑤蕭后臺：指遼代蕭皇后的梳妝臺。遼代蕭后聲名較著者有二：一、蕭綽（九五三—一〇〇九），小字燕燕，遼景宗耶律賢的皇后。長子繼位後被尊爲皇太后。民間戲曲中之蕭太后即蕭綽。二、蕭觀音（一〇四〇—一〇七五），遼道宗耶律洪基的第一任皇后，詩人。作《回心院》詞十首。因被誣陷與伶官趙惟一私通而被賜死。清陳田《明詩紀事》丁籤卷一引《西河詩話》：「遼后梳妝臺址在太液池東小山上，一名璚花島，即今白塔寺址是也。嘗讀元時《金臺

集》，爲葛邏祿迺賢所作，中有《妝臺詩》甚佳：『廢苑鶯花盡，荒臺燕麥生。韶華如逝水，粉黛憶傾城。野菊金鈿小，秋潭玉鏡清。誰憐舊時月，曾向日邊明。』自注云：『妝臺在昭明觀後，金章宗嘗與李妃夜坐，上曰：「二人土上坐。」妃應聲曰：「一月日邊明。」故云。』則知是臺本遼時后妃游憩之所，不止蕭太后也。李空同《秋懷》詩『苑西遼后洗妝樓』，徒以叶調之故，易梳妝爲洗妝，易臺爲樓，遂致士人文士争名是非。」又清陳維崧《齊天樂·遼后妝樓》，中有「如今頓成往事，回心深院裏，也長秋草」句，則用蕭觀音事。

⑥「玉漏」句：與五代鹿虔扆《臨江仙》「烟月不知人事改，夜闌還照深宫」同義。詞人慨嘆風景不殊而山河易主。玉漏，古代計時漏壺的美稱。唐蘇味道《正月十五夜》詩：「金吾不禁夜，玉漏莫相催。」金井，欄上有雕飾的井。一般用以指宫庭園林裏的井。南朝梁費昶《行路難》之一：「唯聞啞啞城上烏，玉欄金井牽轆轤。」

⑦長門：漢宫名。漢司馬相如《長門賦》序：「孝武皇帝陳皇后時得幸，頗妒，别在長門宫，愁悶悲思。聞蜀郡成都司馬相如天下工爲文，奉黄金百斤，爲相如、文君取酒，因于解悲愁之辭。」後以「長門」借指失寵女子居住的寂寥凄清的宫院。

【輯評】

計南陽：清麗哀凉可抵鹿虔扆「清露泣香紅」一闋。（《香嚴詞》卷上）

鄒祗謨：融少伯、仲初爲一手，宫怨絶調。（《倚聲初集》卷十）

杏花天　題錢舜舉畫華清上馬圖①

海棠醉罵東風懶。兜不上、行雲一片。沉香②弦索催春晚。珍重紫騮翠扇③。問鞶鼓、馬嵬驚散④。偏好殺、三郎不管⑤。名花總入傷心傳。怕對錦袪⑥玉面。

【注】

①本詞乃題錢選《楊貴妃上馬圖》作。錢舜舉，錢選（一二三五—一三〇一），字舜舉，號玉潭、霅川翁、習懶翁。湖州（浙江吴興）人。南宋末至元初的著名畫家。元初與趙孟頫等稱爲「吴興八俊」。相傳爲其所作的《楊貴妃上馬圖》現藏於美國弗利爾美術館。參看邵彦《〈太真上馬圖〉：諸本真僞及唐宋人物畫題材的一箇問題》一文（《故宫學刊》二〇〇六年總第三輯，紫禁城出版社二〇〇七年版）。

②沉香：即沉香亭。唐玄宗命移植牡丹（木芍藥）於沉香亭前，使李龜年持金花箋召李白，命作新詞。白時方醉，左右以水灑面，稍醒，援筆成《清平樂》三章。有「解釋春風無限恨，沉香亭北倚闌干」句。

③紫騮翠扇：指楊貴妃平日出游之裝備。紫騮，見卷一《石州慢·感春》注④。

④「問鼙鼓」句：指安禄山兵變，唐玄宗奔蜀，被迫於馬嵬坡賜死楊貴妃事。唐白居易《長恨歌》：「漁陽鞞鼓動地來，驚破霓裳羽衣曲。」鞞鼓，同鼙鼓，騎兵用的小鼓。馬嵬，見卷二《風流子·社集天慶寺送春和舒章韻》注⑥。

⑤「偏好殺」句：意謂馬嵬之變中，軍士要求處死楊貴妃，貴爲天子的唐玄宗面對自己的愛妃被殺，惟有忍痛袖手。唐白居易《長恨歌》：「六軍不發無奈何，宛轉蛾眉馬前死。花鈿委地無人收，翠翹金雀玉搔頭。君王掩面救不得，回看血淚相和流。」三郎，唐玄宗李隆基是唐睿宗的第三子，故小名李三郎。

⑥錦袿：指楊貴妃所穿的華麗衣服。袿，婦人上服曰袿，其下垂者上廣下狹，如刀圭也。

【輯評】

陳祚明：馬嵬坡下，繡佛堂西，羅襪金釵，人間天上，誠爲今古恨事。（《香嚴詞》卷上）

昭君怨 賦牡丹，用〔一〕劉後村韻①

依舊紅箋緑譜②。裍下春風一步。國色③便欺花。也憐他。小雨雕欄曲圃。後夜冰蟾銀兔④。花底唱梁州⑤。疊成愁。

【校】

〔一〕「用」，《倚聲初集》作「和」。

【注】

①此乃咏牡丹詞。劉後村，南宋詞人劉克莊（一一八七—一二六九），字潛夫，號後村，學者稱後村先生，莆田（今屬福建）人。有《後村先生大全集》，詞集名《後村長短句》，一名《後村別調》。本詞用其《昭君怨·牡丹》（曾看洛陽舊譜）韻。

②紅箋緑譜：指紅花緑葉。

③國色：美麗的花，多指牡丹。唐羅隱《牡丹》：「當庭始覺春風貴，帶雨方知國色寒。」

④冰蟾銀兔：指月亮。冰蟾，見卷一《念奴嬌·中秋得南鴻喜賦用東坡中秋韻》注⑧。銀兔，指神話中月亮裏的白兔。晋傅咸《〈擬天問〉》：「月中何有？玉兔搗藥。」

⑤梁州：唐教坊曲名。後改編爲小令。唐顧况《李湖州孺人彈箏歌》：「獨把《梁州》凡幾拍，風沙對面胡秦隔。」

【輯評】

米漢雯：枝上雛鶯，何其嚦嚦。（《香嚴詞》卷上）

鄒祗謨：精艶似用修。（《倚聲初集》卷二）

前調 賦本題①

玉笛黄沙風韻。彈亂琵琶舊本。誰負入宮妃。是蛾眉。　埋没畫圖覿面②。青冢③芳魂誰見。綠鬢不禁吹。塞雲飛。

【注】

①本詞咏王昭君事。王昭君，名嬙，字昭君（晉人避司馬昭諱，改稱明君，後人又稱明妃）。漢南郡秭歸人。元帝宮人。竟寧元年，匈奴呼韓邪單于入朝，求美人爲閼氏，帝予昭君，以結和親。昭君戎服乘馬，提琵琶出塞。入匈奴，號寧胡閼氏，生一男。呼韓邪死，子復株纍若鞮單于立，復妻昭君，生二女。卒葬於匈奴。

②「埋没」句：惋惜昭君因不肯賄賂畫工而未能爲元帝召見。《西京雜記》卷二：「元帝後宮既多，不得常見，乃使畫工圖形，案圖召幸之。諸宮人皆賂畫工，多者十萬，少者亦不減五萬。獨王嬙不肯，遂不得見。匈奴入朝，求美人爲閼氏，於是上按圖，以昭君行。及去，召見，貌爲後宮第一。善應對，舉止閒雅，帝悔之，而名籍已定，帝重信於外國，故不復更人。乃窮案其事，畫工皆棄市……畫工有毛延壽者，同日棄市。」

③青冢：謂昭君墓草獨青，詳見卷二《風流子·社集天慶寺送春和舒章韻》注⑤。

【輯評】

趙進美：末三字煞得住。（《香嚴詞》卷上）

王士禄：不甚説到敗興，妙妙。（《香嚴詞》卷上）

醉落魄　飲遂初芍藥花下〔一〕①

匀朱襯緑。碧闌干瘦繁香束。楊妃卯醉春山蹙②。央托金鈴③，迴避游蜂毒。沉香亭北④嬌姿獨。明霞籠定胭脂曲⑤。東君着意偎憐熟⑥。舞罷留仙，繡襪當風蹴⑦。

【校】

〔一〕《倚聲初集》題作「題芍藥用張于湖韻」。

【注】

① 本詞當作於順治二年（一六四五）朱徽引疾乞歸前。《清世祖實録》卷十七：「（順治二年六月）辛未……吏部右侍郎熊文舉、通政使司右通政高有聞、吏科都給事中朱徽各引疾求罷，允之。」遂初，朱徽之字，一字子美。《（雍正）江西通志》卷七十：「朱徽，字子美，進賢人。明崇禎進士，歷官刑科給事。順治元年以原官升都給事。乙酉請告南歸。壬辰以年例外轉固原兵備副

使，致仕歸。所著有《測蠡草》及《耕道集》。」本詞以天寶舊事吟咏牡丹。芍藥花，指木芍藥，即牡丹。宋樂史《楊太真外傳》卷上：「開元中，禁中重木芍藥，即今牡丹也。得數本紅紫、淺紅、通白者，上因移植於興慶池東沉香亭前。」本詞用張孝祥《醉落魄》（輕黄澹緑）韻。張孝祥（一一三二—一一六九年），字安國，歷陽烏江（今安徽和縣）人。寓居蕪湖，因號于湖居士。詞集名《于湖詞》，或名《于湖先生長短句》。

②「楊妃」句：將木芍藥擬爲早晨醉酒而眉黛微蹙的楊貴妃。卯醉，早晨酒醉。宋彭乘《墨客揮犀》卷四：「上皇登沉香亭詔妃子，妃子時卯醉未醒，命力士使侍兒扶掖而至。」春山，春日山色黛青，因喻指婦人姣好的眉毛。唐李商隱《代董秀才却扇》：「莫將畫扇出帷來，遮掩春山滯上才。」

③金鈴：護花鈴。

④沉香亭北：出自李白《清平樂》，詳見卷二《杏花天·題錢舜舉畫華清上馬圖》注②。

⑤「明霞」句：指木芍藥之色澤鮮紅明艷。

⑥「東君」句：意謂司春之神對木芍藥分外憐惜。偎憐，偎依憐愛。

⑦「舞罷」三句：以趙飛燕「留仙裙」的典故比喻木芍藥迎風招展的動人姿態，見卷二《滿庭芳》（紅玉籠雲）注⑦。

【輯評】

程邃：險麗。（《香嚴詞》卷上）

鄒祗謨：字字險麗，巧不費力。（《倚聲初集》卷十）

品令　客有以新茗見餉者，用山谷咏茶原韻①

小啜過龍餅，看香色、真清另②。寒泉玉浄，淡烟寫月，乳花微瑩③。天外金莖，記得長卿渴病④。雁魚⑤程永，落花日、多愁境。甚風吹到，故園一片，青山弄影。有底⑥相關，空博萬種思省。

【注】

①此爲咏茶詞。山谷，即黄庭堅，見卷一《滿庭芳·從友人處分得新茗少許以遺閨人用山谷韻》注①。本詞用黄庭堅《品令·茶詞》（鳳舞團團餅）韻。

②「小啜」二句：詞人寫自己喝茶的感受。龍餅，即龍茶，又名龍鳳茶。産於建州（今福建建甌）。五代末，建屬南唐，縣民采茶北苑，初造研膏，繼造臘面，既又製其佳者，號曰京挺。宋平南唐，太宗太平興國二年，置龍鳳模，遣使臣即北苑造團茶，以别衆品，龍鳳茶蓋始於此。宋熊蕃《宣和北苑貢茶録》：「聖朝開寶末下南唐，太平興國初特置龍鳳模，遣使即北苑造團茶，以别庶飲，龍鳳茶蓋始于此。」此處泛指名茶、好茶。清另，同「清泠」，清澈凉爽貌。

③「寒泉」三句：寫茶水清潤瑩浄的品貌、熱氣繚繞的情狀與泡沫微起的意態。玉，指茶屑。唐

白居易《游寶稱寺》詩：「酒懶傾金液，茶新碾玉塵。」碾玉塵指烹茶之前先將茶團碾碎，使之狀如玉屑。淡烟寫月，指在月下烹茶，茶烟繚繞于朦朧月色之中。乳花，指烹茶時茶水表面形成的乳白色泡沫。明陸樹聲《茶寮記》：「煎用活火，候湯眼鱗鱗起，沫餑鼓泛，投茗器中。初入湯少許，俟湯茗相投，即滿注。雲脚漸開，乳花浮面，則味全。蓋古茶用團餅，碾屑味易出，葉茶驟則乏味，過熟則味昏底滯。」可參唐曹鄴《故人寄茶》詩：「劍外九華英，緘題下玉京。開時微月上，碾處亂泉聲。半夜招僧至，孤吟對月烹。碧沉霞脚碎，香泛乳花輕。」

④「天外」二句：詞人自擬爲患有消渴疾的司馬相如，將所得茶茗喻爲金莖承露盤中的仙露，足見珍貴。金莖，見卷一《浪淘沙・湖樓晚坐用陳眉公山中夏夜韻》注⑥。長卿，見卷二《大酺・和秋岳春憶》注⑩。

⑤雁魚：雁素魚箋，指書信。唐魚玄機《期友人阻雨不至》：「雁魚空有信，雞黍恨無期。」

⑥底：何，什麼。

【輯評】

曹爾堪：若即若離，于此道中具追魂攝魄手段，若僅作「煎成車聲繞羊腸」等語，黄九那得便窮。（《香嚴詞》卷上）

鄒祇謨：「甚風吹倒」數語，比山谷「口不能言，心下快活自省」又叫絶無數也。（《倚聲初集》卷十二）

王士禛：作雅語易，用俚語難，可爲知者道。（《倚聲初集》卷十二）

木蘭花慢 和雪堂先生感懷〔一〕①

鏡中腸斷絶，愁萬種、不分明。正柳憶烏啼②，雲迷馬角③，惆悵前生。東風恰吹恨到，又酸酸楚楚兩眉横。怪底檐花如雨④，杜鵑長是吞聲。　昭陽粉黛記將迎⑤。翠袖五銖輕⑥。忽淒管催霜，繁笳沸月，好夢難成。休言畫工妝點，便淺啼微笑也心驚⑦。慚愧紅塵斷梗，負他碧澗香羹⑧。

【校】

〔一〕《倚聲初集》題作「和雪堂先生作」。

【注】

① 本詞或作於順治二年（一六四五）熊文舉離京南歸前。雪堂先生，即熊文舉，見卷二《念奴嬌·和雪堂先生感春》注①。《雪堂先生文集》卷十九《拜鵑亭詩餘》收《百字令·和前人》（道是彌天業），該詞體式與調名不符，而其用韻與龔鼎孳此詞同，疑即爲龔氏所和之詞。詳見《北京圖書館古籍珍本叢刊》第一一二册《雪堂先生文集》。

② 柳憶烏啼：男女歡情之隱語，見卷一《東風第一枝·樓晤用史邦卿韻》注⑦。此乃回憶往昔浪

漫旖旎之生活。

③馬角：指災異之兆。明劉基《梁甫吟》：「外間皇父中艷妻，馬角突兀連牝鷄。以聰爲聾狂作聖，顛倒衣裳行蒺藜。」「雲迷馬角」指明亡君死。

④「怪底」句：謂驚怪檐花飄落如雨。怪底，驚怪，驚疑。唐杜甫《奉先劉少府新畫山水障歌》：「堂上不合生楓樹，怪底江山起烟霧。」檐花，靠近屋檐下邊開的花。唐李白《贈崔秋浦》：「山鳥下聽事，檐花落酒中。」

⑤「昭陽」句：詞人用香草美人之法，將於明代的君臣遇合擬爲美人之得幸承寵。昭陽，見卷二《南鄉子·和雪堂先生韻感懷其二》注②。將迎，指迎接君王。

⑥「翠袖」句：謂美人之服飾輕盈名貴。翠袖，青緑色衣袖。泛指女子的裝束。唐杜甫《佳人》詩：「天寒翠袖薄，日暮倚修竹。」五銖，即五銖服、五銖衣。傳説古代神仙穿的一種衣服，輕而薄。唐谷神子《博異志·岑文本》：「（文本）又問曰：『衣服皆輕細，何土所出？』對曰：『此是上清五銖服。』」唐李商隱《聖女祠》：「無質易迷三里霧，不寒長著五銖衣。」

⑦「休言」二句：用王昭君典。見卷二《昭君怨·賦本題》注②。詞人用此典説明，即便没有奸佞小人阻塞賢路，賢才得用，伴君左右亦難擺脱臨淵履薄之心態。暗指官場險惡、君心難測。

⑧「慚愧」二句：詞人慨嘆自己宦游漂泊，不能過灑脱自在的山林生活。斷梗，猶泛梗。《戰國策·齊策三》：「有土偶人與桃梗相與語。桃梗謂土偶人曰：『子，西岸之土也，挺子以爲人，

至歲八月，降雨下，淄水至，則汝殘矣。』土偶曰：『不然，吾西岸之土也，土則復西岸耳。今子，東國之桃梗也，刻削子以爲人，降雨下，淄水至，流子而去，則子漂漂者將何如耳。』」因以「泛梗」「斷梗」喻漂泊。元曹伯啓《再和陳愛山》：「乾坤雙斷梗，身世一芳樽。」碧澗香羹，用芹菜、芝麻、茴香、鹽等製成的羹。唐杜甫《陪鄭廣文游何將軍山林》之二：「鮮鯽銀絲膾，香芹碧澗羹。」據宋林洪《山家清供》卷上：「荻芹取根，赤芹取葉與莖，俱可食。二月三月作羹時采之。洗淨，入湯焯過，取出，以苦酒研芝麻，入鹽少許，與茴香漬之，可作葅。惟淪而羹之者，既清而馨，猶碧澗然。」

【輯評】

董以寧：憂時感遇，似劉青田憫亂諸詞。（《香嚴詞》卷下）

鄒祗謨：清森蕭渺，情辭并惻。（《倚聲初集》卷十七）

南柯子 端午前一日社集，和遂初韻①

逝水滄江遠，浮雲碧漢流②。逢時愁上仲宣樓。漫説當年劉表、在荆州③。探把菖蒲盞，還膠芥葉舟④。隔宵堆怨玉搔頭⑤。吊屈⑥湘波何處、此淹留。

【注】

①本詞與後三闋詞作於順治二年（一六四五）五月初四之社集。遂初，即朱徽，見卷二《醉落魄·飲遂初芍藥花下》①。朱徽詞不存。

②「逝水」二句：寫水天之景。逝水滄江，元王沂《伊濱集》卷七《答清江劉仲脩》：「滄江逝水金川浄，錦樹浮雲玉笥清。」碧漢，青天。隋江總《和衡陽殿下高樓看妓》：「起樓侵碧漢，初日照紅妝。」

③「逢時」二句：用「王粲登樓」典，見卷二《臨江仙·和雪堂先生韻感懷》注④。龔鼎孳用於此表達自己的傷亂思鄉之情與托足無門之悲。

④「探把」二句：謂飲酒泛舟。菖蒲盞，即菖蒲酒。用菖蒲葉浸製的藥酒。舊俗端午節飲之，謂可去疾疫。南朝梁宗懔《荆楚歲時記》：「端午節以菖蒲一寸九節者，泛酒以避瘟氣。」膠，原意爲舟船擱淺。芥葉舟，猶芥舟。《莊子·逍遥游》：「覆杯水于坳堂之上，則芥爲之舟，置杯焉則膠，水淺而舟大也。」陸德明釋文：「芥，小草也。」後因以「芥舟」比喻小舟。

⑤玉搔頭：見卷一《浣溪沙·邸懷其七》注⑥。

⑥吊屈：緬懷屈原。屈原（公元前約三四〇—前二七八年），名平，字原，又名正則，字靈均。戰國楚人。楚懷王時任左徒、三閭大夫，主張聯齊抗秦。後遭靳尚等人誣陷，被放逐，作《離騷》。頃襄王時再遭讒毁，謫於江南。公元前二七八年秦國攻破楚國首都郢都，屈原在長沙附近的

汨羅江自殺。傳説其忌日爲端午節。元張鳴善《脱布衫過小梁州》曲：「悼後世，追前輩，對五月五日，歌楚些，吊湘纍。」

【輯評】

汪琬：「南登灞陵岸，回首望長安」，可與此詞並讀。（《香嚴詞》卷上）

前調　其二

亂後憐芳節，先期集勝流①。長安花月酒家樓。爲問幾時絲管、遍皇州②。

落日餘横笛，臨風欲棹〔一〕舟③。相看莫只鬬眉頭。自昔錦帆龍舸、可曾留④。

【校】

〔一〕棹，原作「掉」，據《香嚴詞》改。

【注】

①勝流：猶名流。晋顧愷之有《魏晋勝流畫贊》，文見唐張彦遠《歷代名畫記》卷五。

②「長安」二句：謂與友朋於京師社集，詩酒風流，其實隱含身閲鼎革，京師蒼黄翻覆的滄桑之感。長安，見卷一《浪淘沙・長安七夕》注①。絲管，弦樂器與管樂器。泛指樂器。亦借指音樂。北魏楊衒之《洛陽伽藍記・高陽王寺》：「入則歌姬舞女，擊竹吹笙，絲管迭奏，連宵盡

日。」皇州，帝都、京城。南朝宋鮑照《侍宴覆舟山》詩之二：「繁霜飛玉闥，愛景麗皇州。」

③棹舟：划船。《詩·衛風·竹竿》「檜楫松舟」，毛傳：「楫，所以棹舟也。」漢孔融《與王朗書》：「知棹舟浮海，息駕廣陵。」

④「自昔」句：敘隋煬帝舊事，慨世事無常、繁華難恃。錦帆，指有錦製船帆的船。南朝陳陰鏗《渡青草湖》：「洞庭春溜滿，平湖錦帆張。」唐李商隱《隋宫》：「玉璽不緣歸日角，錦帆應是到天涯。」龍舸，即龍舟。唐李白《上皇西巡南京歌》之六：「濯錦清江萬里流，雲帆龍舸下揚州。」唐顔師古《大業拾遺記》：「煬帝幸江都……至汴，御龍舟，蕭妃乘鳳舸，錦帆彩纜，窮極侈靡。」又《隋遺録》卷上：「至汴，上御龍舟……每舟擇妍麗長白女子千人，執雕板鏤金楫，號爲殿脚女，錦帆過處香聞十里。」後以「錦帆天子」指隋煬帝。明王廷相《蕪城歌二首》之一：「煬帝看花太放顛，錦帆龍舸萬千千。」

【輯評】

朱彝尊：龍舟鳳艒，錦纜牙檣，風景銷沈，殊令阿麼心疚。（《香嚴詞》卷上）

張繼良：陳迦陵《咏鏡詞》：「我亦被人磨折，被人憐。」定山讀之，與横波夫人相視而泣。其集中若端午社集《南柯子》諸詞，惘惘不甘之情於此可見。定山晚年交結名流，獎掖後進，不遺餘力。官刑部時，奏請「滿漢檔案文字並重」一疏，有聲於時。《迦陵集》中挽定山各詞，深致推崇。論清初詞學者，每進梅村而抑定山，梅村詞沉鬱而悱惻，定山詞濃郁而婉麗，君子終惜其虧節辱身

也。(《讀詞偶識》)

望江南〔一〕 其三

名士會,共泛縷金芽①。棋局從誰翻黑白,文章空自絢雲霞。庾信②已無家。

佳節到,閒日好邀遮③。荆楚歲時多感慨,秦淮燈火最繁華。風物故園賒④。

【校】

〔一〕《香嚴詞》詞牌題作「雙調望江南」。

【注】

①「共泛」句:共同品茶。金芽,金色的茶芽,比喻茶葉極爲珍貴。唐皎然《飲茶歌贈崔石使君》:「越人遺我剡溪茗,采得金芽爨金鼎。」縷,形容茶葉細長。

②庾信:公元五一三—五八一年在世。南陽新野人。字子山。初仕南朝梁,奉使西魏,被留不放還。西魏亡,仕北周,官至驃騎大將軍,開府儀同三司。信雖居高位,然懷念南朝,常有鄉土之思。龔鼎孳在詩詞文中常以庾信自比,來婉曲表達明亡再仕異族之痛。

③邀遮:原意攔阻。此指友朋相邀。

④賒:遥遠。南朝梁沈約《冠子祝文》:「行之則至,無謂道賒。」

【輯評】

朱之翰：折榴懸艾便勝却五日對妓景事。（《香嚴詞》卷上）

前調〔一〕 其四

苔影緑，宫雨長槐芽。雙燕也知翻玉樹①，一杯還許泛流霞②。醉處且爲家。

榴蕊艷，狂眼絳雲遮。繫夢管簫新殿脚③，惱人風露舊宣華④。明日恨先賒⑤。

【校】

〔一〕《香嚴詞》詞牌題作「雙調望江南」。

【注】

①玉樹：槐樹的别稱。《三輔黄圖》卷二：「甘泉谷北岸有槐樹，今謂玉樹。」唐劉餗《隋唐嘉話》卷下：「雲陽縣界多漢離宫故地，有樹似槐而葉細，土人謂之玉樹。」

②流霞：指美酒。北周庾信《衛王贈桑落酒奉答》：「愁人坐狹邪，喜得送流霞。」

③殿脚：相傳隋煬帝巡游江都時，選美麗修長的女子爲儀仗。詳見卷二《南柯子》（其二）注釋④。

④宣華：疑指宣華夫人陳氏，陳宣帝之女，隋文帝妃，助煬帝楊廣奪嫡。煬帝即位後，出居仙都

宮，尋召入，有寵，歲餘而終，煬帝深悼之。

⑤睮：多。唐郎士元《聞吹楊業者》詩：「胡馬迎風起恨睮。」

【輯評】

沈荃：劉夢得詩、王介甫詞，金陵懷古何代無賢？然未有沈痛如此作者。（《香嚴詞》卷上）

鄒祗謨：《道經》言月有艷翳寒婉之喻，可贊中丞此詞。（《倚聲初集》卷九）

隔浦蓮近拍　春夜，同秋岳作①

蘭窗紗黏杏子。蝶信梅梢裏。一曲青娥②瘦，牀前銀月初起。霞暈紅綿洗③。沉檀屑④。襯暖飛璚⑤指。繡針墜。花烟欲動，撩人幾許風味。江南碧草，畫出捲簾情事⑥。華燭金樽漫徙倚⑦。無數。閒愁如此春水。

【注】

①本詞與後一闋約作於順治三年（一六四六）春。秋岳，即曹溶，見卷一《西江月·春日湖上用秋岳韻》注①。

②青娥：指美麗的少女。唐王建《白紵歌》之二：「城頭烏栖休擊鼓，青娥彈瑟白紵舞。」

③「霞暈」句：意謂仿佛是紅綿枕替美人擦洗了臉上的紅暈。紅綿，見卷一《十二時·浦口寄憶

用柳耆卿《秋夜韻》注②。

④檀屑：即檀香屑。檀香的粉末。

⑤飛璚：仙女許飛瓊。璚，同「瓊」。

⑥「江南」三句：暗指思婦懷遠。江南碧草，有遠行、送别之意。南朝江淹《别賦》：「春草碧色，春水渌波。送君南浦，傷如之何？」捲簾，《樂府詩集·雜曲歌辭·西洲曲》：「捲簾天自高，海水摇空緑。」亦是寫女子懷人。

⑦徙倚：猶徘徊，逡巡。《楚辭·遠游》：「步徙倚而遥思兮，怊惝怳而乖懷。」王逸注：「仿徨東西，意愁憤也。」

【輯評】

鄒祗謨：拗調如此，雋削妥琢，百思不盡，正是壓倒夢窗處。（《香嚴詞》卷上）

王士禛：「恰似一江春水向東流」，爲彼易，爲此難。（《倚聲初集》卷十三）

東風第一枝 其二〔一〕

鳳琯①排烟，鵝笙②沸〔二〕月，歲華初到街鼓③。柳絲約定歡期，花信④吹開恨處。今宵酒盞，又勾引、蝶翻蜂聚。近小窗、紅雨生生⑤，做作一簾芳霧。飛豔縷、紫絨偷度⑥。挑錦字、玉麟舊侶⑦。遠山千疊銷魂，畫屏一聯繡句。旗亭蕊榜，訝批抹、雙鬟何據⑧。趁好春、安頓心情，莫遣少年空去。

【校】

〔一〕《香嚴詞》《百名家詞鈔》均題作「春夜同秋岳作」。

〔二〕「沸」，《香嚴詞》作「折」。

【注】

①鳳琯：亦作「鳳管」。笙簫的美稱。《洞冥記》：「（漢武帝）見雙白鵠集臺之上，倏忽變爲二神女舞于臺，握鳳管之簫。」

②鵝笙：鵝管笙。楊慎《藝林伐山・鵝管笙》引唐李賀《步虛詞》：「元君夫人蹋雲語，吟風颯颯吹鵝笙。」

③街鼓：設置在京城街道的警夜鼓。宵禁開始和終止時擊鼓通報。始于唐，宋以後亦泛指「更鼓」。

④花信：即花信風。宋范成大《聞石湖海棠盛開》之一：「東風花信十分開，細意留連待我來。」

⑤紅雨生生：落花不斷。紅雨，見卷一《驀山溪・送別出關已復同返用周美成韻》注⑤。生生，原意孳生不絕、繁衍不已，此處指花兒不斷落下。

⑥「飛艷縷」句：指穿針引綫縫製衣物。艷縷，彩色的絲綫。紫絨，紫色的熟絲。唐姚月華《製履贈楊達》：「金刀剪紫絨，與郎作輕履。」

⑦「挑錦字」句：意謂相愛之人以書信詩簡寄情。挑錦字，用蘇惠織回文錦的典故。《晋書・竇滔妻蘇氏傳》：「竇滔妻蘇氏，始平人也，名蕙，字若蘭，善屬文。滔，苻堅時爲秦州刺史，被徙流沙。蘇氏思之，織錦爲回文旋圖詩以贈滔。宛轉循環以讀之，詞甚凄惋。」唐杜甫《江月》：「江月光於水，高樓思殺人……誰家挑錦字，燭滅翠眉嚬。」玉麟舊侣，指所愛之人。

⑧「旗亭」三句：旗亭，酒樓。懸旗爲酒招，故稱。此處用旗亭畫壁之典故。唐薛用弱《集異記》載，唐開元中，詩人王昌齡、高適、王之渙齊名。一日三人至旗亭飲酒，有歌妓四人登樓奏樂演唱。高適三人密約，歌妓所唱樂歌中，誰的詩入歌詞爲多則爲優，并畫壁爲記。有兩位分别唱了王昌齡的絶句，一位唱了高適的絶句。王之渙「因指諸妓之中最佳者曰：『待此子所唱，如非我詩，吾即終身不敢與子争衡矣！脱是吾詩，子等當須列拜牀下，奉吾爲師！』因歡笑而俟之。須臾，次至雙鬟發聲，則曰：『黄河遠上白雲間，一片孤城萬仞山。羌笛何須怨楊柳，春風不度玉門關。』渙之即揶揄二子，曰：『田舍奴！我豈妄哉？』因大諧笑。」蕊榜，傳説中道教學道升仙，列名蕊宫。後指科舉考試中揭曉名第的榜示爲「蕊榜」。宋葛立方《韻語陽秋》卷十八：「名字巍峨先蕊榜，詞章斐亹動文奎。」批抹，猶吟玩。雙鬟，古代年輕女子的兩箇環形髮髻。此處借指唱王之渙詩的歌妓。此句詫異佳人何以識得王之渙詩歌的好處，實則感嘆紅顔

知己之難得。

【輯評】

陳維崧：冷香碎艷，字字勾魂，讀至末句尤嘆爲歡不早，奈何奈何。（《香嚴詞》卷下）

浪淘沙　春夜，同秋岳小飲①

銀燭照柔心。欲醉還禁。珊瑚鈎、小挂春陰。偎暖多情簾外月，玉漏②宵沉。

鵶語帶宫音③。柳色摇金。沈郎消瘦④舊時吟。辜負酴醾真薄倖，瞥眼花深。

【注】

①本詞約作於順治三年（一六四六）春。秋岳，即曹溶，見卷一《西江月·春日湖上用秋岳韻》注①。曹溶有《浪淘沙·夜思同芝麓作》。龔、曹二詞爲同調和韻。

②玉漏：見卷二《南鄉子·和雪堂先生韻感懷其二》注⑥。

③宫音：五音之一。《淮南子·天文》：「黄鐘之律九寸而宫音調。」

④沈郎消瘦：謂愁苦多病，人體消瘦。沈郎，沈約（四四一—五一三），南朝宋武康人，字休文。歷仕宋、齊、梁。晚年不甚得志，在給好友徐勉的書信中寫道：「開年以來，病增慮切……百日

數句，革帶常應移孔，以手握臂，率計月小半分。以此推算，豈能支久？」龔鼎孳以沈約自比，亦切合自己出仕三朝的身份。

【輯評】

蔣平階：楚楚臻臻，冠柳集中絶作。（《香嚴詞》卷上）

鄒祗謨：蔚藍天上人語。（《倚聲初集》卷九）

雨中花〔一〕 殘梅，同秋岳作①

半捻銀梨雲乍瘦②，一帶碧欄風欲皺。問月似芳魂，池憐春影，可記横斜候③。

幽磬押簾燈火後。霞帳薄寒香透。漸花怯籠屏，人慵倚笛，打疊風光漏。

【校】

〔一〕《倚聲初集》題作「第三體」。

【注】

①詞人蓋於順治三年（一六四六）春與曹溶賞梅作此詞。秋岳，即曹溶，見卷一《西江月·春日湖上用秋岳韻》注①。曹溶詞不詳。

②「半捻」句：以梨花與白雲擬梅花之潔白，而「半捻」與「瘦」則凸出梅之凋殘零落。梨雲，指梨

花，又作梨花雲。宋張邦基《墨莊漫録》卷六載：「東坡作《梅花詞》云：『高情已逐曉雲空，不與梨花同夢。』注云：『唐王建有《夢看梨花雲詩》，予求王建詩，世所行印本雕一卷，乃無此篇。後得之於晏元獻《類要》中，後又得建全集七卷，乃得全篇。題云《夢好梨花歌》：『薄薄落落霧不分，夢中唤作梨花雲。瑶池水光蓬萊雪，青葉白花相次發。不從地上生枝柯，合在天頭繞宫闕。天風微微吹不破，白艷却愁春涴露。玉房彩女齊看來，錯認仙山鶴飛過。落英散粉飄滿空，梨花顔色同不同。眼穿臂短取不得，取得亦如從夢中。無人爲我解此夢，梨花一曲心珍重。』或誤傳爲王昌齡，非也。」元陳樵《玉雪亭》之一：「梨雲柳絮共微茫，春入園林一色芳。」

③「問月似」三句：化用宋林逋《山園小梅》詩「疏影横斜水清淺，暗香浮動月黄昏」而來。

【輯評】

宗觀：一帶碧闌風欲皺，是著色李營丘。（《香嚴詞》卷上）

鄒祇謨：「吹皺一池春水」與「一帶碧欄風欲皺」，功力各至，不妨並美。（《倚聲初集》卷九）

掃花游　元夕，同秋岳作于無外邸中，用周美成韻①

絳霞萬疊，照曲巷斜欄，黛峰横楚②。遠香幾縷。襯金蟲紫鳳③，雅歌妙舞。一帶銀紗，惹霧瓊梅散雨。踏花去。問取玉人，春色來處。　人醉花不許。又走馬星橋④，翠鈿⑤争路。畫堂列俎。趁芳宵好客，發抒情素。報道鸞簫，吹斷天孫舊苦⑥。漫停佇。正高樓、數聲譙鼓⑦。

【注】

①本詞或作於順治三年（一六四六）元夕。秋岳，即曹溶，見卷一《西江月·春日湖上用秋岳韻》注①。無外，朱姓，其餘不詳。《定山堂詩集》卷十七有《同秋岳飲無外邸中》三首。熊明遇《文直行書》詩部卷十有《饒我先朱無外見訪》。曹溶《静惕堂詩集》卷三十有《無外户部席上觀劇同芝麓限韻三首》。周美成，周邦彦，見卷一《驀山溪·送别出關已復同返用周美成韻》注①。本詞用周邦彦《掃地花·雙調》（曉陰翳日）韻。

②黛峰横楚：蓋化自宋文天祥《齊天樂·慶湖北漕知鄂州李樓峰》：「劍拂淮青，槊横楚黛，雨洗一川烟草。」此處以「黛峰横楚」指女子眉黛。宋張先《碧牡丹·晏同叔出姬》：「怨入眉頭，斂黛峰横翠。」引申指佳人。

③金蟲紫鳳：指歌兒舞女的首飾與衣服。金蟲，婦女的蟲形首飾，黄金製成。紫鳳，指歌兒舞女衣上的鳳鳥花紋。唐杜甫《北征》：「天吴及紫鳳，顛倒在裋褐。」

④星橋：見卷一《賀新郎·得京口北發信用史邦卿韻》注⑤。

⑤翠鈿：用翠玉製成的首飾。《西洲曲》：「樹下即門前，門中露翠鈿。」此處代指美人。

⑥「報道」二句：意謂簫聲悠揚婉轉，響徹雲霄，織女聽聞亦得以忘却相思之苦。天孫，指織女星。在銀河西，與牽牛星相對。《文選・洛神賦》注引曹植《九詠》注：「牽牛爲夫，織女爲婦，織女牽牛之星各處河之旁，七月七日乃得一會。」自此逐漸形成牛郎織女七夕相會的民間故事。

⑦譙鼓：譙樓更鼓。宋陸游《客中夜寒戲作長謡》：「鼕鼕默數嚴譙鼓，耿耿獨看幽窗燈。」

【輯評】

鄒祗謨：催情綴色，着手成春，故非襞績家可辦。（《香嚴詞》卷下）

望江南〔一〕　又戲和秋岳〔二〕①

華燈畔，春眼溜微波②。小閣名香籠繡帶，畫簾人影似輕羅。妙處不須多。

癡蛺蝶，生就繞纖蛾③。玉碾蟾蜍④天上夢，風憐翡翠⑤座中歌。多事憶鸞靴⑥。

【校】

〔一〕《百名家詞鈔》詞牌題作「雙調望江南」。

〔二〕《香嚴齋詞》題作「戲和秋岳」；《百名家詞鈔》題作「戲和秋岳韻」。

【注】

①本詞的描寫對象爲歌姬舞女之流。秋岳，即曹溶，見卷一《西江月·春日湖上用秋岳韻》注①。曹溶詞不詳。

②微波：指女子的眼波。三國魏曹植《洛神賦》：「無良媒以接歡兮，托微波而通辭。」

③「癡蛺蝶」二句：以蝴蝶襯佳人。《開元天寶遺事》卷上：「開元末，明皇每至春時，旦暮宴於宮中，使嬪妃輩爭插艷花，帝親捉粉蝶放之，隨蝶所止幸之。後因楊妃專寵，遂不復此戲也。」纖蛾，纖長的眉毛。蛾，蛾眉的省稱。指女子美而長的眉毛。此處以「纖蛾」代指佳人。

④蟾蜍：指月亮。《淮南子·精神》：「日中有踆烏，而月中有蟾蜍。」《後漢書·天文志上》「言其時星辰之變」，南朝梁劉昭注：「羿請無死之藥於西王母，姮娥竊之以奔月……姮娥遂托身於月，是爲蟾蠩。」後用爲月亮的代稱。唐杜甫《八月十五夜月》之二：「刁斗皆催曉，蟾蜍且自傾。」

⑤翡翠：鳥名。也叫翠雀。羽有藍、緑、赤、棕等色，可爲飾品。雄赤曰翡，雌青曰翠。戰國宋玉《神女賦》：「夫何神女之姣麗兮，含陰陽之渥飾。被華藻之可好兮，若翡翠之奮翼。」

⑥鸞靴：一種舞靴。此處蓋借指舞姬。

【輯評】

嚴曾榘：「畫簾人影似輕羅」，覺「珠簾掩映芙蓉面」粗淺矣。（《香嚴詞》卷上）

鄒祗謨：古織錦詞「芷亂雲盤相問深」，此意欲傳傳不得，比如綺讖，方許傳此種意味。（《倚聲初集》卷九）

滿江紅　爲孫秋我新納姬人催妝和韻①

粉井香天，算惟許、何郎②竊近。翠亭亭、菱銅斜倚，撲堆可憎③。玳瑁銜排④花仗擁，鴛鴦牒押紅泥襯⑤。靠雕欄、活現海棠絲，東風幸。遮不穩，將燈倩。兜不起，羞人問。乍流蘇蟢子，雙吹檀暈⑥。犀帖燕銜蘭夢小，銀瓶麝裹薇漿嫩⑦。笑玉人、幾許未銷魂，從今定。

【注】

① 本詞乃爲孫秋我納妾所作之催妝詞。其所和之原詞不詳。孫秋我，《（雍正）舒城縣志》卷十九：「孫昌裔，字秋我，少穎異，一目十數行下。二十中副車。所著詩古文詞，一時紙貴。康熙壬子詔舉山林隱逸，故人如龔端毅輩欲以昌裔應，昌裔寄詩，有『貧誰似我兼衰至，少不如人況老來』之句，遂不之强。及歿，家貧不能刊其遺稿，外孫徐叔麟捐貲刻《嘯巖集》行世。」催妝，見卷二《燭影摇紅·方密之索賦催妝即用其韻》注①。

② 何郎：三國魏駙馬何晏儀容俊美，平日喜修飾，粉白不去手，行步顧影，人稱「傅粉何郎」。後

即以「何郎」稱喜歡修飾或面目姣好的青年男子。見《世説新語・容止》、《三國志・魏書・曹爽傳》裴松之注引《魏略》。唐宋璟《梅花賦》：「儼如傅粉，是謂何郎。」此處以何郎擬孫秋我，稱其美姿儀。

③「翠亭亭」二句：謂攬鏡自照的姬人身材修長，貌美可愛。亭亭，明亮美好貌。南朝梁沈約《麗人賦》：「亭亭似月，嬿婉如春」。菱銅，指菱花鏡。撲堆可憎，以反語讚美姬人貌美可愛。元王實甫《西厢記》第一本第三折：「早是那臉兒上撲堆著可憎，那堪那心兒裹埋没著聰明。」撲堆，滿堆。可憎，可愛。表示男女極度相愛的反語，常見於金元戲曲。

④玳瑁衙排：謂頭戴玳瑁簪的迎親侍婢排列成行。衙排，排列成行。

⑤「鴛鴦」句：謂孫秋我與其姬人早在鴛鴦牒上紅泥畫押，意即二人夙緣天定。鴛鴦牒，舊謂夙緣冥數注定作夫妻的册籍。宋陶穀《清異録》卷上：「青巾笑曰：『世人陰陽之契，有繾綣司總統，其長官號氤氲大使，諸夙緣冥數當合者，須鴛鴦牒下乃成。』」

⑥「乍流蘇」二句：謂看見婚牀的帷帳和象徵喜兆的蟢子，姬人因羞澀而臉色更顯紅潤。流蘇，飾有流蘇的帷帳。前蜀韋莊《天仙子》：「深夜歸來長酩酊，扶入流蘇猶未醒。」蟢子，蜘蛛的一種。其網像八卦，被認爲是喜兆，故亦稱「喜子」「喜蛛」。北齊劉晝《新論・鄙名》：「今野人晝見蟢子者，以爲有喜樂之瑞。」檀暈，即檀暈妝。宋蘇軾《次韻楊公濟奉議梅花十首》其九：「鮫綃剪碎玉簪輕，檀暈妝成雪月明。」

⑦「犀帖」二句：原應爲「燕銜犀帖蘭夢小，麝裹銀瓶薇漿嫩」，因平仄需要故改。犀帖，薄犀皮製的帷幔。帖，通「幨」。唐李商隱《擬意》：「象牀穿幰網，犀帖釘窗油。」道源注：「《集韻》：『帖，牀前帷也。』以薄犀爲帖，釘于窗櫳。」蘭夢，《左傳·宣公三年》載：「初，鄭文公有賤妾曰燕姞，夢天使與己蘭，曰：『余爲伯鯈。余，而祖也；以是爲而子。』……生穆公，名之曰蘭。」後因以「蘭夢」爲得子的徵兆。唐元稹《感逝》：「頭白夫妻分無子，誰令蘭夢感衰翁。」銀瓶，銀製之瓶。此處指酒瓶。唐杜甫《少年行》：「不通姓字粗豪甚，指點銀瓶索酒嘗。」麝，香氣，此處指酒香。薇漿，指酒。

【輯評】

梁熙：滿鏡紅潮，一簾香雨，讀此等，未免恐傷謝公盛德。（《香嚴詞》卷下）

念奴嬌　和寄秋我①

流烟②迴雪，睆晴波③、一楫蘭橈春色。雙好天然，都道是，公瑾小喬④無別。故國樓臺，江南鈿粉，往事成悲咽。銀燈芳醑⑤，半窗梅蕊初折。　最恨乍見還離，踏歌攜手，袍袖霜猶熱。料得空山風雨夕，繡出愁香千結。客住三峰，雲來五朵⑥，恰直⑦花時節。夢中吹送，舞風楊柳殘月⑧。

【注】

①秋我：孫秋我，見前首。孫秋我詞不詳。

②流烟：謂飄動的霧氣。南朝梁江淹《當春四韻同□左丞》：「流烟漾璇景，輕風泛淩霞。」

③晴波：陽光下的水波，詳見卷二《百字令·和雪堂先生感春其二》注④。

④公瑾小喬：指三國吴名將周瑜及其妻小喬。周瑜（一七五—二一〇），字公瑾。三國廬江舒人。小喬，三國時喬公之女。喬，一作「橋」。《三國志·吴書·周瑜傳》：「策欲取荆州，以瑜爲中護軍，領江夏太守，從攻皖，拔之。時得橋公兩女，皆國色也。策自納大橋，瑜納小橋。」唐唐彦謙《漢代》：「王氏憐諸謝，周郎定小喬。」

⑤芳醑：美酒。南朝宋謝靈運《擬魏太子鄴中集詩八首·阮瑀》：「傾酤係芳醑，酌言豈終始。」

⑥「客住」二句：或謂孫秋我客居餘姚。三朵峰、五朵峰爲餘姚四明山之山峰。清顧祖禹《讀史方輿紀要》卷八十九引《四明山記》：「自餘姚白水山入，東南行二十里，有三朵峰，以三峰鼎足而立也。三峰南有五朵峰，狀若芙蓉。五峰相望各六里，其中央即四明山心。」

⑦直：遇，碰着。

⑧舞風楊柳殘月：化用宋柳永《雨霖鈴》「今宵酒醒何處，楊柳岸曉風殘月」。

【輯評】

梁熙：抹月批風仍復轟雷掣電，固是温柔鄉中一霸才。（《香嚴詞》卷下）

鄒祗謨：「楊柳岸曉風殘月」，昔人視爲情景並絕，坡公貶爲梢公登溷，正是寄語耳。中丞又一翻出，恐更不容嘲誚也。（《倚聲初集》卷十七）

高陽臺　和秀公爲張維則催妝①

桂粉②彈〔一〕牀，銀泥③襯屧，芙蓉④一笑偏親。黛寫遥山，多情京兆知名〔二〕⑤。花如百和⑥星前語，便倚風、天上難聞。好妝成、夫婿前頭，莫問傍人⑦。當年鵲渡天孫⑧。正九微⑨畫燭，雙袖宫雲⑩。艷事誰家，重看寶珞裝輪⑪。曲江柳綫章臺月⑫，錦步圍⑬、肯負青春。願金閨⑭、長記盟言，緊繫羅裙。

【校】

〔一〕「彈」，《香嚴齋詞》《香嚴詞》均作「堆」。

〔二〕「知名」，《倚聲初集》作「誰倫」。

【注】

①順治三年（一六四六），龔鼎孳丁父憂，回籍守制。此詞約作於順治三年（一六四六）末至四年（一六四七）春里居合肥之時。《定山堂詩集》卷十八有《五日飲秀公兄樓頭》。秀公，疑爲李秀。《（嘉慶）廬州府志》卷三十二《文苑傳》：「李秀，字秀升，舒城人。負性瀟灑，喜讀書論古，

詩情温和秀麗。與龔宗伯爲筆墨交，倡和極多。甲午拔貢，年六十餘卒於家。」秀公詞不詳。張維則，張柔嘉。《（康熙）當塗縣志》：「張柔嘉，字維則。副憲時暘次子也。少年眉宇聰秀，人比之潘岳、衛玠。能文，入膠庠。性通脱，不耐束縛。好爲韻語不輟。四方客至，有片長者居停之，非詩即弈，翩翩佳公子也。句曲應文宗試，往往留滯白下，放浪秦淮座上。晤合肥龔鼎孳，與之論詩文、談經濟，龔不能屈，曰：『子，吾之匹敵也。』入都門，授秘書院中書舍人。凡府檄、軍符、號令、大册，輒能一見不忘。不數年而學識較平昔大進。隨征雲南，叙功授臨元道，復改金滄，所到以民間疾苦爲念。」催妝，催新婦出嫁，梳妝見卷二《燭影摇紅・方密之索賦催妝即用其韻》注①。

② 桂粉：産于廣西的鉛粉。古代婦女用以搽臉。宋范成大《桂海衡虞志・金石》：「鉛粉，桂州所作最有名，謂之桂粉。其粉以黑鉛著糟瓮罨化之。」

③ 銀泥：指銀泥塗飾的衣裙。唐李賀《月漉漉篇》：「挽菱隔歌袖，緑刺罥銀泥。」

④ 芙蓉：形容美人之面。《西京雜記》卷二：「文君姣好，眉色如望遠山，臉際常若芙蓉。」此處喻指貌美之新婦。

⑤「黛寫」二句：用張敞畫眉典故。見卷一《念奴嬌・花下小飲時方上書有所論列八月廿五日也用東坡赤壁韻》注②。此處以多情張敞擬張維則。黛寫遥山，以遠山比眉黛，乃古詩詞中常用手法。

⑥百和：百和香。由各種香料和成的香。《太平御覽》卷八百一十六引《漢武帝内傳》：「燔百和香，燃九微燈，以待西王母。」南朝梁吴均《行路難》之四：「博山爐中百和香，鬱金蘇合及都梁。」

⑦「好妝成」三句：化用唐詩語典。唐朱慶餘《近試上張水部》：「洞房昨夜停紅燭，待曉堂前拜舅姑。妝罷低聲問夫婿，畫眉深淺入時無？」傍人，旁人。

⑧鵲渡天孫：用牛郎織女鵲橋相會之典故影寫新人往昔之幽期密約。天孫，指織女。民間傳説天上的織女七夕渡銀河與牛郎相會，喜鵲來搭成橋，稱鵲橋。唐韓鄂《歲華紀麗·七夕》：「七夕鵲橋已成，織女將渡。」

⑨九微：燈名，見本詞注⑥。

⑩雙袖宫雲：明于慎行《都門留别諸丈》：「宫雲欲散飄衫袖，别酒初醒見柳條。」

⑪寶珞裝輪：蓋指車中所載之男方聘禮。寶珞，即瓔珞。用珠玉串成的裝飾物。多用作頸飾。

⑫曲江柳綫章臺月：暗指新婦青樓女子之身份，亦讚美其艷麗容色。清余懷《板橋雜記·麗品》：「嗣有尹文者，色豐而姣，蕩逸飛揚，顧盼自喜，頗超于流輩。太平張維則昵就之……欲置爲側室……卒歸張。」未知本詞所寫是否納尹文事。曲江柳綫，敦煌曲子詞《望江南》以青樓女子的口吻敘説自己淪落風塵的處境：「莫攀我，攀我太心偏。我是曲江臨池柳，者人折了那人攀，恩愛一時間。」章臺，指妓院。宋晏幾道《鷓鴣天》：「新擲果，舊分釵。冶游音信隔章

臺。」此處還用章臺柳之典故。唐韓翃有姬柳氏，以艷麗稱。韓獲選上第歸家省親；柳留居長安，安史亂起，出家爲尼。後韓爲平盧節度使侯希逸書記，使人寄柳詩曰：「章臺柳，章臺柳，昔日青青今在否？縱使長條似舊垂，亦應攀折他人手。」柳爲蕃將沙吒利所劫，侯希逸部將許俊以計奪還歸韓。見唐許堯佐《柳氏傳》。後以「章臺柳」形容窈窕美麗的女子。

⑬錦步圍：即錦步障。遮蔽風塵或視綫的錦製帷幕。南朝宋劉義慶《世説新語·汰侈》：「君夫作紫絲布步障碧綾裏四十里，石崇作錦步障五十里以敵之。」宋白玉蟾《百丈巖觀水》：「應念石季倫，銷金錦步圍。」此處以之指家資富饒之張維則。

⑭金閨：閨閣的美稱。唐王昌齡《從軍行》：「更吹羌笛關山月，無那金閨萬里愁。」

【輯評】

陳維岳：妝罷低聲問夫婿，畫眉深淺入時無，是此詞注脚。（《香嚴詞》卷下）

鄒祇謨：一時名士賦催妝，自當以此壓卷。（《倚聲初集》卷十六）

燭影摇紅　吴門元夜值雨，和張材甫上元韻①

花信争傳，玉鈎草色寒猶淺。雨絲風片殢紅愁②，誰記張燈宴。粉霧檀雲暗捲。伴名香、銀梅小苑。畫橋烟暝，酒市人歸，寂寥弦管。　金翠吴宫，燭龍幾照朱門換③。青驄紈扇憶長安④，人醉雕闌遠。十里香塵不斷⑤。惜流年、歡長漏⑥短。月迷江館。客散旗亭⑦，一行春雁。

【注】

①本詞蓋作於順治五年（一六四八）元夜。吴門，指蘇州或蘇州一帶。爲春秋吴國故地，故稱。張材甫，宋南渡詞人張掄（生卒年不詳），字材甫，自號蓮社居士，開封（今屬河南）人。後人輯其詞爲《蓮社詞》。本詞和其《燭影摇紅・上元有懷》（雙闕中天）韻。

②「雨絲」句：意謂擔憂花兒經受風雨的摧殘。殢，困擾，糾纏。紅，花的代稱。唐李群玉《秋怨》：「疏紅落殘艷，冷水凋芙蓉。」

③「金翠」二句：感嘆朝代興亡，世事滄桑。吴宫，此指春秋吴王的宫殿。南朝梁江淹《别賦》：「乃有劍客慚恩，少年報士，韓國趙厠，吴宫燕市。」燭龍，指太陽。唐李邕《日賦》：「燭龍照灼以首事，踆烏奮迅而演成。」朱門，紅漆大門。指貴族豪富之家。晋葛洪《抱朴子・嘉遁》：「背朝華于朱門，保恬寂乎蓬户。」

④憶長安：此處指回憶故國都城。長安，見卷一《浪淘沙・長安七夕》注①。唐杜甫《秋興》詩之四：「聞道長安似弈棋，百年世事不勝悲。」龔鼎孳的「憶長安」也有着眼於百年興亡而生的滄桑感。

⑤「十里」句：蓋化用唐王棨《元宗幸西凉府觀燈賦》：「千條銀燭，十里香塵。紅樓邐迤以如晝，清夜熒煌而似春。」龔鼎孳用於此，表達自身經歷國亡君死而生的一種物是人非、昔盛今衰的悲凉。香塵，芳香之塵，多指隨女子步履而起者。見卷一《鎖陽臺·重游京口用周美成懷錢塘韻》注⑦。

⑥漏：漏壺。古代計時器。借指時間。

⑦旗亭：酒樓。懸旗爲酒招，故稱。唐劉禹錫《武陵觀火》：「花縣與琴焦，旗亭無酒濡。」

【輯評】

彭孫遹：夜淡弦清，酒闌人静，覺星橋火樹中别有一服五石散。（《香嚴詞》卷下）

鄒祇謨：南宋諸詞以進奉故，未免淺俗取妍，如此雕鎪彩緻，仍歸生色真香，所謂妙音難文，那容淺人索解也。（《倚聲初集》卷十六）

王士禛：「霜風凄緊，關河冷落，殘照當樓」，數語千古絶唱，得中丞而二之。（《倚聲初集》卷十六）

青玉案　虎丘踏月，用賀方回春暮韻〔一〕①

金閶箇是迷香路②。又月底，移船去。風定石坪笙管度。吴王虹劍③，貞娘④珠粉，兒女英雄處。　草痕短簿荒祠⑤暮。入望寒山夜鐘句⑥。自負多情天應〔二〕許。要離⑦事〔三〕往，館娃⑧人去，一陣催花雨⑨。

【校】

〔一〕《今詞初集》題作「虎丘」。

〔二〕「應」，《倚聲初集》作「亦」。

〔三〕「事」，《香嚴齋詞》《今詞初集》《百名家詞鈔》《倚聲初集》均作「年」。

【注】

① 本詞與前首《燭影摇紅·吴門元夜值雨和張材甫上元韻》均作於順治五年（一六四八）游賞蘇州時。虎丘，山名。在江蘇省蘇州市西北，亦名海涌山。唐時因避諱曾改稱武丘或獸丘，後復舊稱。相傳吴王闔閭葬此。漢袁康《越絶書》：「闔廬冢在閶門外，名虎丘。……築三日而白虎居上，故號爲虎丘。」《定山堂詩集》卷十八有《道公招飲虎丘以百史壁間韻索和歸來薄醉率爾成篇正使百史見之當笑狂奴故態也》。賀方回，北宋詞人賀鑄（一〇五二—一一二五），字方回，晚自號慶湖遺老，原籍山陰（今浙江紹興），生長於衛州共城（今河南輝縣）。著有《慶湖遺老集》。詞集名《東山詞》。本詞用其《青玉案》（淩波不過横塘路）韻。

② 「金閶」句：意謂蘇州是箇令人迷醉的温柔鄉。金閶，蘇州有金門、閶門兩城門，故以「金閶」借

指蘇州。明袁宏道《與蘭澤雲澤叔書》：「金閶自繁華，令自苦耳。」箇是，這是。唐寒山詩：「飽食腹膨脝，箇是癡頑物。」迷香，迷香洞。爲妓院的美稱。此處指令人迷醉的温柔鄉。

③吴王虹劍：虎丘有「試劍石」與「劍池」。試劍石，相傳爲吴王闔閭試劍處，一説爲秦始皇試劍處。劍池，相傳秦始皇東巡時在這裏找尋過吴王闔閭的寶劍。一説闔閭葬在這裏，曾用魚腸、扁諸等寶劍各三千殉葬，故名。

④貞娘：唐名妓。唐陸廣微《吴地記》：「虎丘山……咸和二年，捨山宅爲東西二寺，立祠於山。寺側有貞娘墓，吴國之佳麗也。行客才子多題詩墓上。」元李治《摸魚兒》：「霜魂苦，算猶勝、王嬙青冢貞娘墓。」

⑤短簿荒祠：短簿祠是晋王珣的祠廟，位於虎丘山。元成廷珪《秋日游虎丘逢徑山元上人》：「到山疑是夢，出寺忽逢僧。短簿荒祠酒，生公舊塔燈。」

⑥「寒山」句：唐張繼《楓橋夜泊》：「月落烏啼霜滿天，江楓漁火對愁眠。姑蘇城外寒山寺，夜半鐘聲到客船。」寒山寺在江蘇蘇州市西楓橋附近。相傳唐代詩僧寒山、拾得二人在此住過，故名。本名妙利普明塔院。又名楓橋寺。宋嘉祐中改名普明禪院。

⑦要離：春秋時刺客。吴公子光既弑王僚，又謀殺王子慶忌。要離獻謀，先使吴斷其右手，殺其妻子，然後詐以負罪出奔，見慶忌於衛。慶忌喜，與之謀奪吴國。至吴地，渡江，要離於中流刺中慶忌要害，慶忌釋之，令還吴。要離渡至江陵，亦伏劍自盡。

⑧館娃：春秋時吴王夫差爲西施建造館娃宫。吴人呼美女爲娃，館娃宫爲美女所居之宫。後借指西施。唐李紳《回望館娃故宫》：「因問館娃何所恨，破吴紅臉尚開蓮。」
⑨一陣催花雨：南宋陳允平《山房》：「軒窗四面開，風送海雲來。一陣催花雨，數聲驚蟄雷。」

【輯評】

劉體仁：劍池月黑，花逕風清，時有精靈自爲來去。（《香嚴詞》卷上）
鄒祗謨：將闔閭、真娘並説，兒女英雄，幾令法護、僧彌更無着足處。（《倚聲初集》卷十三）
鄒祗謨：要離烈士，伯鸞清高，宜令相近，獨不言及耶。（《倚聲初集》卷十三）
王士禛：家兄西樵舊有詩云：「願作要離冢上花，願作真娘墓邊草。」與此同參。（《倚聲初集》卷十三）

薄倖　秋岳將以病去，湖上留飲，寓齋命製此詞，即用其題壁舊韻①

碧簾風綰。度蚕燕②、花橋月棧。喜賽酒、歌樓人在，共試錦燈春眼。倚曉蘭、消瘦腰圍，晴湖十里空絲管③。恨鳳珮星遥，玫箏屏隔，不耐啼鶯冷暖。看麝粉④經行處，調馬路⑤、綺羅飄散。待青迴雙鬢，香添半臂⑥，片帆吹送吴趨⑦緩。聚稀歡短。勸烟笻⑧、彩纜多情，莫負金樽滿。江頭鼓角，惱亂秦臺楚館。

【注】

① 據萬國花《詩家與時代：龔鼎孳及其詩論、詩歌創作研究》（復旦大學博士學位論文，二〇一一年）附録一《龔鼎孳年譜新編》，本詞約作於順治五年（一六四八）寒食前。是年龔鼎孳游賞於杭州一帶，而龔之好友曹秋岳則即將因病離杭歸吴。《定山堂詩集》卷十九有《雨中秋岳先以病去湖上賦懷》作於同時：「烟漲西泠水驛平，雨昏吴舫送孤征。到門客喜雙峰共，別路花無一日晴。愁病文園非慢世，乾坤吾土未休兵。相逢多難重離索，細草垂楊忍盡生。」同卷《和答秋岳吴門見懷》有句「斷橋沙漲棠梨雨，寒食燈陰杜宇風」，可推斷秋岳大致於寒食前赴吴。秋岳，即曹溶，見卷一《西江月・春日湖上用秋岳韻》注①。湖上，指杭州西湖。詞用曹溶《薄倖・題壁》（緑楊絲綰）韻。

② 蚕燕：同「早燕」。

③ 「倚曉蘭」二句：渲染友人因病消瘦，無心享樂。消瘦腰圍，用沈約典，見卷二《浪淘沙・春夜同秋岳小飲》注④。絲管，弦樂與管樂，泛指音樂，見卷二《南柯子・端午前一日社集和遂初韻其二》注②。

④ 麝粉：香粉。

⑤ 馬路：古指可以供馬馳行的大路。《左傳・昭公二十年》：「褚師子申遇公于馬路之衢，遂從。」

⑥半臂：短袖或無袖上衣。宋邵博《聞見後録》卷二十：「李文仲言東坡自海外歸毗陵，病暑，着小冠，披半臂，坐船中。」

⑦吴趨：吴地歌曲名，見卷二《燭影摇紅·方密之索賦催妝即用其韻》注⑰。

⑧烟筇：對竹杖的美稱。筇，古書上説的一種竹子，可以做手杖。

【輯評】

紀映鍾：綿麗似楊用修，然用修那得有此警秀。（《香嚴詞》卷下）

鄒祗謨：讀此便覺白、蘇而後又有二先生也。（《香嚴詞》卷下）

譚獻：去國懷人，日暮塗遠。（徐珂《清詞選輯評》卷上引）

王士禛：合肥作歌行，每用杜韻，雄深雅健，不可增減，妙如自運，此自天才不可學。（《倚聲初集》卷十八）

滿江紅　拜岳鄂王墓，敬和原韻①

鐵騎春寒，英雄恨、何時始歇。對萬古、日飛潮射，抗忠比烈②。玉劍氣横南渡③水，靈旗夜捲朱仙月④。念青衣、毳帳〔一〕是何人，關情切⑤。金牌憒，風波雪⑥。社稷事，東窗滅⑦。嘆一堆黄土，河山頓缺。五國冰長〔二〕封馬角〔三〕，九天雨又〔四〕吹龍血⑧。憶當年、壯髮怒雲高，摇雙闕⑨。

【校】

〔一〕「毳帳」，《今詞初集》《瑶華集》《倚聲初集》均作「行酒」。

〔二〕「長」，《今詞初集》作「猶」。

〔三〕「角」，《瑶華集》作「鬣」。

〔四〕「又」，《今詞初集》作「更」。

【注】

①本詞當作於順治五年（一六四八）游杭時。岳飛墓位於杭州西湖畔栖霞嶺南麓。岳鄂王，岳飛（一一〇三—一一四一），字鵬舉，相州湯陰（今河南湯陰）人。宋徽宗宣和四年（一一二二）從軍，爲東京留守宗澤部下統制。與金人戰，累立戰功。十年，授太保兼河南北諸路招討使，於郾城大敗金兵。時高宗、秦檜力主和議。十一年（一一四一）和議成，召飛爲樞密副使。以不附和議，爲秦檜所陷，死於大理獄中。孝宗時謚武穆，建廟號「忠烈」。寧宗時追封爲鄂王。理宗時改謚忠武。後人輯有《岳忠武王文集》。本詞用其《滿江紅·寫懷》（怒髮衝冠）韻。

②「對萬古」二句：言萬古歲月流駛，岳飛的忠烈事跡不滅。日飛潮射，以白日西飛、潮水退去言時光飛逝。射潮，典出吴王射潮。《宋史·河渠七》：「淛江通大海，日受兩潮。梁開平中錢武

肅王始築捍海塘，在候潮門外。潮水晝夜衝激，版築不就，因命彊弩數百以射潮頭，又致禱胥山祠。既而潮避錢塘，東擊西陵，遂造竹器，積巨石，植以大木。堤岸既固，民居乃奠。」

③南渡：此處指北宋爲金所破，皇子趙構南渡稱帝，史稱南宋。

④「靈旗」句：指岳飛爲抗擊金兵指揮的朱仙鎮戰役。朱仙鎮在河南開封縣西南。朱仙鎮之戰是岳飛第四次北伐的最後一戰。此役岳家軍繼潁昌之戰後全綫進擊，包圍開封。最後兀朮戰敗，放棄開封渡河北遁。靈旗，戰旗。出征前必祭禱之，以求旗開得勝，故稱。《史記·孝武本紀》：「其秋，爲伐南越，告禱泰一，以牡荊畫幡日月北斗登龍，以象天一三星，爲泰一鋒，名曰『靈旗』。爲兵禱，則太史奉以指所伐國。」

⑤「念青衣」二句：意謂岳飛時刻不忘靖康之難中被擄北上的徽、欽二帝。青衣，古代帝王、后妃的春服。《禮記·月令》：「（孟春之月）天子居青陽……駕倉龍，載青旗，衣青衣，服倉王。」此處指宋徽宗與宋欽宗。毳帳，游牧民族所居氈帳。此指金人之所在。

⑥「金牌憤」二句：詞人感憤岳飛在將要直搗黃龍之時，被高宗的十二道金牌召回，不僅未能完成北伐大業，還被冠上莫須有罪名，殞命風波亭。金牌，即金字牌。古代凡赦免、軍機以及緊急之事用之。《宋史·岳飛傳》：「（秦檜）言飛孤軍不可久留，乞令班師。一日奉十二金字牌。飛憤惋泣下，東向再拜，曰：『十年之功，廢于一旦。』」風波，即風波亭。宋大理寺獄中的亭名，相傳爲岳飛遇害處。

⑦「社稷事」二句：意謂大宋社稷連同岳飛恢復河山的宏願就毀滅在奸佞秦檜的密謀中。東窗，據明田汝成《西湖游覽志餘·佞幸盤荒》載，宋元間傳説，秦檜欲殺岳飛時，曾與妻子王氏在東窗下密謀。後檜游西湖，舟中得疾，見一人披髮厲聲曰：「汝誤國害民，吾已訴天，得請矣。」檜死後，在地獄備受諸苦。王氏給他做道場，并派道士去探望他，他對道士説：「可煩傳語夫人，東窗事發矣。」

⑧「五國」二句：意謂宋徽宗與宋欽宗至死也未能返國，而外族的入侵更使生靈塗炭。五國，五國城。宋徽宗與宋欽宗被金人所俘，囚於此地。宋徽宗亦死於此地。也稱五國頭城。封馬角，用「烏頭馬角」典故指徽宗與欽宗返國之願不能實現。《史記·刺客列傳》司馬貞索隱：「燕丹求歸，秦王曰：『烏頭白，馬生角，乃許耳。』丹乃仰天嘆，烏頭即白，馬亦生角。」龍血，死於戰争者之血。《周易·乾》上六：「龍戰於野，其血玄黄。」

⑨「憶當年」二句：岳飛《滿江紅》有「怒髮衝冠，憑闌處，瀟瀟雨歇」與「待從頭、收拾舊山河，朝天闕」句。雙闕，古代宫殿、祠廟、陵墓前兩邊高臺上的樓觀。借指京都。三國魏曹植《贈徐幹》：「聊且夜行游，游彼雙闕間。」

【輯評】

鄒祗謨：藏激烈于綺麗，便覺桂洲之粗、鳳洲之軟。（《倚聲初集》卷十五）

王士禛：筆挾風霜，氣摇山嶽，與忠武自賦一篇正足相敵。沈周、文徵明兩作後，又見斯制。

（《倚聲初集》卷十五）

前調　拜于忠肅公墓，用岳鄂王韻①

萬里神州，當公世、三光②幾歇。奉社稷、仰迴天步，義聲霆烈。翠輦不移螭陛草，丹心長照龍堆月③。置死生成敗付蒼穹，孤忠切。　弓鳥恨④，須臾雪。徐石輩⑤，紛紜滅。視大名諸葛，旂常無缺⑥。策定抗辭靈武賞，事完補灑攀車血⑦。使非公、毋論奪門功，誰陵闕⑧。

【注】

①于謙葬於杭州西湖畔的三台山。本詞與前首《滿江紅·拜岳鄂王墓敬和原韻》約作於同時。于忠肅公，于謙（一三九八—一四五七），字廷益，明浙江錢塘人。永樂十九年進士。曾任監察御史、兵部右侍郎，巡撫河南、山西，後升任兵部尚書。英宗正統十四年，瓦剌首領也先侵擾大同，英宗親征，在土木堡兵敗被俘。侍講徐珵（後改名有貞）等主張放棄北京南遷。于謙堅決反對，擁立英宗弟爲景帝，主軍務，擊退也先軍。景泰元年（一四五〇），也先請和，送回英宗。天順元年（一四五七），徐有貞、石亨等發動「奪門之變」，擁英宗復位，誣陷于謙謀逆，處死。後追謚忠肅。著有《于忠肅集》。本詞用宋岳飛《滿江紅·寫懷》（怒髮衝冠）韻。

②三光：日、月、星。《莊子・説劍》：「上法圓天以順三光，下法方地以順四時，中和民意以安四鄉。」

③「翠輦」二句：意謂明廷得以不在英宗被俘後南遷，實賴于謙力挽狂瀾，而于謙對英宗的一片丹心也是毋庸置疑。翠輦，飾有翠羽的帝王車駕。《北史・突厥傳》：「啓人奉觴上壽，跪伏甚恭。帝大悦，賦詩曰：『鹿塞鴻旗駐，龍庭翠輦回。』」螭陛，雕有螭形的宮殿臺階。《宋史・禮志十八》：「設香案殿下螭陛間。」此處指北京皇城。翠輦不移螭陛草，指堅守京城，不取南遷之議。龍堆，白龍堆的略稱。古西域沙丘名。漢揚雄《法言・孝至》：「龍堆以西，大漠以北，鳥夷獸夷，郡勞王師，漢家不爲也。」此處指英宗被俘後所囚荒遠之地。

④弓鳥恨：用鳥盡弓藏的典故嘆恨于謙功成而身死。《史記・越王勾踐世家》：「范蠡遺大夫種書曰：『蜚鳥盡，良弓藏；狡兔死，走狗烹。』」又卷九十二《淮陰侯傳》：「狡兔死，走狗烹；高鳥盡，良弓藏；敵國破，謀臣亡。」

⑤徐石輩：指讒毀于謙的徐有貞、石亨諸人。

⑥「視大名」二句：意謂于謙之忠貞與功業堪擬三國名臣諸葛亮，是中流砥柱之重臣。旂常，旂與常。旂畫交龍，常畫日月，是王侯的旗幟。語本《周禮・春官・司常》：「日月爲常，交龍爲旂……王建大常，諸侯建旂。」旂常無缺，指于謙身居高位，爲國之干城。

⑦「策定」二句：意謂于謙功成而辭賞，保國反遭殺戮。靈武，東漢段熲曾大破東羌於靈武谷。

見《後漢書・段熲傳》。後以「靈武之役」借指戰勝異族的關鍵戰役。明黃宗羲《黃復仲墓表》：「中原横潰，何君謂寇深矣，江南豫儲一勁旅以待靈武之役，天下事尚可爲也。」此處指于謙粉碎也先陰謀，護國有功。攀車，指于謙阻止南遷、護衛京師一事。唐顏師古《大業拾遺記》：「大業十二年，煬帝將幸江都，命越王侑留守東都，宮女半不隨駕。争泣留帝，言：『遼東小國，不足以煩大駕。願擇將征之。』攀車留借，指血染鞅，帝意不回。」

⑧「使非公」二句：意謂若非于謙穩定大局、抵抗也先，莫説後來會發生奪門之變，大明社稷也許早已易主。奪門，指奪門之變。陵闕，指皇帝的陵墓。闕，陵墓前的牌樓。唐李白《憶秦娥》：「西風殘照，漢家陵闕。」此處指國家社稷。

【輯評】

吴綺：作小詞具龍門大文字是宋人未開之逕，「置死生」二語尤足補本傳所未逮。（《香嚴詞》卷下）

鄒祗謨：勒二詞于岳祠堂，當有悲風凄雨，颯颯欲動。（《倚聲初集》卷十五）

滿庭芳　雨中花嘆，和吴修蟾韻①

緑剪裙腰，紅銷眉暈，恰聽鶯囀空階。海棠愁重，羅幄暫徘徊。那更簾鈎燭午②，銷魂雨、陡地驚摧。無聊甚、年年花語，多半怨春來。　長生私誓後，當風羯鼓，燕惱蜂猜③。問亭亭香影，掃盡還開。竟似離雲萬疊，南浦約、經歲纔回④。殷勤囑，朱樓意懶，無力踏青苔。

【注】

①本詞寫因見雨中海棠花落而生之感慨。吴修蟾，即吴剛思，見卷一《蝶戀花·湖上春雨用吴修蟾倦繡韻》注①。吴剛思詞不詳。

②簾鈎燭午：化用宋王安石《獨卧》之三：「午枕花前簟欲流，日催紅影上簾鈎。」午指午枕，即午睡的枕頭，多指午睡。

③「長生」三句：敘李隆基、楊玉環故事，以天寶風流之消散喻繁花落去。長生私誓，唐白居易《長恨歌》：「七月七日長生殿，夜半無人私語時。在天願作比翼鳥，在地願爲連理枝。」羯鼓，古代打擊樂器的一種。起源于印度，從西域傳入，盛行於唐開元、天寶年間。唐南卓《羯鼓録》：「上洞曉音律，由之天縱，凡是絲管，必造其妙，若製作諸曲，隨意而成……尤愛羯鼓玉笛，常云八音之領袖，諸樂不可爲比。嘗遇二月初，詰旦巾櫛方畢，時當宿雨初晴，景色明麗，小殿内庭柳杏將吐，覩而嘆曰：『對此景物，豈得不爲他判斷之乎？』左右相目，將命備酒。獨高力士遣取羯鼓，上旋命之臨軒縱擊一曲，曲名《春光好》，神思自得。及顧柳杏，皆已發拆。

上指而笑謂嬪御曰：『此一事不喚我作天公可乎？』」唐温庭筠《華清宫》：「宫門深鎖無人覺，半夜雲中羯鼓聲。」

④「竟似」二句：謂滿地落花似分散的雲朵，感嘆繁花落下似與人分別，經過一年後纔又重來。離雲，分散的雲。南浦，送別之地，見卷一《十二時·浦口寄憶用柳耆卿秋夜韻》注⑨。經歲，猶經年。指經過一年。

【輯評】

沈荃：玉盃唾碧，紺袖啼紅，艷奪天孫，巧憑月姊。（《香嚴詞》卷下）

鄒祗謨：比喻警切，花神有知，必不乞崔處士護花幡也。（《倚聲初集》卷十五）

鎖窗寒　聞子規，用周美成寒食韻①

幔捲紅樓，蘭釭②寫影，玉蟾③窺户。枝頭一派，送到落花風雨。對青山、淚珠暗拋，斷魂説向天涯語。爲箇人憔悴，絲絲蓬鬢④，十年軍〔一〕旅。春暮。牽衣處。有柳外鸝雙，桑間馬五。湖光瀲灧，供奉鶯儔鴛侣。憶故園、寒食清明，紫騮⑤碧草依舊否。怕人歸、滿眼斜陽，畫角圍芳俎⑥。

【校】

〔一〕「軍」，《瑶華集》作「羈」。

【注】

①本詞寫因聞杜鵑啼叫而生之感慨。時在順治初年，全詞充滿家國身世之感。周美成，即周邦彥，見卷一《驀山溪・送別出關已復同返用周美成韻》注①。本詞用周邦彥《鎖窗寒・寒食》（暗柳啼鴉）韻。

②蘭釭：燃蘭膏的燈。亦用以指精緻的燈具。南朝齊王融《咏幔》：「但願置尊酒，蘭釭當夜明。」

③玉蟾：月亮的別稱。南朝梁劉孝綽《林下映月》：「攢柯半玉蟾，裛葉彰金兔。」

④蓬鬢：鬢髮蓬亂。南朝宋鮑照《擬行路難》之十三：「形容憔悴非昔悦，蓬鬢衰顔不復妝。」

⑤紫騮：古駿馬名，見卷一《石州慢・感春》注④。

⑥芳俎：對祭祀用盛牲器具的美稱。芳，言馨香潔淨。《宋史・樂志七》：「笙鏞備樂，繭栗陳牲。乃迎芳俎，以薦高明。」

【輯評】

魏學渠：俠骨騷腸，如見錦繖夫人、木蘭女子，固當借存此艷質，發我壯思。（《香嚴詞》卷下）

阮郎歸　春去，用史邦卿韻①

垂楊醉軟紫絲鞭。隔橋芳草烟。送春淚灑落紅邊。驚愁五十弦②。　雙鬟事，兩湖③緣。東風又一年。當歌莫奏斷腸篇④。而今怕可憐。

【注】

①本詞當作於順治五年（一六四八）游玩時。詞人借傷春之情寫故國之思，見卷一《石州慢・感春》注①。史邦卿，即史達祖，見卷一《東風第一枝・樓晤用史邦卿韻》注①。本詞用史達祖《阮郎歸》（龍香吹袖白藤鞭）韻。

②五十弦：傳説中善弦歌的女神素女所鼓之瑟爲五十弦。《史記・封禪書》：「太帝使素女鼓五十弦瑟，悲，帝禁不止，故破其瑟爲二十五弦。」後常用以稱瑟。宋辛棄疾《破陣子・爲陳同甫賦壯詞以寄之》：「八百里分麾下炙，五十弦翻塞外聲。」

③兩湖：指杭州西湖。西湖以蘇堤爲界，有裏湖（蘇堤以西）、外湖（蘇堤以東）之分。

④當歌莫奏斷腸篇：化用唐薛逢《開元後樂》：「莫奏開元舊樂章，樂中歌曲斷人腸。」

【輯評】

陳維崧：一聲河滿子，雙淚落君前。我亦可憐人，安能遂竟此曲也。（《香嚴詞》卷上）

點絳唇 詠草，追和林和靖韻①

簾外河橋，緑圍裙帶無人主②。韉韉③行處。踏碎梨花雨④。目送春山，南浦烟光暮⑤。牽春去。柔腸無數。蘇小⑥門前路。

【注】

①本詞以咏草描繪出一幅女子春日送别情人的場景。林和靖，北宋林逋（九六八—一〇二八），字君復，錢塘（今浙江杭州）人。有《林和靖先生詩集》，今存詞四首。本詞用其《點絳唇》（金谷年年）韻。王國維《人間詞話》稱林逋《點絳唇》爲「咏春草絶調」。

②緑圍裙帶無人主：五代詞人牛希濟《生查子》（春山烟欲收）「記得緑羅裙，處處憐芳草」句，叮囑離人但見芳草之緑，即思閨人羅裙之緑。此處即用此典，一則緊扣咏草，二則切合此詞描繪的春日送别場景。

③韉韉：馬鞍的美稱。此處代指馬。

④梨花雨：指梨花飄落如雨。南朝梁蕭子顯《燕歌行》有「洛陽梨花落如雪，河邊細草細如茵。桐生井底葉交枝，今看無端雙燕離」句，本句雖寫梨花，實仍綰合春草與離思。

⑤「目送」二句：寫思婦心中的離别之苦。宋歐陽修《踏莎行》有「平蕪盡處是春山，行人更在春

山外」句，寫閨人送别望遠之時的所見所感。南浦，謂送别之地。

⑥蘇小：南齊錢塘名妓蘇小小。《玉臺新咏》卷十載《錢塘蘇小歌》：「妾乘油壁車，郎騎青驄馬。何處結同心，西陵松柏下。」此處以蘇小擬思婦。

【輯評】

丁澎：通首不露一「草」字，固自萋萋滿目。（《香嚴詞》卷上）

錢芳標：芳草多情，得此點綴。（《香嚴詞》卷上）

水龍吟　爲介玉〔一〕壽，用辛稼軒韻〔二〕①

繡弧縣在當門②，石麟③錦璨徐郎手。丹山④躍彩，天閑馳駿，駟閭增舊⑤。叔寶神清⑥，終軍年妙⑦，名場⑧推首。羡朱纓玉〔三〕珥，龍文虎脊，青雲⑨器，人能否？　滿目烽横刁斗⑩。眺中原、難眠清晝。男兒事業，紅旗黄紙，絶塵而走⑪。簡點秋螢，讀書彈劍，且停花酒。願時平一老⑫，婆娑⑬澗石，更爲君〔四〕壽。

【校】

〔一〕「介玉」，《香嚴詞》作「内弟介至」。

〔二〕《香嚴齋詞》題作「爲内弟介至壽，用辛稼軒韻」；《瑶華集》題作「爲内弟壽」。

〔三〕「玉」，《香嚴齋詞》《香嚴詞》均作「五」。

〔四〕《香嚴詞》無「君」字。

【注】

① 本詞爲徐介玉祝壽作。介玉，《定山堂詩集》卷三十三有《九日邀趙洞門友沂陳涉江張紫淀何寤明宋又韓邢孟貞杜于皇鄧孝威紀伯紫余澹心白孟新仲調姚寒玉登容與臺時張燕筑丁繼之王公遠諸君度曲角技趙玉林徐欽我文漪介玉叔氏鳴玉家弟孝積并下榻市隱園集飲甚歡》，從詩題及本詞「石麟錦瑑徐郎手」，可知介玉徐姓。餘事不詳。辛稼軒，即辛棄疾，見卷一《祝英臺近·聞暫寓清江浦用辛稼軒春晚韻》注①。本詞用辛棄疾《水龍吟·爲韓南澗尚書壽甲辰歲》(渡江天馬南來)韻。

② 「繡弧」句：懸弧辰，指男子的生辰。古代風俗尚武，家中生男，則於門左挂弓一張，後因稱生男爲懸弧。語本《禮記·内則》：「子生，男子設弧於門左，女子設帨於門右。」

③ 石麟：《陳書·徐陵傳》：「(徐陵)母臧氏，嘗夢五色雲化而爲鳳，集左肩上，已而誕陵焉。時寶誌上人者，世稱其有道。陵年數歲，家人攜以候之；寶誌手摩其頂，曰：『天上石麒麟也。』」原爲稱美他人之子穎異，亦用作祝賀男子壽誕。介玉徐姓，更貼合徐陵之典。

④ 丹山：古謂産鳳之山名。《吕氏春秋·本味》：「流沙之西，丹山之南，有鳳之丸，沃民所食。」

⑤ 駟閭增舊：意謂介玉定能光耀門楣，興旺家族。《漢書·于定國傳》：「始定國父于公，其閭門

壞，父老方共治之。于公謂曰：『少高大閭門，令容駟馬高蓋車。……子孫必有興者。』至定國爲丞相，（定國子）永爲御史大夫，封侯傳世云。」舊，舊德，謂先世賢德。

⑥叔寶神清：將介玉擬之於晉美男子衛玠。衛玠字叔寶，風神俊美，相傳兒時乘羊車入市，觀者傾都。《晉書》卷三十六：「劉惔、謝尚共論中朝人士。或問杜乂可方衛洗馬不？尚曰：『安得相比？其間可容數人。』惔又云：『杜乂膚清，叔寶神清。』」

⑦終軍年妙：用終軍年未弱冠棄繻之典喻介玉胸懷壯志。《漢書·終軍傳》：「初，軍從濟南當詣博士，步入關，關吏予軍繻。軍問：『以此何爲？』吏曰：『爲復傳，還當以合符。』軍曰：『大丈夫西游，終不復傳還。』棄繻而去。」繻，帛邊。書帛裂而分之，合爲符信，作爲出入關卡的憑證。棄繻，表示決心在關中創立事業。當時終軍年僅十八。後因用爲年少立大志之典。

⑧名場：指科舉的考場。以其爲士子求功名的場所，故稱。唐劉復《送黄曄明府岳州湘陰赴任》：「擬古名場第一科，龍門十上困風波。」

⑨青雲：喻遠大的抱負和志向。《三國志·魏書·荀彧荀攸賈詡傳論》「其良平之亞歟」裴松之注：「張子房青雲之士，誠非陳平之倫。」

⑩刁斗：古代行軍用具。斗形有柄，銅質；白天用作炊具，晚上擊以巡更。《史記·李將軍列傳》：「及出擊胡，而廣行無部伍行陳，就善水草屯，舍止，人人自便，不擊刁斗以自衛。」

⑪「男兒」三句：謂介玉當出將入相，縱橫馳騁。紅旗，古代用作軍旗或用于儀仗隊的紅色旗。

南朝梁江淹《齊太祖誄》：「縞鏑星流，紅旗電結。」唐王昌齡《從軍行》之五：「大漠風塵日色昏，紅旗半卷出轅門。」黃紙，指古代銓選、考績官吏，登記姓名，上報朝廷使用的黃色紙張。《隋書·百官志上》：「若敕可，則付選，更色別，量貴賤，内外分之，隨才補用。以黃紙録名，八座通署，奏可，即出付典名。」絶塵，脚不沾塵土。形容奔馳神速。《莊子·田子方》：「夫子奔逸絶塵，而回瞠若乎後矣。」成玄英疏：「奔逸絶塵，急走也。」

⑫時平一老：謂生活於承平時代的年高德劭之人。一老，指年高德劭之人。《詩·小雅·十月之交》：「不慭遺一老，俾守我王。」

⑬婆娑：逍遥，閒散自得。《文選·班彪〈北征賦〉》：「登障隧而遥望兮，聊須臾以婆娑。」李善注：「婆娑，容與之貌也。」

【輯評】

紀映鍾：如見劉琨、祖逖聞鷄起舞時，至其用軍跳盪，如老杜所云「江動將崩未崩石」。（《香嚴詞》卷下）

周肇：後段英雄本色，神似幼安。（《香嚴詞》卷下）

杏花天 送春前一日，湖上泛舟即事。用史邦卿韻①

紫蘭香重圍清粉。倩柳綫、彈開酒暈。明蟾②恰與珠樓近。行到紅橋又隱。

湖山放、浩歌狂飲。呆宋玉③、逢花懶問。春風不管羅衫恨。明日流鶯欲盡。

【注】

①本詞約作於順治五年（一六四八）暮春泛舟西湖時。湖上，此謂西湖。史邦卿，即史達祖，見卷一《東風第一枝·樓晤用史邦卿韻》注①。本詞用史達祖《杏花天》（扇香曾靠腮邊粉）韻。

②明蟾：古代神話稱月中有蟾蜍，後因以「明蟾」爲月亮的代稱。唐舒元輿《坊州按獄蘇氏莊記室二賢自鄜州走馬相訪》：「陽烏忽西傾，明蟾挂高枝。」

③呆宋玉：詞人自指。戰國楚宋玉《登徒子好色賦》：「（宋）玉曰：『天下之佳人，莫若楚國；楚國之麗者，莫若臣里；臣里之美者，莫若臣東家之子。東家之子，增之一分則太長，減之一分則太短。著粉則太白，施朱則太赤。眉如翠羽，肌如白雪，腰如束素，齒如含貝。嫣然一笑，惑陽城，迷下蔡。然此女登墻窺臣三年，至今未許也。』」「呆宋玉」指不解風情。

【輯評】

黄永：淚眼送春，如奏《陽關三疊》。（《香嚴詞》卷上）

王士禛：公《薄倖》詞云：「不耐啼鶯冷暖」，厭之也。流鶯欲盡，又何其與流鶯有情。（《倚聲初集》卷八）

百字令〔一〕 和吴修蟾，雨中春恨①

薄寒吹酒，中春愁、兩點珊鈎眉合〔二〕②。樓外濃陰飄遠岫，遮斷芙蓉屏脚。玉雁風低，金猊③枕瘦，放下丁香幕。爲花長嘆，烟林一片空廓。眼見飛絮游絲，殷勤相傍，軟到鞦韆索。争悵佳時容易度，誰信懨懨芳〔三〕閣。夢淺無痕，憐深似病，雪打梨雲④惡。關情如許，莫教燕子偷覺。

【校】

〔一〕《香嚴齋詞》詞牌題作「念奴嬌」。

〔二〕「合」，《今詞初集》作「削」。

〔三〕「芳」，《今詞初集》作「耽」。

【注】

①本詞寫傷春之情。吴修蟾，即吴剛思，見卷一《蝶戀花·湖上春雨用吴修蟾倦繡韻》注①。吴剛思詞不詳。

②兩點珊鈎眉合：指女子雙眉似珊鈎。珊鈎，用珊瑚所作的帳鈎。唐杜甫《八哀詩·贈秘書監江夏李公邕》：「豐屋珊瑚鈎，麒麟織成罽。」

③金猊：香爐的一種。爐蓋作狻猊形，空腹。焚香時，烟從口出。前蜀花蕊夫人《宮詞》之五十二：「夜色樓臺月數層，金猊烟穗繞觚稜。」

④梨雲：梨花美稱，詳見卷二《雨中花・殘梅同秋岳作》注②。

【輯評】

杜濬：體物瀏亮，盎盎如春雲之滿空，至「夢淺無痕，憐深似病」八字，尤爲畫家没骨繪也。（《香嚴詞》卷下）

王士禛：「夢淺無痕，憐深似病」，情語之最工者。（《倚聲初集》卷十七）

惜餘春慢〔一〕　追春，用吴修蟾餞春韻①

緑幛縫愁，紅泥埋恨，盡是東風花草。晴翻麥雉②，雨鬧桑鳩③，誰記畫樓鶯曉。當日株移永豐，三楚腰肢，入宫纖小④。到如今香雪⑤，飄零何處，玉驄⑥稀少。看不上、明月無情，鳳簫金管，冷覷黄昏新惱。胭脂井畔，燕子樓頭，一片粉灰珠掃⑦。青帝⑧拋人幾時，潘鬢沈圍⑨，年年空老。尚癡心春在，平蕪央取，亂峰〔二〕遮繞〔三〕⑩。

【校】

〔一〕《香嚴詞》《倚聲初集》詞牌均題作「過秦樓」。

〔二〕「峰」，《香嚴詞》作「風」。

〔三〕「繞」，《香嚴詞》作「曉」。

【注】

①本詞借傷春之情寫故國之思。追春，見卷一《石州慢・感春》注①。吴修蟾，即吴剛思，見卷一《蝶戀花・湖上春雨用吴修蟾倦繡韻》注①。本詞用吴剛思《過秦樓・湖上餞春用魯逸仲韻》（暖暖春寒）韻。

②麥雉：麥子和野雞。三國魏曹植《射雉賦》：「暮春之月，宿麥盈野，野雉群雊。」隋孫萬壽《遠戍江南贈京邑親友》：「繞樹烏啼夜，雊麥雉飛朝。」

③桑鳩：即布穀鳥。三國吴陸璣《毛詩草木鳥獸蟲魚疏》卷下：「今梁宋之間謂布穀爲鴶鵴，一名擊穀，一名桑鳩。」

④「當日」三句：詞人因眼前飄飛之柳絮思及昔日明宫柳樹之纖小婀娜。株移永豐，清徐松《唐兩京城坊考》卷五載，唐洛陽永豐坊有垂柳，柔條裊裊，白居易賦《楊柳枝詞》云：「一樹春風千萬枝，嫩如金色軟如絲。永豐西角荒園里，盡日無人屬阿誰？」唐宣宗聞之，下詔取其枝植禁苑。三楚腰肢，以楚宫細腰比喻柳樹之細長柔嫩。《墨子・兼愛中》：「昔者，楚靈王好士細要

（腰），故靈王之臣皆以一飯爲節，脇息然後帶，扶墻然後起。」《韓非子·二柄》：「楚靈王好細腰，而國中多餓人。」後因以「楚腰」泛稱女子的細腰。

⑤香雪：原指白色的花。此處指柳絮。

⑥玉驄：見卷二《踏莎行·又送春用劉伯温韻》注③。

⑦「胭脂」三句：用胭脂井和燕子樓的典故表達一種因繁華消逝而生之悲凉。胭脂井，陳後主與張麗華、孔貴嬪共投之井。詳見卷二《風流子·社集天慶寺送春和舒章韻》注⑫。燕子樓，樓名，在今江蘇省徐州市。相傳爲唐貞元時尚書張建封之愛妾關盼盼居所。張死後，盼盼念舊不嫁，獨居此樓十餘年。見唐白居易《〈燕子樓〉詩序》。一説，盼盼係建封子張愔之妾。見宋陳振孫《白文公年譜》。後以「燕子樓」泛指女子居所。宋蘇軾《永遇樂》：「燕子樓空，佳人何在，空鎖樓中燕。」

⑧青帝：我國古代神話中的五天帝之一，是位於東方的司春之神，又稱蒼帝、木帝。《史記·封禪書》：「秦宣公作密畤於渭南，祭青帝。」唐黄巢《題菊花》：「他年我若爲青帝，報與桃花一處開。」

⑨潘鬢沈圍：形容人年華漸老、衣帶漸寬。潘鬢，晉潘岳《秋興賦》序：「余春秋三十有二，始見二毛。」後因以「潘鬢」謂中年鬢髮初白。沈圍，同「沈郎消瘦」典，見卷二《浪淘沙·春夜同秋岳小飲》注④。

⑩「尚癡心」三句：表達了對春的依戀與追惜。宋歐陽修《踏莎行》：「平蕪盡處是春山，行人更在春山外。」唐白居易《游雲居寺贈穆三十六地主》：「亂峰深處雲居路，共踏花行獨惜春。」

【輯評】

顧貞觀：「追春」二字奇詞，亦辛苦盡致。（《香嚴詞》卷下）

鄒祗謨：追春比送春奇。（《倚聲初集》卷十九）

齊天樂 初夏湖樓看雨，用史邦卿湖上即席韻①

烟橈一點如鷗小，衝散碧波來去。蝶老韓憑②，花辭謝豹③，丢下惱人春雨。青螺④幾許。儘鏡暝屏遮，夢迷遥渚。一半樓臺，酒旗低捲畫中樹。 依然寒食院落，柳塘蛙鼓畔，榆錢青聚。乍改輕衫，還熏密坐⑤，猜殺雙栖紅羽⑥。雲連繡柱。任門外蕪香，屐痕多阻。奇絶空濛，驗前人好語⑦。

【注】

①本詞乃順治五年（一六四八）初夏龔鼎孳於杭州西湖看雨作。湖樓，西湖邊的樓閣。史邦卿，即史達祖，見卷一《東風第一枝·樓晤用史邦卿韻》注①。本詞用史達祖《齊天樂·湖上即席分韻得羽字》（鴛鴦拂破蘋花影）韻。

②蝶老韓憑：韓憑，亦作「韓馮」「韓朋」。晉干寶《搜神記》卷十一：「宋康王舍人韓憑，娶妻何氏，美。康王奪之，憑怨，王囚之，論爲城旦……俄而，憑乃自殺。其妻乃陰腐其衣。王與之登臺，妻遂自投臺。左右攬之，衣不中手而死。」唐李商隱《青陵臺》：「青陵臺畔日光斜，萬古貞魂倚暮霞。莫訝韓憑爲蛺蝶，等閒飛上別枝花。」清馮浩注：「本書（《搜神記》）及《法苑珠林》《太平御覽》所引者皆不云衣化爲蝶。《寰宇記》『濟州鄆城縣韓憑冢』引《搜神記》云『左右攬之，着手化爲蝶。』」

③謝豹：鳥名。即子規。亦名杜宇、杜鵑。《禽經》「巂周，子規也，啼必北向。江介曰子規，蜀右曰杜宇」，晉張華注：「啼苦則倒懸於樹，自呼曰謝豹。」

④青螺：古代的一種髮型，髻形似青螺殼，故名。唐徐夤《題僧壁》：「紺髮青螺長，文茵紫豹重。」

⑤密坐：靠近而坐。形容關係親密。《文選·傅毅〈舞賦〉序》：「鄭衛之樂，所以娛密坐接歡欣也。」李周翰注：「密坐，相從而坐也。」

⑥紅羽：紅色的鳥。

⑦「奇絶」二句：意謂在西湖邊的樓上看雨，深切體會到蘇軾的詩句何以爲佳。宋蘇軾《飲湖上初晴後雨》：「水光瀲灩晴方好，山色空濛雨亦奇。欲把西湖比西子，濃妝淡抹總相宜。」

【輯評】

吴綺：「山下碧流清似眼」，千古西湖止博坡仙一語，得先生是作，西子重開鏡奩矣。（《香嚴

詞》卷下）

鄒祇謨：辛丑春，僑寓湖上，十日九雨，深嘆坡公「山色空濛」之句，爲西子湖寫粗服亂頭好景。今得中丞詞，更爲坡公補所未備，當今後人閣筆矣。（《倚聲初集》卷十七）

醉蓬萊　爲仲弟孝緒壽，用葉少藴上巳韻①

快花前樽滿，十里笙簫，畫船來去。追數流光、嘆年年征旅。雁塞蛟宫，越旗江火，隔對牀風雨②。亂後重逢，篝燈③如夢，客懷難語。　散騎身强，士龍名重④，天海行藏，肯同繞絮。舞槊⑤徵歌，笑絳礬⑥何處。去國雄姿，憑高青眼，漸斗横銀浦⑦。白首相看，丹霄⑧過我，更拈吟句。

【注】

①本詞乃順治五年（一六四八）游杭時爲二弟孝緒賀壽作。孝緒，龔鼎孚，字孝緒。龔鼎孳二弟。王方岐纂、賈暉修《（康熙）合肥縣志》卷九：「龔鼎孚，字孝緒。宗伯鼎孳仲弟也。性豪爽，能詩文。見知於邑宰熊雪堂，補弟子員，旋入南雍。遨游三江五湖間。攝臨安學博，署仙居縣篆。民多踞山爲盜，有願歸農者，不敢擅還鄉井。申詳撫按，給牌免死，復給農具，全活者數千人。未幾歸里，築别墅城南，建稻香、水明二樓，亭榭參差，林木蓊鬱，孚隱處其中，與名流唱和

無虚日。著有《稻香樓詩集》行世。庚戌五月十六日，與諸友人飛觴達旦，尚約來日之歡，忽偃臥在牀，卒於水明樓下矣。時年五十四。」從《定山堂詩集》卷一《送孝緒弟之臨安廣文任》、卷十七《從淮陰幕府得舍弟孝緒到杭州消息喜寄三首用少陵韻》可知順治初年龔鼎孚任職於杭州。此外，《定山堂詩集》卷十九《初至家仲孝緒寓園留飲竟日》《孝緒弟松棚落成同人爲詩紀之》則大致與本詞作於同時。《初至家仲孝緒寓園留飲竟日》：「晴湖雁聚起星雲，香泛亭皋午屐分。吴客到門花欲暮，幽禽啼樹谷先聞。籜龍細剥春盤雪，跳虎雄開繡褓文。（自注：幼侄在膝間，早慧可愛。）十載芳辰消此醉，南天猰貐北平軍。」《孝緒弟松棚落成同人爲詩紀之》其一：「不羨巢公結一枝，也非桑甕擬原思。采山四壁鳳鸞尾，與客百壺鸚鵡巵。清夜動琴月流響，凉天晞髮雲坐披。平泉花木午橋墅，説似幽人殊未知。」其二：「十年烏鵲繞何枝，松菊吾廬不可思。兵火留陰支大厦，柴荆爲汝倒芳巵。竹床茶竈清相得，蕉雨桐風晚共披。安得結茆身對老，弟酬兄唱兩峰知。」葉少藴，宋葉夢得（一〇七七—一一四八），字少藴，自號石林居士。先世烏程（今浙江吴興）人，徙吴縣（今江蘇蘇州）。詞集名《石林詞》。本詞用其《醉蓬萊·楚州上巳懷許下西湖寄曾在之王仲弓韓文表》（問東風何事）韻。

②「雁塞」三句：意謂兄弟二人入仕後，南北阻隔，聚少離多。雁塞，泛指北方邊塞。唐楊炯《原州百泉縣令李君神道碑》：「山連雁塞，野接龍坰。」蛟宮，龍宮。龔鼎孳此處指自己在明亡時曾有跳井殉國之舉。瞻麓堂本《定山堂文集》卷六《與吴梅村書（庚寅秋臨淮舟中）》：「運移

癸、甲，大棟漸傾，妄以狂愚，奮身刀俎，甫離獄户，頓見滄桑，續命蛟宫，偷延視息，墮坑落塹，爲世慚人。」又《定山堂詩集》卷三十《古古諸子集西堂時方乞歸（春王二十七夜作五首）》其三：「去日苦多歡不足，半生虎穴復蛟宫。」越旗，越軍的旗纛。泛指軍旗。晉陸機《從軍行》：「胡馬如雲屯，越旗亦星羅。」明亡前，龔鼎孳仕於北京，龔鼎孳居於南方，故雁塞蛟宫指龔鼎孳所在，越旗江火指龔鼎孳所在。隔對牀風雨，反用蘇軾、蘇轍「夜雨對牀」之約。蘇軾《辛丑十一月十九日與子由别於鄭州西門之外》：「寒燈相對記疇昔，夜雨何時聽蕭瑟。君知此意不可忘，慎勿苦愛高官職。」自注：「嘗有夜雨對牀之言，故云爾。」

③篝燈：謂置燈於籠中。宋宋伯仁《呈留耕先生王侍郎》：「夜雨篝燈夢未閒，十年殊愧屋頭山。」

④「散騎」二句：詞人擬孝緒爲西晉名士石崇、陸雲，讚其文武雙全。前者以伐吴封侯，故曰「身强」；後者以文才見重於世，故曰「名重」。散騎，指石崇（二四九—三〇〇），字季倫。石苞子。晉南皮人，生於青州，故小字齊奴。《晉書·石崇傳》：「少敏惠，勇而有謀……年二十餘，爲修武令，有能名。入爲散騎郎，遷城陽太守。伐吴有功，封安陽鄉侯。」士龍，指陸雲（二六二—三〇三），字士龍。晉吴郡吴縣（今江蘇蘇州）人。文才與機齊名，時稱「二陸」。史謂其文章不及機，而持論過之。《晉書》有傳。

⑤舞槊：揮動長矛。形容氣概豪邁。

⑥絳礬：一種丹藥原材料，由青礬煅燒而成。

⑦「去國」三句：謂當年離開故鄉時意氣風發，風華正茂，然光陰飛逝，一切悄然改變。去國，離開故鄉。宋苏軾《勝相院經藏記》：「有一居士，其先蜀人……去國流浪，在江淮間。」青眼，喻青春年少。唐張祜《喜王子載話舊》：「相逢青眼日，相嘆白頭時。」斗横銀浦，謂閃爍的星斗横挂於銀河，指時光流轉，晝往夜來。銀浦，銀河。唐李賀《天上謡》：「天河夜轉漂迴星，銀浦流雲學水聲。」王琦匯解：「銀浦，即天河也。」

⑧丹霄：謂絢麗的天空。漢賈誼詩：「青青雲寒，上拂丹霄。」

【輯評】

李天馥：抵掌而談，旁若無人者，覺昔人「把酒看花」「遍插茱萸」等句未免衰颯。（《香嚴詞》卷下）

王士禛：自露英雄本色，不獨風雨彭城之感。（《倚聲初集》卷十六）

羅敷媚〔一〕　西陵吊蘇小〔二〕二調〔三〕①

油車寶馬春風路②，天付多情。小是花名。占住西陵柳絮城。　幽蘭泣露吹羅帶③，月與身輕。芳草還生。薄幸斜陽看唤卿。

【校】

〔一〕《香嚴齋詞》詞牌題作「醜奴兒令」。

〔二〕「蘇小」，《百名家詞鈔》作「蘇小小」。

〔三〕「二調」，《香嚴詞》《百名家詞鈔》均無。

【注】

①本詞及後一闋乃順治五年（一六四八）游杭時吊蘇小小作。蘇小，即蘇小小，南齊錢塘名妓。西陵，蘇小小之墓在西陵。

②油車寶馬春風路：即油壁車與青驄馬，皆爲與蘇小小相關之典故。油車，油壁車。因車壁用油塗飾，故名。《玉臺新咏》卷十載《錢塘蘇小歌》：「妾乘油壁車，郎騎青驄馬。何處結同心，西陵松柏下。」春風路，唐張祜《題蘇小小墓》：「夜月人何待，春風鳥爲吟。不知誰共穴？徒願結同心。」

③幽蘭泣露吹羅帶：唐李賀《蘇小小墓》：「幽蘭露，如啼眼。無物結同心，烟花不堪剪。草如茵，松如蓋。風爲裳，水爲佩。油壁車，久相待。冷翠燭，勞光彩。西陵下，風吹雨。」

【輯評】

董以寧：生新刻露。（《香嚴詞》卷上）

前調〔一〕

櫻桃風熟〔二〕青梅老①，雪打蘋香。春去橫塘。不憶當年也斷腸。　六朝②環珮芳烟散，瘦了鴛鴦。人代凄涼。紅粉英雄哭一場。

【校】

〔一〕《香嚴齋詞》詞牌題作「醜奴兒令」。《香嚴詞》題作「其二」。

〔二〕「熟」，《百名家詞鈔》作「熱」。

【注】

① 櫻桃風熟青梅老：宋韓元吉《點絳唇・春歸》：「墻根新笋看成竹，青梅老盡櫻桃熟。」

② 六朝：指定都南京的東吴、東晉、宋、齊、梁、陳。

【輯評】

王士禄：語其幽峭，則石破天驚逗秋雨；臨其濃艷，則唾酣絨舌淡紅甜。在唐爲長瓜李，在金爲哨腿王，惟此兼之。（《香嚴詞》卷上）

天仙子　追和小青①

劍戟横排脂粉塞。鸞鳳死償雞鶩債。剪紅一寸石榴刀，金翠冢，埋香快。白蝶紫烟蓮露界②。

才子單傳鸜鵒派。碎玉猶存蘭蕙槪③。人間薄命是聰明，憐也在。憎也在。彩筆難容雙錦帶④。

【注】

①本詞乃順治五年（一六四八）游杭時吊小青作。小青，明代人。明卓人月《古今詞統》卷十：「小青，廣陵女子，嫁爲虎林（杭州）某生妾。生乃豪公子，憨跳不韻，婦復奇妒，小青竟鬱鬱感疾而死。有寄某夫人書一首，古詩一首，絶句十首，詞一首。又《南鄉子》詞，不全，僅三句……」並録其《天仙子》：「文姬遠嫁昭君塞。小青又續風情債。也虧一陣黑罡風，火輪下，抽身快。單單别别清凉界。　原不是鴛鴦一派。休猜做相思一概。自思自解自商量，心可在。魂可在。着衫又捻雙裙帶。」清周銘《林下詞選》卷十四補遺載：「小青，名玄玄，廣陵人。嫁爲虎林某生妾。早卒。戔戔居士爲之傳。又按：小青係情字離合，本屬烏有，詩詞亦出僞撰。今詞已載卓珂月《詩餘廣選》中，俊健獨出，不必問其爲捉刀也。」

②蓮露界：指天界。明汪道昆《尚寶使畢將歷東郡泛西湖申贈二首》：「諸天盡在清凉界，好乞

青蓮露一杯。」用於此詞爲死的婉稱。

③「才子」二句：意謂當今所謂才子多爲鸚鵡學舌的無用之輩，而小青雖天不假年，但蕙質蘭心，風流不泯。

④「彩筆」句：意同「人間薄命是聰明」。彩筆，《南史·江淹傳》：「（江淹）又嘗宿於冶亭，夢一丈夫自稱郭璞，謂淹曰：『吾有筆在卿處多年，可以見還。』淹乃探懷中得五色筆一以授之。爾後爲詩絶無美句，時人謂之才盡。」後遂以「彩筆」稱五色筆，比喻美妙文才。唐杜甫《秋興》詩之八：「彩筆昔曾干氣象，白頭吟望苦低垂。」雙錦帶，以錦繡衣帶代指才女小青。

【輯評】

王士禛：「人間薄命是聰明」一語，可抵秋墳鬼哭。（《香嚴詞》卷上）

望海潮　過錢武肅王祠，用秋岳坐黄鶴樓吊孫吴韻①

銀濤喧鼓，銅牙披韔②，雄開王氣之先。虎步鳳巒，鷹揚厎國，登時擁上凌烟。冠劍錦山傳。有金符玉册，踵武英賢③。吴越高門，尉陀臺接鷓鴣前④。　千秋舞榭歌筵⑤。賴麾江指海，勇敵秦鞭。餘耳韓彭，紛紛灰燼，曾聞偉伐巋然⑥。風景逐時遷。頓鼉潮息澥，艮嶽輸燕⑦。公等無如⑧，空言南渡⑨是何年。

【注】

①本詞約作於順治五年(一六四八)游杭過錢鏐祠時。錢武肅王,錢鏐(八五二—九三二),字具美,小字婆留。唐末臨安人。少任俠,率鄉兵拒黄巢,歸董昌爲裨將。昌反,鏐執之,昭宗拜鏐鎮海鎮東軍節度使,賜鐵券,擁兵兩浙,旋封越王,又封吴王。唐亡,受後梁朱温(太祖)之封,稱吴越國王,改元天寶,是爲十國之一。卒謚武肅。傳至其孫俶,於宋太平興國三年,舉族歸於宋,國除。陸以湉《冷廬雜識》卷二:「杭州錢武肅王祠在涌金門外,規製宏敞。」秋岳,即曹溶,見卷一《西江月·春日湖上用秋岳韻》注①。本詞用曹溶《望海潮·黄鶴樓上吊孫吴》(天亡漢室)韻。

②銅牙披韔:指將弓裝入弓袋,突出錢鏐之勇武形象。銅牙,用銅製機栝發箭的弓。唐杜甫《復愁》之七:「貞觀銅牙弩,開元錦獸張。」韔,弓袋。

③「虎步」六句:指錢鏐建功立業,在唐朝屢屢接受册封與賞賜。乾寧四年(八九七)八月,鑒於錢鏐招討董昌有功,唐昭宗賜其金書鐵券,免本人九死或子孫三死。光化三年(九〇〇),爲表彰錢氏功績,大唐將錢鏐畫像懸於凌烟閣。「擁上凌烟」「金符玉册」即指此。凌烟,封建王朝爲表彰功臣而建築的繪有功臣圖像的高閣。北周庾信《周柱國大將軍紇干弘神道碑》:「天子畫凌烟之閣,言念舊臣;出平樂之宫,實思賢傅。」唐太宗貞觀十七年、代宗廣德元年都有繪畫功臣像於凌烟閣的事。

④「吴越」二句：意謂吴越國最終向宋朝納土稱臣，錢鏐往昔之經營終付諸東流。尉陀，即趙佗（公元前？—前一三七年），秦真定人。秦二世時爲南海龍川令，南海尉任囂死，佗行南海尉事，故又稱尉佗。秦滅，自立爲南越武王。漢高祖稱帝，遣陸賈立佗爲南越王。吕后時，自尊爲南越武帝。文帝立，復使陸賈責佗，佗去帝號稱臣。此處以尉佗稱臣於漢擬錢鏐後人稱臣於宋。鷓鴣，鳥名。用於詩詞中，往往有隱喻興亡意。唐李白《越中覽古》：「越王勾踐破吴歸，義士還鄉盡錦衣。宫女如花滿春殿，只今惟有鷓鴣飛。」唐竇鞏《南游感興》：「傷心欲問前朝事，唯見江流去不迴。日暮東風春草緑，鷓鴣飛上越王臺。」

⑤「千秋」句：化用宋辛棄疾《永遇樂·京口北固亭懷古》「舞榭歌臺，風流總被、雨打風吹去」句。

⑥「餘耳韓彭」三句：以反秦英雄的風流雲散擬錢鏐功業的灰飛烟滅。餘耳韓彭，指陳餘、張耳、韓信、彭越。

⑦「頓鼉潮」二句：意謂滅吴越國的宋朝因武備不振被外族欺凌，北宋滅於金人的鐵蹄，遷都臨安，還要向金人稱臣納貢。鼉潮息淛，謂錢塘江的怒潮退去，不復雄奇。意指靖康之難後宋室遷都至當年所滅的吴越國之國都杭州，苟且偷安，不思恢復。鼉潮，指鼉江。在杭州新城縣（後梁因避諱改新城爲新登，即今浙江富陽市新登鎮）。宋范坰《吴越備史》卷一：「初新登鼉江常有二氣亘於江上，晝夜不滅。」艮嶽，山名。在今河南開封城内東北隅。宋徽宗政和七年於汴梁東北作萬歲山，宣和四年徽宗自爲《艮嶽記》，以爲山在國都之艮位，故名艮嶽。宣和六

年，改名壽峰。此處代指宋朝。輸燕，向金朝獻納。燕指燕京（今北京），金朝的首都。明呂邦燿《續宋宰輔編年録》卷五：「（袁韶）爲右司，即官，接伴金使。使者索歲帛，語慢甚。韶曰：『昔兩國誓約，止令輸燕，不聞在汴。』使者語塞。」貞元元年（一一五三），海陵王完顏亮遷至燕京，是爲中都（今北京）。貞祐二年（一二一四），金人因受蒙古之掠奪與威脅，遷都汴京（今開封），故袁韶語及之。

⑧無如：無奈。

⑨南渡：此處指宋室南渡。

【輯評】

陳維崧：意氣豪上，堂堂復堂堂，如王司州高咏「入不言兮出不辭」，爾時自覺一座無人。（《香嚴詞》卷下）

琵琶仙　吊白舍人、蘇學士，用秋岳琵琶亭志懷韻①

絶代西家②，風流容、二老③柳堤花樹。管領公事湖山，芳晨並良夜。開柘鼓、雲裳雪面，似樊素小蠻初嫁④。鶻尾團香，螭頭會食，高韻天假⑤。際昇平、金紫神仙⑥，兩朝人、湊〔一〕合清狂社。冷眼江峰又飽，覷銀戈紅帕⑦。飛絮恨，青驄莫繫⑧，羅扇淚、哀松⑨同瀉。試呼公、一片吟魂⑩，夕陽之下。

【校】

〔一〕「淒」，《香嚴齋詞》《香嚴詞》均作「卷」。

【注】

①本詞乃順治五年（一六四八）游杭時追懷白居易與蘇軾作。白舍人，白居易（七七二—八四六），字樂天。祖籍太原（今山西太原），徙下邽（今陝西渭南）。德宗貞元十六年（八〇〇）進士，次年復中拔萃科，授秘書省校書郎。元和初翰林學士，遷左拾遺。因上表諫事，忤權貴，貶江州司馬。穆宗即位後，先後任司門員外郎、主客郎中知制誥、中書舍人等，故稱「白舍人」。纍遷杭、蘇二州刺史。後召喚，授太子少傅。晚年居洛陽香山，號香山居士。蘇學士，蘇軾（一〇三七—一一〇一），字子瞻，號東坡居士，眉山（今四川眉山）人。嘉祐二年進士。英宗時爲直史館。神宗熙寧時，因與王安石政見不合，自請外任。歷杭州通判，知密州、徐州、湖州。元豐二年，因言者摘其詩語爲訕謗朝政，責授黄州團練副使。哲宗時召還，遷任翰林學士、侍讀、龍圖閣學士，故稱「蘇學士」。曾知登州、杭州、潁州，官至禮部尚書。紹聖中又貶謫惠州、儋州。赦還，卒於常州。秋岳，即曹溶，見卷一《西江月·春日湖上用秋岳韻》注①。曹溶詞不詳。

②西家：指杭州西湖。

③二老：指白居易和蘇軾。白居易曾任杭州刺史，蘇軾曾任杭州通判、杭州知州。

④「開柘鼓」二句：詞人懸想白居易、蘇軾任官杭州，時開歡宴，席間歌兒舞女有着精美的服飾與美麗的容顏。柘鼓，唐章孝標《柘枝》：「柘枝初出鼓聲招，花鈿羅衫聳細腰。」唐杜牧《懷鍾陵舊游四首》其二：「滕閣中春綺席開，柘枝蠻鼓殷晴雷。」柘枝即柘枝舞。古羽調有柘枝曲，商調有屈柘枝，此舞因曲而名。雲裳，仙人的衣服。仙人以雲爲衣，故稱。晉郭璞《山海經圖贊·太華山》：「其誰游之，龍駕雲裳。」唐李白《清平調三首》之一：「雲想衣裳花想容，春風拂檻露華濃。」雪面，指歌女面龐嫩白如雪。唐白居易《柘枝妓》：「帶垂鈿胯花腰重，帽轉金鈴雪面迴。」樊素、小蠻，二人是白居易家的歌姬。唐白居易《不能忘情吟》序：「妓有樊素者，年二十餘，綽綽有歌舞態，善唱《楊枝》，人多以曲名名之，由是名聞洛下。」唐孟棨《本事詩·事感》：「白尚書姬人樊素善歌，妓人小蠻善舞，嘗爲詩曰：『櫻桃樊素口，楊柳小蠻腰。』」後以代指擅歌舞的女藝人。

⑤「鵲尾」三句：指白、蘇二人時時游賞西湖，生活風雅。「鵲尾團香，螭頭會食」化用蘇軾詩《寒食未明至湖上太守未來兩縣令先在》：「城頭月落尚啼烏，烏榜紅舷早滿湖。鼓吹未容迎五馬，水雲先已颺雙鳧。映山黃帽螭頭舫，夾道青烟鵲尾爐。老病逢春只思睡，獨求僧榻寄須臾。」鵲尾，「鵲尾爐」的略稱。亦泛指香爐。螭頭，即螭頭舫。船首刻有螭龍頭像的游舫。會

食，相聚進食。明田汝成《西湖游覽志餘》卷十：「子瞻守杭日，春時每遇休暇，必約客湖上早食于山水佳處。飯畢，每客一舟，令隊長一人，各領數妓，任其所適。晡後，鳴鑼集之，復會望湖樓或竹閣，極歡而罷。至一二鼓，夜市猶未散，列燭以歸。城中士女夾道雲集而觀之，故其詩云：『游舫已妝吴榜穩，舞衫初試越羅新。』又云：『映山黄帽螭頭舫，夾道青烟雀尾爐。』誠熙世樂事也。」天假，上天授與。北周庾信《周上柱國齊王憲神道碑銘》：「公之挺生，實惟天假，翠微神降，文昌星下。」

⑥金紫神仙：意謂白、蘇二人集達官顯宦與逍遥神仙於一身。金紫，金魚袋及紫衣。唐宋的官服和佩飾。因亦用以指代貴官。唐元稹《贈太保嚴公行狀》：「仕五十年，一爲尚書，三歷僕射，六兼大夫，五任司空，再踐司徒，三居保傅，階崇金紫，爵極國公。」

⑦覷銀戈紅帕：意謂白、蘇對那些汲汲于軍功之武人報以冷眼。「銀戈」「紅帕」皆代指武人。紅帕，即「赤幘」，古時武人束髮的頭巾。《後漢書·輿服志》：「群吏春服青幘，立夏乃止，助微順氣，尊其方也。武吏常赤幘，成其威也。」宋王以寧《水調歌頭·裴公亭懷古》：「起擁奇才劍客，十萬銀戈赤幘，歌鼓壯軍容。」

⑧「飛絮恨」三句：此處分别用蘇軾與蘇小小之典，因二人皆曾寓杭。飛絮恨，取蘇軾《水龍吟·次韻章質夫楊花詞》「似花還似非花，也無人惜從教墜」之意，當中或有詞人自傷飄零的身世之感。青驄莫繫，用南齊錢塘名歌妓蘇小小之典，《蘇小小歌》：「妾乘油壁車，郎騎青驄馬。」元

薩都剌《鞦韆謡》：「淡黄楊柳未成陰，何人已繫青驄馬。」明王九思《念奴嬌·寄對山子》：「垂柳不繫青驄，斜陽空望斷，佳期還誤。」

⑨ 哀松：指淒切哀凉的長嘯。宋釋贊寧《宋高僧傳》卷二十九《南宋錢塘靈隱寺智一傳》：「居靈隱寺之半峰，精守戒範，而善長嘯。嘯終乃牽曳其聲，杳入雲際，如吹笳葉，若揭游絲，徐舉徐揚，載哀載咽，颼飀淒切，聽者悲凉，謂之哀松之梵。」

⑩ 吟魂：詩人的靈魂。五代齊己《經賈島舊居》：「若有吟魂在，應隨夜魄迴。」

【輯評】

王澐：青衫司馬，玉局神仙，千古江山，兩堤花月，臨風悲吊，直令人魂動色飛。（《香嚴詞》卷下）

王士禛：二公風流文采固不可及，然金紫神仙，此福豈易消受，俛仰今古，爲之慨然。（《倚聲初集》卷十六）

驀山溪 登吴山吊伍子胥，用秋岳烏江渡韻①

銀戈白馬，跌宕人豪意②。歌扇縷金裙，粉軍容，江東絶技③。水犀甲士，不上采蓮船④，雄略燼，老臣殂，一劍西風淚⑤。

吴簫楚墓，鍊就冰霜器⑥。郢樹矗青

天，違君父、豈同兒戲⑦。倒行嗚怨，七尺等浮雲，生有爲，死何難，濺血非讒忌⑧。

【注】

①本詞乃順治五年（一六四八）登杭州吴山吊伍子胥作。吴山，山名。在浙江杭州市西湖東南。春秋時爲吴南界，故名。又名胥山，以伍子胥而名。伍子胥（公元前？—前四八四年），名員，春秋楚人。父奢、兄尚都被楚平王殺害。子胥奔吴，吴封以申地，故稱申胥。與孫武共佐吴王闔廬伐楚，五戰入郢（楚都），掘平王墓，鞭屍三百。吴王夫差敗越，越請和，子胥諫不從。夫差信伯嚭讒，迫子胥自殺。秋岳，即曹溶，見卷一《西江月·春日湖上用秋岳韻》注①。本詞用曹溶《驀山溪·烏江渡》（秦灰一掃）韻。

②「銀戈」二句：意謂伍子胥持銀戈、騎白馬隨錢塘江潮來去，放任無拘，意氣雄豪。銀戈白馬，傳説伍子胥死後，投屍江中，伍子胥的靈魂常乘素車白馬隨錢塘江潮往來。《太平廣記》卷二百九十一《錢唐志·伍子胥》：「伍子胥纍諫吴王，賜屬鏤劍而死。臨終戒其子曰：『懸吾首於南門，以觀越兵來；以鮧魚皮裹吾屍，投於江中，吾當朝暮乘潮以觀吴之敗。』自是自海門山潮頭洶高數百尺，越錢塘漁浦，方漸低小。朝暮再來，其聲震怒，雷奔電走百餘里。時有見子胥乘素車白馬在潮頭之中，因立廟以祠焉。」宋辛棄疾《摸魚兒·觀潮上葉丞相》：「滔天力倦知何事？白衣素車東去。」辛棄疾的「白衣素車」、龔鼎孳的「銀戈白馬」實乃一意。跌宕，放蕩不拘。《後漢書·孔融傳》：「又前與白衣禰衡跌蕩放言。」

③「歌扇」三句：指孫武爲吴王闔廬操練女兵事。粉，粉黛，指女子。粉軍容指女兵的陣容。《史記·孫子吴起列傳》：「孫子武者，齊人也。以《兵法》見于吴王闔廬。闔廬曰：『子之十三篇，吾盡觀之矣，可以小試勒兵呼？』對曰『可。』闔廬曰：『可試以婦人乎？』曰：『可。』於是許之，出宫中美女，得百八十人。孫子分爲二隊，以王之寵姬二人各爲隊長，皆令持戟。……約束既布，乃設鈇鉞，即三令五申之。于是鼓之右，婦人大笑。孫子曰：『約束不明，申令不熟，將之罪也。』復三令五申而鼓之左，婦人復大笑。孫子曰：『約束不明，申令不熟，將之罪也；既已明而不如法者，吏士之罪也。』乃欲斬左右隊長。吴王從臺上觀，見且斬愛姬，大駭，趣使使下令曰：『寡人已知將軍能用兵矣。寡人非此二姬，食不甘味，願勿斬也。』孫子曰：『臣既已受命爲將，將在軍，君命有所不受。』遂斬隊長二人以徇。用其次爲隊長。於是鼓之。婦人左右前後跪起皆中規矩繩墨，無敢出聲。」孫武與伍子胥同在吴國爲將，共同破楚，故此處及之。漢袁康《越絶書》卷六：「（闔廬）令子胥、孫武與嚭將師入郢，有大功還。」《史記·伍子胥列傳》：「當是時，吴以伍子胥、孫武之謀西破彊楚，北威齊晉，南服越人。」

④「水犀」二句：謂伍子胥統領下的吴兵不認可吴王夫差沉湎女色而置國事於不顧。水犀甲士，披水犀甲的水軍。《國語·越語》：「今夫差衣水犀之甲者，億有三千。」采蓮，越女采蓮是詩詞中常見的題材。而歷史上最有名的越女自然是夫差寵妃西施。爲配合「越女采蓮」的題材，偶爾西施也從「浣紗女」變爲「采蓮女」。如李公垂《若耶溪》詩自注：「若耶溪，乃西施采蓮、歐冶

鑄劍之所。」

⑤「雄略」三句：意謂雄才大略的伍子胥終因犯言直諫而被吴王賜死。燼，作動詞，化爲灰燼。《國語·吴語》記載伍子胥勸諫夫差勿許越成，指出越人之陰謀：「申胥（伍子胥）諫曰：『使吾甲兵鈍弊，民人離落，而日以憔悴，然後安受吾燼。』」一劍西風淚，《史記·伍子胥列傳》：「（夫差）乃使使賜伍子胥屬鏤之劍，曰：『子以此死！』伍子胥仰天嘆曰：『嗟乎！讒臣嚭爲亂矣。王乃反誅我……』乃自剄死。」

⑥「吴簫」二句：意謂伍子胥背負家仇自楚國逃亡，曾吹簫乞食於吴市，歷盡艱險成就復仇大計，率吴兵攻入郢都，掘楚平王墓鞭屍三百。吴簫，《史記·范雎蔡澤列傳》：「伍子胥槖載而出昭關，夜行晝伏，至于陵水，無以糊其口，膝行蒲伏，稽首肉袒，鼓腹吹篪，乞食於吴市，卒興吴國，闔閭爲伯。」裴駰《集解》引徐廣曰：「（篪）一作『簫。』」楚墓，《史記·伍子胥列傳》：「及吴兵入郢，伍子胥求昭王既不得，乃掘楚平王墓，出其屍，鞭之三百然後已。」冰霜器，意謂肩負血海深仇的伍子胥在千錘百鍊中成爲堅强而冷漠的人。

⑦「郢樹」二句：意謂伍子胥本爲楚人，却率吴兵入郢，鞭辱王屍，依照倫常，是有違君父。郢，楚國的都城，借指楚國。

⑧「倒行」五句：意謂伍子胥鞭屍之行過於怨毒，他之後的得罪身死或乃自取其咎，而非緣於伯嚭的讒譖，但堂堂七尺男兒，生時得以建功立業，區區一死又何足懼！依此看來，詞人對伍子

胥是褒多於貶。倒行嗚怨，謂伍子胥鞭屍復仇乃倒行逆施之舉。《史記·伍子胥列傳》：「申包胥亡於山中，使人謂子胥曰：『子之報讎其以甚乎！吾聞之，人衆者勝天，天定亦能破人。今子故平王之臣，親北面而事之。今至於僇死人，此豈其無天道之極乎？』伍子胥曰：『爲我謝申包胥曰，吾日暮塗遠，吾故倒行而逆施之。』」

【輯評】

曹爾堪：銀甲浮江，靈旗颭水，一種淼茫拉雜之氣，直是前潮伍胥，後潮文種。（《香嚴詞》卷上）

滿江紅 吊林和靖先生墓，用呂居仁幽居韻①

薇圃芝岑，分幽派、孤山②一曲。碧亂剪、此鄉如畫，鶴天梅屋③。度閣松雲④吹午飯，繞溪香雪飄寒玉⑤。恣登臨、信宿⑥輒忘歸，苔階緑。　無官職，東籬菊⑦，有主客，王猷竹⑧。竟廉花立柳⑨，澗林無辱。西禪東封⑩何限事，灌園賣藥⑪生涯足。我欲扶殘醉訪高墳，春醪熟⑫。

【注】

① 本詞乃順治五年（一六四八）游杭吊林逋墓作。林和靖，林逋（九六八—一〇二八），字君復，錢

塘(今浙江杭州)人。少孤力學，一生不婚不仕。初放游江、淮間，後歸杭州，結廬西湖之孤山，二十年足不及城市，種梅養鶴，自稱「梅妻鶴子」。咸平、景德間，真宗聞其名，賜粟帛，詔長吏歲時勞問。卒謚「和靖先生」。其墓在孤山北麓。吕居仁，吕本中(一〇八四—一一四五)，初名大中，字居仁，學者稱東萊先生。先世萊州(今屬山東)人，後居洛陽(今屬河南)，南渡後家婺州(今浙江金華)。卒謚「文清」。詞集名《紫微詞》。本詞用其《滿江紅·幽居》(東里先生)韻。

② 孤山：山名。在浙江杭州西湖中，孤峰獨聳，秀麗清幽。宋林逋曾隱居於此，喜種梅養鶴，世稱孤山處士。

③ 鶴天梅屋：即「梅妻鶴子」。清吕留良等《〈和靖詩鈔〉序》：「逋不娶，無子，所居多植梅，畜鶴，泛舟湖中，客至則放鶴致之，因謂『梅妻鶴子』云。」

④ 松雲：青松白雲。指隱居之境。《南史·隱逸傳上·宗測》：「性同鱗羽，愛止山壑，眷戀松雲，輕迷人路。」

⑤ 繞溪香雪飄寒玉：意謂梅花飄拂於溪水上。香雪，指梅花。清余懷《板橋雜記·麗品》：「軒左種老梅一樹，花時香雪霏拂几榻。」清厲荃《事物異名録·花卉·梅》：「《湖壖雜記》：湖墅有三勝地，西溪之梅名曰香雪。」寒玉，多用以比喻清冷雅潔之物，此處喻梅。元趙孟頫《題所畫梅竹贈石民瞻》：「欲寄相思無别語，一枝寒玉澹春暉。」

⑥信宿：連宿兩夜。《詩·豳風·九罭》：「公歸不復，於女信宿。」毛傳：「再宿曰信；宿，猶處也。」

⑦東籬菊：晉陶潛《飲酒》之五：「采菊東籬下，悠然見南山。」後因以「東籬菊」爲典，寫隱士的田園生活。唐劉長卿《過湖南羊處士别業》詩：「自有東籬菊，年年解作花。」

⑧王猷竹：《世説新語·任誕第二十三》：「王子猷嘗暫寄人空宅，住便令種竹，或問：『暫住何煩爾？』王嘯咏良久，直指竹曰：『何可一日無此君！』」

⑨廉花立柳：尋花種柳。廉，考察，查訪。《漢書·何武傳》：「（戴聖）行治多不法……武使從事廉得其罪。」

⑩西禪東封：古代帝王祭天地的大典。在泰山上築土爲壇，報天之功，稱封；在泰山下的梁父山上闢場祭地，報地之德，稱禪。

⑪灌園賣藥：謂退隱家居。灌園，澆灌園圃，典出《莊子·天地》：「子貢南游於楚，反於晉，過漢陰，見一丈人方將爲圃畦，鑿隧而入井，抱甕而出灌，搰搰然用力甚多而見功寡。子貢曰：『有械於此，一日浸百畦，用力甚寡而見功多，夫子不欲乎爲？』……圃者忿然作色，而笑曰：『……有機械者，必有機事；有機事者，必有機心。機心存於胸中，則純白不備；純白不備，則神生不定；神生不定者，道之所不載也。吾非不知，羞而不爲也。』」賣藥用韓康典。漢趙岐《三輔决録》卷一：「韓康字伯休，京兆霸陵人也。常游名山采藥，賣於長安市中，口不二

價者三十餘年。時有女子買藥於康，怒康守價，乃曰：『公是韓伯休邪？乃不二價乎！』康嘆曰：『我欲避名，今區區女子皆知有我，何用藥爲？』遂遯入霸陵山中。」宋林逋《湖上隱居》詩：「湖水入籬山繞舍，隱居應與世相違。閑門自掩蒼苔色，來客時驚白鳥飛。賣藥比常嫌有價，灌園終亦愛無機。如何天竺林間路，猶到秋深夢翠微。」

⑫春鷗熟：與鷗鳥相熟。用「鷗鳥忘機」典，喻淡泊隱居。《列子·黄帝》：「海上之人有好漚鳥（亦作「鷗鳥」）者，每旦之海上，從漚鳥游，漚鳥之至者百往而不止。其父曰：『吾聞漚鳥皆從汝游，汝取來，吾玩之。』明日之海上，漚鳥舞而不下也。」

【輯評】

宗元鼎：溪山刻畫，冰雪嵯峨，讀之但見幽翠撲人。（《香嚴詞》卷下）

齊天樂　湖上午日，用吴修蟾和周美成韻①

遠峰吹散雕闌雨。游人畫橋三五。彩鷁②風高，繡旗日麗，又吊一年湘楚③。釵符綴虎④。也嬌小窺簾，笑低金縷⑤。如此湖山，半分歌吹送重午。　樽前初拭醉眼，問靈均⑥去後，與誰終古。屏枕薌潮，扇摇玉雪⑦，同賦采蘭新句。菱舟曲度⑧。漸棹〔一〕入荷心⑨，月痕留處。願趁佳時，普天銷戰鼓。

【校】

〔一〕棹，原作「掉」，據《香嚴詞》改。

【注】

①本詞作於順治五年（一六四八）游賞西湖時，主要寫與顧媚共度端午之情狀。湖上，見卷一《西江月·春日湖上用秋岳韻》注①。午日，端午節，即農曆五月初五日，又名「重午」「重五」。吳修蟾，即吳剛思，見卷一《蝶戀花·湖上春雨用吳修蟾倦繡韻》注①。吳剛思詞不詳。周美成，周邦彥，見卷一《驀山溪·送別出關已復同返用周美成韻》注①。吳剛思所和之周詞爲《齊天樂》（疏疏幾點黃梅雨）。

②彩鷁：指船。鷁，一種水鳥。古代常在船頭上畫鷁，着以彩色，因亦借指船。南朝梁劉孝綽《釣竿篇》：「釣舟畫彩鷁，漁子服冰紈。」

③「又吊」句：緬懷楚人屈原。見卷二《南柯子·端午前一日社集和遂初韻》注⑥。

④「釵符」句：謂艾虎點綴在釵頭符上。以人們所着飾物點明時值端午。釵符，即釵頭符。端午節避邪的一種頭飾。宋陳元靚《歲時廣記·釵頭符》：「《歲時雜記》：端午剪繒彩作小符兒，争逞精巧，摻于鬟髻之上，都城亦多撲賣。」宋劉克莊《賀新郎·端午》：「兒女紛紛夸結束，新樣釵符艾虎。」虎，艾虎。古俗，端午日采艾製成虎形的飾物，佩戴之謂能辟邪祛穢。宋陳元靚《歲時廣記·摻艾虎》：「《歲時雜記》：『端五以艾爲虎形，至有如黑豆大者，或剪彩爲小虎，粘

艾葉以戴之。』宋王沂公《端五帖子》云：『釵頭艾虎辟群邪，曉駕祥雲七寶車。』」

⑤金縷：指柳條。唐戴叔倫《長亭柳》：「雨搓金縷細，烟裊翠絲柔。」唐温庭筠《楊柳枝》：「金縷毿毿碧瓦溝，六宮眉黛惹香愁。」華鍾彦注：「金縷，柳條也。」

⑥靈均：屈原之字。

⑦玉雪：指白色的花。宋范成大《連夕大風淩寒梅已零落殆盡》：「玉雪飄零賤似泥，惜花還記賞花時。」

⑧「菱舟」句：謂采菱舟上的女子在唱曲。曲度，即度曲，按曲譜歌唱。漢張衡《西京賦》：「度曲未終，雲起雪飛。」

⑨棹入荷心：謂划船進入荷塘的中心。棹，划船。

【輯評】

米漢雯：激昂悲嘯，滿幅楚聲。（《香嚴詞》卷下）

程鶴湖：讀此始信能柳不能蘇，終非俊物。（《香嚴詞》卷下）

賀新郎　其二〔一〕　追和劉潛夫端午韻①

銀篆香雲吐②。晝偏長③、碧梧庭院④，玉肌無暑⑤。贏得青山⑥安穩在，何處争龍鬪虎。恰畫艇、一雙飛渡。多少繁華風絮盡，算幾時、重起新簫鼓。身未老，待歌舞。　西陵⑦花月應相許。喚深情、大蘇蘇小，對澆芳酹⑧。萬事不如杯共把，請看離宮麥黍⑨。空滿眼、鴟彝〔二〕濤⑩怒。漁父當年非憤俗，果孤清、獨醒人徒苦⑪。吾醉矣，莫懷古。

【校】

〔一〕《香嚴詞》題作「湖上午日」。

〔二〕「彝」，《香嚴詞》作「夷」。

【注】

① 本詞創作背景見前。　劉潛夫，宋劉克莊（一一八七—一二六九），字潛夫，號後村，卒謚文定。莆田（今屬福建）人。有《後村先生大全集》，詞集名《後村長短句》，一名《後村別調》。本詞用其《賀新郎·端午》（深院榴花吐）韻。

② 「銀篆」句：意謂香烟從銀篆盤中裊裊而出。銀篆，銀篆盤，即白色的香盤。宋蘇軾有《子由生日以檀香觀音像及新合印香銀篆盤爲壽》詩。香雲，喻指焚香而生的烟。

③ 晝偏長：宋歐陽修《浣溪沙》：「乍雨乍晴花自落，閒愁閒悶晝偏長。」

④ 碧梧庭院：元邵亨貞《齊天樂》：「碧梧庭院秋聲早，愔愔暮天雲影。」

⑤玉肌無暑：宋蘇軾《洞仙歌》：「冰肌玉骨，自清凉無汗。」宋羅燁《醉翁談録》卷一丁集《鄭生詩贈趙降真》：「麗質如何下太清，玉肌無暑五銖輕。」
⑥青山：指歸隱之處。唐賈島《答王建秘書》：「白髪無心鑷，青山去意多。」
⑦西陵：南齊錢塘名妓蘇小小之陵墓。
⑧「唤深情」二句：詞人突發奇想，謂唤來蘇軾與蘇小小，對酌共飲。大蘇，指宋代文學家蘇軾。宋王闢之《澠水燕談録·才識》：「于是，父子名動京師，而蘇氏文章擅天下，目其文曰三蘇。蓋洵爲老蘇，軾爲大蘇，轍爲小蘇也。」蘇軾曾任杭州通判、杭州知州。蘇小，詳見卷一《西江月·春日湖上用秋岳韻》注⑥。蘇軾與蘇小小均與杭州淵源頗深，故及之。芳醑，美酒，謝靈運《擬魏太子鄴中集詩·阮瑀》：「傾酤係芳醑。」此處實以大蘇自擬，以蘇小喻顧媚。
⑨麥黍：即黍離麥秀，爲感慨亡國之典，詳見卷二《百字令·和雪堂先生感春其二》注⑥。
⑩鴟彝濤：指狂濤怒潮。語出《吴越春秋·夫差内傳》：「吴王乃取子胥（伍子胥）屍，盛以鴟夷之器，投之于江中。……子胥因隨流揚波，依潮來往，蕩激崩岸。」「鴟彝」同「鴟夷」。
⑪「漁父」三句：典出《楚辭·漁父》：「屈原既放，游於江潭，行吟澤畔，顔色憔悴，形容枯槁。漁父見而問之曰：『子非三閭大夫與！何故至於斯？』屈原曰：『舉世皆濁我獨清，衆人皆醉我獨醒，是以見放。』漁父曰：『聖人不凝滯於物，而能與世推移。世人皆濁，何不淈其泥而揚其波？衆人皆醉，何不餔其糟而歠其釃？何故深思高舉，自令放爲？』」

【輯評】

宗觀：悲壯淋灕，唾壺欲碎。（《香嚴詞》卷下）

陳祚明：釃酒臨江，白日忽匿，我欲以此當《大招》。（《香嚴詞》卷下）

鄒祗謨：擊碎珊瑚，敲殘如意，旁若無人，正自索解人不得。（《倚聲初集》卷二十）

王士禛：卓珂月《秦淮竹枝》有云「水姓秦來樓亦秦」，與「大蘇蘇小」恰是巧對。（《倚聲初集》卷二十）

卷三　此卷以下皆癸卯後香嚴齋存稿

菩薩蠻　七夕飲慈仁寺松下①

誰家樓上穿針巧②。鵲橋吐出冰蟾小③。腸斷隔年秋。西風人白頭。　銷磨〔一〕兒女淚。只有逢場醉。不敢問流螢〔二〕。一雙何處星〔三〕。

【校】

〔一〕「磨」，《今詞苑》作「魂」。

〔二〕「問流螢」，《香嚴齋詞》作「向雙星」。

〔三〕「一雙」句，《香嚴齋詞》作「流螢記畫屏」。

【注】

① 本詞或作於康熙四年（一六六五）七夕，與《定山堂詩集》卷三十《七夕白仲調朱鶴門招集慈仁松寮雨中次仲調韻》蓋作於同時（董遷《龔芝麓年譜》將此詩繫於康熙四年）。慈仁寺，俗稱報

國寺，今位於北京西城區。經考證報國寺始建于遼代；明代塌毀，成化二年（一四六六）重修，改名慈仁寺，俗稱報國寺；清乾隆十九年（一七五四）重修，更名爲大報國慈仁寺。

②「誰家」句：意謂七夕之夜，婦女穿針乞巧。關於「乞巧」，見卷一《浪淘沙·長安七夕》注③。

③「鵲橋」句：意謂七夕的月亮看上去很小。鵲橋，《歲時廣記·七夕上》引《風土記》：「織女七夕當渡河，使鵲爲橋。」冰蟾，謂月，見卷一《念奴嬌·中秋得南鴻喜賦用東坡中秋韻》注⑧。

【輯評】

紀映鍾：古直蒼凉，令我淚如鉛水。後半闋末二語又何其温細乃爾耶！固當合學士、屯田爲一人耳。（《香嚴詞》卷上）

羅敷媚　戲和友人席上有贈①

青溪烟

鏡臺誰寫西湖影，淡抹濃妝②。步屧生香③。秋水亭亭玉一行④。

雨青山畫⑤，金粉鴛鴦。醉是何〔一〕鄉。花月須排一萬場。

【校】

〔一〕「何」，《香嚴詞》作「吾」。

【注】

①本詞及後三闋詞，乃詞人於宴席間贈妓而作。

②「鏡臺」二句：意謂佳人臨鏡，無論淡抹還是濃妝，都如西子般秀美動人。語出宋蘇軾《飲湖上初晴後雨》：「水光瀲灧晴方好，山色空濛雨亦奇。欲把西湖比西子，濃妝淡抹總相宜。」宋劉過《沁園春·寄稼軒承旨》：「坡謂西湖，正如西子，濃抹淡妝臨鏡臺。」

③「步屧」句：謂佳人挪步生香，參見卷一《鎖陽臺》（重游京口，用周美成懷錢塘韻）注⑦。宋衛宗武《自王園歸約諸友山行》：「安得良友相追隨，步屧生香徧行樂。」步屧，脚步。

④「秋水」句：意謂佳人氣質清朗，亭亭玉立。秋水，比喻清朗的氣質。唐杜甫《徐卿二子歌》：「大兒九齡色清徹，秋水爲神玉爲骨。」亭亭，見卷二《滿江紅·爲孫秋我新納姬人催妝和韻》注③。

⑤「青溪」句：寫山水環繞的美景。青溪烟雨，唐羅隱《送人歸湘中兼寄舊知》：「青溪烟雨九華山，亂後應同夢寐間。」

【輯評】

曹爾堪：艷語耳。乃挐攫有拔地倚天之勢，公于此固不凡。（《香嚴詞》卷上）

前調　其二

瓊鋪十幅葡萄錦①，舞月歌霞。整整斜斜②。活現芙蓉③一朵〔一〕花。　能行能坐能歡笑，真率風華④。蛺蝶誰家〔二〕。却趁〔三〕香風到若耶⑤。

【校】

〔一〕「一朵」，《香嚴詞》作「半面」。

〔二〕「誰家」，《香嚴詞》作「隨他」。

〔三〕「却趁」，《香嚴詞》作「一路」。

【注】

① 葡萄錦：錦緞名。《西京雜記》：「霍光妻遺淳于衍葡萄錦二十四匹，散花綾二十五匹。」此處指贈予歌伎舞女的纏頭。

② 整整斜斜：杜牧《臺城曲二首》（其一）：「整整復斜斜，隋旂簇晚沙。」

③ 芙蓉：《西京雜記》：「文君姣好，眉色如望遠山，臉際常若芙蓉。」後多以芙蓉喻美人。

④ 風華：風采才華。《南史・謝晦傳》：「時謝混風華爲江左第一，嘗與晦俱在武帝前，帝目之曰：『一時頓有兩玉人耳。』」

⑤若耶：溪名，出浙江紹興南若耶山，北流入運河。溪旁舊有浣紗石古蹟，相傳西施浣紗於此，故一名浣紗溪。此處以西施擬歌姬。

【輯評】

王士禄：真率風華，非老是鄉者不敢道此四字。（《香嚴詞》卷上）

尤侗：吾亦欲爲莊周矣。（《香嚴詞》卷上）

前調　其三

紅橋宛轉支機畔，銀漢天梭①。一寸秋波②。好處偎人不在多。　雲綃霧縠官家樣③，宮畫雙蛾④。熱到心窩。試作胭脂汗底羅⑤。

【注】

①「紅橋」二句：以天仙織女喻歌姬。支機，支機石。傳説爲天上織女用以支撑織布機的石頭。《太平御覽》卷八引南朝宋劉義慶《集林》：「昔有一人尋河源，見婦人浣紗，以問之，曰：『此天河也。』乃與一石而歸。問嚴君平，云：『此支機石也。』」一説，其人爲漢代張騫，謂騫奉命尋找河源，乘槎經月亮至天河，在月亮見一女織，又見一丈夫牽牛飲河，織女取支機石與騫。見宋周密《癸辛雜識前集》引南朝梁宗懔《荆楚歲時記》。天梭，天上織女所用之梭。南朝梁簡文帝

《七夕》：「天梭織來久，方逢今夜停。」

②秋波：比喻美女的眼睛，形容其清澈明亮。南唐李煜《菩薩蠻》：「眼色暗相鉤，秋波橫欲流。」

③「雲綃」句：指佳人所著之衣裳華美時新。雲綃霧縠，意謂衣服仿佛是雲霧織就。唐孫樵《乞巧對》：「繡紋錦幅，雲綃霧縠，若出鬼力，大蠹婦織。」官家樣，官家的式樣，謂富麗典雅、精緻時新的式樣。

④宮畫雙蛾：意謂佳人畫眉按着宮裏的式樣。雙蛾，南朝梁沈約《昭君辭》：「於茲懷九逝，自此斂雙蛾。」

⑤「試作」句：意謂願作被佳人的香汗浸染的羅衣。羅，羅衣。輕軟絲織品製成的衣服。

【輯評】

陳維崧：能于吟紅叫緑中作了語、危語，玉臺蘭畹，此固先生懸崖撒手時。（《香嚴詞》卷上）

前調 其四

空階璧月①團珠露，分外玲瓏②。人是春風。吹得銀釘③一片紅。

水晶簾下深深見，略要朦朧。萬事飄蓬。收拾繁弦急管中。

【注】

①璧月：對月亮的美稱，梁簡文帝《慈覺寺碑序》：「龍星啓曜，璧月儀天。」

②玲瓏：明徹貌。《文選·揚雄〈甘泉賦〉》：「前殿崔巍兮，和氏玲瓏。」

③銀釭：銀白色的燈盞、燭臺。南朝梁元帝《草名》：「金錢買含笑，銀釭影梳頭。」

【輯評】

趙鬘庵：香山詩「世間定不要春風」讀之叫絶，今得「人是春風」，覺香山輸慧俊多少。（《香嚴詞》卷上）

陳維岳：前段「分外玲瓏」，玲瓏得妙；後段「略要朦朧」，朦朧得尤妙。冬郎、玉溪生固推艷情渠帥，然猶未曾夢見在。（《香嚴詞》卷上）

前調　疊前題①

鬱金堂④

畫中情思風中態。夜夜新妝。促坐②圍香。消得陳思賦十行③。

上深如許，肯嫁文鴦⑤。天與柔鄉。幻作神仙百戲場。

【注】

①本詞及後三闋詞，乃前四闋詞的同題疊韻之作。

②促坐：靠近坐。《史記·滑稽列傳》：「日暮酒闌，合尊促坐。」

③「消得」句：意謂佳人之容色不遜於曹植《洛神賦》中的宓妃。陳思，三國魏曹植，以封陳王，謚曰思，稱陳思王。曹植有《洛神賦》，摹繪了一位風姿絶代的洛水女神宓妃。後世詩文多以「洛神」「宓妃」指代美人。

④鬱金堂：《玉臺新咏》卷九引南朝梁武帝《河中之水歌》有「盧家蘭室桂爲梁，中有鬱金蘇合香」之句，描繪盧家婦莫愁的居室，後因以「鬱金堂」或「鬱金屋」美稱女子芳香高雅的居室。

⑤文鴛：即鴛鴦，張先《減字木蘭花》：「文鴛綉履，去似楊花塵不起。」

【輯評】

宋琬：錢虞山詩云「只愁舞袖弓鞋鬧，尚是人間百戲場」，方知《玉樹》《霓裳》固有仙凡之别。讀先生此詞，益信。（《香嚴詞》卷上）

前調　其二

瑶臺①婀娜當風立，一抹紅霞。裙帶微斜。蹴起珠欄欲睡花。　沉〔一〕香②笛罷人初倦，月吐雲華③。油壁他家。小小松耶與柏耶④。

【校】

〔一〕「沉」，《香嚴詞》作「泛」。

【注】

① 瑶臺：美玉砌的樓臺。亦泛指雕飾華麗的樓臺。《楚辭·離騷》：「望瑶臺之偃蹇兮，見有娀之佚女。」

② 沉香：用「沉香亭」語，詳見卷二《杏花天·題錢舜舉畫華清上馬圖》注②。

③ 雲華：雲朵，雲片。唐張錫《晦日宴高文學林亭》：「年光開柳色，池影泛雲華。」

④「油壁」二句：用蘇小小典故，見卷二《羅敷媚·西陵吊蘇小二調》其一注①②。

【輯評】

徐倬：松柏西陵借用齊王建歌詞成語，所謂遲其聲以媚之。（《香嚴詞》卷上）

前調　其三

何來一串真珠滑①，輕燕穿梭。點點倩〔一〕波。只在腰身轉處多。　柘枝②畫鼓沉檀拍③，鬧了銀蛾④。生受⑤眉窩。瘦到弓鞋窄窄羅⑥。

【校】

〔一〕「倩」，《今詞苑》《香嚴詞》均作「情」。

【注】

①「何來」句：謂樂聲如珍珠滚動碰撞發出鳴響，清脆悦耳。真珠，珍珠唐無名氏《琵琶》：「珊瑚鞭折聲交戛，玉盤傾瀉真珠滑。」

②柘枝：謂柘枝舞，詳見卷二《琵琶仙·吊白舍人蘇學士用秋岳琵琶亭志懷韻》注④。

③檀拍：同「檀板」，用檀木製的樂器拍板。

④銀蛾：即蛾兒。古代婦女於元宵節前後插戴在頭上的剪彩而成的應時飾物。元張可久《梧葉兒·湖上晚興》曲：「雪柳鬧銀蛾，燈下佳人看我。」此處泛指頭飾。

⑤生受：吃苦。

⑥「瘦到」句：謂佳人纖足細腰。弓鞋，弓形之鞋，舊時婦女所穿。宋黄庭堅《滿庭芳·妓女》：「直待朱幡去後，從伊便窄襪弓鞋。」窄窄羅，謂美人腰身之纖細。羅，羅衣。

【輯評】

宗觀：尖新猥艷。（《香嚴詞》卷上）

尤侗：腰身轉處亦不減于臨去秋波也。（《香嚴詞》卷上）

前調 其四

前身定解星前語，生就玲瓏①。多謝東風。放出桃花滿鏡紅。　分明六曲屏山②路，那得朦朧。心似孤蓬。長繫殘香薄醉中。

【注】

① 玲瓏：比喻人聰明、靈活。

② 六曲屏山：五折六扇屏風。宋鄧允瑞《古樂府》：「瑣窗人靜月輪孤，六曲屏山冷如水。」

【輯評】

宋實穎：合歡骰子，刻骨相思，翻覺「紅杏枝頭春色鬧」尚書言情尚淺。（《香嚴詞》卷上）

前調 無題①

樽前十日相逢九，一夕分攜②。人隔橋西。花不分明月又低。　偏生玉漏③殘宵永，啞殺鳴雞。囑付深棲。錦燭濃香索性啼。

【注】

①本詞及後四闋詞或爲記録與某位歌女邂逅於歌筵酒席尋又分别之情事。

②分攜：離别。唐李商隱《飲席戲贈同舍》：「洞中屐響省分攜，不是花迷客自迷。」

③玉漏：計時刻漏的美稱。

【輯評】

陳維崧：「花不分明月又低」一語，銷魂千古，後半拉雜淋漓，直作渾脱舞。（《香嚴詞》卷上）

前調　其二

明宵燈

已甘薄倖揚州夢①，情劫休論。打疊②黄昏。硬把啼痕算酒痕③。

影重簾下，圍定花魂。不許温存。領受春風一笑④恩。

【注】

①薄倖揚州夢：唐杜牧《遣懷》：「十年一覺揚州夢，赢得青樓薄倖名。」

②打疊：收拾。元無名氏《小孫屠》第四折：「母親暗藏着腹内憂，打疊起心頭悶。」

③「硬把」句：化用宋舒亶《菩薩蠻·冬》：「空得鬱金裙，酒痕和淚痕。」

④春風一笑：宋胡寅《再和》：「今年花是去年梅，又對春風一笑開。」

【輯評】

周在浚：「空得鬱金裙，酒痕和淚痕」，平常語耳。豈知先生此詞之險艷。（《香嚴詞》卷上）

前調　其三

青團扇

恨人自有傷心事，生怕歡娛。紅淚芳襦①。下得閒情唤緑珠②。

子③誰拋却，争看羅敷〔一〕④。花裏人孤。好夢迴頭一味無。

【校】

〔一〕「青團」三句，《香嚴詞》作「連宵不省何緣法，但看羅敷」。

【注】

①「紅淚」句：謂女子流淚沾濕了衣裳。紅淚，《拾遺記》載魏文帝所愛美人薛靈芸以玉唾壺承淚，淚凝結如血。芳襦，對女子所穿短衣的美稱。

②「下得」句：以美人緑珠擬眼前之歌女。閒情，男女之情。唐昭宗《巫山一段雲》之二：「春風一等少年心，閒情恨不禁。」緑珠（公元？—三〇〇年），晉石崇歌妓，善吹笛。時趙王司馬倫殺賈后，自稱相國，專擅朝政。崇與潘岳等謀勸淮南王司馬允、齊王司馬冏圖倫。謀未發，倫有嬖臣孫秀，家世寒微，與崇有宿憾，既貴又向崇求緑珠，崇不許，此時乃力勸倫殺崇，母兄妻子

十五人皆死。甲士到門逮崇，綠珠跳樓自殺。

③青團扇子：青色的團扇。團扇，圓扇，也叫宮扇。宋董嗣杲《記仙女三絶》：「分明一夜文姬夢，只有青團扇子知。」此處用「班姬咏扇」之典故。此典出《昭明文選》卷二十七《詩戊・樂府上・怨歌行》。班婕妤失寵于漢成帝後，作詩以紈扇自比。後遂用「團扇」表達遭受遺棄之怨情。

④争看羅敷：漢樂府《陌上桑》：「日出東南隅，照我秦氏樓。秦氏有好女，自名爲羅敷。……行者見羅敷，下擔捋髭鬚。少年見羅敷，脱帽着帩頭。耕者忘其犁，鋤者忘其鋤。來歸相怒怨，但坐觀羅敷。」

【輯評】

曹爾堪：「『生怕歡娱』四字正謝公所謂中年以後傷于哀樂也。結句尤爲枕上晨鐘。（《香嚴詞》卷上）

前調 其四〔一〕

青菱看熟紅蕖①面〔二〕，只似初逢。何處罡風②。吹落穠花艷月中。　兩行箏笛千場酒，去日匆匆〔三〕。愁殺秋鴻。送到雲山一萬重。

【校】

〔一〕《瑶華集》題作「席上有贈」。

〔二〕青菱看熟紅蕖面，《香嚴齋詞》《瑶華集》《今詞苑》均作「相看百日晨連夕」。

〔三〕去日匆匆，《瑶華集》作「天放山翁」。

【注】

①紅蕖：紅荷花。蕖，芙蕖。南朝梁簡文帝《蒙華林園戒詩》：「紅蕖間青瑣，紫露濕丹楹。」

②罡風：道教謂高空之風。後亦泛指勁風。明屠隆《彩毫記·游玩月宫》：「虚空來往罡風裏，大地山河一掌輪。」

【輯評】

程可則：啼笑雜來，悲歌沓至，若斷若續，所懷萬端。（《香嚴詞》卷上）

前調　其五

曾從西子湖頭住，雲木周遭①。天水空寥。無數鴛鴦戲彩橈。　青青恰似長堤柳，生小柔條。薄福難消。玉笛紅亭②月一橋。

【注】

①「曾從」二句：謂歌姬曾居於雲木環繞的杭州西湖。雲木，高聳入雲的樹木。唐陳子昂《春臺引》：「何雲木之英麗，而池館之崇幽。」

②紅亭：猶長亭。路途中行人休憩、送別之處。唐岑參《水亭送劉顒使還歸節度》詩：「無計留君住，應須絆馬蹄。紅亭莫惜醉，白日眼看低。」

【輯評】

陳廷敬：瑶翻碧灩，想見珍珠亂撒時。（《香嚴詞》卷上）

滿庭芳 季弟孝積生辰讌集〔一〕①

明月故鄉，白頭兄弟，歡場又是離筵。黄花②紫蟹，風物自年年。四壁圖書瀟灑，那更説、問舍求田③。坐中客，連車結駟，千里誦豪賢。　吾衰今已甚，芳樽翠袖，牽率周旋④。算侯封相印，不換詩〔二〕篇。讓汝青雲事業，烏衣巷、簪笏盈前⑤。還相約，五湖烟水，妻子鹿門仙⑥。

【校】

〔一〕《香嚴齋詞》題作「孝積弟生辰讌集」；《瑶華集》題作「家弟燕集」。

〔二〕「詩」，《瑤華集》《今詞苑》均作「新」。

【注】

① 本詞乃康熙五年（一六六六）九月十二日爲三弟龔鼎孶祝壽作。龔鼎孶，字孝積。龔鼎孳三弟。康熙五年夏間，龔鼎孳遵旨回里營葬繼母王太夫人，并携顧媚櫬南歸，故得與讌集。清閻爾梅《别龔孝積》四首其二：「三秋忘逆旅，一日共生辰。」自注：「孝積與余俱九月十二日生。」

② 黄花：指菊花。《禮記・月令》：「（季秋之月）鞠有黄華。」陸德明釋文：「鞠，本又作菊。」唐李白《九日龍山歌》：「九日龍山飲，黄花笑逐臣。」

③「四壁」二句：謂孝積耽於書卷學問而不汲汲於家産經營。四壁圖書，宋裘萬頃《暘谷偶成》：「夜燈四壁圖書影，曉日一牀花木陰。」宋陳允平《鷓鴣天・壽表兄陳可大》：「四壁圖書静不譁。裹湖深處隱人家。」問舍求田，謂專營家産而無遠大志向。《三國志・魏書・陳登傳》：「備曰：『君（許汜）有國士之名，今天下大亂，帝主失所，望君憂國忘家，有救世之意；而君求田問舍，言無可采，是元龍（陳登）所諱也。』」

④「吾衰」三句：謂自身已入老境，只願周旋於醇酒美人之間。吾衰，《論語・述而》：「甚矣吾衰矣！」芳樽，此謂美酒。翠袖，指女子。宋辛棄疾《水龍吟・登建康賞心亭》：「倩何人唤取，紅巾翠袖，揾英雄淚？」牽率，牽拉。

⑤「讓汝」三句：謂自身志與年衰，振興家聲的青雲事業就讓與季弟完成。青雲事業，喻高官顯

爵。宋强至《侍次陛對已再見春感懷成篇》：「青雲事業應全誤，緑髮光陰已半銷。始愛古人輕禄仕，擬將生理付漁樵。」烏衣巷，在今南京秦淮河南，東晉時王、謝等望族居此，後借指世家望族。簪笏，冠簪和手版。古代仕宦所用。比喻官員或官職。南朝梁簡文帝《馬寶頌》序：「簪笏成行，貂纓在席。」

⑥「還相約」三句：詞人表達自己希望攜妻帶子歸隱的心願。五湖，原指太湖及附近湖泊，春秋末范蠡功臣身退後隱遁之所。鹿門，鹿門山之省稱。在湖北省襄陽縣。後漢龐德公攜妻子登鹿門山，采藥不返。後因用指隱士所居之地。唐杜甫《冬日有懷李白》：「未因乘興去，空有鹿門期。」明吴國倫《謁棘陽三園居留贈四首有引》其二：「自謝人間事，巖栖二十年。誰知龍準裔，更似鹿門仙。」

【輯評】

紀映鍾：昔東坡《水調歌頭》一闋蓋爲懷子由作也。讀此詞金樽翠袖，因絶勝彭城風雨時。

（《香嚴詞》卷下）

采桑子　贈徐木千①

韋曲城南天尺五②，簾㈠底春星。玉笛微停。唱到銷魂不忍聽。並肩一刻濃香坐，消受亭亭〔二〕③。花霧濛冥〔三〕。莫遣銀燈近畫屏。

【校】

〔一〕「簾」，《香嚴齋詞》《香嚴詞》《今詞初集》均作「花」。

〔二〕「亭亭」，《香嚴齋詞》作「娉婷」，《今詞初集》作「傾城」。

〔三〕花霧濛冥，《今詞初集》作「央及流螢」；《香嚴齋詞》《香嚴詞》《今詞苑》均作「分付流螢」。

【注】

①本詞蓋寫徐木千與某位歌妓相交之情事。徐木千，其人不詳。

②「韋曲」句：謂徐氏與歌妓相遇於某名勝之地。韋曲，地名。唐代位於長安城南郊，因韋氏世居於此得名。在今陝西西安，其地北有鳳栖原，南有潏水、神禾原，依山傍水，風景秀麗，爲唐時游覽勝地。唐杜甫《奉陪鄭駙馬韋曲》之一：「韋曲花無賴，家家惱殺人。」借指風景秀麗的游覽勝地。尺五，一尺五寸。唐杜甫《贈韋七贊善》詩「時論同歸尺五天」自注：「俚諺曰：『城南韋杜，去天尺五。』」

③亭亭：原謂明亮美好貌，此處借指歌妓。

【輯評】

王士禄：玩此詞，益嘆「無端銀燭殞西風」七字爲古人語言之妙。（《香嚴詞》卷上）

白夢鼐：如此方見周、秦真面目。（《香嚴詞》卷上）

前調　贈謝樸先①

與樸先别於真源②坐上，五年所矣，尚能誦酒中贈欽郎千子「病後人憐」之句〔一〕③，感其情至，爲賦此詞。吾黨既星散，而千〔二〕子亦面上草青④矣，言之三嘆。

繡裙團扇當歡場，誰記多情句，四海知音。紅淚⑤難禁。病後人憐風露深。當年事，的的酸心⑥。别恨侵尋⑦。耐得雕欄玉漏⑧沉。

【校】

〔一〕「尚能」句，《香嚴詞》作「尚能誦酒中詩句」。

〔二〕「千」，《香嚴詞》作「欽」。

【注】

①謝樸先：清阮元《兩浙輶軒録》卷三：「謝淳，字樸先，杭州諸生。」《（民國）杭州府志》卷九十二載其著有《東來草》。《定山堂詩集》卷四十一有《謝樸先歸武林和檗子送别韻》四首，《龔端毅

公文集》卷十三有《謝樸先像贊》。

②真源：即姜圖南。清譚吉璁《（康熙）延綏鎮志》卷六《藝文志》：「姜圖南，字匯思，號真源。順天籍餘姚人。順治十年進士，庶吉士，改授御史、河南雁陵道參議。有詩文集。」清阮元《兩浙輶軒録》卷二一：「姜圖南，字滙思，山陰人。順治己丑進士，官至御史。」

③「病後人憐」之句：《定山堂詩集》卷二十七《偶憩長椿蘭若聖秋在真源齋中約過小飲聽吴客歌時千子病後强起》其二：「戍柝銅街漏欲沉，繁絲疊鼓幾年心。樽前興對藤蘿發，病後人憐風露深。燕地艱難惟藥裹，江鄉早晚到秋砧。浮雲紫陌紛經眼，不醉其如華髮侵。」即其所本。欽郎千子，其人不詳。

④面上草青：死的婉辭。明曾異《清明》其二：「王侯面上草青青，對此如何忍獨醒。」

⑤紅淚：原指美人之淚，此處泛指眼淚。

⑥「繡裙」二句：謂昔年的兒女情事，讓人傷懷。的的，深切貌，濃郁貌。唐蘇頲《陳倉別隴州司户李維深》：「情言正的的，春物宛遲遲。」

⑦侵尋：漸進，漸次發展。

⑧玉漏：計時刻漏的美稱。

【輯評】

陳維岳：一首山陽聞笛賦。（《香嚴詞》卷上）

點絳唇 壽傅太宰八十①

節慶生

山阜岡陵②，巍然恒岳③稱天柱。去天尺五④。傅説⑤爲霖雨。

中⑥，太史占星聚。笙歌度。錦堂香霧。新月銀鈎⑦吐。

【注】

①本詞或爲傅永淳賀壽作。傅永淳（一五八六—一六六七），曾於明朝任吏部尚書。若此推斷成立，則此詞作於康熙四年（一六六五）左右。《（康熙）靈壽縣志》卷七：「傅永淳，字惺涇，又字熙宇。其先上元人。……天啓壬戌舉進士，知湖廣房縣。……己卯入補京畿道，擢太僕寺少卿，拜左通政。尋遷太常寺卿，晉兵部左侍郎……庚辰拜吏部尚書。……冬十月，引疾乞歸，疏數上，乃允。甲申，李自成陷京師，淳痛哭携家浮海島。大清定天下，自海上歸。陛見，辭歸山中。康熙丁未卒於家，年八十二。」

②山阜岡陵：祈福壽詞。《詩·小雅·天保》乃爲君王祈福的詩，中有「如山如阜，如岡如陵」之句。

③恒岳：即恒山。五岳中的北岳。主峰在今河北曲陽西北。《書·禹貢》：「太行恒山，至於碣石，入於海。」以恒岳比傅太宰，稱譽其爲擎天一柱。

④去天尺五：唐杜甫《贈韋七贊善》「時論同歸尺五天」自注：「俚諺云：『城南韋杜，去天尺五。』」

⑤傅說：殷相。傅説曾築於傅巖之野，武丁訪得，舉以爲相，出現殷中興的局面。因得説於傅巖，故命爲傅姓，號傅説。此處以傅説擬傅太宰。

⑥生申：申伯誕生之日。後爲生日之祝辭。語本《詩·大雅·崧高》：「崧高維嶽，駿極於天。維崧降神，生甫及申。」

⑦銀鈎：比喻彎月。宋李彌遜《游梅坡席上雜酬》之二：「竹籬茅屋傾樽酒，坐看銀鈎上晚川。」

西江月　爲〔一〕陳郎新婚①

十里春風人面，二分明月揚州②。玉簫吹徹小紅樓③。拭汗粉巾香透。　錦瑟華年相倚④，青驄油壁同游⑤。芙蓉初日〔二〕照樓頭。蓮子從今得藕⑥。

【校】

〔一〕「爲」，《香嚴齋詞》作「賀」。

〔二〕「日」，《香嚴齋詞》作「月」。

【注】

① 本詞賀陳郎新婚作。陳郎，其人不詳。

② 「十里春風」二句：或謂新娘是來自揚州的歌妓之流。十里春風人面，化用唐杜牧《贈別二首》其一：「娉娉裊裊十三餘，豆蔻梢頭二月初。春風十里揚州路，卷上珠簾總不如。」二分明月揚州，化用唐徐凝《憶揚州》：「天下三分明月夜，二分無賴是揚州。」

③ 「玉簫」句：化用唐黃銖《梅花》詩：「玉簫吹徹北樓寒，野月峥嶸動萬山。」元馬玉麟《揚州》詩：「家住洞庭湖水頭，幾迴夢裏在揚州。玉簫吹徹瓊花月，十二珠簾總下鈎。」

④ 錦瑟華年相倚：化用唐李商隱《錦瑟》：「錦瑟無端五十弦，一弦一柱思華年。」宋賀鑄《青玉案》：「錦瑟華年誰與度？月橋花榭，瑣窗朱户。只有春知處。」錦瑟，漆有織錦紋的瑟。

⑤ 青驄油壁同游《玉臺新咏》卷十：《錢塘蘇小歌》：「妾乘油壁車，郎騎青驄馬。何處結同心，西陵松柏下。」

⑥ 「芙蓉」二句：化用樂府詩《子夜四時歌·夏歌》：「乘月采芙蓉，夜夜得蓮子」。「蓮」諧音「憐」，「藕」諧音「偶」，實乃「憐子從今得偶」，祝賀陳郎得成佳配。元毛直方《雜怨》：「種蓮恨不早，得藕常苦遲。誰知心中事，久已落懷思。」

【輯評】

鄧漢儀：雅艷絶倫。（《香嚴詞》卷上）

念奴嬌　中秋和其年韻①

霜新葉老，乍天街②、涌出嬋娟③孤月。烏鵲繞枝栖不定④，萬里關山一髮。蕩婦羅幃，征人鐵騎，搗練聲偏切⑤。瑶階⑥露冷，流螢紈扇飛歇。　恰遇揮麈雄才，吹笙小史⑦，暫遣煩憂豁。城角射雕沙陣陣，催到臨渝⑧早雪。金粟⑨含香，銀蟾⑩愛影，玉斧⑪休輕折。百年此夜，相逢不醉癡絶。

【注】

①本詞作於康熙七年（一六六八）中秋。其年，陳維崧（一六二五—一六八二），字其年，號迦陵，以清臞多鬚，海内稱「陳髯」。江蘇宜興人。陳貞慧子。明諸生。清康熙十八年（一六七九）應博學宏詞試，授翰林院檢討。與修《明史》，越四年卒於官。早年屢試不售，乃束裝出游，所至自王公卿相而下，争相逢迎，聲名大著。其年詩詞文都可稱絶一代，尤以詞名爲著。他的詞與朱彝尊齊名，世稱「朱陳」，并開創陽羨詞派，名揚天下。著有《湖海樓詩集》《迦陵文集》《湖海樓詞》，與潘眉同輯有《今詞選》，又與曹亮武等編《荆溪詞初集》。龔鼎孳與陳維崧的交接可追溯至順治七年（一六五〇）。據周絢隆《陳維崧年譜》，是年三月，陳維崧與龔鼎孳、張恂、祁豸佳、王猷定、許承宣、許承家在揚州同看玉蘭。龔鼎孳《定山堂詩集》卷二十有《同祁止祥張穉

恭王于一許力臣師六陳其年看玉蘭》。二人締結心交在順治十四年(丁酉，一六五七)中秋。冒襄《同人集》卷九《哭陳其年太史詩》之八原注曰：「丁酉，余應泖水先生約，始到秦淮。……一日，泖水過訪，云『床頭有真英雄，忍不令余見？』大索出之(其年)。次日中秋廣宴，酒半停劇，限青溪中秋四韻七言律，泖水即席賭詩，八叉立就。此夕其年四律先泖水成，先生嘆賞擲筆，遂締心交。」龔陳二人常以詩詞互訴情衷。康熙七年(一六六八)，其年結束「如皋八載」之寄居生涯入京。龔鼎孳與之酬唱往還，二人皆作詞多首。陳維崧調寄《念奴嬌》的觀月之作從八月初七至八月十六日共得十首疊韻之作(舉其首句，分別爲：帝城今夜；揮杯一笑；中宵狂叫；虎丘石上；董公健者；今宵閒想；先生語我；三更以後；吾生萬事；浩歌被酒)，龔詞即和此韻。

②天街：星名。《史記·天官書》：「昴畢間爲天街。」

③嬋娟：形容月色明媚。劉長卿《琴曲歌辭·湘妃》：「嬋娟湘江月，千載空蛾眉。」

④「烏鵲」句：三國魏曹操《短歌行》：「月明星稀，烏鵲南飛。繞樹三匝，何枝可依？」

⑤「蕩婦」三句：寫思婦游子之情，以渲染秋之氛圍。蕩婦，古指游子之婦。征人，遠行的人。晋陶潛《答龐參軍》：「勖哉征人，在始思終。」搗練，搗洗煮過的熟絹，使之方便縫製使用。唐張繼《九日巴丘楊公臺上宴集》詩：「誰家搗練孤城暮，何處題衣遠信回。」秋凉時節，婦女爲親人趕製冬衣，爲此需要搗練。

⑥瑶階：玉砌的臺階。亦用爲石階的美稱。晋王嘉《拾遺記・炎帝神農》：「築圓丘以祀朝日，飾瑶階以揖夜光。」

⑦「恰遇」二句：喻陳維崧言論高妙，多才多藝。揮麈，晋人清談時，常揮動麈尾以爲談助。後因稱談論爲揮麈。宋秦觀《滿庭芳・茶詞》：「雅燕飛觴，清談揮麈，使君高會群賢。」吹笙小史，用弄玉、蕭史之典故，喻陳維崧善歌樂，多才藝。元趙道一《歷世真仙體道通鑑》卷三：「侯有女名弄玉，善吹笙，無和者。求得吹笙者以配。孟明以代對故蔫（蕭）史，因召見。秦侯問，史云：『善簫。』侯曰：『吾女好笙，子簫也，奈何？』史以不稱旨退。女在屏間呼曰：『試使吹之。』一聲而清風生，再吹而彩雲起，三吹而鳳凰來。女曰：『是吾夫也，願嫁之。』史曰：『女亦且吹笙。』且三吹之，如史所感。於是孟明爲媒，蹇叔爲賓，合宴於西殿座中，不奏他樂，惟二人自以簫笙間。奏曲未終，鳳凰來下，二仙乘之而去。」

⑧臨渝：又稱渝關，即山海關。

⑨金粟：桂花的别名。因其色黄如金，花小如粟，故稱。宋范成大《中秋後兩日自上沙回聞千巖觀下巖桂盛開復檥石湖留賞一日賦兩絶》之一：「金粟枝頭一夜開，故應全得小詩催。」

⑩銀蟾：月亮的别稱，見卷一《薄倖・春明寄憶》注⑤

⑪玉斧：用「玉斧修月」典。傳説唐太和中鄭仁本表弟游嵩山，見一人枕襆而眠，問其所自。其人笑曰：「君知月乃七寶合成乎？月勢如丸，其影，日爍其凸處也。常有八萬二千户修之，予

即一數。」因開襆，有斤鑿數件。見唐段成式《酉陽雜俎·天咫》。後因以「玉斧修月」爲典，吟咏圓月。宋王安石《題扇》：「玉斧修成寶月團，月邊仍有女乘鸞。」

【輯評】

馬駿：鐵撥輥弦，玉簫入破，臨風一奏，直使關河劈裂，萬態無聲。（《香嚴詞》卷下）

孫默：意外有詞，詞外有意，豈獨情致纏綿。（《香嚴詞》卷下）

沁園春　讀烏絲集，次曹顧庵、王西樵、阮亭韻〔一〕①

烟月江東，文采風流，曠代遇之。恰臨春瓊樹，家稱叔寶，黄初金枕，人是陳思②。如此才名，坐君床上，我拜低頭竟不辭③。多情甚，倩花間錦筆，描畫崔徽④。餐霞吐玉霏霏。任拍遍、闌干絶調⑤稀。更雨鈴風笛，傷心綺麗⑥，雲鬟霧鬣，過眼權奇⑦。簾閣香濃，市樓酒罷，錯落明珠萬斛飛。須記取，有曲江紅袖，圍繞留題⑧。

【校】

〔一〕《香嚴詞》題作「讀其年烏絲集次宋荔裳王西樵曹顧庵韻」；《今詞苑》題作「題陳其年烏絲詞和韻」。

【注】

① 本詞與後兩闋詞作於康熙七年（一六六八）。是年，陳維崧携詞集《烏絲詞》入京，獲得詞壇名宿之交口稱譽，題辭數以百計。龔氏三詞爲次韻曹顧庵、王西樵、王阮亭詞而作。曹顧庵，曹爾堪（一六一七—一六七九），字子顧，號顧庵，浙江嘉善人。爲清初「柳州詞派」主幹，清初詞壇重要詞人。詞集有《南溪詞》。王西樵，王士禄（一六二六—一六七三），字子底，號西樵山人，山東新城（今桓臺）人。爲王士禛長兄。有《炊聞詞》。王阮亭，王士禛（一六三四—一七一一），字子真，一字貽上，號阮亭，別號漁洋山人，山東新城人。清順治十五年（一六五八）進士。卒謚文簡。與鄒祗謨合輯《倚聲初集》，別刻流傳者名《衍波詞》。龔鼎孳三首《沁園春》，其中「鬌且無歸」次韻曹爾堪《沁園春·題烏絲詞》（畏友潁川）；「彼美何其」次韻王士禄《沁園春·讀陳其年烏絲詞賦記》（屈指詞人）；「烟月江東」次韻王士禛詞，然士禛詞不詳。

② 「恰臨春」四句：將陳維崧之文采風流擬之於陳後主與曹植。叔寶，陳後主（五五三—六〇四），名叔寶，字元秀，小字黄奴，宣帝子。即位後，不理政事，起臨春、結綺、望仙三閣，日與妃嬪佞臣宴飲賦詩行樂。臨春，詳見卷二《南鄉子·和雪堂先生韻感懷其二》注③。瓊樹，見卷二《百字令·和雪堂先生感春其二》注⑧。黄初金枕，《文選·洛神賦》注：「《記》曰：魏東阿王漢末求甄逸女，既不遂。太祖回與五官中郎將，植殊不平，晝思夜想，廢寢與食。黄初中入朝，帝（曹丕）示植甄后玉鏤金帶枕，植見之，不覺泣。時已爲郭后讒死。帝意亦尋悟，因令太

子留宴飲，仍以枕賚植。」黄初是魏文帝曹丕的年號，也是魏朝的第一箇年號。陳思，曹植封陳王，謚思，故稱。

③「如此」三句：據吴衡照《蓮子居詞話》卷二：「迦陵先生……初受知於龔定山宗伯，時方爲諸生，譽未盛也。宗伯遇之厚。一日讌會，諸達官畢集，宗伯揖先生上座，先生不獲辭，乃就坐。」

④「倩花間」三句：意謂陳維崧筆下有花間詞人的麗藻華文與旖旎情思。花間，指《花間集》。五代後蜀趙崇祚編。收録晚唐五代十八家詞共五百首，十卷，爲現存最早的詞總集。集中大多冶游享樂之作，語多濃艷。崔徽，唐元稹《崔徽歌序》：「崔徽，河中府娼也。裴敬中以興元幕使蒲州，與徽相從，纍月敬中便遣，崔以不得從爲恨，因而成疾。有丘夏善寫人形，徽托寫真寄敬中曰：『崔徽一旦不及畫中人，且爲郎死。』發狂卒。」此處以「描畫崔徽」喻指陳維崧妙筆生花。

⑤絶調：絶妙的曲調。借指絶妙的詩文。南朝梁何遜《七召》之四：「至乃鄭衛繁聲，抑揚絶調，足使風雲變動，性靈感召。」此處指《烏絲詞》。

⑥「更雨鈴」二句：謂《烏絲集》中有類于雨中聞鈴、風中吹笛般的幽怨綺麗之作。雨鈴，用《雨霖鈴》典故。唐教坊曲名。唐鄭處誨《明皇雜録補遺》：「明皇既幸蜀，西南行初入斜谷，屬霖雨涉旬，于棧道雨中聞鈴，音與山相應。上既悼念貴妃，采其聲爲《雨霖鈴》曲，以寄恨焉。」唐黄滔《明皇回駕經馬嵬賦》：「雨鈴製曲，空有感于宫商；龍腦呈香，不可返其魂魄。」風笛，風中的笛聲。唐鄭谷《淮上與友人别》：「數聲風笛離亭晚，君向瀟湘我向秦。」

⑦「雲鬃霧鬣」二句：以良馬擬陳維崧，狀其穎異不凡。權奇，奇譎非凡。多形容良馬善行。《漢書·禮樂志》：「太一況，天馬下，沾赤汗，沫流赭。志俶儻，精權奇。」

⑧「須記取」三句：詞人以科考及第寄望於陳維崧。曲江，即曲江宴。唐時考中的進士，放榜後大宴於曲江亭，謂之曲江會。宋人稱爲聞喜宴。參閱唐李肇《唐國史補》卷下。留題，即雁塔題名，指進士及第。唐李肇《唐國史補》卷下：「（進士）既捷，列書其姓名於慈恩寺塔（即大雁塔），謂之題名會。」五代王定保《唐摭言·慈恩寺題名游賞賦咏雜記》：「神龍（唐中宗年號）以來新科進士杏園宴後，皆於慈恩寺塔下題名。同年中推一善書者紀之。」

【輯評】

宋實穎：憐才愛士之言淋漓往復，刺刺不休，我不能不爲我友助買絲之繡也。（《香嚴詞》卷下）

前調　其二〔一〕

彼美何其，繡口檀心，婉孌清揚。怪鬚髯如戟①，偏成娬媚，文章似海，轉益蒼茫。玳瑁爲簪②〔二〕，珊瑚作架③，十五城償價未昂④。朱弦⑤發，聽短歌日短，長恨情長。

無端雪涕歡場。儘潦倒荒迷事不妨。勝流黄思婦，鴛機組織⑥，從軍蕩子，馬稍騰翔⑦。有托而逃，是鄉可老，粉黛英雄總〔三〕斷腸。君試問，任〔四〕癡人濟濟〔五〕，誰似〔六〕羚羊⑧。

【校】

〔一〕《瑶華集》題作「題其年烏絲詞」。

〔二〕「簪」，《瑶華集》作「梁」。

〔三〕「總」，《今詞苑》作「彼」。

〔四〕「任」，《香嚴齋詞》作「問」；《瑶華集》作「有」；《今詞苑》作「總」；《香嚴詞》作「彼」。

〔五〕「濟濟」，《瑶華集》作「袞袞」。

〔六〕「似」，《瑶華集》作「是」。

【注】

① 鬚髯如戟：《清史稿》列傳二百七十一：「維崧清臞多鬚，海内稱陳髯。」

② 玳瑁爲簪：即玳瑁簪。亦作「瑇瑁簪」。以玳瑁作爲髮簪。《史記·春申君列傳》：「趙使欲誇楚，爲瑇瑁簪，刀劍室以珠玉飾之，請命春申君客。春申君客三千餘人，其上客皆躡珠履以見趙使，趙使大慚。」

③ 珊瑚作架：珊瑚製成的筆架。唐羅隱《咏史》：「徐陵筆硯珊瑚架，趙勝賓朋玳瑁簪。」

④十五城償價未昂：用完璧歸趙之典。戰國時，趙惠文王得楚和氏璧。秦昭王遺趙王書，願以十五城換璧。藺相如自願奉璧出使秦國，并表示：「城入趙而璧留秦；城不入，臣請完璧歸趙。」相如入秦獻璧後，見秦王無意償趙城，乃設法復取璧，派從者送回趙國。見《史記·廉頗藺相如列傳》。此處實擬陳維崧爲和氏璧，認爲以十五城酬其文采風流亦不爲過。

⑤朱弦：泛指琴瑟類弦樂器。唐太宗《春日玄武門宴群臣》：「清尊浮綠醑，雅曲韵朱弦。」

⑥「勝流黄」二句：喻風格綺麗、情思婉轉的詞作。流黄，褐黄色的物品。特指絹。《樂府詩集·相和歌辭九·相逢行》：「大婦織綺羅，中婦織流黄。」鴛機，即鴛鴦機。織机的美稱。宋蘇軾《鵲橋仙·七夕和蘇堅》：「與君各賦一篇詩，留織女鴛鴦機上。」組織，經緯相交，織作布帛。宋歐陽修《酬學詩僧惟晤》：「又如古衣裳，組織爛成文。」

⑦「從軍」二句：喻風格雄奇、氣勢豪邁的詞作。從軍蕩子，指從軍不返之男子。馬矟騰翔，在馬上手持長矛，馳騁縱横。馬矟，馬上所持的長矛。南朝梁簡文帝《馬矟譜序》：「馬矟爲用，雖非遠法，近代相傳，稍已成藝。」騰翔，騰空飛翔。

⑧羚羊：用「羚羊挂角」典故。傳説羚羊夜眠防患，以角懸樹，足不着地，無迹可尋。見《埤雅·釋獸》。因以「羚羊挂角」喻意境超脱，不着形迹。宋嚴羽《滄浪詩話·詩辨》：「詩者，吟咏情性也。盛唐諸人，唯在興趣，羚羊挂角，無迹可求。故其妙處，透澈玲瓏，不可凑泊。」此處謂陳維崧詞作意境超脱，不露斧鑿痕迹。

【輯評】

杜濬：豁達長推海内賢。（《香嚴詞》卷下）

孫枝蔚：拔劍砍地，似辛稼軒與陳同父贈答諸詞。（《香嚴詞》卷下）

前調　其三〔一〕

髯①且無歸，縱飲新豐②，歌呼拍張③。記東都門第，賜書仍〔二〕在，西州姓字〔三〕，複壁同〔四〕藏④。萬事滄桑，五陵⑤花月，闌入⑥誰家俠少⑦場。相憐處，是君袍未錦，我鬢先霜⑧。

秋城鼓角悲涼⑨。暫握手他鄉似〔五〕故鄉。況竹林賓從〔六〕⑩，烟〔七〕霞接軫⑪，雲間〔八〕伯仲，宛雒褰裳⑫。暖玉燕姬⑬，酒錢夜數，綰髻〔九〕風能障綠楊。才人福〔一〇〕，定〔一一〕清平絲管⑭，爛醉沉香⑮。

【校】

〔一〕《今詞初集》題作「題陳其年烏絲集」。

〔二〕「仍」，《瑶華集》作「猶」。

〔三〕「字」，《瑶華集》作「氏」。

〔四〕「同」，《瑤華集》作「仍」。

〔五〕「似」，《今詞苑》作「是」。

〔六〕「從」，《今詞苑》《瑤華集》均作「客」。

〔七〕「烟」，《今詞苑》《瑤華集》均作「雲」。

〔八〕「雲間」，《今詞苑》《瑤華集》均作「平原」。

〔九〕「髻」，《今詞初集》作「鬟」。

〔一〇〕「才人福」，《香嚴齋詞》作「聞此闋」；《今詞苑》《今詞初集》《瑤華集》均作「持此闋」。

〔一一〕「定」，《香嚴齋詞》作「恐」；《今詞苑》《今詞初集》《瑤華集》均作「當」。

【注】

① 髯：指陳維崧。見前首注①。

② 新豐：鎮名。在今江蘇丹徒，産名酒。詩文中用以泛指美酒産地。南朝梁武帝《登江州百花亭懷荆楚》：「試酌新豐酒，遥勸陽臺人。」

③ 拍張：伸展肢體拍打。

④ 「記東都」四句：追述陳維崧家族之往事。譽其門第家風，嘆禍福難憑。東都門第，既譽陳氏門第清華，亦以東漢末年之清議擬明末黨争。陳維崧之祖陳于廷乃東林黨魁，而陳維崧之父陳貞慧於閹黨柄政之日仿效東漢清議，激濁揚清，可謂一門忠貞。陳貞慧（公元一六〇四—一

六五六年），字定生，明末宜興人。與如皋冒襄、商丘侯方域、桐城方以智并以名卿子能文章稱「四公子」。崇禎末，阮大鋮作《蝗蝻録》，以復社名士填之，稱爲東林後勁，而以貞慧爲首。在南都日，與吴應箕等作《留都防亂檄》斥大鋮，曾被捕下獄，旋得釋。明亡後十餘年，居鄉不入城市。清李元度《國朝先正事略》卷三十七《侯朝宗先生事略》：「明啓禎間，逆閹擅枋，日戕賊善類。一時才畯雄傑之士，身不在位，奮然以東都清議自持者曰『四公子』。四公子者，桐城方以智密之、如皋冒襄辟疆、宜興陳貞慧定生及商丘侯方域朝宗也。」賜書仍在，謂陳家昔日之榮寵恩賜猶在。賜書，皇帝賜予的書籍。《漢書・敘傳上》：「彪字叔皮，幼與從兄嗣共游學。家有賜書，內足於財。」西州，晉宋間揚州刺史治所，以治事在臺城（故址在南京市玄武湖側）西，故曰西州。西州姓字指陳貞慧一干人等在南京作《留都防亂檄》事。複壁同藏，用「複壁埋名」典指陳貞慧於黨禍中繫獄遭難及明亡後隱匿不出事。《後漢書・趙岐傳》：「先是中常侍唐衡兄玹爲京兆虎牙都尉，郡人以玹進不由德，皆輕侮之。岐及從兄襲又數爲貶議，玹深毒恨。延熹元年，玹爲京兆尹，岐懼禍及，乃與從子戩逃避之。玹果收岐家屬宗親，陷以重法盡殺之……自匿姓名，賣餅北海市中。時安丘孫嵩年二十餘，游市見岐……藏岐複壁中數年。」

⑤五陵：漢朝皇帝每立陵墓，都把四方富家豪族和外戚遷至陵墓附近居住。《文選・班固〈西都賦〉》：「南望杜霸，北眺五陵。」注：「高祖葬長陵，惠帝葬安陵，景帝葬陽陵，武帝葬茂陵，昭帝葬平陵。」後來詩文中常以五陵指豪門貴族聚居地。唐李白《少年行》之二：「五陵年少金市

東，銀鞍白馬度春風。」

⑥闌入：擅入。

⑦俠少：任俠的少年。南朝陳後主《洛陽道》之五：「黄金彈俠少，朱輪盛徹侯。」

⑧「相憐」三句：感歎陳維崧尚未功成名就，而自身已入老境，飽含愛莫能助之慨。錦袍，即錦衣，舊指顯貴者的服裝。《詩・秦風・終南》：「君子至止，錦衣狐裘。」

⑨「秋城」句：化用姜夔《揚州慢》：「自胡馬窺江去後，廢池喬木，猶厭言兵。漸黄昏，清角吹寒，都在空城。」姜夔感嘆繁華揚州經金兵南侵後的蕭條景象，龔鼎孳寄寓了異族入侵導致明亡的河山之悲。

⑩竹林賓從：指與陳維崧相從交好的都是類于竹林七賢的名流。竹林，「竹林七賢」的省稱。魏晋之間陳留阮籍、譙郡嵇康、河内山濤、河南向秀、籍兄子咸、琅邪王戎、沛人劉伶相與友善，常宴集於竹林之下，時人號爲「竹林七賢」。《世説新語・傷逝》：「王濬冲……顧謂後車客：『昔與嵇叔夜、阮嗣宗共酣飲於此壚。竹林之游，亦預其末。』」賓從，相從，隨行。三國魏曹植《離思賦》：「在肇秋之嘉月，將曜師而西旗。余抱疾以賓從，扶衡軫而不怡。」

⑪烟霞接軫：指超凡脱俗。烟霞，喻指遠離塵世之地。接軫，喻接近，靠近。《史記・司馬相如列傳》：「是胡越起於轂下，而羌夷接軫也。」

⑫「雲間」三句：謂與陳維崧、陳維岳兄弟聚首京師。「雲間伯仲」原指「雲間二陸」。雲間，松江

縣（今屬上海市）的古稱。西晉陸機、陸雲兄弟乃吴郡吴縣華亭（今上海市松江）人，二人并有文才，世稱「雲間二陸」。此處乃將陳維崧、陳維岳昆仲擬之於二陸。見卷三《滿江紅・和緯雲見贈韻》中有「伯仲齊名」云云。宛雒，二古邑的並稱，即今之南陽和洛陽。常借指名都。此處指清朝京師北京。漢王逸《荔支賦》：「宛洛少年，邯鄲游士。」褰裳，撩起下裳。《詩・鄭風・褰裳》：「子惠思我，褰裳涉溱。」此處指二陳不辭勞苦，跋涉至京。陳維岳於康熙六年（一六六七）至十四年（一六七五）留滯京華八載，龔鼎孳作此詞時，維岳與其兄同在京師。

⑬燕姬：《文選・鮑照〈舞鶴賦〉》：「當是時也，燕姬色沮，巴童心耻。」劉良注：「巴童、燕姬，并善歌舞者。」

⑭絲管：絲，絃樂器；竹，管樂器。泛指音樂。

⑮爛醉沉香：以李白得唐明皇之寵遇喻陳維崧日後之飛黃騰達。沉香，《清平樂》有「沉香亭北倚闌干」句，詳見卷二《杏花天・題錢舜舉畫華清上馬圖》注②

【輯評】

吴兆寬：「君袍未錦，我鬢先霜」等句令人感涕。（《香嚴詞》卷下）

前調　再和其年韻〔一〕①

若爲吾歌，吾復爲君，軒乎舞之②。悵天涯香草，魂銷欲別③，江南紅豆，淚裹相思④。殘葉西風，征鴻故國⑤，神武之冠我亦辭⑥。偕往耳，肯佳人遠道，夢想禕徽⑦。
才華雪艷烟霏。算世上無多天上稀。總狂餘故態，嶔崎〔二〕歷落⑧，情鍾我輩⑨，輪囷離奇⑩。入手扁舟，稱心鰕菜，但説招攜色已飛⑪。游倦矣，却銅籤夜漏，響徹璇題⑫。〔三〕

【校】

〔一〕《香嚴齋詞》《香嚴詞》均無「韻」字。

〔二〕「崎」，《香嚴齋詞》作「寄」。

〔三〕《香嚴詞》篇後附注：「是夜輪入奏事。」《今詞苑》篇後附注：「是夕恰當啓奏。」

【注】

①本詞與後兩闋詞作於康熙七年（一六六八）陳維崧將離京師之際，且本詞作於啓奏之夕。其年，即陳維崧，詳見卷三《念奴嬌・中秋和其年韻》注①。本詞和陳維崧《沁園春・贈別芝麓先生即用其題烏絲詞韻三首》（四十諸生）韻。

②「若爲吾歌」三句：《史記・留侯世家》：「戚夫人泣，上曰：『爲我楚舞，我爲若楚歌。』」若，你。軒乎舞之，翩然起舞。漢伏勝《尚書大傳》卷一下《卿雲歌》：「鼚乎鼓之。軒乎舞之。」

③「悵天涯」二句：點明離別背景。天涯香草，詩詞中「草」之意象有送別、懷人之意，貼合龔、陳

二人即將分别之情境。《楚辭·招隱士》：「王孫游兮不歸，春草生兮萋萋。」南朝江淹《别賦》：「春草碧色，春水渌波，送君南浦，傷如之何！」魂銷，《别賦》：「黯然銷魂者，惟别而已矣。」

④「江南」二句：唐范攄《雲溪友議》卷中：「惟李龜年奔迫江潭，杜甫以詩贈之曰：『岐王宅裏尋常見，崔九堂前幾度聞。正值江南好風景，落花時節又逢君。』龜年曾於湘中采訪使筵上唱：『紅豆生南國，秋來發幾枝。贈君多綵擷，此物最相思。』又曰：『清風朗月苦相思，蕩子從戎十載餘。征人去日殷勤囑，歸鴈來時數附書。』此詞皆王右丞所製，至今梨園唱焉。歌闋，合座莫不望行幸而慘然。」

⑤「殘葉」二句：點明時令爲秋。西風，指秋風。元吴師道《和逯彦常留别》：「落日平蕪轉晚暉，西風殘葉攪秋飛。江南烟水孤鴻冷，冀北弓刀萬馬肥。」征鴻，亦作「征雁」，遷徙的雁，多指秋天南飛的雁。南朝江淹《赤亭渚》：「遠心何所類，雲邊有征鴻。」

⑥「神武」句：詞人表達了歸隱的心願。神武，即神武門。南朝時建康皇宫西首之神虎門。唐初因避太祖李虎諱而改「虎」爲「武」或「獸」。相傳南朝梁陶弘景曾在此門挂衣冠而上書辭禄。見《南史·陶弘景傳》。

⑦袿徽：古代婦女袿衣上所佩的香纓。袿衣乃古代婦女的上等長袍。

⑧嵚崎歷落：比喻品格卓異出群。南朝宋劉義慶《世説新語·容止》：「周伯仁道桓茂倫，嵚崎

歷落，可笑人。」

⑨情鍾我輩：南朝宋劉義慶《世説新語·傷逝》：「王（戎）曰：『聖人忘情，最下不及情，情之所鍾，正在我輩。』」

⑩輪囷離奇：盤繞屈曲貌。《漢書·鄒陽傳》：「蟠木根柢，輪囷離奇。」顔師古注引張晏曰：「輪囷離奇，委曲盤戾也。」

⑪「入手」三句：詞人表達了願與陳維崧一同歸隱的心願。扁舟，用范蠡泛舟五湖的典故。見卷一《一落索·失路酒狂悲苦》注③。鰕菜，用魚蝦做成的菜肴。指代隱居生活。唐杜甫《贈韋七贊善》：「洞庭春色悲公子，鰕菜忘歸范蠡船。」招攜，招邀偕行。南朝宋謝惠連《擣衣》：「美人戒裳服，端飾相招攜。」

⑫「游倦矣」三句：詞人謂對宦途已生倦意，而奏事之時響徹宫殿的銅籤夜漏之聲，更加重了倦客心態。銅籤夜漏，古代報時器。銅籤，古代報時示警時用的銅製更籌。明高啓《明皇秉燭夜游圖》：「知更宫女報銅籤，歌舞休催夜方半。」夜漏，夜間的時刻。漏，古代滴水記時的器具。《周禮·春官·雞人》：「大祭祀，夜呼旦以嘂百官」，漢鄭玄注：「夜漏未盡，雞鳴時也，呼旦以警起百官，使夙興。」璇題，亦作「琁題」。玉飾的椽頭。《文選·揚雄〈甘泉賦〉》：「珍臺閒館，琁題玉英。」此處代指宫殿。

【輯評】

尤侗：先生神武挂冠之志略見斯篇，然其如蒼生何？（《香嚴詞》卷下）

前調　其二①

君〔一〕匆過〔二〕河，濁浪滔滔，魚龍奮揚。乍城頭吹角，秋陰蕭瑟，橋邊問渡，烟柳冥茫。珠樹三枝②，銀釭一穗③，醉裏鄉心低復昂。憑夜話，較青山紫閣，何計爲長④。　偶然游戲逢場。有惡客銜泥興也妨⑤。羨人如初日，芙蕖掩映，門開今雨，裙屐⑥迴翔。此客殊佳，吾衰已甚⑦，安用車輪更轉腸⑧。相勸取，且酒寬嵇阮，花駐求羊⑨。

【校】

〔一〕「君」，《今詞苑》《瑶華集》均作「公」。

〔二〕「過」，《瑶華集》作「渡」。

【注】

① 本詞和陳維崧《沁園春·贈别芝麓先生即用其題烏絲詞韻三首》（雖則毋歸）韻。

② 珠樹三枝：《山海經·海外南經》：「三珠樹在厭火北，生赤水上。其爲樹如柏，葉皆爲珠。」三珠樹，本爲古代傳説中的珍木，後常用以喻傑出的三兄弟。《新唐書·王勃傳》：「初，勔、勮、勃皆著才名，故蘇易簡稱三珠樹。」後常用作對人兄弟的贊詞。此處乃誇讚陳維崧兄弟爲俊

才。陳維崧兄弟五人，三弟陳維岳與龔鼎孳頗有過從。

③銀釭一穗：謂蠟燭燃燒。銀釭，銀白色的燭臺。穗，燭花。

④「憑夜話」三句：謂在晚間敘談時好好比較一番隱居與出仕，看何者更爲適宜。青山，此指歸隱。紫閣，唐代曾改中書省爲紫微省，中書令爲紫微令。因稱宰相府第爲紫閣。唐元稹《酬盧秘書》：「夢雲期紫閣，厭雨別黄梅。」此指出仕爲官。

⑤「有惡客」句：有勸飲之意。惡客，指不飲酒的人。元結《將船何處去》：「有時逢惡客，還家亦少酣。」自注：「非酒徒即爲惡客。」衝泥，謂踏泥而行，不避雨雪。唐杜甫《崔評事弟許迎不到走筆戲簡》：「虚疑皓首衝泥怯，實少銀鞍傍險行。」

⑥裙屐：裙，下裳；屐，木底鞋。原指六朝貴游子弟的衣著，後泛指富家子弟的時髦裝束。清唐孫華《送同年范國雯出守延平》詩：「讓齒肩隨賴有君，少俊風流羨裙屐。」此處指陳維崧出身名門望族。

⑦吾衰已甚：詞人嘆老，實則感嘆自己無力助陳維崧在京城謀得一官半職。明嚴怡《望仲子》：「世路難行何浪走，吾衰已甚欲心灰。」

⑧車輪更轉腸：形容極度悲傷或感情激動。宋郭茂倩《樂府詩集》卷六十二《樂府古辭·悲歌》：「心思不能言，腸中車輪轉。」

⑨「相勸取」三句：詞人謂在陳維崧失意之時，勸慰他與自己一道，以酒澆愁，與高人逸士逍遥優

游。嵇阮，三國魏嵇康與阮籍的並稱。兩人詩文齊名，皆以嗜酒、孤高不阿著稱。求羊，漢代隱士求仲與羊仲的並稱。《文選·謝靈運〈田南樹園激流植援〉》：「唯開蔣生徑，永懷求羊蹤。」李善注引《三輔決録》：「蔣詡，字元卿，隱於杜陵。舍中三徑，惟羊仲、求仲從之游。」

【輯評】

蔣平階：如莊生之説劍，如張旭之作書，揮霍低昂，萬怪惶惑，令人不能仰視。（《香嚴詞》卷下）

前調 其三①

文士何如，不數紛紛，材官蹶張②。縱通侯棨戟，烏衣零落③，凌雲詞賦，狗監摧藏④。清吹西園，錦箏北里，驚坐人來一擅場⑤。還抖擻，儘新沙似雪，古月如霜。

哀絲譜出〔一〕伊涼⑥。快挾彈鳴鞭趙李鄉⑦。更雙鬟捧出，春風羌笛⑧，九天吹〔二〕下，霧縠霞〔三〕裳⑨。法護僧彌⑩，紫囊⑪玉麈⑫，大小兒呼孔與楊⑬。高咏罷，似明璣翠羽⑭，掃後猶香。

【校】

〔一〕「出」，《今詞苑》作「動」。

〔二〕「吹」，《今詞苑》作「飛」。
〔三〕「霞」，《今詞苑》作「霓」。

【注】

①本詞和陳維崧《沁園春·贈别芝麓先生即用其題烏絲詞韻三首》(歸去來兮)韻。

②「文士」三句：意謂文士并不亞於孔武有力的武人。不數，不亞于。明汪道昆《高唐夢》：「想這神女果如大夫所言呵，絶代無雙，不數莊生陳説。」材官蹶張，《史記·張丞相列傳》：「申屠丞相嘉者，梁人，以材官蹶張從高帝擊項籍，遷爲隊率。」裴駰集解：「徐廣曰：『勇健有材力開張。』如淳曰：『材官之多力，能脚蹋强弩張之，故曰蹶張。』」材官指武卒或供差遣的低級武職。蹶張謂勇健有力。

③「縱通侯」二句：謂陳維崧雖出身名門，却陷於家道衰落的頽境。通侯，爵位名。《戰國策·楚策一》：「楚嘗與秦構難，戰於漢中。楚人不勝，通侯、執珪死者七十餘人，遂亡漢中。」鮑彪注：「徹侯，漢諱武帝作『通』，此亦劉向所易也。」棨戟，有繒衣或油漆的木戟。古代官吏所用的儀仗，出行時作爲前導，後亦列於門庭。《漢書·韓延壽傳》：「功曹引車，皆駕四馬，載棨戟。」通侯棨戟謂陳維崧家世顯赫。烏衣，烏衣巷爲晉時望族王謝居所。烏衣零落指陳維崧家道敗落。

④「凌雲」二句：以司馬相如擬陳維崧，自擬於狗監，却嘆恨自己有心無力，未能使陳維崧才得其用。《史記·司馬相如列傳》：「蜀人楊得意爲狗監，侍上。上讀《子虚賦》而善之曰：『朕獨不

得與此人同時哉！』得意曰：『臣邑人司馬相如自言爲此賦。』」裴駰集解引郭璞曰：「主獵犬也。」司馬相如因狗監薦引而名顯，故後常用以爲典。摧藏，極度傷心。《樂府詩集·雜曲歌辭十三·焦仲卿妻》：「未至二三里，摧藏馬悲哀。」

⑤「清吹」三句：謂陳維崧不論是在高朋如雲的宴游中，還是在烟花巷陌之地，其聲名與技藝皆能驚動四座。清吹，清越的管樂，如笙笛之類。晉陶潛《述酒》詩：「王子愛清吹，日中翔河汾。」西園，園林名。在河南省臨漳縣鄴縣舊治北，傳爲曹操所建。曹丕、曹植常在此與建安諸友宴游。三國魏曹植《公宴詩》：「清夜游西園，飛蓋相追隨。」北里，唐長安平康里位于城北，亦稱北里。其地爲妓院所在地。後因用以泛稱娼妓聚居之地。驚坐，使在座者震驚。《漢書·游俠傳·陳遵》：「時列侯有與遵同姓字者，每至人門，曰陳孟公，坐中莫不震動，既至而非，因號其人曰陳驚坐云。」此處以陳遵擬陳維崧。清吴偉業《讀陳其年邗江白下新詞四首》詩其四：「長頭大鼻陳驚坐，白袷諸郎總不如。」

⑥「哀絲」句：謂彈奏起《伊州》《凉州》等曲，聽來甚覺哀凉。哀絲，指哀婉的弦樂聲。唐杜甫《同李太守登歷下古城員外新亭》詩：「芳宴此時具，哀絲千古心。」伊凉，詳見卷二《風流子·社集天慶寺送春和舒章韻》注⑬。

⑦趙李鄉：指妓家。趙李爲漢成帝皇后趙飛燕及漢武帝李夫人的並稱，二人皆以能歌善舞受到天子寵愛。此處借指擅歌舞之名妓。萍梗《秦淮感舊集》：「雖美人黃土，名士青山，而桃花門

巷，猶是兒家。訪翠平康者，猶言『經過趙李』焉。」（《虞初廣志》卷十二）

⑧「更雙鬟」二句：用旗亭畫壁典，見卷二《東風第一枝・春夜同秋岳作其二》注⑧。此處實將陳維崧擬之於詩名播於梨園的王之渙。

⑨霧縠霞裳：指如輕紗華裳般的雲霧彩霞。縠，有皺紋的紗。

⑩法護僧彌：以東晉王珣、王珉比陳維崧、陳維岳昆仲，謂二人才華不相伯仲。法護，王珣（三四九—四〇〇），字元琳，小字法護。琅玡臨沂（今山東省臨沂市）人。東晉中後期大臣、書法家。僧彌，王珉（三五一—三八八），字季琰，小字僧彌。珣弟。少有才藝，善行書，名出珣右。時人爲之語曰：「法護非不佳，僧彌難爲兄。」

⑪紫囊：用東晉謝玄典故。《晉書・謝玄傳》：「玄少好佩紫羅香囊，安患之，而不欲傷其意，因戲賭取，即焚之。」謝玄出身謝家豪族，故以此指陳維崧門第高貴、風流文雅。

⑫玉麈：玉柄麈尾。東晉士大夫清談時常執之，以爲談助。唐盧照鄰《行路難》：「金貂有時換美酒，玉麈但摇莫計錢。」此謂陳維崧言論高妙。

⑬「大小兒」句：謂陳維崧、陳維岳兄弟自小穎異出衆。孔指孔融。《世説新語・言語》：「孔文舉融也年十歲，隨父到洛。時李元禮有盛名，爲司隸校尉。詣門者，皆儁才清稱及中表親戚乃通。文舉至門，謂吏曰：『我是李府君親。』既通前坐，元禮問曰：『君與僕有何親？』對曰：『昔先君仲尼與君先人伯陽有師資之尊，是僕與君奕世爲通好也。』元禮及賓客莫不奇之，太中

大夫陳韙後至，人以其語語之。韙曰：『小時了了，大未必佳。』文舉曰：『想君小時，必當了了。』韙大踧踖。」楊指楊氏子。《世説新語·言語》：「梁國楊氏子九歲甚聰惠。孔君平詣其父，父不在，乃呼兒出，爲設果。果有楊梅，孔指以示兒曰：『此是君家果。』兒應聲答曰：『未聞孔雀是夫子家禽。』」

⑭明璣翠羽：將陳維崧之吟咏比作珍寶。《後漢書·賈琮傳》：「舊交阯土多珍産，明璣、翠羽、犀、象、瑇瑁、異香、美木之屬，莫不自出。」明璣，明珠一類的寶物。翠羽，翠鳥的羽毛。古代多用作飾物。亦借指珍寶。

【輯評】

尤侗：數首沉雄哀艷，能以香奩體闌入邊調者，當使紅牙、鐵板相間而歌。（《香嚴詞》卷下）

賀新郎　和其年秋夜旅懷韻〔一〕①

玉笛西風發。送賓鴻②、一城砧杵③，千門宫闕。秋滿桑乾④沙岸曲⑤，曲曲蘆花飛雪。又報到、今番圓月。羈宦薄游俱失意，詫長楸⑥、衣〔二〕馬多如髮⑦。空〔三〕刺促，貝〔四〕刀末⑧。

小山叢桂難攀折⑨。眼中過〔五〕、紛紛項領，汝曹何物⑩。只有〔六〕窮交⑪堪〔七〕對酒，況是江東人傑。任夜夜、蘭釭⑫明滅。作達狂歌吾事足，問人生、幾斗荆高⑬血。行樂耳，苦無益。

【校】

〔一〕《香嚴齋詞》《香嚴詞》均無「韻」字。《瑶華集》題作「和贈其年」；《今詞苑》題作「和韵贈其年」。
〔二〕「衣」，《今詞苑》《香嚴詞》均作「車」。
〔三〕「空」，《今詞苑》《香嚴詞》《瑶華集》均作「徒」。
〔四〕「貝」，《香嚴齋詞》《今詞初集》《瑶華集》均作「錐」。
〔五〕「眼中過」，《今詞苑》《香嚴詞》《瑶華集》均作「轉堪憐」。
〔六〕「有」，《今詞苑》《香嚴詞》《瑶華集》均作「許」。
〔七〕「堪」，《今詞苑》《香嚴詞》《瑶華集》均作「長」。

【注】

① 本詞與後一闋作於康熙七年（一六六八）秋。其年，即陳維崧，見卷三《念奴嬌·中秋和其年韻》注①。本詞和陳維崧《賀新郎·秋夜呈芝麓先生》（擲帽悲歌發）韻。
② 賓鴻：即鴻雁。南朝梁元帝《言志賦》：「聞賓鴻之夜飛，想過沛而霑衣。」
③ 砧杵：搗衣石和棒槌。亦指搗衣。南朝宋鮑令輝《題書後寄行人》：「砧杵夜不發，高門晝常關。」

④桑乾：河名。今永定河之上游。相傳每年桑椹成熟時河水乾涸，故名。唐李白《戰城南》：「去年戰，桑乾源，今年戰，葱河道。」

⑤沙岸曲：堤岸的曲折處。沙岸，用沙石等築成的堤岸。

⑥長楸：高大的楸樹。古代常種於道旁。《離騷·九章·哀郢》：「望長楸而太息兮，涕淫淫其若霰。」後用以借指大路。宋黄庭堅《次韻子瞻和子由觀韓幹馬因論伯時畫天馬》：「長楸落日試天步，知有四極無由馳。」

⑦衣馬：即衣馬輕肥。穿著輕暖的皮袍，坐著由肥馬駕的車。語本《論語·雍也》：「乘肥馬，衣輕裘。」後用以形容生活的豪華。唐杜甫《秋興》之三：「同學少年多不賤，五陵衣馬自輕肥。」此處指富貴之人。

⑧「空刺促」二句：意謂世人常爲金錢財富奔逐勞碌。刺促，忙碌急迫，勞碌不休。《晉書·潘岳傳》：「時尚書僕射山濤、領吏部王濟、裴楷等並爲帝所親遇，岳内非之，乃題閣道爲謡曰：『閣道東，有大牛。王濟鞅，裴楷鞧，和嶠刺促不得休。』」貝刀，貝與刀都是古代的錢幣，此處指金錢財富。明何孟春《計錢鈔疏》：「先王之制，三幣並用。管仲所謂以守財物，以御人事，而平天下者也。後世珠、玉、金、貝、刀、布之品廢，而鑄銅爲錢。」

⑨「小山」句：意謂自己的歸隱之願難以實現。小山叢桂，《楚辭·招隱士》：「桂樹叢生兮山之幽，偃蹇連蜷兮枝相繚。山氣巃嵸兮石嵯峨，溪谷嶄岩兮水曾波。」漢王逸序：「《招隱士》者，

淮南小山之所作也。昔淮南王安雅好古，招懷天下俊偉之士……著作篇章，分造辭賦，以類相從，故或稱小山，或稱大山。……小山之徒，閔傷屈原……雖身沈没，名德顯聞，與隱處山澤無異，故作《招隱士》之賦以章其志也。」

⑩「眼中過」三句：詞人表達對騎着高頭大馬的達官顯貴的不屑之情。項領，肥大的頸項。《詩・小雅・節南山》：「駕彼四牡，四牡項領。」毛傳：「項，大也。」汝曹，爾等。

⑪窮交：患難之交。指陳維崧。

⑫蘭釭：指精緻的燈具。

⑬荆高：荆軻和高漸離的並稱。《史記・刺客列傳》：「荆軻既至燕，愛燕之狗屠及善擊筑者高漸離。荆軻嗜酒，日與狗屠及高漸離飲於燕市。酒酣以往，高漸離擊筑，荆軻和而歌於市中，相樂也。已而相泣，旁若無人者。」

【輯評】

程邃：雄深雅健，直逼太史公，誰謂雕蟲小技不可與《刺客》《貨殖》並垂天壤。（《香嚴詞》卷下）

前調 其二①

彩筆龍拏攫②。嘆才人、半肩書劍，新豐栖托③。濯足須教傾斗酒〔一〕，詎必南榮企脚④。喜大雅⑤、於今重作。老矣吾慚鞭弭役，讓英游壁壘驚河朔⑥。拚〔二〕敝賦，供君索。　招邀浪説平津閣⑦。但清〔三〕宵、秋燈相勸，秋花相酢。雙手持螯兼持酒，一笑世情雲薄。造物者、因何摇落⑧。便使珠喉⑨能宛轉，怕卷簾、明月今非昨。聊試聽，塞笳⑩樂。

【校】

〔一〕「傾斗酒」，《今詞苑》《香嚴詞》均作「酤一斗」。

〔二〕「拚」，《今詞苑》作「供」；《香嚴齋詞》《香嚴詞》均作「悉」。

〔三〕「清」，《今詞苑》《香嚴詞》均作「秋」。

【注】

① 本詞和陳維崧《賀新郎・秋夜呈芝麓先生》(俊鶻無聲攫)韻。

② 「彩筆」句：以握持着彩筆的龍喻陳維崧，譽其文才出衆。彩筆，用江淹夢筆事，見卷二《天仙子・追和小青》注④。拏攫，捉，持。

③ 新豐栖托：謂陳維崧懷才不遇，只能沽酒買醉。新豐，今江蘇丹徒，産名酒。

④ 「濯足」二句：謂要在塵世中保持高潔，不必求水洗之，只需飲酒作樂。濯足，語出《孟子・離婁上》：「滄浪之水清兮，可以濯我纓；滄浪之水濁兮，可以濯我足。」本謂洗去脚污，後以「濯

足」比喻清除世塵，保持高潔。詎必，豈必、何必。用反問的語氣表示不必。南榮企脚，源出《楚辭·王褒〈九懷·思忠〉》：「玄武步兮水母，與吾期兮南榮。」南榮，南方之地。企脚，翹起脚。南榮企脚指迫切等待神龜與水神的到來，此處謂求水。

⑤大雅：《詩經》的組成部分之一。舊訓雅爲正，謂詩歌之正聲。《詩大序》：「雅者，正也，言王政之所廢興也。政有小大，故有《小雅》焉，有《大雅》焉。」此處譽陳維崧所作爲風雅正聲。

⑥「老矣」二句：謂陳維崧後生可畏，自己當讓其出一頭地，助其揚名京師。鞭弭，馬鞭和弓。《左傳·僖公二十三年》：「若不獲命，其左執鞭弭，右屬櫜鞬，以與君周旋。」借指戎馬生活。此處指馳騁於文壇。英游，英俊之輩，才智傑出的人物。宋范仲淹《楊文公寫真贊》：「當時臺閣英游，蓋多出於師門矣。」此指陳維崧。河朔，古代泛指黃河以北的地區。此處指京師。

⑦「招邀」句：意謂自己只是以朋友的身份與陳維崧相邀約，切莫妄説是官僚延納賓客。招邀，亦作「招要」，邀請。南朝宋謝惠連《泛湖歸出樓中玩月》：「輟策共駢筵，並坐相招要。」浪説，妄説，亂説。平津閣，亦稱「平津館」「平津邸」。漢公孫弘爲丞相，封平津侯，起客館，開東閣，招請士人。後因以「平津閣」等稱高級官僚延納賓客的處所。

⑧「造物」句：感喟而問，爲何萬物終將零落。造物者，特指創造萬物的神。《莊子·大宗師》：「偉哉，夫造物者將以予爲此拘拘也。」摇落，凋殘，零落。《楚辭·九辯》：「悲哉秋之爲氣也！蕭瑟兮草木摇落而變衰。」宋韋驤《探春軒》：「造物也知摇落久，應憐著意伺芳辰。」

⑨珠喉：圓轉如珠的歌喉。宋楊億《夜宴》：「鶴蓋留飛舄，珠喉怨落梅。」

⑩塞笳：塞外的胡笳。南朝梁簡文帝《答張纘謝示集書》：「胡霧連天，征旗拂日。時聞塢笛，遥聽塞笳。」

【輯評】

宋琬：尚書愛士，才子受知，情愫縷縷。（《香嚴詞》卷下）

丁澎：子野清歌，輒喚奈何，吾于先生此詞亦云。（《香嚴詞》卷下）

滿江紅　和緯雲見贈韻〔一〕①

伯仲齊名，論著作、吾當束手②。六代後、江左清〔二〕文③，飛花拂柳。貂蟬竟剩青氈債④，鸘鷞莫貰成都酒〔三〕⑤。慨秦川公子⑥正飄蓬，無林藪⑦。　五絲錦，冰蠶⑧繡。五鳳閣⑨，丹霞構。見堵牆落筆，頓傾朝右⑩。銀漢已過蟾兔夕⑪，玉河⑫甫歇蛟龍鬬。但除君、偕飲復偕歌，三緘口。

【校】

〔一〕「韻」，《香嚴齋詞》作「二調」；《香嚴詞》作「二詞」。

〔二〕「清」，《香嚴齋詞》作「情」。

〔三〕「貂蟬」二句，《今詞苑》作「蟬冕空餘任氏葛，鷸裘莫貰成都酒」。

【注】

①本詞與後一闋約作於康熙七年（一六六八）。緯雲，陳維岳（一六三五—一七一二），字緯雲，晚號苦庵，江蘇宜興人。陳貞慧子，陳維崧三弟。工詩善文，在維崧諸弟中最有詞名。康熙六年（一六六七）至十四年（一六七五）留滯京華八載，嘗參與「秋水軒唱和」活動。著有《紅鹽詞》，未及刊刻即散佚，今僅見於各選本留存四十餘首。陳維岳贈龔鼎孳之詞不詳。

②「伯仲」二句：詞人謂面對陳維崧、陳維岳兄弟的著作，自己惟有拱手嘆服。束手，拱手。五代崔道融《羯鼓》：「華清宮裏打撩聲，供奉絲簧束手聽。」

③「六代」句：意謂陳維岳之詩文可與六代文人媲美。六代，東吳、東晉、南朝宋齊梁陳，皆定都建康（鄴），故稱。《隋書·文學列傳》：「江左宮商發越，貴於清綺。」清文，清新俊雅的詩文。南朝齊謝朓《新治北窗和何從事》：「清文蔚且咏，微言超已領。」

④「貂蟬」句：感嘆陳維岳出身名門，如今却陷於清寒貧困的境地。貂蟬，貂尾和附蟬，古代爲侍中、常侍等貴近之臣的冠飾。因指侍中、常侍之官。亦泛指顯貴的大臣。《漢書·劉向傳》：「今王氏一姓乘朱輪華轂者二十三人，青紫貂蟬，充盈幄內。」此處指陳氏兄弟家世顯赫。竟剩青氊債，謂陳氏兄弟清貧到唯餘家傳故物可典出，也即身無長物。青氊，用「青氊故物」典。《太平御覽》卷七百零八引晉裴啓《語林》：「王子敬在齋中卧，偷人取物，一室之内略盡。子敬

卧而不動，偷遂登榻，欲有所覓。子敬因呼曰：『石染青氈是我家舊物，可特置否？』于是群偷置物驚走。」後遂以「青氈故物」泛指仕宦人家的傳世之物或舊業。辛棄疾《鵲橋仙・和廓之弟送祐之歸浮梁》：「詩書事業，青氈猶在，頭上貂蟬會見。」

⑤「鷫鸘」句：勸陳維岳莫拿珍貴之物换酒歡飲，實指陳氏居貧。鷫鸘，司馬相如以所着鷫鸘裘貰酒，與卓文君縱飲爲歡。

⑥秦川公子：原指東漢王粲。南朝宋謝靈運《擬魏太子「鄴中集」詩・〈王粲〉序》：「王粲，家本秦川，貴公子孫。遭亂流寓，自傷情多。」此處指陳維岳。

⑦林藪：山林與澤藪，此指山野隱居的地方。漢蔡邕《薦皇甫規表》：「藏器林藪之中，以辭徵召之寵。」

⑧冰蠶：古代傳説中的一種蠶，其絲五彩，入水不濡，入火不燎。此處以冰蠶所吐之絲比喻陳維岳兄弟之出衆文才。

⑨鳳閣：華麗的樓閣。多指皇宫内的樓閣。南朝宋謝靈運《擬魏太子鄴中集詩・曹植》：「朝游登鳳閣，日暮集華沼。」

⑩「見堵牆」二句：謂陳維岳落筆驚四座，朝廷貴官爲之折服。堵牆落筆，唐杜甫《莫相疑行》：「憶獻三賦蓬萊宫，自怪一日聲烜赫。集賢學士如堵墻，觀我落筆中書堂。」此謂圍觀寫詩作賦者密集衆多，排列如墻。朝右，位列朝班之右。指朝廷大官。《後漢書・王堂傳》：「其憲章朝

右，簡核才職，委功曹陳蕃。」

⑪「銀漢」句：意謂已過中秋節。蟾兔，蟾蜍與玉兔。舊説兩物爲月中之精，因作月的代稱。《古詩十九首·孟冬寒氣至》：「三五明月滿，四五蟾兔缺。」

⑫玉河：天河。元丁復《送廉公子北歸》：「江上行逢瑶圃樹，天邊歸泛玉河查。」

【輯評】

孫枝蔚：末二句感而不露。（《香嚴詞》卷下）

前調　其二

箋擘芙蓉①，略點染、粉堆金簇。仿佛是〔一〕、雁排錦柱，龍吟豪竹②。長嘯不除湖海氣，清譚自帶烟霞福③。有東風寒食漢宫詩，金閨讀④。　花前飲，人如玉。星下醉，天爲燭。高歌吾老矣，空摩雙目⑤。誰信倚風巴里調，換來一斛珍珠曲⑥。倩火攻、奇策更先登，難兄續⑦。

【校】

〔一〕「是」，《今詞苑》作「有」。

【注】

① 箋擘芙蓉：謂陳維岳裁開芙蓉箋紙以填詞。箋擘，即擘箋。謂裁紙。宋陸游《閬中作》：「擘箋授管相逢晚，理鬢熏衣一笑嘩。」芙蓉，帶有芙蓉花的箋紙。

② 「仿佛是」二句：謂陳維岳之詞作佈局嚴整且音調昂揚。雁排錦柱，即雁柱。樂器箏上整齊排列的弦柱。豪竹，竹製的大管樂器，音調嘹亮昂揚。唐杜甫《醉爲馬墜諸公携酒相看》：「酒肉如山又一時，初筵哀絲動豪竹。」

③ 「長嘯」二句：意謂陳維岳的談吐動止中帶有脱俗高韻。長嘯，撮口發出悠長清越的聲音。古人常以此述志。三國魏曹植《美女篇》：「顧盼遺光采，長嘯氣若蘭。」湖海，指浪迹江湖，不與朝政。清譚，清雅的談論。譚，通「談」。漢劉楨《贈五官中郎將》詩之二：「清談同日夕，情盼叙憂勤。」烟霞，泛指山水、山林。南朝梁蕭統《錦帶書十二月啓・夾鐘二月》：「敬想足下，優游泉石，放曠烟霞。」

④ 「有東風」二句：意謂陳維岳的才華終將爲朝廷賞識。東風寒食漢宫詩，唐韓翃《寒食》：「春城無處不飛花，寒食東風御柳斜。日暮漢宫傳蠟燭，輕烟散入五侯家。」韓翃德宗時擢爲知制誥，時有同名者，上批曰：「春城無處不飛花韓翃也。」事見《本事詩》。金閨，金馬門。亦代指朝廷。南朝宋鮑照《侍郎報滿辭閣疏》：「金閨雲路，從兹自遠。」

⑤ 「高歌」二句：謂自身年老力弱，已不逮陳維岳之才華意氣。化用杜甫《短歌行贈王郎司直》：

「青眼高歌望吾子，眼中之人吾老矣！」

⑥「誰信」二句：詞人稱自己的淺俗之作（巴里調）引來陳維岳高雅之作（珍珠曲）的酬和。巴里，「巴人下里」的省稱。古代楚國流行的民間歌曲。用以稱流俗的音樂。巴，古國名，在今四川東部一帶，古爲楚地。下里，鄉里。南朝梁簡文帝《與湘東王書》：「故玉徽金銑，反爲拙目所嗤；《巴人下里》，更合郢中之聽。」

⑦「倩火攻」二句：謂陳維岳才華卓犖，於詩詞唱和的競技角藝中先聲奪人，唯有其兄陳維崧堪與匹敵。火攻，用火攻擊敵軍的戰術。《孫子·火攻》：「凡火攻有五：一曰火人……五曰火隊。」此處喻指陳維岳於詩詞唱和中有超倫軼羣之表現。難兄，猶賢兄。語出《世説新語·德行》：「元方難爲兄。」謂兄弟二人皆十分優秀。此處指陳維崧。

【輯評】

陳維崧：崧兄弟以布衣落魄，先後俱客都門，承夫子傾倒纏綿，屢形歌嘯。古云一人知我，死不恨矣。（《香嚴詞》卷下）

賀新郎　其年將發秋夜集西堂次前韻①

一曲驪歌②發。正秋宵、露寒金井，星疏瑶闕③。江上青楓應〔一〕有約④，夜半落潮如雪。留不住、故人明月。自是五湖烟水好，笑東華、塵土埋黃髮⑤。行路怕〔二〕，太行末〔三〕⑥。　唾壺如意應敲折⑦。古今來、英雄兒女，都爲情物。孤憤信陵游戲事⑧，畢竟千人之傑。看轉眼、烟雲變滅。萬事不如歸計穩，聽杜鵑、枝上三更血⑨。寧買〔四〕菜，更求益⑩。

【校】

〔一〕「應」，《香嚴齋詞》《今詞苑》《香嚴詞》《瑤華集》均作「如」。

〔二〕「行路怕」，《今詞苑》《香嚴詞》均作「愁畏路」。

〔三〕「行路怕，太行末」，《香嚴齋詞》《瑤華集》均作「路最怕，羊腸末」。

〔四〕「買」，據《香嚴齋詞》改。

【注】

①本詞作於康熙七年（一六六八）。其年，即陳維崧，見卷三《賀新郎・中秋和其年韻》注①。康熙七年秋冬之際，在京遷延日久的陳維崧仍未能謀得一職。經龔鼎孳多方周旋，始爲其在河南學政史逸裘幕下謀得一差。故陳維崧將去京師赴中州（正式離京是在康熙七年暮冬）。清冒襄《同人集》卷四載龔鼎孳康熙八年（一六六九）致冒襄書信：「其年六月抵都（陳維崧當在康熙七年四月末五月初至京，此處所記與實際有出入，詳見陸勇强《陳維崧年譜》、周絢隆《陳

維崧年譜》),良慰積渴。雖數與倡酬,未免冗奪。而名流所止,户外長者轍臨恒滿。至欲借一枝以栖鸞鵠,亦復不易。後得中州片席……」所謂「中州片席」,即入河南學政史逸裘幕。清法式善《清秘述聞》卷十一「河南提學道」條下云:「史逸裘,字省齋。浙江仁和人。順治乙未進士。康熙七年任。」《河南通志》卷五十四《名宦上》:「史逸裘,字雲次。浙江仁和人。進士。康熙七年提學中州,考校公明,所拔多單寒士。」本詞次卷三《賀新郎·和其年秋夜旅懷韻》(玉笛西風發)韻。陳維崧有《賀新郎·將之中州留别芝麓先生再疊前韻二首》。

②驪歌:告别的歌。梁劉孝綽:「愛客待驪歌。」

③瑶闕:傳説中的仙宫。五代齊己《升天行》:「瑶闕參差阿母家,樓臺戲閉凝彤霞。」

④「江上」句:化用高適《送李少府貶峽中王少府貶長沙》:「青楓江上秋帆遠,白帝城邊古木疏。」

⑤「自是」二句:謂東華走馬只是虚擲年華,終不如五湖歸隱,烟水忘機。東華,明清時中樞官署在東華門内,故借之稱中朝高官。黄髮,指老人。《書·秦誓》:「雖則云然,尚猷詢兹黄髮,則罔所愆。」

⑥「行路」二句:化用唐李白《行路難》:「欲渡黄河冰塞川,將登太行雪滿山。」太行,山名。綿延山西、河北、河南三省界的大山脈。

⑦「唾壺」句:用王敦以如意擊唾壺事,詳見卷一《一落索·小窗夜坐用周美成韻》注⑥。

⑧「孤憤」句：信陵君忠而被謗，將一片孤憤化作玩世不恭。此處用信陵君之典借指陳維崧英雄無用武之地。信陵，信陵君，名無忌。戰國魏安釐王異母弟。封信陵君，有食客三千。《史記·信陵君列傳》：「公子自知再以毀廢，乃謝病不朝。與賓客爲長夜飲，飲醇酒，多近婦女，日夜爲樂飲者四歲，竟病酒而卒。」

⑨「聽杜鵑」句：傳説望帝杜宇復位未果，死後化爲杜鵑，哀鳴啼血，這是形容杜鵑啼聲的悲切。唐白居易《琵琶行》：「其間旦暮聞何物？杜鵑啼血猿哀鳴。」

⑩「寧買菜」二句：用「買菜求益」典。《後漢書·嚴光傳》：「司徒侯霸與光素舊，遣使奉書。使人因謂光曰：『公聞先生至，區區欲即詣造，迫於典司，是以不獲。願因日暮，自屈語言。』光不答，乃投札與之，口授曰：『君房足下：位至鼎足，甚善。懷仁輔義天下悦，阿諛順旨要領絶。』」又晉皇甫謐《高士傳·嚴光》載嚴光口授復書後，「使者嫌少：『可更足。』光曰：『買菜乎？求益也？』」詞人感嘆陳維崧懷才不遇，還不如學市井之徒貨賈求利，實乃故作憤激之語。

【輯評】

宋琬：感激飛揚，悲歌磊塊，滿紙作漁陽摻撾聲。（《香嚴詞》卷下）

彭孫遹：哀梨并剪，急管繁絲，駭其犀利，更樂其拖沓。快舌本而娱耳根，猶緒餘矣。（《香嚴詞》卷下）

菩薩蠻　己酉春日摩訶庵杏花下有感直方舊游〔一〕①

蔚藍一片山初染〔二〕。粉紅花底看人面。玉笛怕花飛。花開人莫歸。　當時花下客。把酒斜陽立。今日對斜陽。與花同〔三〕斷腸。

【校】

〔一〕「直方舊游」，《香嚴齋詞》《香嚴詞》均作「爲韶九作」。

〔二〕「染」，《今詞初集》作「泫」。

〔三〕「同」，《今詞初集》作「俱」。

【注】

①本詞乃己酉年（康熙八年，一六六九）游摩訶庵追憶宋徵輿作。摩訶庵，位於北京西郊八里莊。建於明嘉靖二十五年（一五四六），由明乾清宫管事太監趙政籌建。直方，宋徵輿（一六一八—一六六七），字直方，一字轅文，别號佩月主人、佩月騷人，江南華亭（今上海松江）人。與陳子龍、李雯並稱「雲間三子」。尤工詞，爲雲間詞派主力。其詞與陳子龍、李雯詞合刻爲《幽蘭草》。此時宋徵輿已逝，龔鼎孳乃爲宋徵輿所嬖之張韶九作此詞，故全詞充滿感舊悼傷之意。

【輯評】

徐方綽：一往情深。（《香嚴詞》卷上）

毛先舒：清麗停勻，在淮海、小山間。（《香嚴詞》卷上）

【紀事】

徐釚《本事詩》卷八：「張郎，雲間人，爲宋轅文所暱。轅文没後，宗伯嘗于摩訶庵杏樹下爲張郎作感舊詞，調《菩薩蠻》云（詞略）。又壬子春暮集宋荔裳寓園，喜張郎至，調《蝶戀花》云：『春絆情絲千縷纈。夢裏人來，乍暖輕寒節。何處玉驄曾小歇。海棠飄落胭脂雪。　重倩紅牙温舊闋。張緒風前，好是腰身絶。樓閣水明光四徹。羅衣影漾波心月。』」

畫堂春　和青若贈楊枝韻〔一〕①

金溝二月裊鴉黄②。楊州人到長楊③。絲絲縷縷畫柔腸。瘦得神傷。　春色隋堤④一片，繡簾香粉千行。相逢飛絮已池塘。誤却風光。

【校】

〔一〕《今詞苑》《香嚴詞》均無「韻」字。

【注】

① 據萬國花《詩家與時代：龔鼎孳及其詩論、詩歌創作研究》附録一《龔鼎孳年譜新編》（復旦大學博士學位論文，二〇一一年），康熙九年（一六七〇）冬，冒襄長子冒禾書移寓張惟赤新園，龔

鼎孳招同人賦詩十二章，遣歌童楊枝携至如皋水繪園。本詞蓋作於同時。青若，冒丹書（一六三九—？），字青若，號卯君，江蘇如皋人。冒襄次子。諸生，考授州同。有《枕烟堂集》《西堂集》。冒丹書詞不詳。楊枝，爲冒襄家班之演員。清查爲仁《蓮坡詩話》卷上：「冒巢民晚築一室，曰匿峰廬……龔芝麓尚書有《匿峰廬七月十六夜即事》，句云：『露華滿地竹低風，起坐閒吟到曉雞。絡緯六知秋月好，五更枝上盡情啼。』巢民讌集名流，必出歌童演劇，有楊枝、秦簫、徐郎諸人。徐郎名紫雲，色藝冠絶流輩。瞿有仲詩云：『秦簫爲歌楊枝舞，就中紫雲尤媚嫵。』」《定山堂詩集》四十二有《戲和檗子贈楊枝》二首、卷四十三《楊枝有一泓秋水漾群鵝之句喜而和之》、《戲送楊枝并簡水繪主人》二首均爲楊枝作。《戲和檗子贈楊枝》其一：「老去心情似亂絲，銜杯鼓勇一登陴。落花時節人重見，定要楊枝唱柘枝。」其二：「柳花如雪雨如絲，簾外殘鶯過短陴。不信江南風景好，杜鵑聲裏送楊枝。」《楊枝有一泓秋水漾群鵝之句喜而和之》：「斜日寒鴻下遠坡，西風楊柳奈情何。傳來好句秋陰裏，黄菊初開嫩似鵝。」《戲送楊枝并簡水繪主人》其一：「偶然薊北又江東，飛絮身輕不繫風。每到臨分偏得見，臉潮微映燭花紅。」其二：「心似寒濤日夜東，常思佳客愈頭風。主人若問狂夫態，酒淺霜深榾柮紅。」全詞緊扣「楊柳」而作，以契「楊枝」之名。

②「金溝」句：意謂二月的溝水邊遍佈楊柳。金溝，原意爲宫中溝渠。《文選·徐悱〈古意酬到長史溉登琅邪城〉》：「金溝朝灞滻，甬道入鴛鸞。」此處乃對溝水的美稱。鵶黄，此處指楊柳，暗

合「楊枝」之名。宋賀鑄《浣溪沙》：「樓角初消一縷霞。淡黄楊柳暗棲鴉。」清朱祖謀《霜花腴》：「伴年年、老屋閶門，帶鴉黄柳短長條。」

③「楊州」句：指楊枝從如皋到北京。楊州，即揚州。楊枝本在如皋，蓋隨冒丹書一同進京。如皋頗近揚州，故稱。長楊，長楊宫的省稱。秦漢宫名。故址在今陝西省周至縣東南。《三輔黄圖》卷一：「長楊宫在今盩厔縣東南三十里，本秦舊宫，至漢修飾之以備行幸。宫中有垂楊數畝，因爲宫名；門曰射熊館。秦漢游獵之所。」漢揚雄《長楊賦》：「振師五柞，習馬長楊。」此處借指北京。

④隋堤：隋煬帝時沿通濟渠、邗溝河岸修築的御道，道旁植楊柳，後人謂之隋堤。唐韓琮《楊柳枝》：「梁苑隋堤事已空，萬條猶舞舊東風。」此處指遍植楊柳之地。

【輯評】

徐倬：花萼樓前，永豐坊畔，對此眠芊，令我有楊柳腰身之感。（《香嚴詞》卷上）

長相思　和其年韻同前①

倒芳巵②。訴芳巵。縱不相憐也莫辭。歡多那易離。　惱楊枝。惜楊枝。對此青青我鬢絲③。腰肢問小時。

【注】

①本詞創作背景同前。其年，即陳維崧，見卷三《念奴嬌·中秋和其年韻》注①。本詞和陳維崧《長相思·贈别楊枝》(漱芳卮)韻。

②芳卮：對酒杯的美稱。

③「對此」句：謂楊枝滿頭青絲而自己鬢髮蒼白。青青，一指楊柳青青，以諧「楊枝」之名；二指楊枝滿頭青絲，風華正茂。

【輯評】

紀映鍾：聲情短競。(《香嚴詞》卷上)

玉人歌　再和其年韻同前〔一〕①

花月事。憶東風樓角，落紅滿地。玉簫金管，記取多情未。一團香雪②漫天墜，做弄勾魂意。恨年時、小别千〔二〕山，暫游萬里。婀娜誰家子。向五陵年少③，傲他車騎。水剪秋眸，生就和〔三〕花死。明燈今夜垂芳穗④，人坐濃春裏。藉三眠⑤、綰髻半抛還倚。

【校】

〔一〕《香嚴詞》題作「再和其年贈楊枝」，《瑤華集》題作「本意」。

〔二〕「千」，《瑤華集》作「青」。

〔三〕「和」，《瑤華集》作「荷」。

【注】

① 本詞創作背景同前。其年，即陳維崧，見卷三《念奴嬌·中秋和其年韻》注①。本詞和陳維崧《玉人歌·楊枝今歲二十爲於齊紈上作小詞》（當日事）韻。

② 香雪：指白色的花。唐韓偓《和吴子華侍郎令狐昭化舍人嘆白菊衰謝之絶次用本韻》：「正憐香雪披千片，忽訝殘霞覆一叢。」此處指柳絮，暗合「楊枝」之名。

③ 五陵年少：指京都富豪子弟。唐白居易《琵琶行》：「五陵年少争纏頭，一曲紅綃不知數。」五陵，見卷三《沁園春·讀烏絲集次曹顧庵王西樵阮亭韻其三》注⑤。

④ 芳穗：對燈穗（燈花）的美稱。

⑤ 三眠：指檉柳（人柳）。《三輔故事》：「漢苑中有柳狀如人形，號曰人柳，一日三眠三起。」故檉柳又稱三眠柳。

【輯評】

王士禛：迴策如縈，想見是兒窺簾拂檻時，定不知作何旖旎也。（《香嚴詞》卷上）

尤侗：長吉云「秦公一生花裏活」，此三生就和花死。生生死死，總爲情多耳。（《香嚴詞》卷上）

浪淘沙　和緯雲韻同前〔一〕①

花語小長干②。玉骨珊珊③。風流人似彩雲端。相見匆匆還別去，好夢間關④。

芳草一春閒。緑到平山。杜鵑催殺亂紅前。萬疊千重天不管，烟水瀰漫。

【校】

〔一〕《今詞苑》《香嚴詞》均題作「和緯雲爲楊枝别」。

【注】

①本詞創作背景同前。緯雲，即陳維岳，見卷三《滿江紅·和緯雲見贈韻》注①。本詞和陳維岳《浪淘沙·送歌者楊枝還江南》（飛絮滿闌干）韻。

②小長干：長干，古建康里巷名。李白有《長干行》。此處指楊枝所唱曲名，《長干行》（《長干曲》）是樂府舊題。

③玉骨珊珊：形容楊枝骨架清瘦，體貌飄逸。玉骨，清瘦秀麗的身架。唐李商隱《偶成轉韻七十二句贈四同舍》：「天官補吏府中趨，玉骨瘦來無一把。」珊珊，高潔飄逸貌。清袁枚《隨園詩

話》卷一引清奇麗川《和高青丘梅花》：「珊珊仙骨誰能近，字與林家恐未真。」

④ 間關：猶輾轉。

【輯評】

程可則：「好夢間關」當與「醉中歸路直」五字參看，今始知槐安國内亦有人歌「行路難」也。（《香嚴詞》卷上）

菩薩蠻　上巳前一日，西郊馮氏園看海棠①

春花春月年年客。憐春又怕春離別。只爲曉風愁。催花撲玉鈎〔一〕。　娟娟雙蛺蝶。宛轉飛花側。花底一聲歌。疼花花奈何。

【校】

〔一〕「撲玉鈎」，《今詞苑》《香嚴詞》均作「也白頭」。

【注】

① 本詞作於康熙九年（一六七〇）前後之三月初二。上巳，舊時節日名。漢以前以農曆三月上旬巳日爲「上巳」；魏晉以後，定爲三月初三，不必取巳日。西郊馮氏園，原爲明朝萬曆間大太監馮保的園子，清初以海棠花知名，成爲游覽勝地。

【輯評】

朱彝尊：宛轉迴環，何其濃至。（《香嚴詞》卷上）

滿庭芳　和伯紫韻，送錢葆馚舍人〔一〕①

金粉才華，紫囊門第②，意氣年少〔二〕飛揚。輕烟寒食，宮柳正飄颺。那信公車書上，連城價、猶屈陵陽③。且歸去，漁灣蟹舍，雲水好家鄉。　求羊④藤蘿徑，開樽⑤問字⑥，畫槳垂楊。更鯉盤饌玉，林笋排槍⑦。八座潘輿安穩，花月下、彩舞歡長⑧。待還朝，兩行蓮燭⑨，射策⑩動君王。

【校】

〔一〕《今詞苑》題作「和伯紫送葆馚」；《香嚴詞》題作「和伯紫送葆馚舍人假歸雲間」。

〔二〕「意氣年少」，《香嚴詞》作「年少意氣」。

【注】

① 本詞乃詞人於康熙九年（一六七〇）會試後送別錢芳標假歸雲間作。錢葆馚，錢芳標（一六三五——一六七九），初名鼎瑞，字葆馚，一作寶汾，號蓴漁（一作「蓴鮻」），江南華亭（今上海松江）

人。著有《湘瑟詞》《金門稿》。《（乾隆）婁縣志》卷二十五：「士貴子。生有異徵。自少博文宏覽，天才雋麗，與同里董俞齊名，人稱爲『錢董』。又其族有金甫者，與芳標相埒，人又稱『二錢』云。康熙五年，中順天鄉榜，授中書舍人。與王士禛、朱彝尊輩倡和無虛日。會舉博學宏詞，巡撫以芳標名上，丁内艱不赴。」《龔端毅公文集》卷五《錢葆馚集序》：「顧南宫之役，交臂而失，余之罪也，方今以假歸矣。」龔鼎孳曾於康熙九年（一六七〇）與十二年（一六七三）兩次主會試，康熙十二年乃龔病重辭世之年，故此序當寫於康熙九年前後。伯紫，紀映鍾（一六〇九—一六八一），字伯紫，又作伯子、檗子，號戇叟，自稱鍾山逸老，江南上元（今江蘇南京）人。明末清初人。崇禎朝諸生。崇禎時，曾主金陵復社事。明亡後，棄諸生，躬耕養母。後棄去，入天台山爲僧，復捨去。晚客於龔鼎孳處十年。龔死後南歸，移家儀真，卒於斯。著有《戇叟詩鈔》四卷。紀映鍾詞不詳。

② 紫囊門第：用謝安、謝玄事。謝玄好佩紫羅香囊，安患之，因戲賭取，即焚之。此處喻指錢芳標門第高貴。《（乾隆）江南通志》卷一百六十六：「錢芳標……明刑部侍郎士貴子。」

③「那信」二句：意謂錢芳標雖才高八斗，卻無奈會試失利，科場鎩羽。公車，漢代曾用公家車馬接送應舉之人，後便以「公車」作爲舉人入京應試的代稱。陵陽，古曲名。《文選·嵇康〈琴賦〉》：「紹《陵陽》，度《巴人》。」李善注：「宋玉《對問》曰：『既而曰《陵陽》《白雪》，國中唱而和者彌寡。』」此處以高雅的古曲喻錢氏之高才。

④求羊：漢代隱士求仲與羊仲。

⑤開樽：亦作「開尊」。舉杯（飲酒）。唐杜甫《獨酌》詩：「步屧深林晚，開樽獨酌遲。」

⑥問字：據《漢字・揚雄傳》載，揚雄多識古文奇字，劉棻曾向揚雄學奇字。後來稱從人受學或向人請教爲「問字」。

⑦「更鯉盤」二句：謂錢芳標歸里，得以安然享用鯉魚、竹筍等美味佳餚。饌玉，珍美如玉的食品。語本左思《吴都賦》：「矜其宴居，則珠服玉饌。」李周翰注：「玉饌，言珍美而比於玉。」李白《將進酒》：「鐘鼓饌玉不足貴，但願長醉不復醒。」排槍，如刀槍排列。宋李之儀《和儲子椿竹》：「何物能令意灑然，陰森常對出檐竿。排槍立戟誰爲況，招月吟風好細看。」

⑧「八座」二句：意指錢芳標歸家孝養父母。八座，指八擡轎。潘輿，晋潘岳《閒居賦》：「太夫人乃御版輿，升輕軒，遠覽王畿，近周家園。體以行和，藥以勞宣，常膳載加，舊痾有痊。」後因以「潘輿」爲養親之典。彩舞，《藝文類聚》卷二十引《列女傳》：「老萊子孝養二親，行年七十，嬰兒自娱，著五色綵衣，嘗取漿上堂，跌仆，因卧地爲小兒啼，或弄烏鳥於親側。」彩衣、五彩服、老萊戲、斑衣舞等皆出於此，均用作孝親之典。

⑨蓮燭：蓮花形的蠟燭。宋劉克莊《沁園春・寄竹溪》：「道荒蕪羞對，宫中蓮燭；昏花難映，閣上藜光。」

⑩射策：漢考試取士方法之一。《漢書・蕭望之傳》：「望之以射策甲科爲郎。」顏師古注：「射

策者，謂爲難問疑義書之於策，量其大小署爲甲乙之科，列而置之，不使彰顯。有欲射者，隨其所取得而釋之，以知優劣。射之言投射也。」南朝梁劉勰《文心雕龍·議對》：「又對策者，應詔而陳政也；射策者，探事而獻説也。言中理準，譬射侯中的。二名雖殊，即議之别體也……對策者，以第一登庸；射策者，以甲科入仕。」此處泛指應試。

【輯評】

曾燦：風華掩映，本色當行。（《香嚴詞》卷下）

菩薩蠻　同韶九西郊〔一〕馮氏園看海棠①

年年歲歲花間坐。今來却向花間〔二〕卧。卧倚璧人②肩。人花并可憐③。

輕陰④風日好。蕊吐紅珠⑤小。醉插帽檐斜。更憐人勝花。

【校】

〔一〕「郊」，《香嚴詞》作「郭」。

〔二〕「間」，《香嚴齋詞》《今詞苑》《香嚴詞》均作「邊」。

【注】

① 詞人偕張韶九於西郊馮氏園看海棠，有感而作。韶九，張韶九，雲間人。明清間文人有好男寵

之風。張韶九即爲宋徵輿所嬖。見卷三《菩薩蠻·己酉春日摩訶庵杏花下有感直方舊游》之注①與「紀事」。《定山堂詩集》卷四十一有《戲爲韶九張郎二絶句》其一：「青霜天氣月明時，重見春風柳一枝。爲報芙蕖妝鏡畔，畫眉人是遠山眉。」其二：「豪竹清絲夜未央，錦燈圍處晚花香。楚宫雲氣今誰賦，羅袖空餘淚兩行。」西郊馮氏園，見卷三《菩薩蠻·上巳前一日西郊馮氏園看海棠》注①。

② 璧人：猶玉人，稱贊儀容美好的人。《世説新語·容止》「衛玠從豫章至下都，人久聞其名，觀者如堵墻」，南朝梁劉孝標注引《玠别傳》：「（玠）韶齔時，乘白羊車於洛陽市上，咸曰：『誰家璧人？』」此處指張韶九。

③ 可憐：可愛。

④ 輕陰：微陰的天色。唐張旭《山中留客》：「山光物態弄春輝，莫爲輕陰便擬歸。」

⑤ 紅珠：比喻紅色果實。唐王建《題江寺兼求藥子》：「紅珠落地求誰與，青角垂階自不收。」

【輯評】

曹爾堪：玩前後兩段結語十字，可悟文章淺深離合之法，粗人那得知。（《香嚴詞》卷上）

前調　其二

錦香①陣陣催春急。舊花又是[一]新相識。紈扇一聲歌。流鶯争不多。紫絲圍步屧②。小立朱樓側。簾外鬬腰身。垂楊軟學人。

【校】

〔一〕「是」,《香嚴齋詞》作「似」。

【注】

①錦香:此處指濃郁的花香。元吴會《客有索賦香奩體者用窩字韻戲成春興十首》:「牡丹庭閣錦香多,困不能眠立自歌。」

②紫絲圍步屧:謂張韶九脚著紫絲履。紫絲,紫絲履,紫色絲織品製成的鞋。步屧,脚步,蘇軾詩:「步屧響長廊。」

【輯評】

錢芳標:舊花新識一語,千古未曾道及。後段末句更得離鈎三寸之妙。(《香嚴詞》卷上)

卷四

百字令〔一〕和緯雲除夕①

天涯蓬鬢，嘆如流歲月、今年往矣。雪打霜筠生事薄，小立窮交赤幟②。盡典朝衫，難償酒債③，愁撥寒灰裏。殘書插架，炊烟一任遲起。聯袂韋曲④花新，長楊⑤鶯到，樂事翻從此。老去風光原有數，生受玉河春水⑥。馬埒銅街，珠盤金谷〔二〕，過眼人如寐⑦。五湖烟月，潮迴鰕菜成市⑧。

【校】

〔一〕《香嚴詞》詞牌題作「念奴嬌」。

〔二〕馬埒銅街，珠盤金谷，《香嚴詞》作「火齊堆盤，黃金作埒」。

【注】

① 緯雲，即陳維岳，見卷三《滿江紅·和緯雲見贈韻》注①。陳維岳詞不詳。

②「天涯」四句：意謂歲末辭舊迎新，自身形容憔悴，生計困窘，但還要以窮交領袖自居，接濟生活困窘之友人。蓬鬢，見卷二《鎖窗寒・聞子規用周美成寒食韻》注④。霜筠，指竹。唐賈島《竹》：「子猷没後知音少，粉節霜筠漫歲寒。」窮交，患難之交。赤幟，比喻領袖人物或領袖地位。《宋史・司馬光傳》：「光才豈能害政，但在高位，則異論之人倚以爲重。韓信立漢赤幟，趙卒氣奪；今用光，是與異論者立赤幟也。」

③「盡典」二句：即便典當朝服亦難以償還酒債，謂生活之困窘。朝衫，即朝服，君臣朝會時穿的禮服，舉行隆重典禮時亦穿著。唐韓愈《酬司門盧四兄雲夫院長望秋作》詩：「自知短淺無所補，從事久此穿朝衫。」此處實化用杜甫《曲江》詩：「朝回日日典春衣，每日江頭盡尋歸。酒債尋常行處有，人生七十古來稀。」

④韋曲：此泛指風景秀麗的旅游勝地。

⑤長楊：指長楊宮。見卷三《畫堂春・和青若贈楊枝韻》注③。

⑥生受玉河春水：謂欣賞春天清澈如玉的河水。生受，此謂接受饋贈。玉河，清澈如玉的河水。清陳維崧《賀新郎》：「一片玉河橋下水，宛轉玲瓏如雪。」

⑦「馬埒」三句：意謂富貴榮華如過眼雲烟，轉瞬即逝。馬埒，習射之馳道。兩邊有界限，使不致跑出道外。《晉書・王濟傳》：「濟買地爲馬埒，編錢滿之，時人謂之『金溝』。」銅街，洛陽銅駝街的省稱。借指鬧市。南朝梁沈約《麗人賦》：「狹斜才女，銅街麗人。」珠盤，精美的盤。唐孟

浩然《張郎中梅園作》：「綺席鋪蘭杜，珠盤折芰荷。」金谷，指晉石崇所築的金谷園。晉潘岳《金谷集作》：「朝發晉京陽，夕次金谷湄。」「金谷」泛指富貴人家盛極一時但好景不長的豪華園林。多含諷喻義。

⑧「五湖」三句：詞人表達渴望歸隱之心願。五湖，詳見卷一《萬年歡·春初繫釋用史邦卿春思韻》注⑤。鰕菜，魚鰕做成的菜殽。杜甫《贈韋七贊善》：「鰕菜忘歸范蠡船。」

【輯評】

陳維崧：夫子以一身爲名流所恃，讀「小立窮交」一語，能無八百孤寒齊下淚耶。（《香嚴詞》卷下）

賀新郎　和曹實庵舍人，贈柳叟敬亭〔一〕①

鶴髮開元叟②。也來看、荆高③市上，賣漿屠狗④。萬里風霜吹裋褐⑤，游戲侯門趨走⑥。卿〔二〕與我、周旋良久。緑鬢舊顔今改盡，嘆婆娑、人似桓公柳⑦。空擊碎，唾壺口⑧。　江東折戟沉沙後⑨。過青溪⑩、笛牀⑪烟月，淚珠盈斗。老矣耐煩如許事，且坐旗亭⑫呼酒。拚殘臘、銷磨紅友⑬。花壓城南韋杜曲⑭，問毬場、馬弰⑮〔三〕還能否。斜日外，一回首。

【校】

〔一〕《瑤華集》題作「贈柳叟敬亭」。

〔二〕「卿」，《香嚴詞》作「鄉」；《瑤華集》作「向」。

〔三〕「弰」，《香嚴詞》作「稍」。

【注】

①本詞乃康熙九年（一六七〇）贈柳敬亭作。柳叟敬亭，即柳敬亭（一五九二？—？），本姓曹，因避捕改姓柳。明末泰州人。一説通州人。善説書，得雲間莫後光指點，技益精進，周旋於士大夫之間。後入左良玉幕府。明亡，仍操故業，潦倒而死。清黄宗羲《南雷文定》卷十、吴偉業《梅村家藏稿》卷五十二皆有《柳敬亭傳》。柳敬亭於康熙九年入京，京師詞壇掀起一場題贈柳生的唱和活動，龔鼎孶詞即作於此時。曹禾《詞話》：「柳生敬亭以評話聞公卿，入都時邀致接踵，一日過石林許，曰：『薄技必得諸君子贈言以不朽。』實庵首贈以二闋，合淝尚書見之扇頭，沉吟嘆賞，即援筆和韻珂雪之詞，一時盛傳京邑。學士顧庵叔自江南來，亦連和二章，敬亭名由此增重。」（曹貞吉《珂雪詞》卷首）曹實庵，曹貞吉（一六三四—一六九六），字升六，又字升六，號實庵，山東安丘人。有《珂雪詞》二卷，《咏物十詞》一卷。本詞和曹貞吉《賀新郎·再贈柳敬亭》（咄汝青衫叟）韻。另《定山堂詩集》卷三十二《贈柳叟敬亭同諸子限韻》二首、卷四十三《和曹澹餘少宗伯贈柳叟敬亭四絶句》四首作於同時。《贈柳叟敬亭同諸子限韻》其一：「病

夫今夕豁頽唐，齊物談天兩擅長。似有奇兵來雁塞，偏逢大雪壓魚梁。迴頭晝戟三春夢，拂袖麻鞋萬里莊。多少王侯開閣待，滿簾紅燭滿林霜。」其二：「稗官抵掌恣旁唐，頓挫縱横善用長。白眼滄桑誰晉魏，朱門花月舊齊梁。論交古道推劉峻，置驛通都愧鄭莊。豪杰總留生面在，坐中毛髮凛秋霜。」《和曹澹餘少宗伯贈柳叟敬亭四絶句》其一：「金臺易水風蕭瑟，銅翟摩挲晚自憐。七十九年纔入雒，天留遺老話遺編。」其二：「吹角城南珠斗横，群卿虚左待侯生。天街多少閒衣馬，一座風流屬老成。」其三：「紅燭花前鶴髮垂，朔風殘酒酹要離。何緣抵掌掀髯夜，博得黄初繡虎詩。」其四：「一生游戲復沉冥，玉樹歌曾按拍聽。過眼弈棋真夢幻，樓船十萬壓新亭。」《定山堂詩集》卷三十二與卷四十三皆爲「康熙庚戌秋冬存笥近稿」，康熙庚戌即康熙九年（一六七〇），龔鼎孳謂「七十九年纔入雒」，曹貞吉《賀新郎・再贈柳敬亭》稱「七十九年塵土夢，纔向青門沽酒」，則庚戌年柳敬亭爲七十九歲，那麽柳氏之生年當爲萬曆二十年（一五九二）前後，而非普遍認定之萬曆十五年（一五八七）。關於柳敬亭生年之考辨，可參見《清史論叢》第三輯何齡修《關於柳敬亭的生年及其它——與陳汝衡先生商榷》。《龔端毅公文集》卷六收録龔鼎孳作於順治十三年（一六五六）的《贈柳敬亭序》，記述了龔柳二人之過從交游。

② 鶴髮開元叟：指柳敬亭已是白髮老叟。鶴髮，白髮。南朝梁庾肩吾《八關齋夜賦四城門・第三賦南城門老》：「鶴髮辭軒冕，鮐背烹葵菽。」開元，唐李隆基（玄宗）的年號，公元七一三—七四一年。開元時期政治清明，國力强盛，史稱「開元盛世」。「開元」在詩文中常帶有追憶往昔、

繁華不再的意味。稱柳敬亭爲「開元叟」，實暗指他由明入清，飽經滄桑。

③荆高：荆軻、高漸離，詳見卷三《賀新郎·和其年秋夜旅懷韻》注⑬。

④賣漿屠狗：指卑賤之人。賣漿，出售茶水、酒、醋等飲料，舊爲微賤的職業。《史記·貨殖列傳》：「賣漿，小業也，而張氏千萬。」屠狗，宰狗。後亦泛指出身低微者，或位卑的豪傑之士。《史記·樊酈滕灌列傳》：「舞陽侯樊噲者，沛人也，以屠狗爲事。」

⑤裋褐：粗陋布衣。古代多爲貧賤者所服。《列子·力命》：「朕衣則裋褐，食則粢糲，居則蓬室，出則徒行。」

⑥游戲侯門趨走：謂柳敬亭於明末周旋於王侯將相之間，爲之出謀、奔走（見後之《沁園春·前題次韻》提及柳敬亭與明末大僚左良玉、范景文、何如寵事）。趨走，謂奔走服役。《列子·周穆王》：「昔昔夢爲人僕，趨走作役，無不爲也。」

⑦「緑鬢」二句：感嘆歲月流逝，柳敬亭年華不再，已成衰翁。緑鬢，黑髮，形容年輕。婆娑，衰老貌。桓公柳，南朝宋劉義慶《世説新語·言語》：「桓公（桓温）北征，經金城，見前爲琅邪時種柳皆已十圍，慨然曰：『木猶如此，人何以堪！』攀枝執條，泫然流淚。」此處詞人用「桓公柳」典，一則慨嘆光陰迅疾，年華易逝；二則貼合柳敬亭之「柳」姓。清吴偉業《柳敬亭傳》記載敬亭初爲曹姓，後「（敬亭）過江，休大柳下，生攀條泫然。已撫其樹，顧同行數十人曰：『嘻，吾今柳氏矣！』」

⑧「空擊碎」二句：意謂徒然感憤悲愴，於世事無補。唾壺擊碎，用王敦擊唾壺事，見卷一《一落索・小窗夜坐用周美成韻》注⑥。

⑨「江東」句：意謂明清易代，江南地區飽經戰火。折戟沉沙，斷戟沉埋在沙裏。唐杜牧《赤壁》：「折戟沉沙鐵未消，自將磨洗認前朝。東風不與周郎便，銅雀春深鎖二喬。」

⑩青溪：古水名。發源於江蘇南京鍾山西南，入秦淮，逶迤九曲。三國吴孫權鑿東渠通北塹，以泄玄武湖水。南接於秦淮，逶迤十五里，名曰青溪。晉大寧二年王敦將沈充犯建康，劉遐敗於青溪；咸和元年，蘇峻敗卞壺於西陵，進攻青溪栅，因風縱火，臺省及諸營寺署一時蕩盡。皆指此。今已湮没。

⑪笛牀：指笛子。唐杜甫《陪李梓州泛江戲爲艷曲》之二：「白日移歌袖，青霄近笛牀。」

⑫旗亭：謂酒樓。

⑬「拚殘臘」句：意謂在歲暮之時借酒遣日。殘臘，農曆年底。唐李頻《湘口送友人》：「零落梅花過殘臘，故園歸去又新年。」紅友，酒的别稱。宋羅大經《鶴林玉露》卷八：「常州宜興縣黄土村，東坡南遷北歸，嘗與單秀才步田至其地。地主携酒來餉曰：『此紅友也。』」

⑭韋杜曲：指長安城南的韋曲、杜曲。唐望族韋氏、杜氏世居於此。山青水秀，林木繁茂，爲當時游覽勝地。後亦借指風景秀麗之地。

⑮馬弰：指騎馬射箭。弰，弓的末梢。北周庾信《擬咏懷》：「輕雲飄馬足，明月動弓弰。」

【輯評】

彭孫遹：司馬子長《滑稽列傳》、歐陽永叔《伶官論》、先生贈柳叟《賀新涼》詞，三作俱堪並峙。（《香嚴詞》卷下）

【紀事】

徐釚《南州草堂詞話》卷上：「淮陽柳敬亭，以淳于滑稽之雄，爲左寧南重客。寧南没于九江舟中，柳生先期東下，憔悴失路，垂老客于長安。龍松先生贈《賀新郎》詞云（詞略）。又賦《沁園春》云（詞略）。聽『恩門一涕』之語，直是敬亭知己。」（尤振中、尤以寧《清詞紀事會評》按：「龍松先生」者係誤刊之筆，實乃龔鼎孳。徐釚之誤，後人不察亦未辨，故《詞苑叢話》及《南州草堂詞話》各本均沿此訛傳。）

沁園春　前題次韻〔一〕①

驃騎將軍，異姓諸侯②，功名壯哉。乍南樓傳箭，大航風鶴，中流搖櫓，湓浦蒿萊③。片語回嗔，千金逃賞〔二〕，遮客長刀玩弄來④。堪憐處，有恩門一涕⑤，青史難埋。

偶然座上嘲詼。博黃絹新詞七步才⑥。似籌兵北府，碧油晨啓，把棋東閣，屐齒宵陪⑦。前半爲左寧南〔三〕，此紀范文貞、何文端公事⑧。春水方〔四〕生，吾當速去⑨，老子遨游頗見哀。相攜手，儘山川六代⑩，簫鼓千杯。

【校】

〔一〕《香嚴詞》題作「和實庵舍人贈贈柳叟敬亭」；《瑤華集》題作「贈柳敬亭」。

〔二〕「賞」，《瑤華集》作「責」。

〔三〕「寧南」，《香嚴詞》作「南寧」。

〔四〕「方」，《瑤華集》作「正」。

【注】

①本詞創作背景同前。次曹貞吉《沁園春·贈柳敬亭》（席帽單衫）韻。

②「驃騎」二句：指左良玉。左良玉（一五九九—一六四五），字崑山。明末臨清人。早年在遼東與清軍作戰，以驍勇善左右射，爲侯恂所識拔。後擁兵多至八十萬，駐武昌與李自成、張獻忠等義軍作戰多年。崇禎十三年（一六四〇）拜平賊將軍。崇禎十五年（一六四二）被李自成大敗於朱仙鎮。崇禎十七年（一六四四）封寧南伯。福王立於南京，又進封寧南侯。後起兵討馬士英，軍至九江，病死。驃騎將軍，將軍名號。漢武帝元狩二年始以霍去病爲驃騎將軍。左良玉未曾受封驃騎將軍，詞人不過以此指左良玉爲馳騁沙場之將帥。異姓諸侯，左良玉於弘光政權中，以異姓封寧南侯，故稱。

③「乍南樓」四句：敘述弘光元年（一六四五）左良玉以「清君側」爲名，從武昌進兵南京，繼而病死九江之事。南樓，古樓名。在湖北省鄂城縣南。又名玩月樓。南朝宋劉義慶《世説新語·容止》：「庾太尉（庾亮）在武昌，秋夜氣佳景清，使吏殷浩、王胡之之徒登南樓理咏。」晉武昌縣，爲武昌郡治，即今鄂城縣。「南樓傳箭」指左良玉從武昌起兵。大航風鶴，指左良玉兵逼南京，戰船順江東下。大航，大船。風鶴，指戰爭的消息。湓浦，即湓水。源出江西瑞昌西清湓山，東流經九江城下，名湓浦港，北流入長江。今名龍開河。蒿萊，野草、雜草。「湓浦蒿萊」指左良玉進兵南京途中病死於九江，一切雄圖灰飛烟滅。

④「片語」三句：意謂柳敬亭四兩撥千斤，初次見面，便以自己的過人膽識贏得了左良玉的尊重，巧妙化解了左良玉與杜弘域之間的矛盾，且辭賞散財，不慕名利。遮客，攔住客人。清吴偉業《柳敬亭傳》：「左兵者，寧南伯良玉軍，譟而南，尋奉詔守楚，駐皖城待發。守皖者杜將軍弘域，於生（柳敬亭）爲故人。寧南嘗奏酒，思得一異客，杜既已洩之矣。會兩人用軍，事不相中，念非生莫可解者，乃檄生至。進之，左以爲此天下辯士，欲以觀其能。帳下用長刀遮客，引就席。坐客咸振慴失次，生拜訖索酒，談啁諧笑，旁若無人者。左大驚，自以爲得生晚也。」《（嘉慶）揚州府志》卷五十四：「初，左授以鎮銜，又令署武昌縣，俱不受。左没，朝士欲官之，非其意也。所獲千金散盡，貧困意氣自如。」

⑤恩門一涕：謂柳敬亭念及左良玉對自己的恩深義重，常常唏嘘感泣。恩門，舊時科舉應試者

稱主考官爲恩門，此處指柳敬亭以賞識重用自己的左良玉爲恩人。清吴偉業《柳敬亭傳》：「（敬亭）復來吴中，每被酒，常爲人説故寧南時事，則唏噓灑泣。」清顧開雍《柳生歌》：「逢人劇説故侯事，涕泗交頤聲墮地。」

⑥「博黄絹」句：意謂柳敬亭説書妙語連珠，博得才思敏捷的美譽。黄絹，即字謎「黄絹幼婦」，意即「絶妙」。《世説新語・捷悟》：「魏武嘗過曹娥碑下，楊脩從碑背上見題作『黄絹幼婦，外孫齏臼』八字，魏武謂脩曰：『解不？』答曰：『解。』魏武曰：『卿未可言，待我思之。』行三十里，魏武乃曰：『吾已得。』令脩別記所知。脩曰：『黄絹，色絲也，於字爲『絶』；幼婦，少女也，於字爲『妙』；外孫，女子也，於字爲『好』；齏臼，受辛也，於字爲『辭』，所謂絶妙好辭也。』魏武亦記之，與脩同，乃嘆曰：『我才不及卿，乃覺三十里。』」七步才，南朝宋劉義慶《世説新語・文學》：「文帝嘗令東阿王七步中作詩，不成者行大法；應聲便爲詩曰：『煮豆持作羹，漉菽以爲汁；萁在釜下燃，豆在釜中泣；本自同根生，相煎何太急！』帝深有慚色。」「黄絹幼婦」「七步成詩」皆爲捷悟之典，用於此乃指柳敬亭説書之時反應敏捷，語臻絶妙。

⑦「似籌兵」四句：敘柳敬亭在明末頻繁出入達官貴人府邸，爲他們出謀劃策，與他們談棋論道。據下文，知乃紀范文貞、何文端公事。北府，東晋建都建康（今江蘇南京），軍府設在建康之北的廣陵（今江蘇揚州），故稱軍府曰北府。碧油，即碧油幢。青緑色的軍帳。東閣，古代稱宰相招致、款待賓客的地方。唐李商隱《九日》詩：「郎君官貴施行馬，東閣無因再得窺。」把棋，下

棋。屐齒，用東晉大臣謝安之典。《晉書・謝安傳》：「玄等既破堅，有驛書至，安方對客圍棋，看書既竟，便攝放牀上，了無喜色，棋如故。客問之，徐答云：『小兒輩遂已破賊。』既罷，還内，過户限，心喜甚，不覺屐齒之折。」「屐齒宵陪」指柳敬亭陪伴的乃謝安一流位高權重的人物。

⑧此紀范文貞、何文端公事：清吴偉業《柳敬亭傳》：「大司馬吴橋范公以憂兵開府，名好士；相國何文端，闔門避造請，兩家引生（柳敬亭）爲上客。」范文貞，范景文（一五八七—一六四四），明末殉節官員。字夢章，號思仁，别號質公，河間府吴橋（今屬河北）人。萬曆四十一年（一六一三）進士。歷官東昌府推官、吏部文選郎中、工部尚書兼東閣大學士，明亡自殺。贈太傅，謚文貞。清朝賜謚文忠。何文端，何如寵（一五六九—一六四二），桐城人（今樅陽人）。明神宗萬曆二十六年（一五九八）進士。如寵爲官清廉，官至少保、户部尚書、武英殿大學士。

⑨「春水」二句：《三國志・吴書二・孫權傳》「曹公望權軍，嘆其齊肅，乃退」，裴松之注引《吴歷》：「權爲箋與曹公説：『春水方生，公宜速去。』」詞人用於此處，表達自己渴望遠離官場的心願。

⑩六代：指東吴、東晉、宋、齊、梁、陳六朝。

【輯評】

曹溶：此題梅村亦有詞，沈鬱頓挫，與是作一時瑜亮。（《香嚴詞》卷下）

龐樹柏：柳敬亭以説書入左寧南幕，梅村傳載甚詳矣。龔芝麓有《沁園春》詞贈敬亭云（詞

略）。按此詞前半即紀寧南事；「籌兵北府」四句，則謂吴橋范司馬、桐城何相國也。（《龍禪室摭談》）

瑞鶴仙　祝澹餘曹〔一〕少宗伯次辛稼軒祝洪莘之韻①

泰山連北斗。看碧月懸霄②，金甌③注酒。宫梅吐寒秀。正朝迴銀燭，香烟滿袖。彩毫④揮就。恰遇着、一陽添候⑤。想當日、天上麒麟，藉作調元鉅手⑥。　歡否。佳辰初至，水鏡鶯遷，喬松鶴守⑦。春暉⑧并久。北堂上，岡陵壽⑨。更難兼珠萼，標聯騷雅，繡虎雕龍世有⑩。廿四年、花甲纔開，中書考後⑪。

【校】

〔一〕「澹餘曹」，《香嚴詞》作「曹澹餘」。

【注】

① 本詞乃康熙九年（一六七〇）爲曹申吉並曹母賀壽作。澹餘曹少宗伯，即曹申吉（一六三五—一六八〇），字錫餘，别號澹餘。山東安丘縣城東關人。曹貞吉之弟。順治十二年（一六五五）進士。官貴州巡撫。因吴三桂反叛被羈留黔中七年，終遇害。「少宗伯」爲禮部侍郎的别稱，因曹氏於康熙六年（一六六七）至康熙九年（一六七〇）任禮部右侍郎，故稱。結合注⑪，知本

詞約作於康熙九年。辛稼軒，即辛棄疾，見卷一《祝英臺近・聞暫寓清江浦用辛稼軒春晚韻》注①。本詞次辛棄疾《瑞鶴仙・壽上饒倅洪莘之時攝郡事且將赴漕事》（黄金堆到斗）韻。

②懸霄：懸挂在天空。

③金甌：酒杯的美稱。元本高明《琵琶記・蔡宅祝壽》：「春花明彩袖，春酒泛金甌。」

④彩毫：彩筆，暗用江淹夢筆事，詳見卷二《天仙子・追和小青》注④。唐温庭筠《塞寒行》：「彩毫一畫竟何榮，空使青樓淚成血。」

⑤一陽添候：古人謂農曆十一月一陽始生，作此詞時恰爲十一月，故云。

⑥「想當日」二句：謂曹申吉乃天上麒麟下凡，能調和陰陽，爲治政大才。天上麒麟，用「石麒麟」典，祝賀男子壽誕，見卷二《水龍吟・爲介玉壽用辛稼軒韻》注③。調元，謂調和陰陽，執掌大政。唐李益《述懷寄衡州令狐相公》：「調元方翼聖，軒蓋忽言東。」

⑦「水鏡」二句：即鶯遷水鏡，鶴守喬松。水鏡，指如鏡般明浄的水面。宋黄庭堅《贈鄭交》：「鴛鴦終日愛水鏡，菡萏晚風凋舞衣。」喬松，高大的松樹。《詩經・鄭風・山有扶蘇》：「山有喬松，隰有游龍。」

⑧春暉：指慈母。此處指曹申吉母親。

⑨「北堂上」二句：祝曹申吉之母長壽。北堂，指母親的居室。語本《詩經・衛風・伯兮》「焉得諼草，言樹之背」毛傳：「背，北堂也。」後因以指代母親。岡陵，祈福壽詞，語出《詩・小雅・天

保》，詳見卷三《點絳唇・壽傅太宰八十》注②。

⑩「更難兼」二句：謂曹申吉與其兄曹貞吉爲難兄難弟，文才出衆，同驅並馳。曹貞吉，見卷四《賀新郎・和曹實庵舍人贈柳叟敬亭》注①。珠萼，對花萼的美稱，此指兄弟。以花萼指兄弟，語本《詩・小雅・常棣》：「常棣之華，鄂（「萼」之借字）不韡韡。凡今之人，莫如兄弟。」騷雅，指詩文之才。南唐李中《離亭前思有寄》：「若無騷雅分，何計達相思。」繡虎，《類説》卷四引《玉箱雜記》：「曹植七步成章，號繡虎。」繡，謂其詞藻雋美；虎，謂其才氣雄傑。後遂以「繡虎」稱擅長詩文、詞藻華麗者。雕龍，雕鏤龍紋。比喻善于修飾文辭。語出《史記・孟子荀卿列傳》：「騶衍之術迂大而閎辯；奭也文具難施；淳于髠久與處，時有得善言。故齊人頌曰：『談天衍，雕龍奭，炙轂過髠。』」

⑪「廿四年」二句：謂二十四年後，曹申吉才及花甲之年，而他那時必然已經成爲像郭子儀那樣的二十四考中書令。依此算來，此年當在康熙九年（一六七〇）前後。廿四，二十四。此處一指再過二十四年，曹申吉方及花甲之年；二指曹申吉將成爲二十四考中書令。花甲，亦稱「花甲子」。指六十甲子。古代用干支紀年，以天干與地支依次錯綜搭配，六十年周而復始，故稱「花甲」。後亦指六十歲。宋范成大《丙午新正書懷》之一：「祝我剩周花甲子，謝人深勸玉東西。」中書考後，用「二十四考中書令」典故。唐朝郭子儀任中書令時，主持官吏的考績達二十四次。出自《舊唐書・郭子儀傳》。後用爲稱頌秉政大臣位高任久的典故。

【輯評】

宋德宜：以迴風舞雪之態，寫《卿雲》《湛露》之歌。覺宋人壽詞都不免酸餡氣。（《香嚴詞》卷下）

減字木蘭花　和阮亭題趙閬仙膳部小像①

東華②塵土。退食攤書恒鍵户③。豪氣淩秋。蓬島④三山最上頭。　其心如水。才大官閒翻自喜。游戲逢場。濟世逃禪總不妨⑤。

【注】

①本詞乃題趙崙像作。趙閬仙，清法式善《清秘述聞》卷二：「禮部主事趙崙，字閬仙。山東萊陽人。戊戌進士。」戊戌即順治十五年（一六五八）。膳部，古官署名。掌祭器、牲豆、酒膳及藏冰等事。《周禮·天官》冢宰之屬有膳夫、淩人二職。晋有左右士曹，北齊改左士爲膳部郎。唐設膳部郎中、員外郎，屬禮部。明改膳部爲精膳司。清末始廢。阮亭，即王士禛，見卷三《沁園春·讀烏絲集次曹顧庵王西樵阮亭韻》注①。王士禛詞不詳。

②東華：謂爲官，因明清時中樞官署設在宮城東華門内，故稱。

③鍵户：關閉門户。

④蓬島：即蓬萊山。唐李白《古風》之四十八：「但求蓬島藥，豈思農鳸春？」

⑤「濟世」句：謂濟世澤民與遁世逃禪兩不相妨。逃禪，指遁世而參禪。唐牟融《題寺壁》：「聞道此中堪遁迹，肯容一榻學逃禪。」

【輯評】

黄之翰：從來大宰官皆佛地位中人，「濟世逃禪」一語，請以質之子瞻。（《香嚴詞》卷上）

百字令〔一〕　送蔡竹濤游太原和顧庵學士韻①

入秦蔡澤，急横金躍馬、難甘雌伏②。今代才名羈旅客，醉倚長楊抛筑③。一雁清秋，三關落日，人比蕭蕭竹④。薄游⑤書劍，官齋⑥移榻堪宿。　試問懸甕⑦風烟，青城⑧花月、此景曾陵谷⑨。極眺高歌偕騎省⑩，指點殘楓剩槲。越石登樓⑪，太真披扇⑫，天湊清狂福。歸來重九，新詞珠定盈斛。騎省謂次耕也，時在太原幕中。

【校】

〔一〕《香嚴詞》詞牌題作「念奴嬌」。

【注】

①本詞乃康熙十年（一六七一）送别蔡湘之太原作。蔡竹濤，《（光緒）南匯縣志》卷十四：「蔡湘，

字竹濤。周浦人。監生。天資英敏，書不再讀。年二十客游京師。嘗於龔鼎孳尚書席上聽柳敬亭説隋唐故事，座客限韻賦詩。湘以齒少居末座，而詩先成。詩云：『晉陽龍起説興唐，鐵馬金戈舊事長。草昧君臣私結納，亂離豪傑走關梁。聽來野史風雲驟，貌出凌烟劍佩莊。側耳長宵俱上客，明燈高映六街霜。』首席閻爾梅嘆爲：『崔詩在上。』相視皆閣筆，由是名愈盛。與王士禛、施閏章、朱彝尊輩相倡和，咸服其才。雅善丹工，冠其儕偶。越四年至晉陽。明年壬子客死交城，年二十五。遺詩一帙，陸錫熊序刻。」壬子爲康熙十一年（一六七二），故本詞當作於康熙十年（一六七一）蔡湘離京赴晉之時。顧庵，曹爾堪，見卷三《沁園春·讀烏絲集次曹顧庵王西樵阮亭韻》注①。曹爾堪詞不詳。

②「入秦」二句：以蔡澤入秦擬蔡湘游太原，是不甘雌伏而欲大展宏圖的壯舉。蔡澤，戰國燕人，曾游説列國。入秦説范雎，因得見昭王，用爲客卿。後范雎辭退，澤拜秦相。獻計説昭王攻滅西周。不久辭相位，封爲綱成君。又爲秦使燕，説燕太子丹入質於秦。此處以同姓蔡澤指蔡湘。橫金躍馬，即橫戈躍馬。金，指刀劍等武器。《淮南子·説山訓》：「砥石不利而可以利金。」雌伏，比喻屈居下位，無所作爲。《東觀漢記·趙溫傳》：「初爲京兆郡丞，嘆曰：『大丈夫當雄飛，安能雌伏！』遂棄官而去。後官至三公。」

③「醉倚」句：謂蔡湘醉後於京師擊筑，喻指友朋之間悲歌送別。拋筑，拋通「抱」，抱筑而擊也。筑，古擊弦樂器。已失傳，大體形似箏，頸細而肩圓。演奏時，以左手握持，右手以竹尺擊弦發

音。戰國燕太子丹遣荆軻入秦刺秦王，送至易水上，高漸離擊筑，荆軻和而歌，爲變徵之聲，士皆涕泣。見《戰國策·燕策三》。後以「擊筑」喻指悲歌送别。

④「一雁」三句：描摹蔡竹濤擊筑所呈現的藝術情景，堪比蕭蕭聲涼的竹笛。此「竹」又切合蔡竹濤之字。

⑤薄游：漫游，隨意游覽。唐李嘉祐《送王牧往吉州謁王使君叔》：「細草緑汀洲，王孫耐薄游。」

⑥官齋：猶官舍。清唐孫華《送王冰庵出守紹興》：「范蠡高城繞駕臺，官齋自昔枕崔嵬。」

⑦懸甕：山名。在太原縣（今太原市晉源區）西南十里。

⑧青城：宋齋宫名。在河南開封府治（今河南開封市）。有二：一在南熏門外，爲祭天齋宫，謂之南青城；一在封丘門外，爲祭地齋宫，謂之北青城。元劉祁《歸潛志》卷七：「大梁城南五里號青城，乃金國初粘罕駐軍受宋二帝降處。當時后妃皇族皆詣焉，因盡俘而北。後天興末，末帝東遷，崔立以城降，北兵亦於青城下寨，而后妃内族復詣此地，多僇死，亦可怪也。」劉氏所記皆南青城。清錢謙益《向言上》：「宋之亡也以青城，金之亡也亦以青城。」此處喻指京師。

⑨陵谷：比喻自然界或世事巨變。北周庾信《周大將軍司馬裔神道碑》：「是以勒此豐碑，懼從陵谷；植之松柏，不忍凋枯。」

⑩騎省：原指潘岳。語本晉潘岳《秋興賦序》：「寓直于散騎之省。」潘岳曾任散騎常侍。晉散騎常侍掌侍衛皇帝及規諫之職，并參與處理上書奏事。唐兩省皆有散騎常侍，故稱之爲騎省。

唐王維《春日直門下省早朝》：「騎省直明光，鷄鳴謁建章。」後文稱「騎省謂次耕」，次耕即潘耒，故以同姓潘岳指之。潘耒（一六四六—一七〇八），清初學者。字次耕，一字稼堂、南村，晚號止止居士。吴江（今屬江蘇蘇州）人。清康熙十八年，舉博學鴻詞，授翰林院檢討，參與纂修《明史》。

⑪越石登樓：謂蔡湘有劉琨登樓長嘯之風神氣度。越石，劉琨（二七〇—三一八），字越石。晉中山魏昌人。愍帝時，任大將軍，都督并、冀、幽三州諸軍事。晉室南渡，轉任侍中太尉，長期堅守并州，與石勒、劉曜對抗，因孤軍無援，兵敗投奔段匹磾。後被段匹磾殺害。《晉書・劉琨傳》：「（琨）在晉陽，嘗爲胡騎所圍數重，城中窘迫無計，琨乃乘月登樓清嘯，賊聞之，皆淒然長嘆。中夜奏胡笳，賊又流涕歔欷，有懷土之切。向曉復吹之，賊并棄圍而走。」此處用此典，也與晉陽之地理位置貼合。

⑫太真披扇：謂蔡湘當似温嶠，覓得佳偶。太真，温嶠（二八八—三二九），字太真。晉太原祁縣人。元帝時，爲劉琨右司馬。明帝即位，拜侍中轉中書令。與庾亮等討平王敦。後歷陽太守蘇峻等作亂，嶠苦心調停於庾亮、陶侃之間，卒平峻難。官至驃騎大將軍，卒謚忠武。《晉書》有傳。《世説新語・假譎》：「温公喪婦。從姑劉氏，家值亂離散，唯有一女，甚有姿慧，姑以屬公覓婚。公密有自婚意，答云：『佳婿難得，但如嶠比云何？』姑云：『喪敗之餘，乞粗存活，便足慰吾餘年，何敢希汝比。』却後少日，公報姑云：『已覓得婚處，門地粗可，婿身名宦，盡不減

嶠。』因下玉鏡臺一枚。姑大喜。既婚交禮，女以手披紗扇，撫掌大笑曰：『我固疑是老奴，果如所卜。』」宋蘇軾《戲贈孫公素》：「披扇當年笑温嶠，握刀晚歲戰劉郎。」

【輯評】

汪琬：一起作弓弦霹靂聲。（《香嚴詞》卷下）

菩薩蠻 西郊海棠已放，風復大作，對花悵然①

愛花歲歲看花蚤②。今年花較年時老。生怕近簾鉤。紅顔人白頭。　那禁風似箭。更打殘花片。莫使踏花歸③。留他緩緩飛。

【注】

① 本詞乃有感於西郊海棠被狂風吹打而作。

② 蚤：通「早」。

③ 莫使踏花歸：宋潛説友《（咸淳）臨安志》卷二十六：「吴越王妃每歲春必歸臨安。王以書遺妃曰：『陌上花開，可緩緩歸矣。』」此處反用其語，表達了詞人的惜花之情。

【輯評】

王士禛：「陌上花開，可緩緩歸矣」一語，魂銷千載，庾公于此興復不淺。（《香嚴詞》卷上）

滿庭芳　爲子翥内人壽，同籜庵西樵作①

一愛傾城，便成名士②，人間何物堪憐。屏山六曲③，開閣對江烟。多少三春花月，攢簇④上、金粉奩前。凝妝罷，披香博士，長奏衍波箋⑤。　難傳。嗔喜態，嬌憨宛轉。半笑無言，是繡窗、良友非是情緣。恰好芙蓉並蒂，鴛鴦牒⑥福慧雙全。從今算，芳華二十，歡燕⑦到千年。

【注】

① 本詞爲姜鶴儕内人澹衣祝壽作。子翥，《（光緒）重修丹陽縣志》卷二十：「姜鶴儕，字子翥。明諸生。尚書寶元孫。性豪放，有雋才。一時名士杜于皇、紀伯紫、周櫟園、龔芝麓、王阮亭、王西樵多與之酬咏。國初以事繫獄，鶴儕談笑自若，釋歸後，亦無怨尤色，人皆服其雅量。仁和王晫《今世説》列入『德行』門。」同書卷三十五記載姜氏有《江上詩草》《宛委山堂稿》。籜庵，袁于令（一五九二—一六七四），原名韞玉，又名晉，字令昭，一字凫公，號籜庵，又號幔亭、白賓、吉衣主人，吳縣人。生年不詳，約卒于康熙十三年（一六七四），年在七十歲以外。袁于令詞不詳。西樵，即王士禄，見卷三《沁園春·讀烏絲集次曹顧庵王西樵阮亭韻》注①。王士禄有《滿庭芳·贈姜子翥内君澹衣生日和芝麓先生》（並蒂疑花），可知子翥内人字澹衣。《定山堂詩

集》卷四十二有《爲子翥少君澹衣賦》二首。其一：「玉鏡奩開漾曉霞，謝庭飛雪浄鉛華。當時漫羡簪花筆，放筆兼舒稱意花。」其二：「人似芳蘭只並頭，畫眉長共讀書樓。不須天上搴瑶草，百子堂前種石榴。」

② 「一愛」二句：意謂對佳人之愛慕成就名士風流。傾城，李延年歌：「北方有佳人，遺世而獨立。一顧傾人城，再顧傾人國。」南朝梁簡文帝蕭綱有《和湘東王名士悦傾城》詩，可見蕭綱之弟湘東王蕭繹有《名士悦傾城》詩。同時劉緩（一作鮑泉）有《敬酬劉長史咏名士悦傾城》詩，可見「名士悦傾城」是南朝人習咏之題。龔鼎孳《定山堂詩集》卷四《李雲田將出都門命賦老蕩子失意行檃括其意爲長歌贈别》有「從知空谷有佳人，能悦傾城即名士」句。

③ 屏山六曲：五折六面的屏風。

④ 攢簇：簇聚，簇擁。宋孟元老《東京夢華録・駕宿太廟奉神主出室》：「駕乘玉輅……頂皆鏤金大蓮葉攢簇四柱欄檻，鏤玉盤花龍鳳。」

⑤ 「凝妝罷」三句：謂澹衣盛裝打扮後，便吟詩作賦，風雅非常。披香博士，喻澹衣知書達理。漢伶玄《飛燕外傳》：「宣帝時，披香博士淖方成，白髮教授，宫中號『淖夫人』。」披香，漢宫殿名。《三輔黄圖》卷三：「武帝時，後宫八區，有昭陽、飛翔、增城、合歡、蘭林、披香、鳳皇、鴛鴦等殿。」博士，古代對具有某種技藝或專門從事某種職業的人的尊稱，猶後世稱人爲師傅。「披香博士」即宫廷教習。衍波箋，詩箋名。《詩話總龜》卷三十四引宋王直方《直方詩話》：「蕭貫少

時，嘗夢至宫廷中……見群婦人如神仙，視貫，驚問何所從來？貫愕然，亦不知對。貫自陳進士，能爲詩。中有一人授貫紙，曰：『此所謂衍波箋，煩賦《宫中曉寒歌》。』貫援筆立成。」用於此指澹衣能詩善賦。

⑥鴛鴦牒：舊謂登記前定婚姻的册籍，詳見卷二《滿江紅·爲孫秋我新納姬人催妝和韻》注⑥。

⑦歡燕：歡愛和樂。明湯顯祖《紫釵記·花朝合巹》：「神仙眷，看取千里佳期，百年歡燕。」

賀新郎

青藜將南行，招同檗子、方虎、維則、石潭、穀梁集雪客秋水軒，即席和顧庵韻①。

簾颭微飔②卷。正新秋、一泓秋水，一宵排遣。客舍高城砧杵急〔一〕，清淚征衫③休泫。隨旅燕④、栖巢如繭。老子逢場游戲久，興婆娑、肯較南樓淺⑤。眉總鬬，遇歡展。　西山⑥半角藏還顯。記春星、捫蘿⑦孤照，來青殘扁⑧。早雁漸迴沙柳路，催起臂鷹牽犬。鰕菜⑨夢、年年難免。且飲醇醪公瑾坐，問風流、軍陣今誰典⑩。花月外，舌須剪。

【校】

〔一〕「急」，《香嚴詞》作「動」。

【注】

①本詞爲送別曾燦南下作。此乃康熙十年（一六七一）秋水軒倡和之作。是年，周在浚寓居於孫承澤之京師别墅秋水軒，「一時名公賢士無日不來，相與飲酒嘯咏爲樂」（汪懋麟《百尺梧桐閣集》卷三《秋水軒詩集序》）。一日，前來秋水軒的曹爾堪以一闋《賀新郎》首唱開題，龔鼎孳看到曹詞後，即席和韵，龔氏的推波助瀾使得一次即興填詞演變成一場大規模的唱和，被杜濬譽爲「詞場一時之盛」（杜濬《秋水軒倡和詞引》）。周在浚廣事徵集倡和詞作，輯録成《秋水軒倡和詞》一編，交付遥連堂刊刻。這就是清初詞壇的「秋水軒倡和」。詳見遥連堂刻本《秋水軒倡和詞》卷首王世禄《秋水軒倡和題詞》、汪懋麟《秋水軒倡和詞序》、杜濬《秋水軒倡和詞引》、曹爾堪《秋水軒倡和詞紀略》。在這次倡和中，龔鼎孳創作了二十三首「剪」字韻《賀新郎》（遥連堂刻本《秋水軒倡和詞》收龔詞二十二首，未收《賀新郎·題沈雲賓小像》）。本詞與以下之《賀新郎》《百字令》均爲送别曾燦南下作。青藜，《（道光）寧都直隸州志》卷二十二：「曾燦，字青藜，别字止山。應遴仲子。與兄畹并工詞章。……方明季多故，燦兄弟思以功業表見，折節自下，一洗貴介才華之習。歲乙酉，楊廷麟竭力保吉贛，應遴計閩地山澤間有衆十萬，俾燦往撫之。燦既行，而應遴病卒，贛亦破，乃解散去。燦後薙髪爲僧，遨游閩、浙、廣之東西。大母氏

陳、母氏温念燦成疾，始歸家謁省。以大母命受室。築六松草堂，躬耕不出者數年。燦自幼有詩名，選海内名家詩二十卷，號《過日集》。僑居吴下二十餘年，著《西庵草堂詩》。復客游燕，卒。」曾燦《六松堂詩集》卷七有《夏日將歸省視留别龔芝麓年伯》四首。曾燦《過日集》録龔鼎孶《次原韻送曾青藜歸贛江兼柬令兄庭聞》四首。此外，《龔端毅公文集》卷五《曾庭聞詩序》乃龔鼎孶爲曾燦兄曾畹所作詩序。又同卷爲曾燦《過日集》作序，有言：「吾同年曾二濂都諫仲子青藜，肆力於詩道，蓋已有年。近余延至賓幕……」可知曾燦曾爲龔鼎孶幕賓。檗子，即紀映鍾，見卷三《滿庭芳・和伯紫韻送錢葆馚舍人》注①。方虎，徐倬（一六二四—一七一三），字方虎，號蘋村，浙江德清新塘（今德清士林鎮徐家墩）人。康熙十二年（一六七三）進士。維則，即張柔嘉，見卷二《高陽臺・和秀公爲張維則催妝》注①。石潭不詳。穀梁，冒禾書，又名嘉穗，字穀梁。如皋人。冒襄長子。諸生，考授主簿。有《寒碧堂集》。雪客，周在浚（一六四〇—？），字雪客，號梨莊。祥符（今河南開封）人。周亮工長子。夙承家學，淹通史傳，嘗官經歷。有《梨莊詞》《花之詞》，并輯《秋水軒倡和詞》。顧庵，即曹爾堪，見卷三《沁園春・讀烏絲集次曹顧庵王西樵阮亭韻》注①。本詞和曹爾堪《賀新郎・雪客秋水軒晚坐柬檗子青藜湘草古直六月二十日》（淡墨雲舒卷）韻。

② 微颸：微風。颸，凉風。

③ 征衫：旅人之衣。借指遠行之人。宋張元幹《憶秦娥》：「征衫辜負深閨約，禁烟時候春羅薄。」

④旅燕：歸燕。燕爲候鳥，故云。元郝經《鏡藾亭》：「檻外流鶯仍語巧，梁間旅燕又巢新。」

⑤「老子」二句：詞人謂自己尋歡作樂的興致不會較庾亮爲淺。婆娑，逍遥自得貌，詳見卷二《水龍吟·爲介玉壽用辛稼軒韻》注⑬。南樓，古樓名。在湖北省鄂城縣南。又名玩月樓。南朝宋劉義慶《世説新語·容止》：「庾太尉（庾亮）在武昌，秋夜氣佳景清，使吏殷浩、王胡之之徒登南樓理咏，音調始遒，聞函道中有屐聲甚厲，定是庾公。俄而率左右十許人步來。諸賢欲起避之，公徐云：『諸君少住，老子於此處，興復不淺。』因便據胡牀，與諸人咏謔，竟坐甚得任樂。」

⑥西山：北京西郊名勝，爲太行山支脈，衆山連接，山名甚多，總名爲西山，又名小清凉。秋水軒在北京西南隅，「開軒而眺，西山鬱蒼直入窗户」（汪懋麟《秋水軒詩集序》，《百尺梧桐閣集》卷三）。

⑦捫蘿：攀援葛藤。南朝梁范雲《送沈記室夜别》：「捫蘿正憶我，折桂方思君。」

⑧來青殘扁：謂來青軒還殘留着明萬曆帝書寫的匾額。此有感慨興亡之意。來青，來青軒，在北京西山香山寺山門外。明萬曆二十八年（一五九六），萬曆皇帝祭陵歸來，見此軒之匾額後，嫌小，遂書徑尺「來青軒」三大字。扁，匾額。題字的長方形牌子。後作「匾」。清施閏章《來青軒》：「好是香山寺，東軒舊迹稀。輕陰疏雨散，遠色萬峰歸。宸翰留丹壁，靈泉滿翠微。先朝游幸地，只有暮雲飛。」

⑨鰕菜：魚鰕做成的菜餚。杜詩：「鰕菜忘歸范蠡船。」

⑩「且飲」二句：謂曾燦如周瑜一般，既是儒雅謙和的君子，又是運籌帷幄的將才。且飲醇醪公瑾坐，《三國志·吴書·周瑜傳》「惟與程普不睦」，注引《江表傳》：「普頗以年長，數陵侮瑜。瑜折節容下，終不與校。普後自敬服，而親重之。乃告人曰：『與周公瑾交，若飲醇醪，不覺自醉。』」醇醪，味厚的美酒。詞人用於此處指與曾燦交，如品醇醪。軍陣，軍事或戰爭。《尹文子·大道上》：「故所言者不出於名法權術；所爲者不出農稼軍陣。」。周瑜乃東吴名將，主軍政要事，而此處更暗指曾燦於明亡之初，往閩地招集山間十萬游勇，以策應楊廷麟的反清之舉。

【輯評】

吴綺：險韻疊出，新闢蠶叢，爲秦、黄、辛、劉諸公所未及，更和韻至二十二章，千巖競秀，萬壑争流。兩宋人亦當避舍矣。（《香嚴詞》卷下）

前調　送青藜偕紀郡伯之毗陵，再疊前韻（一）①

裹劍攜書卷。乍銷魂、黯然欲别，有情誰遣。樽酒旗亭楓葉亂，朝雨輕塵方泫②。離話細、春蠶抽繭。望去千峰蒼翠合，試蒜山③、瓜步④潮深淺。風正利，片帆展。　六朝記室⑤名尊顯。況金閶⑥、文章大手，群推輪扁⑦。指點孫郎遺略在，豈似景升〔二〕豚犬⑧。行色壯、倚閭差免⑨。到日秋花團竹馬⑩，奉蘭陵⑪雄郡君同典。襦袴五⑫，自今剪。

【校】

〔一〕「前韻」，《香嚴詞》作「顧庵韻」。

〔二〕「景升」，《香嚴詞》作「劉家」。

【注】

① 本詞爲送別曾燦與紀堯典之常州作。此乃康熙十年（一六七一）秋水軒倡和之作，詳見前首注①。青藜，即曾燦，見卷四《賀新郎》（簾颭微颸卷）注①。毗陵，今江蘇常州一帶。紀郡伯，常州知府紀堯典。郡伯，明清時稱知府爲郡伯。《（乾隆）武進縣志》卷六：「紀堯典，號光韓。遼東人。由明經歷官金滄兵備，改補知常州。性恬淡，政尚簡約，不擾民。……後以失盜事去官。」遥連堂刻本《秋水軒倡和詞》收王槩《賀新涼·青藜雨中至自毗陵書報雪客用顧庵先生韻》。

② 「樽酒」二句：謂與友人樽酒話別，依依相送。旗亭，見卷二《燭影摇紅·吴門元夜值雨和張材甫上元韻》注⑦。朝雨輕塵，唐王維《送元二使安西》：「渭城朝雨浥輕塵，客舍青青柳色新。勸君更盡一杯酒，西出陽關無故人。」詞人用此語典，表達惜别之情。

③蒜山：在江蘇鎮江市西。臨江絶壁，以山多澤蒜而名。《唐詩紀事》卷二十八朱長文《春眺揚州西崗寄於員外》：「瓜步早湖吞建業，蒜山晴雪照揚州。」一作「算山」，相傳漢末周瑜與諸葛亮議拒曹操謀算於此，故名。

④瓜步：地名。在江蘇六合東南。有瓜步山，山下有瓜步鎮。古時瓜步山南臨大江，南北朝時屢爲軍事争奪要地。公元四五〇年，北魏太武帝攻宋，率軍至此，鑿山爲盤道，設氈殿，隔江威脅建康（今南京市）。明清時設巡檢司於瓜步鎮。唐白居易《奉酬淮南牛相公思黯見寄》：「日落龍門外，潮生瓜步前。」

⑤六朝記室：指曾燦。記室，官名。東漢置，掌章表書記文檄。後世因之，或稱記室督、記室參軍等。六朝著名文士晉郭璞、梁何遜等曾任記室。龔鼎孳《龔端毅公文集》卷五《過日集序》：「吾同年曾二濂都諫仲子青藜，肆力詩道，蓋已有年。近余延至賓幕，飲酒論詩……」可知曾燦曾爲龔鼎孳幕賓。龔氏許之爲「六朝記室」，一則譽其文才，二則指其幕賓身份。

⑥金閨：金馬門，代指朝廷，詳見卷三《滿江紅·和緯雲見贈韻其二》注④。

⑦輪扁：用「輪扁斫輪」典故。輪扁是春秋時齊國有名的的造車工人，他的技藝非常精湛，而且認爲自己的技藝是「得之於手，而應於心，口不能言」。詳見《莊子·天道》。此處譽曾燦爲輪扁，也即誇讚其文章之藝到了爐火純青之境。

⑧「指點」二句：謂曾燦不愧爲名父之子，正如孫堅有子權能繼承父業，不似劉表之子將父輩基

業拱手讓人。《三國志・吴書・孫權傳》：「十八年正月，曹公攻濡須，權與相拒月餘。曹公望權軍，嘆其齊肅，乃退。」裴注：《吴歷》曰：「……權行五六里，迴還作鼓吹。公見舟船器仗軍伍整肅，喟然嘆曰：『生子當如孫仲謀（孫權），劉景升（劉表）兒子若豚犬耳。』」曾燦之父曾應遴，《（康熙）江西通志》卷九十四載：「曾應遴，字無擇。寧都人。崇禎進士。初授刑部主事，轉兵部職方員外，改兵科給事中，轉工科，出督江西、廣東兵餉，入掌兵科。值李自成、張獻忠二賊蹂躪荆、襄、湖、陝間，凡所論奏，皆洞中機宜。甲申春被議，去。去二十餘日而京師陷。唐王時起太常卿，與楊廷麟等共事，撫吉、贛、南安。尋戰敗，衆散，以病卒。」

⑨「行色」句：謂曾燦遠行自有豪情壯氣，其親長不必苦盼其歸來。倚閭，指父母盼望子女歸來的殷切心情。《戰國策・齊》卷六：「（王孫賈）母曰：『女朝出而晚來，則吾倚門而望；女暮出而不還，則吾倚閭而望。』」

⑩竹馬：用郭伋的典故稱頌紀堯典深得民心。《後漢書・郭伋傳》：「始至行部，到西河美稷，有童兒數百，各騎竹馬，道次迎拜。」後用爲稱頌地方官吏之典。

⑪蘭陵：東晉初僑置縣名。治所在今江蘇常州市西北。此指毗陵。

⑫襦袴五：東漢廉范爲蜀郡太守，政治清明，百姓富庶，時人作歌頌揚之：「廉叔度，來何暮？不禁火，民安作。平生無襦，今五袴。」此用爲爲對紀堯典德政的稱頌。

【輯評】

程可則：試取此詞于妙高臺上誦之，應見江濤盡立。（《香嚴詞》卷下）

百字令〔一〕 雨夜再送青藜，疊緯雲除夕韻①

疏燈細雨，正客心蕭瑟、秋行半矣。青眼高歌人乍別，誰向歡場奪幟②。六代③江山，五陵衣馬④，去住今宵裏。更闌⑤酒醒，風帆愁見初起。　揚袂司馬游梁，終軍使越，寂寂聊爲此⑥。一片鬱孤臺上月，直接石頭潮水⑦。樓櫓丹陽，蓴羹笠澤，亂攬〔二〕寒衾寐⑧。朔雲回首，棋枰翻盡朝市⑨。

【校】

〔一〕《香嚴詞》《瑶華集》詞牌均題作「念奴嬌」。

〔二〕「亂攬」，《香嚴詞》作「攬亂」。

【注】

① 本詞作於康熙十年（一六七一）送別曾燦南下時。青藜，即曾燦，見卷四《賀新郎·簾颸微颸卷》注①。緯雲，即陳維岳，見卷三《滿江紅·和緯雲見贈韻》注①。本詞所疊爲卷四《百字令·和緯雲除夕》。

② 「青眼」二句：謂與曾燦一別，歡樂無由。青眼高歌，化用杜甫《短歌行贈王郎司直》：「青眼高歌望吾子，眼中之人吾老矣！」青眼，正眼看人，表欣賞，詳見卷一《東風第一枝·樓晤用史邦

卿韻》注⑤。奪幟，即斬將奪幟。

③六代：東吴、東晉、宋、齊、梁、陳。

④五陵衣馬：指富貴之家的豪華生活。唐杜甫《秋興》之三：「同學少年多不賤，五陵衣馬自輕肥。」五陵，見卷三《沁園春·讀鳥絲集次曹顧庵王西樵阮亭韻》其三注⑤。衣馬，見卷三《賀新郎·和其年秋夜旅懷韻》注⑦。

⑤更闌：更深夜殘。唐方干《元日》：「晨雞兩遍報更闌，刁斗無聲曉露乾。」

⑥「揚袂」三句：將曾燦的南行喻爲司馬相如游梁與終軍使越，途中寂寥孤單。揚袂，舉袖。《文選·宋玉〈高唐賦〉》：「揚袂鄣日，而望所思。」司馬游梁，《史記·司馬相如列傳》：「(司馬相如)以貲爲郎，事孝景帝，爲武騎常侍，非其好也。會景帝不好辭賦，是時梁孝王來朝，從游説之士齊人鄒陽、淮陰枚乘、吴莊忌夫子之徒，相如見而説之，因病免，客游梁。」終軍使越，《漢書·終軍傳》載：「南越與漢和親，乃遣軍使南越，説其王，欲令入朝，比内諸侯。軍自請：『願受長纓，必羈南越王而致之闕下。』」

⑦「一片」二句：寫出今昔盛衰之感。鬱孤臺，山名，亦臺名。在江西贛州市西南賀蘭山頂。因高阜鬱然孤起，故名。唐贛州郡守李勉登臨北望，因改名望闕，宋曾慥增築二臺，南爲鬱孤，北爲望闕。宋辛棄疾《菩薩蠻·書江西造口壁》抒發家國淪亡和收復無期的悲憤，中有「鬱孤臺下清江水，中間多少行人淚」句。石頭，石頭城，見卷一《西江月·廣陵寄憶用史邦卿閨思韻》

注④。此處化用唐劉禹錫《金陵五題・石頭城》：「山圍故國周遭在，潮打空城寂寞回。淮水東邊舊時月，夜深還過女墻來。」

⑧「樓櫓」三句：謂曾燦遠行，丹陽的樓櫓、笠澤的蓴羹，今夜會攪動得他無法入睡。樓櫓，古代軍中用以瞭望、攻守的無頂蓋的高臺。建于地面或車、船之上。丹陽，縣名。秦爲雲陽，屬會稽郡，後改曲阿。漢屬揚州。唐天寶間以京口爲丹陽郡，改曲阿爲丹陽縣。「樓櫓丹陽」借指明清易代之際的戰事。蓴羹，用蓴菜烹製的羹。《晉書・張翰傳》：「翰因見秋風起，乃思吴中菰菜、蓴羹、鱸魚膾，曰：『人生貴得適志，何能羈宧數千里以要名爵乎！』遂命駕而歸。」笠澤，指太湖。「蓴羹笠澤」指思鄉之情。

⑨「朔雲」二句：意謂名利場的追逐爭鬥，如棋枰對弈，勝負輸贏瞬息萬變。朔雲，北方的雲氣。唐宋璟《奉和聖製送張説巡邊》：「德風邊草偃，勝氣朔雲平。」棋枰，即棋盤。宋陸游《東嶺》：「君看浮世事，何處異棋枰。」朝市，泛指名利之場。晉陶潛《感士不遇賦》：「擁孤襟以畢歲，謝良價於朝市。」

【輯評】

顧有孝：驅駕周秦，激揚辛陸，懷人送別，意氣風生。（《香嚴詞》卷下）

賀新郎　寄祝辟疆偕蘇夫人六十，用其年壽阮亭韻〔一〕①

四海珠盤走②。羨英游③、才名意氣，喬松同壽。曾過青溪金粉地，香重一圍羅袖④。花霧下、横參轉斗⑤。燕子紅箋誰譜曲，與諸君〔二〕、撫掌兼揮肘⑥。鈎黨⑦夢，醒何有。　攀條休悵桓公柳⑧。未消磨、千林烟月，百年文酒⑨。絲繡平原賓客到⑩，緑水朱欄依舊。曠達士、天難衰朽。况對齊眉鸞鳳侶⑪，指佳兒⑫、肯鎖春樽口。乘駟馬〔三〕⑬，坐相守。

【校】

〔一〕《同人集》卷十二題作「辛亥秋日，穀梁還東皋，寄壽辟翁盟長兄偕蘇夫人長嫂六帙雙壽大慶，調寄《賀新郎》，用其年祝阮亭韻。以二君皆辟老至交，而余又懶倦，束縛步和，易於速成，差免栖豪閣筆之纍耳」。

〔二〕「君」，《同人集》作「客」。

〔三〕「乘駟馬」，《同人集》作「駟馬車」。

【注】

①本詞作於康熙十年（一六七一）秋，乃爲寄祝冒襄與蘇夫人六十雙壽作。辟疆，冒襄（一六一一

一—一六九三），字辟疆，自號巢民，又號樸巢。明末如皋人。少有文名，與方以智、陳貞慧、侯方域并稱四公子。明亡，隱居不仕。詩文清麗，著有《水繪園詩文集》《樸巢詩文集》《影梅庵憶語》等。所輯同人投贈詩文《同人集》十二卷，清列入禁毁書目。蘇夫人，冒襄嫡配蘇元芳（「芳」一作「貞」）。明中書舍人蘇文韓之女。爲冒襄生有二子一女。其年，即陳維崧，見卷三《念奴嬌·中秋和其年韻》注①。本詞用陳維崧《賀新郎·賀阮亭三十》（牛馬江東走）韻。《龔端毅公文集》卷九有《冒辟疆暨蘇孺人六十雙壽序》。

②「四海」句：謂冒襄四海定盟，聲聞遐邇。珠盤，即珠槃。古代諸侯盟誓時用的器具。引申爲訂立盟約。《周禮·天官·王府》：「合諸侯則供珠槃玉敦。」鄭玄注：「敦，槃類，珠玉以爲飾。古者以槃盛血，以敦盛食。合諸侯者必割牛耳，取其血歃之以盟。珠槃以盛牛耳，尸盟者執之。」冒襄《寄吴梅村先生四首》其一：「當年盟會及江黄，鞭弭曾經事末行。四海珠槃紛絡繹，三吴玉勒映輝光。」

③英游：英俊之輩，才智傑出的人物。宋范仲淹《楊文公寫真贊》：「當時臺閣英游，蓋多出于師門矣。」

④「曾過」二句：冒襄早年常往來於秦淮河畔，衣馬輕肥，紅妝佐歡，故稱。青溪金粉地，指金陵（今南京市）。青溪，見卷四《賀新郎·和曹實庵舍人贈柳叟敬亭》注⑩。金粉，喻指繁華綺麗的生活。古人常以「六朝金粉（地）」形容六朝首都建康（今南京市）的繁華景象。明陳繼儒《送

何師南游》：「六朝金粉不見人，蓑草萋萋没雙膝。」清吴偉業《殘畫》：「六朝金粉地，落木更蕭蕭。」

⑤橫參轉斗：即參橫斗轉。原指天快亮的時候。蘇軾《六月二十日夜渡海》：「參橫斗轉欲三更，苦雨終風也解晴。」此處指歲月流逝。

⑥「燕子」二句：寫冒襄於明末黨争中斥罵閹黨餘孽阮大鋮，意氣激昂顧盼自雄。燕子紅箋，阮大鋮著有傳奇《燕子箋》。阮大鋮（一五八七—一六四六），字集之，號圓海、石巢、百子山樵。萬曆四十四年（一六一六）進士。天啓時任吏科都給事中，後以附魏忠賢，名列逆案，終崇禎一朝，廢斥十七年。明福王立，附馬士英同領朝政，官至尚書。對東林、復社文人大加迫害。清兵破金華，大鋮乞降。旋又與士英等密疏請唐王出關，已爲内應，事泄知不免，投崖死。冒襄乃復社文人，抨擊閹黨不遺餘力，與阮大鋮水火不容。《清史稿・冒襄傳》：「（冒襄）嘗置酒桃葉渡，會六君子諸孤，一時名士咸集。酒酣，輒發狂悲歌，訾詈懷寧阮大鋮，大鋮故奄黨也。時金陵歌舞諸部，以懷寧爲冠，歌詞皆出大鋮。大鋮欲自結諸社人，令歌者來，襄與客且罵且稱善，大鋮聞之益恨。甲申黨獄興，襄賴救僅免。」《龔端毅公文集》卷九《冒辟疆暨蘇孺人六十雙壽序》：「辟疆與前所交數君子方以高名題拂，刻石立墠，爲時指目，而又憂時憫俗，奮袂抵几，狂歌被酒，呼罵及于要人。諸君子有不免者，顧辟疆僅而得全，不可謂非天幸也。」

⑦鈎黨：謂相牽引爲同黨。《後漢書・靈帝紀》：「中常侍侯覽諷有司奏前司空虞放、太僕杜

密……皆爲鉤黨，下獄，死者百餘人。」李賢注：「鉤謂相牽引也。」此處實以東漢黨錮之禍借指明末黨爭。

⑧「攀條」句：謂勿要慨嘆年華漸老。桓公柳，見卷四《賀新郎·和曹實庵舍人贈柳叟敬亭》注⑦。此處用「桓公柳」典慨嘆光陰迅疾、年華易逝。

⑨文酒：謂飲酒賦詩。《梁書·江革傳》：「優游閒放，以文酒自娱。」

⑩「絲繡」句：謂冒襄如平原君般，以接納名士著稱。清王昶《（嘉慶）直隸太倉州志》卷三十六：「如皋冒襄闢水繪園，招致四方名士。」絲繡平原，見卷一《玉燭新·上元獄中寄憶》注⑧。

⑪齊眉鸞鳳侶：謂佳侶。指蘇夫人。齊眉，猶言舉案齊眉。《後漢書·逸民傳·梁鴻》：「每歸，妻爲具食，不敢於鴻前仰視，舉案齊眉。」王先謙集解引沈欽韓曰：「舉案高至眉，敬之至。」後泛指夫妻相敬愛。

⑫佳兒：指冒襄長子冒禾書（又名嘉穗，字穀梁）與次子冒丹書（字青若）。

⑬駟馬：指顯貴者所乘的駕四匹馬的高車，表示地位顯赫。唐許渾《將赴京師留題孫處士山居》之一：「應學相如志，終須駟馬回。」

【輯評】

紀映鍾：寫江左軼事，尤覺伉儷如此。（《香嚴詞》卷下）

菩薩蠻 爲嚴就斯侍讀公子彌月①

彤墀親見龍鸞草②。珠柯又拂庭階好③。金粟④月中香。吹來小鳳凰。　犀錢兼玉果⑤。樂事從今夥。他日對楓宸⑥。黄麻映璧人⑦。

【注】

①本詞乃賀嚴我斯之子彌月作。嚴就斯，嚴我斯（一六二九—？），字就斯（思），號存庵，浙江湖州府歸安縣（今湖州市）人。康熙三年（一六六四）進士第一。官至禮部左侍郎兼翰林院學士。有《尺五堂詩删》。據《經義考·日講書經解義》，嚴我斯任翰林院侍講學士，非侍讀學士。彌月，小兒初生滿一箇月。也稱滿月。唐陸海《空寂寺大福和上碑》：「誕厥彌月，其日猶閉。」

②「彤墀」句：意謂在朝廷親見嚴我斯起草的詔書。嚴我斯乃翰林學士，有起草詔書之責。彤墀，丹墀。指宫殿的赤色臺階或赤色地面。借指朝廷。唐韓愈《歸鼓城》：「我欲進短策，無由至彤墀。」龍鸞，龍與鳳。亦喻賢士。三國魏曹植《九愁賦》：「感龍鸞而匿迹，如吾身之不留。」此處喻嚴我斯。草，指起草詔書。

③「珠柯」句：謂嚴我斯得佳兒。珠柯，即珠樹，見卷三《沁園春·再和其年韻其二》注②。此處以之喻嚴公子爲俊才。庭階，用芝蘭玉樹之典。晋裴啓《語林》：「謝太傅問諸子侄曰：『子弟

何預人事，而政欲使其佳？』諸人莫有言者，車騎答曰：『譬如芝蘭玉樹，欲使生於階庭耳。』」此處以之譽嚴公子爲優秀子弟。

④金粟：桂花，詳見卷三《念奴嬌·中秋和其年韻》注⑨。

⑤犀錢兼玉果：皆爲洗兒時的賜贈之物。犀錢，洗兒錢。洗兒時，親朋賜贈給嬰兒的錢。玉果，指柑橘。其皮有潤澤，故謂。宋蘇軾《減字木蘭花》：「維熊佳夢，釋氏、老君親抱送……犀錢玉果，利市平分沾四坐。」自注：「過吴興，李公擇生子，三日會客，作此詞戲之。」

⑥楓宸：宫殿。宸，北辰所居，指帝王的殿庭。漢代宫庭多植楓樹，故有此稱。三國魏何晏《景福殿賦》：「芸若充庭，槐楓被宸。」宋王安石《賀正表》：「臣尚依枌社，獨隔楓宸，緬瞻朝著之班，竊慕封人之祝。」

⑦「黄麻」句：謂嚴公子他日亦如其父，入翰林擬詔制。黄麻，古代詔書用紙。亦借指詔書。古代寫詔書，内事用白麻紙，外事用黄麻紙。唐杜甫《贈翰林張四學士垍》：「紫誥仍兼綰，黄麻似《六經》。」楊倫箋注引《唐會要》：「開元 三年，始用黄麻紙寫詔。」璧人，見卷三《菩薩蠻·同詔九西郊馮氏園看海棠》注②。此處指嚴公子儀容美好。

【輯評】

孫默：當行處直是渭南老子。（《香嚴詞》卷上）

前調　爲許生洲長君佛摩題字①

九霄飛下青睛客。鳳肩五色麟題石②。棨戟舊家風③。經傳太史公④。　汝南能月旦。人物推東漢⑤。放眼且高歌。摩雲望佛摩⑥。

【注】

①本詞爲許孫荃長子佛摩題字作。許生洲，許孫荃（一六四〇—一六八八），字生洲，號四山，江南合肥（今屬安徽）人。許裔衡長子。康熙九年（一六七〇）庚戌進士，選庶吉士，散館改户部主事，再轉郎中，爲翰林院侍講。歷官刑部四川司員外郎。官至陝西提學道。康熙十八年被薦舉博學鴻詞科，與試未中。著有《慎墨堂詩集》。長君，公子。此指生洲之子。佛摩蓋爲許公子之字。

②「鳳肩」句：用徐陵的典故稱讚生洲之子生而穎異，見卷二《水龍吟·爲介玉壽用辛稼軒韻》注③。

③「棨戟」句：謂許公子出身官宦之家，門第高貴。許孫荃爲許如蘭孫、許裔衡子。棨戟，詳見卷三《沁園春·再和其年韻其三》注③。

④「經傳」句：謂許氏書香門第，也指許公子日後能繼承家學，光耀門楣。太史公，漢司馬談爲太

史令，子遷繼之，《史記》中皆稱「太史公」。

⑤「汝南」二句：謂許公子將來能成爲東漢許劭一流之名士。實是同姓相比。《後漢書·許劭傳》：「初，劭與靖俱有高名，好共核論鄉黨人物，每月輒更其品題，故汝南俗有『月旦評』焉。」許劭，汝南平輿（今河南平輿縣射橋鎮）人。後因稱品評人物爲「汝南月旦」。

⑥「摩雲」句：謂佛摩高摩雲天，實際譽其必將有所成。

【輯評】

王士禄：出手樸老。（《香嚴詞》卷上）

蝶戀花 問訊韞林夫人即和其春愁韻兼柬安又①

俠客文人心自許。研染芙蓉②，鏡染春山雨。雙槳天涯來復去。年年垂柳依張緒③。

翠袖牽蘿凭日暮④。薄病輕寒，似被秋陰妒。靈鵲⑤噪花傳好語。愁銷休與征鴻⑥訴。

【注】

①本詞爲問訊王期齡、林文貞夫婦作。韞林夫人，清人林文貞，字韞林。宣城王期齡副室。善吟咏，工畫蘭竹。與王端淑有詩來往。龔鼎孶所和林文貞詞不詳。《（光緒）宣城縣志》卷四十：

「王期齡姬人名文貞，字韞林。閩之莆田林氏女也。能詩，能畫蘭竹，有林下風致。又能弈能琴，其聲歌蒱博，無不精妙。嘗主天逸閣，見王即許以終身。王因致千金聘之。每題咏，相爲唱和。王後貧落，奔走四方，姬追隨左右，淡泊自甘。片紙隻字，四方人士争欲得之。有悼顧夫人絶句，龔宗伯爲之屬和。著有《韞林集》一卷行世。」清王端淑《名媛詩緯初編》卷十八：「林文貞，宣城人。適延安知府王公子、知縣期齡。甲辰秋林寄詩紈一握，并秋蘭數筆及余，嫣然可愛。」清王士禄《宫閨氏籍藝文考略》卷九：「林文貞，字韞林，閩莆田人。流落後，歸宣城王氏，能爲小詩、小詞，精書法，暇日染翰，自細楷至擘窠，書無停腕。嘗寫一『鵝』字，不洽意，臨之三晝，溢萬餘字，陳世昌贈詩『萬字寫紅鵝』，謂此。所著《韞林偶集》。又善畫蘭。」清梁章鉅《閩川閨秀詩話》卷一：「林文貞，字韞林。莆田人。歸王安明。有《韞林偶集》。嘗隨宦山左。《暮春濟寧道上》得句云：『老樹深深俯碧泉，隔林依約起炊烟。再添一箇黄鸝語，便是江南二月天。』有依此詩景繪一便面者，韞林曰：『畫固好，但真添箇黄鸝，便失我言外遠情矣。』」據傅瑛《明清安徽婦女文學著述輯考》卷七，林氏現存詩作十四首：《新秋雲田先生過訪夫子安又爲寶燈周夫人索詩漫賦絶句》二首、《與安又成志喜》、《寄燕京》、《題紅拂圖》、《暮春濟寧道上》、《秦淮夏盡》、《避兵柏梘題空堂燕巢》、《龔總憲夫人挽言》、《無題》、《寄山陰王玉映夫人》、《春游石泉》、《夫人索詩漫賦絶句》二首。《龔端毅公文集》卷五有《韞林偶集題辭》。安又，林文貞夫王期齡，字安又，宣城人。王義問子。順治十五年副榜。見《（光緒）宣城縣志》卷十四。《（乾隆）江南通志》卷一百三十七《選舉志》：「王義問，宣城人。延安府同知。」《定山堂詩集》卷二十八有《王安又返宛陵》《安又留滯都下歲暮始返再送二首》，卷四十二有《爲王安又題閨媛集後》。

②研染芙蓉：謂韞林夫人研硯磨墨，在芙蓉箋上吟詩作畫。研，同「硯」。《後漢書·班超傳》：「嘗輟業投筆嘆曰：『大丈夫無它志略，猶當效傳介子、張騫立功異域，以取封侯，安能久事筆研間乎？』」

③「年年」句：用「張緒風流」之典故形容垂柳婀娜多姿。《南史·張緒傳》：「緒吐納風流，聽者皆忘饑疲，見者肅然如在宗廟。雖終日與居，莫能測焉。劉悛之爲益州，獻蜀柳數株，枝條甚長，狀若絲縷。時舊宮芳林苑始成，武帝以植於太昌靈和殿前，常賞玩咨嗟，曰：『此楊柳風流可愛，似張緒當年時。』」

④「翠袖」句：化用前人語典，凸顯韞林夫人不同凡俗的風流格調。唐杜甫《佳人》：「侍婢賣珠回，牽蘿補茅屋。摘花不插髮，采柏動盈掬。天寒翠袖薄，日暮倚修竹。」

⑤靈鵲：即喜鵲。俗稱鵲能報喜，故稱。《禽經》：「靈鵲兆喜。」張華注：「鵲噪則喜生。」

⑥征鴻：秋日南飛的雁。江淹《赤亭渚》：「雲邊有征鴻。」

【輯評】

王士禄：刻秀似吴夢窗。（《香嚴詞》卷上）

賀新郎　送穀梁，三疊顧庵學士韻①

雨過〔一〕窗蕉卷，更關河、早鴻嘹嚦②，被秋驅遣。多少客心難按捺，偏到臨岐③淒泫。訝來往、芒鞋重繭④。愁是吾曹萍梗散，算名場、失意悲猶淺。紈扇在，懶頻展。

烏衣門第應清顯⑤。盼詞人、沉香奏曲，禁林揮扁⑥。却向輞川圖畫卧，華子岡頭聞犬⑦。羞獻納、吾冠須免⑧。且共小胥談博奧，儘奚囊、好句芸籤典⑨。燒尾宴，錦綾剪⑩。

【校】

〔一〕「雨過」，《香嚴詞》作「過雨」。

【注】

①本詞爲送別冒禾書南下作。此乃康熙十年（一六七一）秋水軒倡和之作，詳見卷四《賀新郎》（簾颭微颸卷）注①。丙午（康熙五年，一六六六）冒襄曾囑托龔鼎孳照拂二子禾書與丹書，《巢民詩集》卷一《丙午深秋述懷呈芝麓先生》其四有句：「我有弱羽毛，卑飛在帝鄉。待公菴翼深，妥冀成鳳凰。」穀梁，即冒禾書，見卷四《賀新郎》（簾颭微颸卷）注①。冒襄《巢民文集》卷三有「庚戌菊花二十日」《答龔芝麓先生》，書云：「兩小兒豚犬耳……南北六七棘闈見擯，即平等

一階亦蹭蹬，出人意外。」從中可知冒氏二子多次應舉不售。龔鼎孳當時爲禮部尚書，於庚戌（康熙九年，一六七〇）與癸丑（康熙十二年，一六七三）主會試。冒襄《同人集》卷四録龔鼎孳作於辛亥（康熙十年，一六七一）之《與冒辟疆》：「穀梁之在都門，老誠端謹，晨夕相依，茹苦守舊，寒素自甘，總無少年紈綺之態與才士輕豪之習，弟深愛之重之。其詩文、書法日益精進，歷試内院、内閣，兩呈御覽，謂可脱穎而出，不意取數太窄，致虚期望。非特弟爲扼腕，即熊青老諸公亦不勝爲高才怏怏也。擬再留之，别俟機會，而客況寥落，日切庭闈之戀，不能止其歸思。……獨是弟誼忝通門，又承重托，心力雖盡，而事會齟齬，愧無面目以見三十年知己，惟深慚恧耳。」據此，穀梁很可能於康熙九年之會試名落孫山，於十年南返。龔詞外，遥連堂刻本《秋水軒倡和詞》收徐倬《賀新凉·送穀梁》。

②嘹嚦：形容聲音響亮凄清。《宣和遺事》後集：「俄空中雁聲嘹嚦，自北而南。」

③臨岐：亦作「臨歧」。本爲面臨歧路，後亦用爲贈别之辭。《文選·鮑照〈舞鶴賦〉》：「指會規翔，臨岐矩步。」

④芒鞋重繭：喻跋涉辛苦。芒鞋，用芒莖外皮編織成的鞋。亦泛指草鞋。唐張祜《題靈隱寺師一上人十韻》：「朗吟揮竹拂，高揖曳芒鞋。」重繭，手脚上的厚繭。多指跋涉辛苦。《戰國策·宋衛策》：「墨子聞之，百舍重繭，往見公輸般。」姚宏注：「重繭，纍胝也。」

⑤「烏衣」句：謂穀梁門第清貴，科舉及第光耀門楣本是情理中事。烏衣，見卷一《石州慢·感

春》注③。清顯，清要顯達的官位。《太平御覽》卷二百二十引晋王朗之《遺從弟洽書》：「弟今二十九，便居清顯要任。」

⑥「盼詞人」二句：龔鼎孳謂自己原本期望穀梁能受天子知遇，從而一展抱負。詞人，指穀梁。沉香奏曲，用李白沉香亭之典故。李白以文才受玄宗賞識，龔鼎孳對穀梁亦期待如是。宋樂史《楊太真外傳》卷上：「開元中，禁中重木芍藥，即今牡丹也。得數本紅紫淺紅通白者，上因移植於興慶池東沉香亭前。會花方繁開，上乘照夜白，妃以步輦從詔。選梨園弟子中尤者，得樂十六色。李龜年以歌擅一時之名，手捧檀板，押衆樂前，將欲歌之。上曰：『賞名花，對妃子，焉用舊樂詞爲？』遽命龜年持金花箋，宣賜翰林學士李白立進《清平樂》詞三篇。」後以「金箋奏曲」爲詞臣因文才得到寵幸之典。禁林，翰林院的別稱。唐元稹《寄浙西李大夫》詩：「禁林同直話交情，無夜無曾不到明。」揮扁，題寫匾額。

⑦「却向」二句：謂不料穀梁科場鎩羽，無緣仕途。輞川、華子岡皆是與王維有關的典故。輞川即輞谷水。諸水會合如車輞環湊，故名。在陝西省藍田縣南，源出秦嶺北麓，北流至縣南入灞水。唐詩人王維曾置別業於此。《新唐書·文藝傳中·王維》：「別墅在輞川，地奇勝，有華子岡、欹湖、竹里館、柳浪、茱萸沜、辛夷塢，與裴迪游其中，賦詩相酬爲樂。」輞川圖畫，《輞川圖》本爲王維畫的名畫。後借指風景幽勝之處。宋蘇軾《李伯時畫其弟亮工舊隱宅圖》：「五畝自栽池上竹，十年空看《輞川圖》。」宋周紫芝《環翠亭》詩：「千巖萬壑無人處，便是輞川圖畫間。」

華子岡頭聞犬，王維《山中與裴秀才迪書》：「夜登華子岡……深巷寒犬，吠聲如豹。」王維在輞川別業過着半官半隱的生活，此處以「輞川」「華子岡頭」指隱居之處，實謂穀梁無緣仕途。

⑧「羞獻納」句：謂穀梁在自己主持下的會試鎩羽而歸，自己愧爲獻納之臣，應該引咎辭官。獻納，指獻納忠言之官，獻納臣。宋曾鞏《館閣送錢純老知婺州》詩序：「其文章學問有過人者，宜在天子左右與訪問、任獻納。」

⑨「且共」二句：以騎驢覓詩的李賀擬穀梁，望他多事采擷，多讀書作文，讓小胥見識其才之廣博深奧，實乃感嘆穀梁似李賀懷才不遇。小胥，猶鈔胥。舊時專任謄寫的小吏，或稱被雇用的抄寫者。唐杜甫《贈李八秘書別三十韻》：「乞米煩佳客，鈔詩聽小胥。」奚囊，唐李商隱《李長吉小傳》：「（長吉）未嘗得題然後爲詩，如他人思量牽合，以及程限爲意。恒從小奚奴騎距驢，背一古破錦囊，遇有所得，即書投囊中。」故稱詩囊爲奚囊。芸籤，指書籍。

⑩「燒尾宴」二句：企盼穀梁下次應考得報登科之喜。燒尾宴，唐以來士子登第或官吏升遷的慶賀宴席。唐封演《封氏聞見記·燒尾》：「士子初登榮進及遷除，朋僚慰賀，必盛置酒饌音樂，以展歡宴，謂之燒尾。説者謂：『虎變爲人，惟尾不化，須爲焚除，乃得成人，故以初蒙拜受，如虎得爲人，本尾猶在，體氣既合，方爲焚之，故云燒尾。』……中宗時，兵部尚書韋嗣立新入三品，户部侍郎趙彦昭假金紫，吏部侍郎崔湜復舊官，上命燒尾，令於興慶池設食。」錦綾，錦繡綾羅。此處指「披宮錦」。唐朝進士及第披宮袍，後稱中進士爲「披宮錦」。

【輯評】

尤侗：唐人下第詩，氣味如中酒，情懷似別人，「萍梗」二語更爲翻案。（《香嚴詞》卷下）

前調　中秋後一夕月食寓懷①

誰使清光卷。望層空、廣寒宮闕②，濃陰難遣。昨夜香風飄桂子，沾濕淚珠還泫。偏此夕、明蟾封繭③。怪底天公能耐事，縱金蟆、玉斧揮猶淺④。雲母障⑤，幾時展。

素娥獨立憑幽顯⑥。任漫漫、銀河如墨，斷雲如扁⑦，橫笛短簫催急鼓，驚起五更鄰犬。看頃刻、綠章除免⑧。變換總隨時與數，料夔龍、也讓羲和典⑨。霄漢上，自裁剪。

【注】

①本詞作於康熙十年（一六七一）八月十六，此夕月食。前一日，徐倬作《賀新郎·中秋感事上龔夫子》。二者皆乃秋水軒倡和之作，詳見卷四《賀新郎》（簾颭微颸卷）注①。此外，遥連堂刻本《秋水軒倡和詞》收徐倬《賀新涼·中秋後一夕月食》。

②廣寒宮闕：即廣寒宮。傳説唐玄宗於八月望日游月中，見一大宮府，榜曰：「廣寒清虚之府」。

見舊題唐柳宗元《龍城録·明皇夢游廣寒宮》。後因稱月中仙宮爲「廣寒宮」。唐鮑溶《宿水亭》詩：「夜深星月伴芙蓉，如在廣寒宮裏宿。」

③明蟾封藺：謂月食時如蠶藺形狀。明蟾，謂月，因傳月宮中有蟾蜍，故云。

④「怪底」二句：驚怪月之陰晴圓缺，變幻不定，縱得玉斧修月，亦不能使今夕殘月復圓。怪底，見卷二《木蘭花慢·和雪堂先生感懷》注④。耐事，指經得起得失、榮辱等人事之變。宋陸游《秋興》：「平生最耐事，霜雪亦滿鬢。」金蟆，指月亮。宋楊萬里《題徐戴叔雙桂樓》：「金蟆玉兔已傳誦，莫問姮娥知不知。」玉斧，見卷三《念奴嬌·中秋和其年韻》注⑪。

⑤雲母障：用雲母石鑲嵌成的屏風。唐王維《題友人雲母障子》：「君家雲母障，時向野庭開。」此處將月食形容爲被屏風遮蔽。

⑥「素娥」句：詞人想象月食之夕月色幽暗，但月中嫦娥獨立的身影却會憑藉這份幽暗而愈顯明晰。素娥，嫦娥的別稱。亦用作月的代稱。《文選·謝莊〈月賦〉》：「引玄兔於帝臺，集素娥於後庭。」李周翰注：「常娥竊藥奔月，因以爲名。月色白，故云素娥。」

⑦斷雲如扁：謂雲似匾額。斷雲，片雲。南朝梁簡文帝《薄晚逐凉北樓迥望》詩：「斷雲留去日，長山減半天。」

⑧緑章除免：謂用青詞祭天，月食的現象便能消失。這緣於古人將月食視爲不祥之兆。緑章，即青詞。舊時道士祭天時所寫的奏章表文，用朱筆寫在青藤紙上，故名。

⑨「料夔龍」句：謂即使是世間的濟世賢臣，也要聽從時與數之安排。夔龍，相傳舜的二臣名。夔爲樂官，龍爲諫官。《尚書·舜典》：「伯拜稽首，讓於夔龍。」唐杜甫《奉贈蕭十二使君》：「巢許山林志，夔龍廊廟珍。」後用以喻指輔弼良臣。羲和，羲氏和和氏的並稱。傳説堯曾命羲仲、羲叔、和仲、和叔兩對兄弟分駐四方，以觀天象，并製曆法。《尚書·堯典》：「乃命羲和，欽若昊天，曆象日月星辰，敬授人時。」在此指前文提及的「時與數」。

【輯評】

陳維崧：文兼雅怨，義本風騷，幽憤則楚澤《九歌》，忠愛則膠東三策，若擬之玉川《月蝕詩》，何啻萬里。（《香嚴詞》卷下）

前調①

《影梅庵憶語》久置案頭，不省誰何②持去，辟疆再爲寄示，開卷泫然，懷人感舊，同病之情③，略見乎詞矣。

雁字④横秋卷。乍凭欄、玉梅⑤影到，同心遥遣。束素亭亭人宛在，紅雨一巾重泫⑥。理不出、亂愁成繭。騎省十年蓬〔一〕鬢改，嘆香薰〔二〕、遺挂痕今淺⑦。腸斷〔三〕譜，對花展。帳中約略芳魂顯。記當時、輕綃腕弱，睡鬟雲扁。碧海青天何限事，難倩附書黄犬⑧。藉棋日、酒年寬免⑨。搔首凉宵〔四〕風露下，羨烟霄、破鏡猶堪典⑩。雙鳳〔五〕帶，再生剪⑪。

【校】

〔一〕「蓬」，《同人集》作「雙」。

〔二〕「香薰」，《同人集》作「薰香」。

〔三〕「腸斷」，《同人集》作「斷腸」。

〔四〕「凉宵」，《同人集》作「瑶臺」。

〔五〕「雙鳳」，《同人集》作「合歡」。

【注】

①本詞乃有感於冒襄《影梅庵憶語》而發的感悼之作，既傷冒襄愛姬董小宛之亡逝，更傷顧媚之死別。此乃康熙十年（一六七一）秋水軒倡和之作，詳見卷四《賀新郎》（簾颭微颼卷）注①。《影梅庵憶語》乃冒襄所撰的自傳體筆記，追憶他和秦淮名姝董小宛的愛情故事。冒襄，見卷四《賀新郎・寄祝辟疆偕蘇夫人六十用其年壽阮亭韻》注①。董小宛（公元一六二四—一六五一），明末秦淮名妓，名白，字小宛，一字青蓮。後歸如皋名士冒襄爲侍姬，居艷月樓。清兵南下時，輾轉於亂離間九年，病死，襄作《影梅庵憶語》以記其生平。清吳偉業《梅村家藏稿》卷

二十有《題冒辟疆名姬董白小像八首》詩。《定山堂詩集》卷三有《金閶行爲辟疆賦》歌咏冒董情緣。《龔端毅公文集》卷二十六《與冒辟疆》其四，記述了龔鼎孳與顧媚聽聞小宛病逝之震慟。

② 誰何：誰人，哪箇。《莊子·應帝王》：「吾與之虛而委蛇，不知其誰何。」

③「懷人」二句：龔鼎孳與冒襄爲莫逆之交，而小宛與顧媚則爲「秦淮八艷」中的姊妹。小宛病逝於順治八年（一六五一），媚卒於康熙二年（一六六三）。關於顧媚卒年，也存兩説。董遷《龔芝麓年譜》稱康熙二年，孟森《心史叢刊二集·横波夫人考》稱康熙三年（一六六四）。清閻爾梅《桃花城挽辭》其四：「共誰歡笑共誰愁？生死相憐二十秋。恰好歸來箏笛浦（浦在廬州城内），月明三滿忌辰周（眉以七月十五日終，至今七月十五恰三年）。」顧媚歸葬廬州在康熙五年（一六六六），故上推知顧媚卒於康熙二年。龔鼎孳寫作此詞時已是康熙十年（一六七一），兼具憶舊與悼亡之意，故稱「懷人感舊，同病之情」。《定山堂詩集》亦有多首爲顧媚而作的悼亡詩，如卷三十一《清明同古古伯紫仲調兔牀諸子登妙光閣感悼二首（閣爲善持君所建）》二首、《善持君櫬南歸六如上人禮懺有作因和原韻》、卷四十一《中元爲善持君忌辰禮懺六如師以詩見慰和答二首》二首、《燈屏詞次錢牧齋先生韻同古古仲調》其七、卷四十二《寒食感懷爲善持君旅櫬將南發》、《仲冬三日山左道中有感是日爲善持君生辰》四首、《浦子口登雙碧樓感懷四首》。清施閏章《蠖齋詩話》：「龔宗伯讀《韞林集》，有《悼顧夫人善持君》四絶句，感而遥和，亦

自風流可愛：『九年騎省斷腸人，一曲清商倍損神。珍重紅閨兩行淚，西風吹上舊羅巾。』『塵生錦瑟倚空牀，玉笛當風別恨長。憑仗敬亭雲一片，返魂香欲駐斜陽。』『青溪曾擬接芳鄰，春水臨妝拜洛神。回憶幽蘭風絮散，慧難兼福是前因。』『感舊憐才似此無，玉琴紈扇女相如。何緣更倩簪花筆，重點零香斷粉書。』」

④雁字：成列而飛的雁群。群雁飛行時常排成「一」或「人」字，故稱。語出唐白居易《江樓晚眺景物鮮奇吟玩成篇寄水部張員外》：「風翻白浪花千片，雁點青天字一行。」

⑤玉梅：原指白梅花，此處謂冒襄再爲寄示的《影梅庵憶語》。

⑥「束素」二句：詞人謂看見玉梅仿佛重見顧媚與小宛亭亭玉立之身影及潸然淚下的情狀。束素，一束絹帛。常用以形容女子腰肢細柔。戰國楚宋玉《登徒子好色賦》：「腰如束素，齒如含貝。嫣然一笑，惑陽城，迷下蔡。」亭亭，見卷二《滿江紅·爲孫秋我新納姬人催妝和韻》注③。紅雨，比喻女子落淚。元張可久《朝天子·道院中碧桃》：「淚彈紅雨笑鄰姬，同立蒼苔地。」

⑦「騎省」二句：詞人以「潘岳悼亡」的典故代指冒襄對小宛的懷念，更自指對顧媚的追憶。騎省，見卷四《百字令·送蔡竹濤游太原和顧庵學士韻》注⑩。遺挂，死者遺物，指可以懸挂的服飾之類。此乃化用《文選·潘岳〈悼亡詩〉之一》：「流芳未及歇，遺挂猶在壁。」

⑧「碧海」二句：謂顧媚與小宛已仙逝，天人永隔，自己與冒襄難請信使爲他們傳訴衷腸。碧海青天，化用唐李商隱《常娥》：「常娥應悔偷靈藥，碧海青天夜夜心。」附書黃犬，用陸機黃耳犬

之典。陸機犬曰黃耳，曾爲機長途傳遞書信。事見晉祖沖之《述異記》。後遂以「黃犬」爲信使的代稱。

⑨「藉棋日」句：謂聊以弈棋、飲酒消愁自解。化用杜甫《寄岳州賈司馬六丈巴州嚴八使君兩閣老五十韻》：「且將棋度日，應用酒爲年。」

⑩「搔首」二句：謂在風涼露冷之夕搔首悵嘆，羨慕古人破鏡猶得重圓，而自己與冒襄却是再也無由與愛人團聚。唐孟棨《本事詩・情感》載，南朝陳太子舍人徐德言與妻樂昌公主恐國破後兩人不能相保，因破一銅鏡，各執其半，約於他年正月望日賣破鏡於都市，冀得相見。後陳亡，公主没入越國公楊素家。德言依期至京，見有蒼頭賣半鏡，出其半相合。德言題詩云：「鏡與人俱去，鏡歸人不歸；無復嫦娥影，空留明月輝。」公主得詩，悲泣不食。素知之，即召德言，以公主還之，偕歸江南終老。

⑪「雙鳳帶」二句：意謂將繡有一對鳳凰花飾的衣帶剪斷。此處雙鳳喻夫妻，剪斷雙鳳帶即指夫妻分離。

【輯評】

紀映鍾：嗚咽纏綿，悲涼酸楚，試當楓青月黑時曼聲歌之，應使帳中之魂珊珊欲出。（《香嚴詞》卷下）

【紀事】

冒襄《影梅庵憶語》：「亡妾董氏，原名白，字小宛，復字青蓮。籍秦淮，徙吴門。在風塵雖有艷名，非其本色。傾蓋矢從余，入吾門，智慧才識，種種始露。凡九年，上下内外大小，無忤無間。其佐余著書肥遯，佐余婦精女紅，親操井臼，以及蒙難遘疾，莫不履險如夷，茹苦若飴，合爲一人。今忽死，余不知姬死而余死也。但見余婦煢煢粥粥，視左右手罔措也。上下内外大小之人，咸悲酸痛楚，以爲不可復得也。傳其慧心隱行，聞者嘆者，莫不謂文人義士難與争儔也。余業爲哀辭數千言哭之，格於聲韵不盡悉，復約略紀其概。……客春三月，欲重去鹽官，訪患難相恤諸友。至邗上，爲同社所淹。時余正四十，諸名流咸爲賦詩。龔奉常獨譜姬始末，成數千言，《帝京篇》《連昌宫》不足比擬。奉常云：『子不自注，則余苦心不見……』余時應之，未即下筆……讀余此雜述，當知諸公之詩之妙，而去春不注奉常詩，蓋至遲之今日，當以血淚和隃麋也。」

余懷《板橋雜記》卷中：「董白，字小宛，一字青蓮。天資巧慧，容貌娟妍。七八歲時，阿母教以書翰，輒了了。稍長，顧影自憐。針神曲聖、食譜茶經，莫不精曉。性愛閒静，遇幽林遠澗、片石孤雲，則戀戀不忍捨去；至男女雜坐，歌吹喧闐，心厭色沮，意弗屑也。慕吴門山水，徙居半塘，小築河濱，竹籬茅舍。經其户者，則時聞歌詩聲或鼓琴聲，皆曰：『此中有人。』已而，扁舟游西子湖，登黄山，禮白嶽，仍歸吴門。喪母，抱病晝樓以居。隨如皋冒辟疆過惠山，歷澄江、荆溪，抵京口，陟金山絶頂，觀大江，競渡以歸。後卒歸辟疆爲側室。事辟疆九年，年二十七，以勞瘁死。死時，辟疆作《影梅庵憶語》二千四百言哭之。同人哀辭甚多，惟吴梅村宫尹十絶句可傳小宛也。」《清朝野史大觀》卷一：「龔芝麓題《影梅庵憶語》［賀新郎］詞下闋云：『碧海青天何限事，難倩附書黄犬。藉棋日、酒年寬免。搔首凉宵風露下，羡烟霄、破鏡猶堪展。雙鳳帶，再生剪。』所云『碧海青天』『附書黄犬』『破鏡堪展』，皆生别語，非慰悼亡語也。董妃之爲董小宛，證佐甚繁，自故老相傳已如此。」

尤振中、尤以寧《清詞紀事會評》：「《野史》有謂清始祖順治貴妃董鄂氏即冒襄姬人董小宛者，云『明弘光末，被掠至京師，入宫，賜姓董鄂氏，旋册立爲貴妃。辟疆知之，懼罹大禍，乃撰《影梅庵憶語》，托言已死。』此説頗流行。史學家孟森據《影梅庵憶語》等大量材料寫成《董小宛考》，力辟董鄂貴妃即董小宛之説，云：『董小宛之殁也，在順治八年辛卯之正月初二日，得年二十有八。蓋生於明天啓四年甲子。是爲清太祖天命十年，國號後金，未定名爲清也。越十四年，爲明崇禎十一年戊寅，清太宗於是年之前一年改元崇德，始建國號曰清，於此爲崇德二年，正月三十日戌時，世祖始生，而爲小宛之十五歲。』又云：『順治八年辛卯，正月二日，小宛死。是年小宛爲二十八歲，巢民爲四十一歲，而清始祖則猶十四歲之童年。蓋小宛之年長以倍，謂有入宫邀寵之理乎？當是時，江南軍事久平，亦無由再有亂離掠奪之事。小宛死葬影梅庵，墳墓具在……』」

前調 中秋有感，兼送穀梁①

一葉驚風卷。正天街、白麻將下，青驄行遣②。身世多艱誰自料，老淚蒼生頻泫。怕滚滚、沸湯投繭。皓月中秋同佇立，眷南枝、烏鵲情非淺③。空袖手，力難展。朱輪華轂④争榮顯。但低頭、與時聾啞，隨人圓扁。徑欲拂衣長嘯去，何處擔琴攜犬⑤。便狂醉、難乎其免。羨汝歸裝烟水路，任驌驦、酒盡休輕典⑥。都市話，并刀剪⑦。

【注】

① 本詞乃康熙十年（一六七一）中秋爲送别冒禾書南下作。此乃秋水軒倡和之作，詳見卷四《賀新郎》（簾颺微颸卷）注①。穀梁，即冒禾書，見卷四《賀新郎》（簾颺微颸卷）注①。康熙十年，冒襄夫婦六秩雙壽大慶，冒禾書歸里賀壽，龔鼎孳作詞相送。參見卷四《賀新郎・送穀梁三疊顧庵學士韻》《賀新郎・寄祝辟疆偕蘇夫人六十用其年壽阮亭韻》。康熙十年中秋倡和除龔詞外，遥連堂刻本《秋水軒倡和詞》收徐倬《賀新涼・中秋感懷》、王豸來《賀新涼・中秋對月并酬紀檗子先生見訊》。

② 「正天街」二句：稱天子任命的詔書還未下達，而穀梁即將騎着青驄馬離開京城。天街，謂京中街道。白麻，用苘麻製造的紙。唐制，由翰林學士起草的凡赦書、德音、立后、建儲、大誅討及拜免將相等詔書都用白麻紙。因以指重要的詔書。唐白居易《杜陵叟》：「白麻紙上書德音，京畿盡放今年税。」此處指任命穀梁爲官的詔書，實乃婉轉撫慰穀梁落第之辭。

③「眷南枝」句：一則以烏鵲眷戀南枝指穀梁南返；二則感嘆穀梁懷才不遇，無枝可依。語本三國魏曹操《短歌行》：「月明星稀，烏鵲南飛。繞樹三匝，何枝可依？」

④朱輪華轂：紅漆車輪，彩繪車轂。古代顯貴者乘的車子。《史記·張耳陳餘列傳》：「令范陽令乘朱輪華轂，使驅馳燕趙郊。」

⑤「徑欲」二句：謂自身欲歸隱而無路。拂衣，振衣而去。謂歸隱。晋殷仲文《解尚書表》：「進不能見危授命，忘身殉國；退不能辭粟首陽，拂衣高謝。」長嘯，嘬口發出清越的聲音，以述志。拂衣長嘯，謂歸隱。明顧夢圭《送衡山太史歸吴》：「拂衣長嘯出風塵，鶴性鷗心不受馴。」擔琴，謂一種高蹈出塵的生活方式。唐李中《贈鍾尊師游茅山》：「笻杖擔琴背俗塵，路尋茅嶺有誰群。」攜犬，用秦相李斯之典，指一種擺脱官場險惡、逍遥適性的生活方式。《史記·李斯列傳》：「斯出獄，與其中子俱執。顧謂其中子曰：『吾欲與若復牽黄犬，俱出上蔡東門，逐狡兔，豈可得乎！』遂父子相哭。」

⑥「羨汝」二句：謂羨慕穀梁得以歸家，優游於烟水林泉之間，并帶戲謔意味地勸他莫拿珍貴之物換酒歡飲。驌驦，應作「鷫鸘」，即鷫鸘裘。但以「驌驦」（良馬名）指鷫鸘裘似亦爲後世習用。見卷一《臨江仙·除夕獄中寄憶》注③。

⑦「都市」二句：謂剪斷擾攘俗塵。并刀，亦稱「并州刀」。古時并州所産剪刀，以鋒利著稱。宋陸游《秋思》：「詩情也似并刀快，剪得秋光入卷來。」

【輯評】

陳維岳：如幽泉咽石，墜葉罥枝，欲下不下，莫知所以。（《香嚴詞》卷下）

前調①

顧庵先生薄游京國，與同志諸子觴咏甚歡，方期霽曉②寒宵，流連唱答，不謂季秋之朔③，襆被遂行④。卒卒戴星⑤，莫〔一〕谿瞻送。殘燈老眼，摩挲爲作此詞，仍寄調「賀新凉」，蓋七疊先生水亭原韻⑥矣。末段并簡秋老⑦、西堂⑧，夜話彈指弈棋，必將望長安⑨而一笑也。辛亥八月晦日⑩。

一夕征衫⑪卷。恰天涯、重陽將近，中秋纔遣。着慣平生幾兩屐⑫，此度沾巾同泫。寫不盡、烏絲殘繭⑬。沙漲郵亭⑭叢菊路，喜賓鴻⑮、背上新霜淺。烟雨夢，薄衾展。　江楓落處寒山顯。更鄉園、雀脂綿膩，鱸腮銀扁⑯。白馬名都人繡虎，聊試祝雞呼犬⑰。代捉鼻、謝公祈免⑱。萬事浮雲高臥後，怕蘭臺、掌故需人典⑲。偕倦圃，薛蘿剪⑳。

【校】

〔一〕「莫」，《香嚴詞》作「不」。

【注】

①本詞康熙十年（一六七一）八月三十爲送別曹爾堪（顧庵）南下作。此乃秋水軒倡和之作，詳見卷四《賀新郎》（簾颶微飀卷）注①。曹爾堪（一六一七—一六七九），見卷三《沁園春·讀烏絲集次曹顧庵王西樵阮亭韻》注①。曹氏爲順治九年（一六五二）進士，授翰林院編修，扈從瀛臺、南苑。丁艱，起補轉侍讀，升侍講學士。仕途多艱，曾以家事牽繫入獄，事白，罷歸，優游田園，與二三老友選勝賦詩，間作遠游。《清史稿》《清史列傳》有傳。龔詞外，遥連堂刻本《秋水軒倡和詞》收曹爾堪《賀新凉·南歸留別緘齋夢敦意輔三館丈》《賀新凉·張灣將發芝麓宗伯追送饋贐長調寵行疊元韻謝別》、紀映鍾《賀新凉·送曹子顧學士》二首、徐倬《賀新凉·送顧庵先生歸里》、陳維岳《賀新凉·柬顧庵學士》、王士禄《賀新凉·送顧庵南歸》、周在浚《賀新凉·送顧庵先生南還》、王豸來《賀新凉·送顧庵學士歸武塘》。

②霽曉：謂雨（雪）後放晴的早晨。

③季秋之朔：謂農曆九月初一。季秋，秋季的最後一箇月，農曆九月。朔，農曆每月初一。

④襆被遂行：謂顧庵整理行裝遠行。襆被，用包袱裹束衣被，意爲整理行裝。《晋書·魏舒傳》：「入爲尚書郎。時欲沙汰郎官，非其才者罷之。舒曰：『吾即其人也。』襆被而出。」

⑤卒卒戴星：謂顧庵早出，匆匆而行。卒卒，匆促急迫的樣子。《漢書·司馬遷傳》：「會東從上來，又迫賤事，相見日淺，卒卒無須臾之間得竭指意。」戴星，頂着星星。喻早出或晚歸。此處指早出。

⑥七疊先生水亭原韻：指這闋詞乃疊「秋水軒倡和」之「剪」字韻。「秋水軒倡和」由曹爾堪首唱開題，龔鼎孳疊韻二十三首，此乃第七首，故稱「七疊」。

⑦秋老：曹溶，見卷一《西江月·春日湖上用秋岳韻》注①。清順治初，曹氏起用河南道御史，纍遷户部侍郎，左遷廣東右布政使。遭喪歸里。服除，補山西按察副使，備兵大同。康熙三年（一六六四）以裁缺歸。後薦舉博學鴻詞試，以疾辭，薦修《明史》亦不赴，終老林泉。《清史稿》《清史列傳》有傳。

⑧西堂：尤侗（一六一八—一七〇四），字同人，一字展成，號悔庵，一號良齋，又號西堂老人，江蘇長洲（今蘇州）人。少補諸生，有才名。康熙十八年（一六七九）舉博學鴻詞，授檢討，與修《明史》。有《西堂全集》。

⑨長安：此處借指清朝都城北京。

⑩辛亥八月晦日：指本詞創作於辛亥年（康熙十年，一六七一）農曆八月最後一日，即八月三十。翌日（九月初一）曹爾堪整理行裝南行，九月初二日於張灣將發之時，龔鼎孳追送及之，以此詞相送。曹爾堪答之以《賀新郎·張灣將發芝麓宗伯追送饋贐長調寵行疊元韻謝別（九月初二

日)》。張灣,蓋爲今北京市通縣南十五里張家灣鎮,爲南北水陸交會之地。《(乾隆)府廳州縣圖志》卷一:「張灣城在州(通州)南十五里。以元時萬户張瑄督海運至此而名。東南漕運由此運入通州,爲南北水陸衝會。」

⑪征衫:旅人之衣。

⑫着慣平生幾兩屐:謂過慣了閒適的生活。《晋書·阮孚傳》載,晋阮孚,性好屐,嘗自蠟屐,并慨嘆説:「未知一生當著幾量(兩)屐!」後以「阮孚蠟屐」指縱情所好、自得其樂。

⑬烏絲殘繭:泛指箋紙。烏絲,見卷二《燭影摇紅·方密之索賦催妝即用其韻》注⑬。繭,指繭紙,以繭絲所製成的紙。宋蘇軾《次韻子由送趙屼歸覲錢塘遂赴永嘉》詩:「芒鞋隨采藥,繭紙記流觴。」

⑭郵亭:驛館。

⑮賓鴻:以遷徙的鴻雁喻羈客。

⑯「更鄉園」二句:謂故鄉鳥肥魚美,乃詞人對顧庵所往之稱羡。雀脂綿膩,謂黄雀脂肥。宋陶穀《清異録》卷四「玉杵羹金綿鮓」條:「吴淑《冬日招客詩》云:『曉羹沉玉杵,寒鮓疊金綿。』杵謂小截山蕷,綿乃黄雀脂膏。」鱸腮,《(同治)蘇州府志》卷二十:「鱸魚之名出吴江者……《吴郡志》謂:『江魚四腮,湖魚止三腮。』《盧志》則云:『出吴江長橋南者四腮,味美肉緊;出長橋北者三腮,味鹹肉慢。』」

⑰「白馬」二句：謂如曹植般文采華茂的顧庵姑且試着過祝雞呼犬的田園生活。白馬名都，三國魏曹植創作的兩首五言詩《白馬篇》與《名都篇》，辭極贍麗。繡虎，謂華美豪壯，見卷四《瑞鶴仙·祝澹餘曹少宗伯次辛稼軒祝洪莘之韻》注⑩。祝雞，發出「祝祝」聲呼雞。漢劉向《説苑·尊賢》：「君之賞賜，不可以功及也；君之誅罰，不可以理避也。猶舉杖而呼狗，張弓而祝雞矣。」

⑱「代捉鼻」句：以謝安捉鼻的典故指顧庵不屑於宦途富貴。南朝宋劉義慶《世説新語·排調》：「謝安在東山居布衣時，兄弟已有富貴者，翕集家門，傾動人物。劉夫人戲謂安曰：『大丈夫不當如此乎？』安乃捉鼻曰：『但恐不免耳。』」捉鼻，掩鼻，不屑貌。

⑲「萬事」二句：謂顧庵如今逍遥歸隱，但以其才華，日後必定再得重用，重入仕途。蘭臺，本爲漢代宫廷藏書處，設御史中丞掌管，後設蘭臺令史，掌書奏。東漢以御史大夫官署省入蘭臺，置御史中丞，故御史府也稱蘭臺寺，御史臺也稱蘭臺。又班固曾任蘭臺令史，奉敕撰《光武本紀》及諸傳記，故後世也稱史官爲蘭臺。唐高宗龍朔二年改秘書省爲蘭臺，武后垂拱元年又改爲麟臺，咸亨初復舊。唐人詩文中常稱秘書省爲蘭臺或蘭省。此處代指朝廷。掌故，舊制舊例；故事，史實。《史記·龜策列傳》：「孝文、孝景因襲掌故，未遑講試。」

⑳「偕倦圃」二句：謂顧庵可偕同倦圃暫時歸隱。倦圃，即小序之「秋老」（曹溶）。薜蘿，借指隱者或高士的住所。南朝梁吴均《與顧章書》：「僕去月謝病，還覓薜蘿。」

【輯評】

白夢鼐：此調始于學士，一時和者盈箱纍牘。我夫子一出手輒得二十二章，所謂出奇無窮。（《香嚴詞》卷下）

趙鬘庵：「雀脂綿膩，鱸腮銀扁」，雋永可味；「白馬」二句，疑有神助。（《香嚴詞》卷下）

前調　問雪客病①

心似飛蓬卷。對秋星、藥壺茶竈，試將愁遣。尚記銀河同佇立，汗雨酒痕齊泫。曾幾日、重衾堆蘚②。霜信③五更殘漏④急，恨關山、月影窺人淺。憔悴後，鏡慵展。　風簾⑤隱約孤燈顯。倚闌干、烏啼咿啞，鷗沙⑥平扁。滚滚長楊車馬外，不少平原籬犬⑦。能免俗、浮沉姑免。病起披裘還强飯，有珠琴石鼓勞君典⑧。莎徑⑨草，亟深剪。

【注】

① 本詞乃康熙十年（一六七一）秋水軒倡和之作，詳見卷四《賀新郎》（簾颺微颸卷）注①。雪客，即周在浚，見卷四《賀新郎》（簾颺微颸卷）注①。龔詞外，遥連堂刻本《秋水軒倡和詞》收曹爾堪《賀新涼·雪客病起訪之兼懷其尊人櫟園侍郎再用前韻》、紀映鍾《賀新涼·喜雪客病起》、

徐倬《賀新涼・訊雪客病》、陳維岳《賀新涼・柬問雪客病起》、周在浚《賀新涼・卧病邸中芝麓先生枉駕過慰志感》《賀新涼・病中答方虎》。

② 重衾堆繭：謂雪客將自己包裹得異常嚴實，指生病。重衾，兩層被子。《文選・張華〈雜詩〉》：「重衾無暖氣，挾纊如懷冰。」繭，絲綿袍。後作「襺」。《左傳・襄公二十一年》：「重繭衣裘，鮮食而寢。」

③ 霜信：霜期來臨的消息。宋沈括《夢溪筆談・雜志一》：「北方有白雁，似雁而小，色白，秋深則來。白雁至則霜降，河北人謂之『霜信』，杜甫詩云：『故國霜前白雁來』，即此也。」

④ 殘漏：殘夜將盡時的滴漏。漏，漏壺，古代計時器。唐獨孤申叔《終南精舍月中聞磬》：「斷絶如殘漏，凄清不隔雲。」

⑤ 風簾：指遮蔽門窗的簾子。南朝齊謝朓《和王主簿季哲怨情》：「花叢亂數蝶，風簾入雙燕。」

⑥ 鷗沙：鷗鳥栖息的沙洲。宋方岳《簡李桐廬》：「鷗沙草長連江暗，蟹舍潮回帶雨腥。」

⑦ 「滚滚」二句：意謂京師之地，有不少奔走於權貴之門的利禄之徒。長楊，以長楊宫指京師。平原，平原君趙勝，戰國四公子之一，以善於招賢納士著稱。「平原籬犬」指汲汲奔走於權貴之門的利禄之徒。

⑧ 「病起」二句：謂雪客當努力進食以求康復，因爲他還需操持風雅之事。强飯，努力加餐，勉强進食。《史記・外戚世家》：「行矣，强飯，勉之！即貴，無相忘。」珠琴石鼓，明李夢陽《謁孔

廟》：「戟門留石鼓，春殿静珠琴。」石鼓，唐初在鳳翔府陳倉山（今寶雞石鼓山）出土十座鼓形石，上有籀文四言詩，爲秦人所作，唐憲宗時收入鳳翔孔子廟中。韋應物、韓愈、蘇軾等皆作有《石鼓歌》。

⑨莎徑：長着莎草的路徑。唐杜荀鶴《閒居即事》：「衫覺清羸道覺肥，竹門莎徑静相宜。」

【輯評】

汪琬：斑駁離奇，讀之亦如扣珠琴石鼓。（《香嚴詞》卷下）

前調　代人贈别①

人與秋雲卷。乍亭亭、紅橋玉笛，柳絲颺遣②。羅扇練裙何限淚，今夕背燈偷泫。剗不盡、五絲③愁〔一〕繭。此别竟無魂可斷，笑消魂兩字言情淺④。芳草外，翠屏⑤展。　天涯回望雙星⑥顯。憶聞歌、珍珠成串，餅金鎔扁⑦。簾幕幾番花霧重，吠殺胡麻仙犬⑧。今而後、吾其〔二〕知免⑨。若許都亭携手去，儘臨邛、酒債將裘典⑩。香唾袖，莫輕剪。

【校】

〔一〕「愁」，《瑶華集》作「蠶」。

〔二〕「其」,《瑤華集》作「真」。

【注】

①本詞代人贈别對象當是歌女之流。此乃康熙十年(一六七一)秋水軒倡和之作,詳見卷四《賀新郎》(簾颺微颸卷)注①。

②「乍亭亭」二句:謂與佳人於紅橋分别。亭亭,明亮美好貌。沈約《麗人賦》:「亭亭似月,嬿婉如春。」柳絲颺遣,謂隨風飄揚的柳枝似在送人遠行。

③五絲:五色絲。南朝梁簡文帝《七勵》:「五絲擅美,獨藺稱華。」

④「此别」二句:化用南朝江淹《别賦》:「黯然銷魂者,唯别而已矣。」謂此際别情遠較黯然銷魂爲甚。

⑤翠屏:形容峰巒排列的緑色山巖。《文選·孫綽〈游天台山賦〉》:「踐莓苔之滑石,搏壁立之翠屏。」

⑥雙星:指牽牛、織女二星。神話中是一對恩愛的夫妻。傳説每年七月七日喜鵲架橋,讓他們渡過銀河相會。唐杜甫《奉酬薛十二丈判官見贈》:「相如才調逸,銀漢會雙星。」

⑦「憶聞歌」二句:謂回想當初歌姬一展歌喉,便能獲得珍珠、餅金等纏頭無數。餅金,餅狀的金塊。

⑧「簾幕」二句:用劉、阮天台遇仙的典故,暗指友人與歌姬往昔之歡會。胡麻,胡麻飯。指仙人的食物。南朝宋劉義慶《幽明録》載,漢明帝永平五年,剡縣劉晨、阮肇共入天台山,迷不得返,

饑餒殆死。見一桃樹，各啖數枚，而饑止體充。下山持杯取水時，見一杯流出，中有胡麻飯摻。循流而出，見一大溪，遇二女子。女子邀劉、阮還家，食以胡麻飯等。迨劉、阮樂游半年還鄉，子孫已歷七世。後復入天台山尋訪，舊蹤渺然。仙犬，唐曹唐《劉阮洞中遇仙人》：「願得花間有人出，免令仙犬吠劉郎。」後往往以「劉阮天台」的典故指男女幽會。

⑨「今而後」句：詞人以友人口吻代言，相信歌姬與自己分別後，不會輕易移情他人，那些花前月下的繾綣纏綿都可免去了。

⑩「若許」二句：謂若歌姬能如卓文君追隨司馬相如般，與友人携手同去，友人會像司馬相如一般不惜代價，以鷫鸘裘換美酒，與之共歡。文君夜奔相如，見卷二《燭影摇紅・方密之索賦催妝即用其韻》注⑦。酒債將裘典，見卷一《臨江仙・除夕獄中寄憶》注③。

【輯評】

鄧漢儀：「無魂可斷」一語當使「和天都瘦」。（《香嚴詞》卷下）

馬松齡：踏霧乘雲，幻想無端，那管愛河直墮。（《香嚴詞》卷下）

前調　送金粟〔一〕省親歸梁溪①

下直縑囊卷②。正梧陰、日斜人散，篆烟③風遣。江上白雲游子夢，幾載青衫④

常泫。千百結、銀蛾纏繭⑤。歸到洞庭霜乍落，看橘盈懷袖寒香淺⑥。温清暇，彩衣展⑦。　豈須名就親方顯。趁高秋、鱗松虬曲⑧，珠泉簾扁⑨。手進晨葩雞黍潔，絶勝杞根花犬⑩。料衰病、歡然扶免。自昔英才公府掾，每起家、臺閣諳朝典⑪。裙屐習，早除剪⑫。

【校】

〔一〕「金粟」，《瑶華集》作「陸金粟」。

【注】

①本詞乃送别陸金粟歸無錫作。此乃康熙十年（一六七一）秋水軒倡和之作，詳見卷四《賀新郎》（簾颺微颸卷）注①。此詞收入《瑶華集》卷十八，作「陸金粟」。《定山堂詩集》卷四十二有《戲題金粟便面》二首、《戲爲金粟二絶句》。梁溪，水名。在江蘇無錫縣西。源出惠山，流入太湖。古溪極窄，梁時曾疏浚，故名。或傳以東漢梁鴻居此而名。此處以梁溪借指無錫。龔詞外，遥連堂刻本《秋水軒倡和詞》收周在浚《賀新郎·惜别戲送陸金粟》。

②「下直」句：謂金粟於公務結束後收拾行囊返鄉。下直，值班已畢而退。猶言下班。直，同「值」。《宋書·殷淳傳》：「淳居黄門爲清切，下直應留下省，以父老，特聽還家。」縑囊，細絹製成的袋子。此處指行李。

③篆烟：盤香。宋高觀國《御街行・賦簾》：「鶯聲似隔，篆烟微度，愛横影參差滿。」

④青衫：唐制，文官八品、九品服以青。後泛指官職卑微。唐白居易《琵琶行》：「座中泣下誰最多，江州司馬青衫濕。」宋歐陽修《聖俞會飲》：「嗟余身賤不敢薦，四十白髮猶青衫。」

⑤銀蛾纏繭：蠶化蛾過程中，蠶不斷吐絲作繭自縛。詞人以這種千纏百結以比擬游子思鄉之愁腸千結。

⑥「歸到」二句：謂金粟到達之日，家鄉已是一片寒霜乍落、橘子成熟、桂花飄香的秋景。洞庭，此作太湖的别名。《文選・左思〈吴都賦〉》：「指包山而爲期，集洞庭而淹留。」劉逵注引王逸曰：「太湖在秣陵東，湖中有包山，山中有如石室，俗謂洞庭。」因梁溪流入太湖，故及之。太湖洞庭東、西二山出産的橘子素有美名。宋范成大《吴郡志》卷三十：「緑橘出洞庭東、西山。比常橘特大，未霜深緑色，臍間一點先黄，味已全，可啖，故名緑橘。又有平橘，比緑橘差小，純黄方可啖，故品稍下，而其皮正入藥……《芝田録》云：韋蘇州《寄橘詩》云：『書後欲題三百顆，洞庭須待滿林霜。』蓋《南史》有人題書尾曰：『洞庭霜橘三百顆』，韋正用此事。」橘盈懷袖，一則指秋季橘子成熟，二則用陸績懷橘之典來突出金粟的孝親之情。《三國志・吴書・陸績傳》：「績年六歲，於九江見袁術。術出橘，績懷三枚，去，拜辭墮地，術謂曰：『陸郎作賓客而懷橘乎？』績跪答曰：『欲歸遺母。』術大奇之。」後以「懷橘」爲思親、孝親的典故。寒香，清冽的香氣。借指桂花。

⑦「温清」二句：讚美金粟事親無微不至。温清，「温清」之訛，即「冬温夏清」之略。冬温被使暖，夏扇席使凉。謂事親無微不至。語出《禮記・曲禮上》：「凡爲人子之禮，冬温而夏清；昏定而晨省。」彩衣，用老萊子彩衣娱親事，見卷三《滿庭芳・和伯紫韻送錢葆馚舍人》注⑧。

⑧鱗松虬曲：謂松樹盤曲。鱗松，松樹之皮如龍鱗，故稱。

⑨珠泉簾扁：謂泉水如一道扁扁的珠簾。珠泉，泉的美稱。南朝梁沈約《高松賦》：「擢柔情於黄圃，涌寶思於珠泉。」

⑩「手進」二句：謂只要金粟晨昏定省親奉餐食，對父母而言就勝於服食仙藥。晨葩，字面義爲早晨的花朵。晉束皙《補亡詩・白華》乃爲宣揚「孝子之絜白」（《詩・小雅・南陔序》），中有「鮮侔晨葩，莫之點辱」句讚美孝子之品行。故此處以爲孝親義。雞黍，指餉客的飯菜。語本《論語・微子》：「止子路宿，殺雞爲黍而食之。」此處指進奉父母的飯食。杞根花犬，指仙藥。宋周弼《三體唐詩》卷四引《續仙傳》：「朱孺子汲溪，見一花犬入枸杞叢中，掘之，根形如二犬，食之，身輕飛於峰上。」

⑪「自昔」二句：謂自古辟爲公府掾之人，都是熟諳朝廷典章的英才。實乃以此勉勵金粟，認爲他將被徵召大用。公府掾，漢朝官府掾史屬，即三公府下屬諸曹職吏。漢代崔寔言：「且三公天子之股肱，掾屬則三公之喉舌。」如汝南范滂爲太尉黄瓊所辟，「升車攬轡，有澄清天下之志」（《世説新語・賞譽》注），可見公府掾地位之重。起家，謂從家中徵召出來，授以官職。《史

記·魏其武安侯列傳》：「薦人或起家至二千石，權移主上。」臺閣，漢時指尚書臺。《後漢書·仲長統傳》：「光武皇帝愠數世之失權，忿强臣之竊命，矯枉過直，政不任下，雖置三公，事歸臺閣。」後亦泛指中央政府機構。朝典，朝廷的典章。南朝宋劉義慶《世説新語·德行》：「華歆遇子弟甚整，雖閒室之内，嚴若朝典。」

⑫「裙屐習」二句：意謂早日去除大家子弟衣著時髦而不洽政務的陋習，也即勸勉金粟勿作華而不實之人。裙屐，六朝貴遊子弟的衣着，後泛指富家子弟的時髦裝束。《魏書·邢巒列傳》：「蕭淵藻是裙屐少年，未洽治務。」

【輯評】

吴綺：篇中隱隱用懷橘一事與省親意雅合，「扁」字、「剪」字尤爲妙押。（《香嚴詞》卷下）

前調　代金粟閨怨①

幾曲屏山②卷。悵籬雲、菊開人瘦，將他分遣③。兩小鴛鴦裙對繫，誰料啼痕新泫。憎紅豆、蟢蛛蟠繭④。好夢願隨雙槳去，怕江潮、不比桑乾⑤淺。沙雁⑥陣，帶愁展。

一牀幽恨臨妝顯。鏡臺前、緑螺⑦拋剩，紫釵⑧敲扁。强倩猧兒偎軟玉，鬧殺銅街寒犬⑨。合歡帳、暫時勾免⑩。夜夜名香薰繡佛，乞懺除、花罪從輕典⑪。梅訊待，綺窗剪⑫。

【注】

①本詞乃龔鼎孳代陸金粟懸想其閨人的相思怨别之情。金粟其人，見前首注①。此乃康熙十年（一六七一）秋水軒倡和之作，詳見卷四《賀新郎》（簾颺微颸卷）注①。

②屏山：如山巒般曲折的屏風。

③「悵籬雲」二句：謂在菊花盛開的秋季，與愛人分别。籬雲，東籬外的雲。晋陶潛《飲酒》之五：「采菊東籬下，悠然見南山。」後因以「東籬」指種菊之處、菊圃，故「籬雲」亦暗指菊花。宋方岳《一落索·九日》：「瘦得黄花能小。一簾香杳。東籬雲冷正愁予，猶幸是、西風少。」菊開人瘦，化用李清照《醉花陰》「莫道不消魂，簾卷西風，人比黄花瘦」句。《醉花陰》乃清照於重陽節寄懷丈夫，抒發相思之情而作，切合詞題之「閨怨」。

④「憎紅豆」句：表達離别之怨、相思之情。紅豆，紅豆樹、海紅豆及相思子等植物種子的統稱。其色鮮紅，文學作品中常用以象徵愛情或相思。唐王維《相思》：「紅豆生南國，春來發幾枝。願君多采擷，此物最相思。」蟢蛛，亦作「蟢子」「喜子」「喜蛛」。蜘蛛的一種。其網被認爲像八卦，以爲是喜兆。女子與愛人分别，看到紅豆、蟢蛛，觸物傷情，故而云「憎」。

⑤桑乾：河名，今永定河上游，詳見卷三《賀新郎·和其年秋夜旅懷韻》注④。

⑥沙雁：即雁。常栖息於江湖沙渚中，故稱。南朝齊謝朓《高松賦》：「星迴窮紀，沙雁相飛。」

⑦緑螺：即螺黛。古代婦女用來畫眉的一種青黑色礦物顔料。

⑧紫釵：紫釵典故緣於明湯顯祖根據唐傳奇《霍小玉傳》改編之傳奇劇本《紫釵記》，劇中紫釵爲霍小玉與李益的定情之物。此處指金粟與情人的定情之物。

⑨「强倩」二句：謂女子强行讓小狗依偎着自己，耳邊傳來鬧市寒夜里的陣陣狗吠聲。猧兒，小狗。唐王涯《宮詞》之十三：「白雪猧兒拂地行，慣眠紅毯不曾驚。」軟玉，比喻潔白柔軟之物。唐秦韜玉《吹笙歌》：「纖纖軟玉捧暖笙，深思香風吹不去。」此處借指女子。鬧殺，鬧得不可開交。殺，副詞，表程度深。銅街，見卷四《百字令・和緯雲除夕》注⑦。

⑩勾免：謂免除。

⑪「夜夜」二句：意謂每夜都在佛前懺悔，乞求佛饒恕男歡女愛的罪孽，從輕處罰，免除自己的相思之苦。繡佛，用彩色絲綫綉成的佛像。唐杜甫《飲中八仙歌》：「蘇晋長齋綉佛前，醉中往往愛逃禪。」懺除，懺悔以去除（惡業）。《華嚴經・普賢行願品》：「復次善男子，言懺除業障者。」

⑫「梅訊待」二句：化用唐王維《雜詩三首》其二：「君自故鄉來，應知故鄉事。來日綺窗前，寒梅著花未？」此處謂金粟渴盼得到閨人音訊。

【輯評】

王士禄：金粟如來，反乞繡佛耶？那免花神覷破，花鬼揶揄。（《香嚴詞》卷下）

前調 其二①

風葉當眉卷。畫橋東、小門長巷，閑來鞶遣。簾外馬嘶人去急，玉筯紅潮交泫②。繡綫澀、吴綿縫繭③。落月窗〔一〕西和影坐，問回頭、可記鴉黄④淺。心字篆，博山展⑤。　十分憐愛三分顯。半遮燈、玉鈎初下，枕痕微扁。荳蔻〔二〕瓊酥香百結，那用防綃獰犬⑥。離恨劫、今生饒免⑦。總信風流非薄幸，擲金錢、難覓青春典。鶯舌弄，燕波剪。

【校】

〔一〕「窗」，《香嚴詞》作「花」。

〔二〕「荳蔻」，《香嚴詞》作「蔻豆」。

【注】

①本詞創作背景同前。上闋寫金粟懸想閨人的相思離别之苦，下闋寫金粟對往昔纏綿的追憶。

②「簾外」二句：謂馬嘶人去，離别愛人的女子因感情激動而兩頰通紅，潸然淚下。玉筯，喻眼淚。南朝梁簡文帝《楚妃嘆》：「金簪鬢下垂，玉筯衣前滴。」紅潮，因感情激動而面上泛起紅暈。

③「繡綫澀」句：謂女子用吴地産的綿繡製絲綿袍，但情人一去，繡綫仿佛都變得粗澀。繭，絲綿袍，後作「襺」。

④鴉黄：古時婦女塗額的化妝黄粉。唐虞世南《應詔嘲司花女》：「學畫鴉黄半未成，垂肩嚲袖太憨生。」

⑤「心字篆」二句：謂博山爐中燃燒着心字篆香。心字篆，即心字香。明楊慎《詞品·心字香》：「范石湖《驂鸞録》云：『番禺人作心字香，用素馨茉莉半開者著浄器中，以沉香薄劈層層相間，密封之，日一易，不待花蔫，花過香成。』所謂心字香者，以香末縈篆成心字也。」博山，博山爐，一種似山形的名貴香爐。

⑥「荳蔻」二句：謂金粟追憶昔日與情人耳鬢厮磨，閨房内豆蔻瓊蘇飄香，一派温香軟玉，怎似今日需獰犬陪伴守護、獨卧綃帳的閨人。荳蔻，即豆蔻，又名草果。多年生草本植物。高丈許，秋季結實。種子可入藥，産嶺南。《文選》卷五引《異物志》云：「豆蔻生交趾，其根似薑而大，從根中生，形似益智。皮殻小厚，核如石榴，辛且香。」宋范成大《桂海虞衡志》：「(紅荳蔻)每蕊心有兩瓣相並，詞人托興曰比目連理云。」詞人用於此，不僅指豆蔻飄香，更喻指男女情深。瓊酥，即瓊蘇。酒名。隋薛道衡《和許給事善心戲場轉韻》：「共酌瓊酥酒，同傾鸚鵡杯。」

⑦饒免：饒恕，使免除。

【輯評】

王士禛：才高八斗，珠量一斛，當使飛卿失妍，端己掩嫭。(《香嚴詞》卷下)

前調 爲檗子壽①

貯腹書千卷。更空明、一泓天水，霧飛雲遣。老筆紛披姿媚出，冰灑鐵梅芳泫②。高咏遍、蜀箋吴繭③。六代江山文酒地，記孝侯、臺畔春陰淺④。龍竟卧，蠖羞展⑤。　客游不藉縱横⑥顯。日端居、犀香⑦温透，墨池⑧摩扁。生受鹿門妻子福，萬態擾龍馴犬⑨。愛白璧、微瑕全免。相約卜鄰投老去，有青溪茆屋堪重典⑩。花共插，竹同剪。

【注】

① 本詞爲慶賀紀映鍾六十三歲壽誕作。此乃康熙十年（一六七一）秋水軒倡和之作，詳見卷四《賀新郎》（簾颭微颸卷）注①。檗子，即紀映鍾，見卷三《滿庭芳·和伯紫韻送錢葆馚舍人》注①。龔詞外，遥連堂刻本《秋水軒倡和詞》收徐倬《賀新凉·壽檗子先生》、沈光裕《賀新凉·壽檗子》二首。

② 「老筆」二句：謂檗子寫詩作賦筆力老練嫻熟、縱横馳騁，如冰灑鐵梅美感紛呈、芳香四溢而又充滿力度。老筆紛披，謂筆力老練嫻熟、縱横馳騁。

③ 繭：指蠶繭紙。漢用蠶繭殼製成的紙，取其潔白縝密。《事類賦》卷十五引南朝宋劉義慶《世

説新語》：「王羲之書《蘭亭序》，用蠶繭紙，鼠須筆，遒媚勁健，絶代更無。」

④「六代」二句：寫龔鼎孳的家鄉南京。六代，定都南京的東吴、東晉、宋、齊、梁、陳。文酒，謂飲酒賦詩。孝侯臺，晉代周處之讀書臺。位於今南京城南江寧路。

⑤「龍竟卧」二句：以卧龍喻龔鼎孳，以尺蠖擬自謂不得志的庸才。意謂連龔鼎孳這樣的人才都高卧隱居，那些自嘆懷才不遇的庸才也就羞於出仕了。《易・繫辭下》：「尺蠖之屈，以求信也；龍蛇之蟄，以存身也。」蠖，尺蠖蛾的幼蟲，體柔軟細長，屈伸而行。因常用爲先屈後伸之喻。

⑥縱橫：合縱連横的節縮語。《淮南子・覽冥訓》：「縱横間之，舉兵而相角。」高誘注：「蘇秦約縱，張儀連横。南與北合爲縱，西與東合爲横，故曰縱成則楚王，横成則秦帝也。」後轉爲經營天下之意。

⑦犀香：或指木犀香。木犀乃桂花。

⑧墨池：爲古代著名書法家洗筆硯的池。著名書法家漢張芝、晉王羲之等均有「墨池」傳説著稱後世。也泛指學書寫字的地方。唐元稹《酬樂天早春閒游西湖》：「墨池憐嗜學，丹青羨登真。」

⑨「生受」二句：謂龔鼎孳高蹈出塵，隱居而自得其樂，其襟懷氣度能馴服世間萬物。生受，享受。鹿門，鹿門山之省稱，在湖北襄陽。後漢龐德公携妻子隱居於此，後用以指隱士。擾龍，馴養龍。夏劉累學擾龍於豢龍氏，以事孔甲。

⑩「相約」三句：詞人表示願意告老與檗子一同歸隱，願爲檗子之鄰居，於青溪茆屋間逍遥度歲。卜鄰，向他人表示願爲鄰居。宋王安石《送陳諤》：「鄉間孝友莫如子，我願卜鄰非一日。」紀映鍾順治年間作《南歸過仙霞嶺聞芝麓左遷却寄》詩：「萬里故人聞再謫，可能便卜白門鄰。」「相約卜鄰」蓋爲有感於此而發。投老，告老。晋王羲之《十七帖》：「實望投老，得盡田里骨肉之歡。」青溪，在南京，見卷四《賀新郎·和曹實庵舍人贈柳叟敬亭》注⑩。典，主持，掌管。

【輯評】

杜濬：擾龍馴犬，惟檗子足當斯語，先生知人。（《香嚴詞》卷下）

前調

九日龍爪槐登高，有感聖秋、友沂諸故人。同集者爲檗子、方虎、介行、雪客，時金粟將南歸矣①。

古陌纖塵卷。恰重陽、好秋節氣，惡緣驫遣。十載雙盤龍樹老，井甃②殘雲流泫。空闊地、素沙鋪繭③。滿眼江山風葉下，頓傷離、感舊心難淺。觴咏興，强支展。

昔游蹤迹依稀顯。嘆星霜、消磨未盡，石坪金扁④。後夜犢車⑤曾轣轆，響亂寺門荒犬。俯仰恨、餘生寧免。手把茱萸⑥鄉思急，管明年、高會何人典。天似練，一鴻剪⑦。

【注】

①本詞作於康熙十年（一六七一）重陽龍爪槐登高之際。此乃秋水軒倡和之作，詳見卷四《賀新郎》（簾颭微颸卷）注①。龍爪槐，特指當時位於北京城南的龍爪槐樹，是清初文人的游賞之地。清戴璐《藤陰雜記》卷十：「城南有龍爪槐，僧言三百年矣。徐虹亭釚《菊莊詞話》：白門紀伯紫云：『壬子季夏，僕與合肥龔宗伯、山陽陳黄門台孫同飲龍爪槐樹下填詞。』則其地在當時亦名流屐齒所必經也。」龍爪槐乃龔鼎孳常游之所，屢見於其文集中。《定山堂詩集》卷二十八有《九日招佛公同聖秋飯龍爪槐下》二首，卷三十有《九月三日龍爪槐下次伯紫韻》一首，卷四十有《九日龍爪槐登高》四首。《龔端毅公文集》卷十六收録龔鼎孳作於康熙戊申（康熙七年，一六六八）重九前十日的《題邵與可所藏册子》，文意正可與本詞互參：「聖秋、友沂在長安日夕過從，如形之與影。每當重九，必同至龍爪槐石上一醉，風高木落，人聲悄然，柴車夜午到寺門，始各散去。年年菊花悽放，淚墮酒杯，不勝『舊摘人頻異』之感，今又其時矣。見蘭雪此册，如見故人。黄公壚畔，邈若河山，直自使人腸斷。康熙戊申重陽前十日。」據董遷《龔芝麓年譜》，龔鼎孳於順治十八年（一六六一）重九同韓聖秋集龍爪槐。聖秋，韓詩。《（雍正）陝西通志》卷六十三：「韓詩，字聖秋。三原人。崇禎己卯舉人。官至兵部郎。學問淵邃，詩文穎異。寓居江南，交游皆知名士。講藝課業，孜孜不倦。尤矜尚氣節。著有《學古集》《明文西》

行世。」友沂，趙而忭。清鄧顯鶴《沅湘耆舊集》卷四十八：「而忭字友沂，長沙人。以父廕授中書舍人，詔入《明史》館纂修。未四十卒。著有《孝廉船》《虎鼠齋集》。友沂爲洞門尚書之子，少負異才，一時巨公名宿如吴駿公、龔孝升、杜茶村、郭幼瑰諸老皆樂與之交。」檗子，即紀映鍾，見卷三《滿庭芳・和伯紫韻送錢葆馚舍人》注①。方虎，即徐倬，見卷四《賀新郎》（簾颸微颸卷）注①。介行，疑爲蔣廉榮。《（道光）重修儀徵縣志》卷三十：「國朝蔣廉榮，字介行，號心庵。鄉飲賓汝明子也。……廉少讀書，以文章名世，領順治戊子鄉薦。屢上公車，中己亥會副，除授福建羅源縣令。」雪客，即周在浚，見卷四《賀新郎》（簾颸微颸卷）注①。金粟，即陸金粟，見卷四《賀新郎・送金粟省親歸梁溪》注①。龔詞外，遥連堂刻本《秋水軒倡和詞》收周在浚《賀新涼・九日芝麓先生招集龍爪槐下》。

②井甃：井壁。南朝梁沈約《郊居賦》：「決渟洿之汀濙，塞井甃之淪坳。」

③「空闊地」句：謂把衣袍鋪在空闊的白沙地上。素沙，白沙。南朝梁江淹《悼室人》之四：「素沙匝廣岸，雄虹冠尖峰。」繭，絲綿袍，後作「襺」。

④金扁：即金匾。

⑤犢車：牛車。漢諸侯貧者乘之，後轉爲貴者乘用。《漢書・蔡義傳》：「（蔡義）家貧，常步行，資禮不逮衆門下，好事者相合爲義買犢車，令乘之。」

⑥茱萸：舊時風俗於農曆九月九日折茱萸插頭，可以辟邪。唐王維《九月九日憶山東兄弟》詩：

「遥知兄弟登高處，遍插茱萸少一人。」

⑦「天似練」三句：謂天空似一匹白練，群雁飛行時排成的「一」字彷佛把這匹白練剪斷。一鴻，群雁飛行時常排成「一」字，故稱。

【輯評】

宗元鼎：悽悽惻惻，樂往悲來。我亦不待管弦終，摇鞭背花去。（《香嚴詞》卷下）

前調　秋日蒙遣祭至唐家嶺因游西山①

孤鶴雲中卷。喜三迴、看山奉敕，九天差遣②。何處麒麟高冢③客，杜宇④夢回啼泫。跳不出、乾坤圍繭。岸柳蕭疏村菊放，任宦情、也向西風淺。筇竹杖⑤，且施屐。

少豪妄意功名顯，到如今、殘棋⑥拍碎，唾壺捶扁⑦。望裏關門⑧笳鼓競，千隊射雕調犬。羽獵賦、衰慵邀免⑨。絶頂⑩藤蘿人共坐，儘今宵、觴政更番典⑪。塵海事，醉餘剪。

【注】

① 本詞作於康熙十年（一六七一）秋，乃秋水軒倡和之作，詳見卷四《賀新郎》（簾颺微颸卷）注①。

龔鼎孳蒙遣祭至唐家嶺，或爲朝廷規定的山川祭祀。龔鼎孳時任禮部尚書，掌祭祀，朝廷遣使致祭，故及之。唐家嶺，清顧祖禹《讀史方輿紀要》卷十一：「唐家嶺店，（昌平）州西南四十里。永樂中車駕北征，嘗駐於此。宣德九年、正統十四年亦嘗駐焉。《明史》『太宗北征徐行，則次唐家嶺。疾行則一日而至榆林』是也。又有榆河驛，在唐家嶺北五里，舊置驛於此。嘉靖三十六年，改設於新城内。」西山，見卷四《賀新郎》（簾颺微飔卷）注⑥。西山乃龔鼎孳常往之地，或游蹤所至，或奉敕諭祭，《定山堂詩集》卷十二《石仲生學士招同沈仲連登城西寺閣看西山積雪》四首、卷十五《仲生招同書雲鶴門及吴客數子游西山飲來青亭》四首、《嘉平二十三日奉命至西山諭祭故國學蔣文端公》二首、卷二十二《和吴州晚登佛閣望西山》、卷二十六《三月廿三日見西山積雪》可爲之證。《龔端毅公文集》卷十六《題西山紀游後》：「京華濃熱之地，西山林壑，遂爲此土中清涼散，每令來游者出埃壒而得烟霞，其功於游京華之人不少。但山光與游屐相值，各有淺深，鑿井得泉，隨其所得而止，非慧心人不能盡爲領略。」

②「喜三迴」二句：意謂自己是第三次奉命致祭於此。奉敕，奉皇帝的命令。南朝梁任昉《奉敕示〈七夕〉詩啓》：「臣昉啓，奉敕，并賜示《七夕》五韻。」九天，指帝王。

③麒麟高冢：謂世事滄海，繁華過眼。唐杜甫《曲江二首》之一：「江上小堂巢翡翠，苑邊高冢卧麒麟。」清楊倫注：「《述異記》：『丹陽大姑陵，石麟二枚，不知年代。傳曰秦漢間公卿墓，則以石麒麟鎮之。』堂無主，故鳥巢；冢無主，故獸仆。」

④杜宇：古蜀帝名，傳説失位後化爲杜鵑，哀鳴啼血，後人因稱杜鵑爲杜宇。

⑤筇竹杖：手杖。筇竹，竹名。因高節實中，常用以爲手杖，爲杖中珍品。晋戴凱之《竹譜》：「筇竹高節實中，爲杖之極。」

⑥殘棋：未下完的棋局。唐温庭筠《寄岳州李外郎遠》：「湖上殘棋人散後，岳陽微雨鳥來遲。」

⑦唾壺捶扁：用王敦醉後吟誦曹操《龜雖壽》，擊打唾壺事。《世説》原謂「壺口盡缺」，「捶扁」乃詞人刻意誇張。

⑧關門：關口上的門。《周禮·地官·司關》：「國凶札，則無關門之征。」

⑨「羽獵賦」句：謂自己如今已是衰老慵懶，再無興致爲眼前的狩獵活動吟詩作賦。羽獵賦，西漢揚雄創作的大賦，爲其代表作之一。羽獵，帝王出獵，士卒負羽箭隨從，故稱「羽獵」。《文選·宋玉〈高唐賦〉》：「傳言羽獵，銜枚無聲。」《漢書·揚雄傳上》：「其十二月羽獵，雄從。」此處泛指狩獵。

⑩絶頂：指西山之最高峰。

⑪觴政更番典：謂輪流行酒令。觴政，酒令。漢劉向《説苑·善説》：「魏文侯與大夫飲酒，使公乘不仁爲觴政。」

【輯評】

劉體仁：笳鼓悠悠，旌旗獵獵，西風秋塞，聽之極不勝情。（《香嚴詞》卷下）

前調　題雪客像①

且把殘書卷。與周郎、談兵顧曲，歡場同遣②。當日小喬③重見否，熱淚有情堪泫。今古事、紛如攢繭。年少雄姿英發甚④，笑紫囊、高屐風流淺⑤。騏驥足，過都展⑥。

尊公好句青溪顯⑦。傍紅橋⑧、岸連花動，石流潮扁。歸去中林偕嘯傲，冷眼乞憐搖犬⑨。恐避貴、延之難免⑩。愛汝新篇真戛兀，最正而葩，藻奇而典⑪。松下麈⑫，坐深剪。

【注】

①本詞乃題周在浚像作。此乃康熙十年（一六七一）秋水軒倡和之作，詳見卷四《賀新郎》（簾颺微颸卷）注①。雪客，即周在浚，見卷四《賀新郎》（簾颺微颸卷）注①。龔詞外，遥連堂刻本《秋水軒倡和詞》收徐倬《賀新涼·題雪客像》、王豸來《賀新涼·夜集秋水軒同朱雀門紀檗子諸先生觀龔大宗伯題周雪客小像》、《賀新涼·題周雪客像》。

②「與周郎」二句：擬周雪客爲三國名將周瑜，謂與之相得甚歡。周郎，指周瑜。周瑜（一七五—二一〇），字公瑾。三國廬江舒人。少時吴中呼爲周郎。與孫策同歲，相友善。策東渡，瑜率兵迎之。策死，弟孫權繼位，瑜以中護軍與張昭共掌衆事。建安十三年，曹操率軍南下，瑜與

劉備合兵，大敗操兵於赤壁。拜南郡太守。後進軍取蜀，至巴丘病死。精音律，當時有「曲有誤，周郎顧」之語。

③小喬：《三國志・吴書・周瑜傳》：「策欲取荆州，以瑜爲中護軍……時得橋公兩女，皆國色也。策自納大橋，瑜納小橋。」

④年少雄姿英發甚：化用宋蘇軾《念奴嬌・赤壁懷古》：「遥想公瑾當年，小喬初嫁了，雄姿英發。」

⑤「笑紫囊」句：謂王謝子弟於風流韻致上遠遜雪客。紫囊，用謝安、謝玄事，見卷三《沁園春・再和其年韻其三》注⑪。高屐，高底木屐。南朝宋劉義慶《世説新語・簡傲》：「王子敬兄弟見郗公，躡履問訊，甚修外生禮。及嘉賓死，皆著高屐，儀容輕慢。命坐，皆云『有事，不暇坐』。」

⑥「騏驥足」二句：謂雪客有千里馬之才，當縱横馳騁，一展抱負。騏驥，駿馬。《楚辭・離騷》：「乘騏驥以馳騁兮，來吾道夫先路。」常用以喻賢才。過都，越過都市。漢王褒《聖主得賢臣頌》：「及至駕嚙膝，驂乘旦，王良執靶，韓哀附輿，縱騁馳騖，忽如景靡，過都越國，蹶如歷塊。」吕延濟注：「越，過。蹶，疾也。言過都國，疾如行歷一小塊之間。」

⑦「尊公」句：讚美雪客之父周亮工之詩才。周亮工，見卷四《賀新郎・祝櫟園先生》①。好句青溪顯，周亮工《賴古堂集》卷九有《舟中與胡元潤談秦淮盛時事次韻四首》，其一有句云「紅兒家近古青溪，作意相尋路已迷」。清查爲仁《蓮坡詩話》卷下：「周櫟園司農移家白下，駐節青溪。

桃葉烟波，莫愁佳麗，問訪殆徧。嘗於舟中與胡元潤談秦淮盛事云：『紅兒家近古青溪，作意相尋路已迷。渡口桃花新燕語，門前楊柳舊烏啼。畫船人過湘簾緩，翠幔歌輕紈扇低。明月欲隨流水去，簫聲只在板橋西。』讀之幾欲作《望江南》也。」青溪，發源於鍾山西南，流入秦淮，詳見卷四《賀新郎・和曹實庵舍人贈柳叟敬亭》注⑩。

⑧紅橋：在江蘇揚州市。清李斗《揚州畫舫録》卷十：「虹橋即紅橋，在保障湖中。《府志》云：『在北門外。一名虹橋。朱闌跨岸，緑楊盈堤，酒帘掩映，爲郡城勝游地。』」此處或指周雪客《浣溪沙・紅橋感舊》：「曲曲江潮入夜流，遠山幾點淡橫秋。滿城燈火舊揚州。　子夜不須歌玉樹，陳隋遺事使人愁。殘香剩粉問迷樓。」

⑨「歸去」二句：謂雪客可偕父歸隱，對世上百計鑽營、摇尾乞憐之輩冷眼相向。周亮工於康熙八年（一六六九）因事繫獄，九年（一六七〇）遇赦方免，因此言之。中林，林野。《詩・周南・兔罝》：「肅肅兔罝，施于中林。」毛傳：「中林，林中。」馬瑞辰通釋：「《爾雅》：『牧外謂之野，野外謂之林。』中林猶云中野。」嘯傲，放歌長嘯，傲然自得。形容放曠不受拘束。晉郭璞《游仙》之八：「嘯傲遺世羅，縱情在獨往。」

⑩「恐避貴」句：謂雪客縱然有意躲避權貴，但以其才華，恐怕難以避免爲權貴相邀。延，聘請，邀請。《趙國策・趙策四》：「趙王三延之以相，翟章辭不受。」

⑪「愛汝」三句：讚美雪客文才過人。奡兀，形容文詞格調不同流俗。正而葩，唐韓愈《進學

解》：「《春秋》謹嚴，左氏浮誇；《易》奇而法，《詩》正而葩。」正而葩，謂義正而詞美。藻奇而典，謂敷陳辭藻能够逸出常軌而又不失典雅。奇，乃古代兵法術語，與「正」相對。正指用兵常法（如對陣交鋒），奇指用兵變法（如設計邀截、襲擊）。此處指不落窠臼，逸出常軌。

⑫松下塵：即松塵。松枝爲塵。魏晋時名士常持塵尾以助清談。

【輯評】

陳玉堪：沉沙折戟，我欲尋取周郎，一問當年遺事，讀此詞可爲太息久之。（《香嚴詞》卷下）

前調　爲汪蛟門舍人病中納姬，和方虎①

璧月鰕鬚卷②。報香車、苧蘿人到，羈愁齊遣③。病起長卿微倦後，消得露華濃泫④。疊繡袜、紅綿含繭⑤。鬟影錢塘雲母櫬，渡廣陵、八月秋濤淺⑥。菱鏡黛，曉窗展⑦。　倚風生怕腰身顯。護嬌羞、錦屏六曲⑧，銅鐶雙扁⑨。子夜翠衾龍腦熱⑩，切莫打鴉驚犬。幸放仗、朝參新免⑪。收拾鴛鴦針綫帖⑫，奉五花、判事妝臺典⑬。琴弈暇，綺吟剪⑭。

【注】

①本詞乃賀汪懋麟病中納妾作。此乃康熙十年（一六七一）秋水軒倡和之作，詳見卷四《賀新郎》

《簾颺微颸卷》注①。汪蛟門舍人，汪懋麟（一六四〇—一六八八），字季角，後更字蛟門，晚號覺堂，江蘇江都（今揚州）人。清康熙六年（一六六七）進士。授秘書院中書舍人，官至刑部主事。懋麟爲秋水軒倡和的主要參與者。著有《百尺梧桐閣集》，詞有《錦瑟詞》一卷。方虎，即徐倬，見卷四《賀新郎》（簾颺微颸卷）注①。龔鼎孳所和徐詞爲《賀新郎・賀蛟門舍人病中納姬》（百合香鬟卷）。龔詞與徐詞外，遥連堂刻本《秋水軒倡和詞》收梁清標《賀新涼・次芝麓宗伯韻爲蛟門中舍》、紀映鍾《賀新涼・賀汪蛟門舍人納姬》、王豸來《賀新涼・汪蛟門舍人納姬》、陳維岳《賀新涼・賀汪蛟門納姬》、王士禄《賀新涼・蛟門舍人納姬》、龔士稹《賀新涼・爲汪蛟門舍人催妝》、曹貞吉《賀新涼・賀汪蛟門納姬》二首、杜首昌《賀新涼・汪蛟門舍人納姬》、周在浚《賀新涼・賀汪蛟門納姬》。

② 「璧月」句：謂卷簾見月。璧月，月亮的美稱。鰕鬚，簾子的别稱。唐陸暢《簾》：「勞將素手卷鰕鬚，瓊室流光更綴珠。」

③ 「報香車」二句：謂香車將新人送到之時，蛟門的愁緒也一掃而空。苧蘿，山名。在浙江省諸暨市南，相傳西施爲此山鬻薪者之女。後以「苧蘿」用爲西施的代稱，或泛稱美女。此處指蛟門所納姬妾。羈愁，旅人的愁思。南朝齊江孝嗣《北戍琅琊城》：「薄暮苦羈愁，終朝傷旅食。」此處指蛟門之愁思。

④ 「病起」二句：稱賀蛟門病中大喜。病起長卿，以相如擬蛟門。《史記・司馬相如列傳》載，漢

文學家司馬相如，字長卿。患有消渴疾。因仕途失意，常稱病閒居。露華濃泫，露水濃盛。唐李白《清平調詞》之一：「雲想衣裳花想容，春風拂檻露華濃。」龔詞化用李詩，暗以楊妃之美喻姬妾。

⑤紅綿含繭：姬妾的袜肚是紅色絲綿製成。絲綿是用下脚繭和繭殼表面的浮絲爲原料，經過精練，溶去絲膠，扯鬆纖維而成。漢史游《急就篇》：「漬繭擘之，精者爲綿，麤者爲絮。」絲綿的原料是繭，故稱「紅綿含繭」。

⑥「鬟影」二句：點明姬妾乃錢塘女子，沿大運河渡廣陵，再至京師嫁與蛟門。

⑦「菱鏡」二句：謂透過早晨的窗牖，可看見女子對鏡描眉。菱鏡，即菱花鏡，見卷一《薄倖·春明寄憶》注③。隋薛道衡《昭君辭》：「自知蓮臉歇，羞看菱鏡明。」黛，指婦女的眉毛。梁元帝《代舊姬有怨》：「愁黛舒還斂。」

⑧錦屏六曲：五折六面的錦繡屏風。

⑨銅鐶雙扁：謂一對扁形的銅製門環。銅鐶，亦作「銅環」。

⑩「子夜」句：描寫深夜洞房内温馨繾綣的氛圍。子夜，夜半子時，半夜。唐吕温《奉和張舍人閣中直夜》：「涼生子夜後，月照禁垣深。」翠衾，即翠被。織（或繡）有翡翠紋飾的被子。唐李商隱《藥轉》：「憶事懷人兼得句，翠衾歸卧繡簾中。」龍腦，即龍腦香。龍腦香樹樹幹中所含的油脂的結晶。味香，其純粹者，無色透明。俗稱冰片。唐長孫佐輔《古宮怨》：「看籠不記熏龍

腦，咏扇空曾禿鼠鬚。」

⑪「幸放仗」句：謂蛟門因病休而擺脱朝參等冗務，得以陪伴愛姬。放仗，元馬端臨《文獻通考》卷七十二《郊社考五》「麗正門肆赦」條：「門下鳴鞭，舍人北向躬承旨，四色官應喏，舍人稱『奉敕放仗』，百僚已下再拜退。舍人宣勞將士訖，退。」此處指擺脱冗務。朝參，古代百官上朝參拜君主。唐杜甫《重過何氏》之四：「頗怪朝參懶，應耽野趣長。」

⑫針綫帖：謂女子放置針綫的紙夾。帖，婦女置放縫繡用品的紙夾，形似卷宗夾。唐孟郊《古意》：「啓帖理針綫，非獨學裁縫。」

⑬「奉五花」句：龔鼎孳戲謔道若朝廷公務令蛟門困擾，可令愛姬作主處理。五花判事，唐宋時，中書省各官員，對軍國大事因所見不同，須分別在文書上簽具意見并署名，謂之「五花判事」。《資治通鑑·唐紀》唐太宗貞觀三年：「故事：凡軍國大事，則中書舍人各執所見，雜署其名，謂之五花判事。」妝臺，婦女梳妝用的鏡臺。借指女子。元王實甫《西廂記》第三本第一折：「使小生目視東墻，恨不得腋翅於妝臺左右。」

⑭「琴弈」二句：謂蛟門與其愛姬彈琴弈棋之暇，盡可綺詞麗藻吟風咏月。《新唐書·盧藏用傳》：「（藏用）善琴弈，思精遠，士貴其多能。」

【輯評】

陳維崧：溶溶灩灩，令人心魂不定，轉憶尊拙齋中「辜負香衾事早朝」一語，不覺憮然。（《香

嚴詞》卷下）

前調　祝櫟園先生〔一〕①

萬事浮雲卷。猛回頭、盲風噩浪，盡情麾遣。烽鼓舳艫江海淚②，袖手棋枰恒泫。憂國鬢、簇成雙繭③。與我命同磨蝎住④，薄湘潭、儋耳遭讒淺⑤。長信簟，怯秋展⑥。

謝公丘壑風流顯⑦。自登梯、看山讀畫，笑題樓扁⑧。有客到門頻信宿，迎慣東橋園犬⑨。公健在、吾官甘免。閒日君王親賜與，拜青鞋布襪新恩典⑩。檐雨燭，對牀剪⑪。

【校】

〔一〕遥連堂刻本《秋水軒倡和詞》題作「爲櫟園先生壽」。

【注】

① 本詞乃感嘆周亮工宦海沉浮、兩陷縲絏并慶賀其於康熙九年（一六七〇）遇赦脱難而作，同時亦是爲亮工六十初度而作之壽詞。此乃康熙十年（一六七一）秋水軒倡和之作，詳見卷四《賀新郎》（簾颺微颸卷）注①。櫟園先生，周亮工（一六一二—一六七二）。字元亮，號櫟園，又號

減齋。河南祥符（今開封）人。崇禎十三年（一六四〇）進士，官至浙江道監察御史。入清，官至户部右侍郎。曾兩次下獄，被劾論死，後遇赦免。著有《賴古堂集》。關於周亮工兩陷囹圄，《清史列傳·貳臣傳乙》有載：「亮工任（福建）按察司時，福建武舉王國弼及貢生馬際昌、穆古子、蔡秋浦、蔡開南、史東來等創立南社、西社、蘭社，黨類繁衆，作奸犯科。亮工申請督撫勘明定罪，勒石南臺，列際昌及餘黨姓名。尋際昌、秋浦、國弼、開南四人斃於獄。是年（一六五五）五月，督臣佟岱抵任，際昌等親屬具牒辯冤。佟岱列亮工貪酷諸款以聞，命亮工回奏。尋解任，赴福建聽質。會海賊從閩安入内地，焚掠南臺，進圍福州。城中騎卒僅數十，勢甚危。巡撫宜永貴從士民請，以亮工守西門城，賊乘大雨薄城，亮工手發大礮擊殪渠帥三人，賊怖，解圍去，城賴以全。事聞，下兵部，以亮工係革職質訊之員，未准敘録。先是，亮工未就質時，按察使田起龍等據證佐定讞，謂亮工得贓四萬餘兩，應擬斬籍没。及亮工至，質問皆虚。……十六年，部議亮工被劾各款雖堅執不承，而前此田起龍等已憑證佐審實，計贓纍萬，情罪重大，仍應立斬、籍没。上以前後辭證不同，再下法司詳審。十七年，法司論罪如前讞，恩詔予減等，改徙寧古塔。未行，會赦得釋……（康熙）八年，漕運總督帥顔保劾亮工縱役侵扣諸款，得旨革職逮問，論絞。九年，復遇赦得釋。」《定山堂詩集》卷四《陳叔舉于白雲司中乞得數椽晨夕依其老親櫟園作詩悲其志因和韻贈之》二首、《大風行》、卷十三《元夕和空同諸韻》其五、《十月十二日爲櫟園志喜》二首、《送櫟園南還十首》、卷二十六《陳昌箕下第後以廣文歸閩兼簡櫟園》二首、卷二十七《讀櫟園菊帖卷中近詩》、《和澹心韻書櫟園册後》二首、《和櫟園除夜見貽二詩》、《和櫟園來韻》二首、卷三十七《櫟園忽有閩海之行追送不及悵惘久之因成一絶句》，《龔端毅公文集》卷十六《書櫟老册後》《書陳叔舉册後》等均乃龔鼎孳爲周亮工順治年間獄事作。龔詞外，遥連堂刻本《秋水軒倡和詞》收紀映鍾《賀新郎・祝櫟園先生》二首、汪懋麟《賀新郎・寄櫟園先生》。

②「烽鼓」句：蓋指櫟園在閩之事。明末清初，福建盤踞着鄭成功等抗清勢力，直接影響清廷東南一帶之海防。順治四年（一六四七），周亮工擢爲福建按察使，兼攝兵備、督學、海防三職。爲朝廷鎮壓反清起義，屢建功勛。順治十一年（一六五四）奉調入京，官至户部左侍郎。順治十二年（一六五五），因被劾而解職回閩候審。順治十三年（一六五六），鄭成功率軍襲福州，福建巡撫從獄中請出周亮工，拼死退敵，解福州之圍。舳艫，船頭和船尾的並稱，多泛指前後首尾相接的船。《漢書・武帝紀》：「舳艫千里，薄樅陽而出。」顔師古注引李斐曰：「舳，船後持柂處也。艫，船前頭刺櫂處也。言其船多，前後相銜，千里不絶也。」

③「憂國」句：謂櫟園因憂國事，雙鬢髮白。繭，白色的蠶絲，此處喻指櫟園鬢髮花白。

④「與我」句：感嘆自己與櫟園命運多舛，頗有惺惺相惜之情。磨蝎，黄道十二宫的第十宫，每年冬至前後太陽到宫。「磨蝎宫」的省稱。舊時迷信星象者，謂身宫落於磨蝎者生平行事常遭挫折。龔鼎孳生于明萬曆四十三年十一月十七日（一六一六年一月五日）正爲摩羯座。宋蘇軾

《東坡志林・退之平生多得謗譽》：「退之詩云：『我生之辰，月宿南斗。』乃知退之磨蝎爲身宮，而僕乃以磨蝎爲命，平生多得謗譽，殆是同病也。」《定山堂詩集》卷三十八《爲張子題畫册》其二：「公瑾風流迥絶塵，飄零江海墨華新。妒它麥隴茆檐裏，看盡東西南北人（念約隔世，櫟園多難，撫卷爲之太息）。」

⑤「薄湘潭」句：意謂同櫟園兩陷囹圄的遭遇相比，屈原、蘇軾的遭讒被貶都不值一提，突出櫟園之崎嶇坎坷。薄，輕視，看不起。湘潭，縣名，屬湖南省。明清皆屬長沙府。戰國楚詩人屈原遭放逐後，曾長期流浪沅湘間。此處以「湘潭」代指屈原流放地。《九歌・湘君》「朝馳余馬兮江皋，夕濟兮西澨」，王逸注云：「濟，渡也。澨，水涯也。自傷驅馳不出湘潭之間。」儋耳，古代南方國名。又名離耳。漢元鼎六年内屬，稱儋耳郡。在今海南島儋縣。元祐八年（一〇九三），宋哲宗親政，新黨執政，被目爲舊黨人物的蘇軾於紹聖元年（一〇九四），被貶至惠陽。紹聖四年（一〇九七），被貶儋州（今海南儋縣）。

⑥「長信」二句：以漢班婕妤的典故喻櫟園失却君王之恩寵。《玉臺新咏・班婕妤〈怨詩・序〉》：「昔漢成帝班婕妤失寵，供養於長信宮，乃作賦自傷，并爲《怨詩》一首。」其詩云：「新裂齊紈素，鮮潔如霜雪。裁爲合歡扇，團團似明月。出入君懷袖，動摇微風發。常恐秋節至，凉飇奪炎熱。棄捐篋笥中，恩情中道絶。」長信，指長信宮。《三輔黄圖》卷三：「長信宮，漢太后常居之。……后宮在西，秋之象也。秋主信，故宮殿皆以長信、長秋爲名。」班婕妤失寵後，自

請移居長信宮侍奉太后。簟，竹席。班姬《怨詩》謂團扇恐秋節之至，此處詞人謂竹席恐秋節之至，因爲涼秋就用不上竹席了。喻指人遭棄。

⑦「謝公」句：以謝鯤的典故喻指櫟園脱離宦海後之瀟灑快意。謝公，謝鯤（二八〇—三二三），字幼輿，陳郡陽夏（今河南太康）人，兩晉時期名士。丘壑，深山幽谷，常指隱居之地。南朝宋劉義慶《世説新語·品藻》：「明帝問謝鯤：『君自謂何如庾亮？』答曰：『端委廟堂，使百僚準則，臣不如亮；一丘一壑，自謂過之。』」

⑧「自登梯」二句：描寫櫟園歸隱後從容閒散之生活。「登梯」「笑題樓扁」用了韋誕（字仲將）之典。《世説新語·巧藝》：「韋仲將能書。魏明帝起殿，欲安榜，使仲將登梯題之。既下，頭鬢皓然。因敕兒孫勿復學書。」此處反用典故，以「笑題」凸顯櫟園之風神從容。

⑨「有客」二句：謂櫟園交接的多爲脱略世俗的高士。信宿，連宿兩夜，語出《詩·豳風·九罭》。迎慣東橋園犬，典出杜甫《重過何氏五首》。其一：「問訊東橋竹，將軍有報書。倒衣還命駕，高枕乃吾廬。花妥鶯捎蝶，溪喧獺趁魚。重來休沐地，真作野人居。」其二有句：「犬迎曾宿客，鴉護落巢兒。」

⑩「閒日」二句：謂君王日後將重新起用閒居的櫟園。青鞋布襪，借指隱士或平民生活。唐杜甫《奉先劉少府新畫山水障歌》：「若耶溪，雲門寺，吾獨胡爲在泥滓，青鞋布襪從此始。」

⑪「檐雨」二句：櫟園遇赦，詞人與櫟園得以相聚，此處不僅有相得甚歡之意，亦有爲櫟園劫後餘

生而生之慶幸。唐李商隱《夜雨寄北》：「何當共剪西窗燭，却話巴山夜雨時。」後以「剪燭」爲促膝夜談之典。此處用之。對牀，兩人對牀而卧，喻相聚的喜悦。唐白居易《雨中招張司業宿》：「能來同宿否，聽雨對牀眠。」

【輯評】

紀映鍾：押韻愈穩妥愈變化，老子其猶龍耶。（《香嚴詞》卷下）

尤侗：嶔崎歷落，寫出櫟下生平。（《香嚴詞》卷下）

前調　和方虎燈下菊影①

新月如眉卷。小窗西、疏燈星放，薄寒霜遣。半壁幽花人獨夜，碧沁銅瓶清泫②。傲籬外、薄英飄藺③。瘦硬幾枝名士態，擬纖腰束素傳神淺④。真率意，畫中展。

一痕墨暈天然顯。漫評量、蜂黄吹褪，玉盤堆扁⑤。纔伴征鴻雙杵歇，又聽柴門歸犬⑥。此坐客、督郵當免⑦。酒冷香殘標格⑧在，儘年年、秋事銀釭典⑨。紅吐穗⑩，肯頻剪。

【注】

① 本詞所題乃一幅水墨菊花圖。此乃康熙十年（一六七一）秋水軒倡和之作，詳見卷四《賀新郎》

（簾颸微颸卷）注①。方虎，即徐倬，見卷四《賀新郎·燈下菊影》（缺月如雲卷）。菊影，菊花圖。除徐倬詞與龔鼎孳詞外，遥連堂刻本《秋水軒倡和詞》收紀映鍾《賀新凉·燈下菊影和方虎》、王士禄《賀新凉·和方虎燈下菊影》、龔士稹《賀新凉·和方虎燈下菊影》。

②「碧沁」句：謂月色仿佛滲入圖像上那插着菊花的銅瓶里，清光流轉。碧，碧華。指月。沁，滲入。

③「傲籬外」句：謂菊影傲對籬外飄飛的殘花。薄英，小花，殘花。蘤，即蘤栗，喻花的蓓蕾。宋黄庭堅《寄王定國》詩序：「往歲過廣陵，值早春，嘗作詩云：紅藥梢頭初蘤栗，揚州風物鬢成絲。」

④「瘦硬」二句：謂菊花具有名士標格，用「纖腰束素」之類的辭藻比况未能傳神。菊與名士風流相關，當始自東晉陶潛（淵明）。陶潛愛菊，南朝梁蕭統《陶淵明傳》：「嘗九月九日出宅邊菊叢中坐，久之，滿手把菊。」陶潛《飲酒詩》之五：「采菊東籬下，悠然見南山。」歸隱躬耕的陶潛爲中國傳統士人不慕榮利之典範，故其吟咏之菊亦具備了名士之品格風度。纖腰束素，謂女子的腰肢纖細。束素，以一束絹帛形容女子腰肢細柔。梁元帝《采蓮賦》有「爾其纖腰束素，遷延顧步」之語以狀采蓮女。此處詞人意謂菊的名士標格非蓮之美人情態所能比擬。

⑤「漫評量」二句：在菊花面前，不要再讚美梅花、牡丹了。意謂菊花比起任何名花都毫不遜色。

漫，莫，不要。蜂黃吹褪，指梅。本自唐李商隱《酬崔八早梅有贈兼示之作》寫梅，中有「何處拂胸資蝶粉，幾時塗額藉蜂黃」之句以讚美梅花的天然之美。蜂黃，古代婦女塗額的黃色妝飾。也稱花黃、額黃。玉盤堆扁，指牡丹。蓋本自宋司馬光《和君貺寄河陽侍中牡丹》：「盡日玉盤堆秀色，滿城繡轂走香風。」扁，通「徧」。

⑥「纔伴」二句：謂菊影經秋歷冬，不畏嚴寒。征鴻，遷徙的雁。江淹《赤亭渚》：「雲邊有征鴻。」杵，搗衣的棒槌。秋涼時節，婦女爲親人趕製冬衣，爲此需要搗衣。宋陸游《露坐》：「秋近不堪聞急杵，夜涼已復怯輕絺。」征鴻、雙杵均暗指秋季。柴門歸犬，化用唐劉長卿《逢雪宿芙蓉山主人》：「日暮蒼山遠，天寒白屋貧。柴門聞犬吠，風雪夜歸人。」此處以「柴門歸犬」指冬季。

⑦「此坐客」句：以陶潛不肯折腰見督郵的典故，稱在座能夠欣賞菊花的諸位，必定都不是督郵之流的鄉里小人。《晉書·陶潛傳》載，陶潛曾任彭澤縣令。「素簡貴，不私事上官。郡遣督郵至縣，吏白應束帶見之，潛嘆曰：『吾不能爲五斗米折腰，拳拳事鄉里小人邪！』義熙二年，解印去縣。乃賦《歸去來》。」

⑧標格：風範，風度。《藝文類聚》卷七十七引北魏温子升《寒陵山寺碑序》：「大丞相渤海王，命世作宰，惟機成務。標格千刃，崖岸萬里。」宋蘇軾《荷花媚·荷花》：「霞苞霓荷碧。天然地，別是風流標格。」

⑨「儘年年」句：謂每年燃燭賞菊。秋事，原意指秋日農事。此處指文士秋日賞菊之活動。銀

釭，銀白色燭臺。

⑩ 紅吐穗：謂紅燭燃燒生成燭花。穗，燭花。

【輯評】

宋琬：此詞家繪影畫風手，押「典」字尤奇。（《香嚴詞》卷下）

吴本嵩：清矯凝霜空中飛。（《香嚴詞》卷下）

前調　題王山樵先生鏡閣①

萬疊烟光卷。羨天生、人豪清福，湖山資遣。緑浪紅欄春雨足，菰米②蓴絲③紛泫。倩屋角、女桑催繭④。岳廟于墳悲壯地，説六橋、歌舞風華淺⑤。江海氣，一茅展⑥。

經綸⑦何必封侯顯。任胸中、嶔崎歷落⑧，嶺横峰扁。鐵馬金戈沙塞夢，拋擲浦鷗林犬⑨。曲突賞、飄然逃免⑩。才子青箱傳素業，勝平泉、花木無人典⑪。桐葉券，白雲剪⑫。

【注】

① 本詞乃題王雲枰之西湖鏡閣作。此乃康熙十年（一六七一）秋水軒倡和之作，詳見卷四《賀新

郎》（簾颸微颸卷）注①。王山樵，或即王雲枰。龔詞外，遥連堂刻本《秋水軒倡和詞》收紀映鍾《賀新郎·爲王雲枰先生題鏡閣兼似古直》二首、徐倬《賀新郎·題西湖鏡閣爲王古直》、王豸來《賀新郎·檗子先生以鏡閣新詞見贈答之》、周在浚《賀新郎·爲雲枰先生題鏡閣先生爲古直尊人予曾假館同古直讀書閣上匆匆十載矣》。王古直，即王豸來，字古直，浙江錢塘人。康熙十年游京師，是秋水軒倡和之參與者。從倡和詞題可知，王豸來之父爲王雲枰，王氏父子爲西湖鏡閣主人。

② 菰米：菰（茭白）之實。一名雕胡米，古以爲六穀之一（今已不結子）。唐杜甫《秋興》之七：「波漂菰米沉雲黑，露冷蓮房墜粉紅。」

③ 蓴絲：蓴菜，吴地特有風物。唐杜甫《陪王漢州留杜綿州泛房公西湖》：「豉化蓴絲熟，刀鳴膾縷飛。」

④「倩屋角」句：謂把屋角桑樹上的葉子摘下來餵蠶，讓蠶快快結繭。倩，請，使。女桑，小桑樹。《詩·豳風·七月》：「猗彼女桑。」

⑤「岳廟」三句：言西湖因有了岳飛與于謙兩位悲劇英雄長眠於此，而顯得悲壯慷慨，西湖六橋的歌舞風華與這種英雄氣相比，也會黯然失色。岳飛事迹見卷二《滿江紅·拜岳鄂王墓敬和原韻》，于謙事迹見卷二《滿江紅·拜于忠肅公墓用岳鄂王韻》。岳飛與于謙墳墓皆處西湖附近。岳飛墓位於杭州栖霞嶺南麓，于謙墓位於杭州三台山。六橋，浙江省杭州西湖外湖蘇堤

上之六橋，即映波、鎖瀾、望山、壓堤、東浦、跨虹。宋蘇軾所建。亦指西湖裏湖之六橋，即環璧、流金、卧龍、隱秀、景行、濬源。明楊孟瑛所建。歌舞風華，謂太平享樂。宋林昇《題臨安邸》：「山外青山樓外樓，西湖歌舞幾時休。」

⑥「江海」二句：謂鏡閣雖小，却因其主人之曠遠超邁而具備了絶俗而立之精神氣度。江海氣，指隱士超凡脱俗的精神境界。江海，舊時指隱士的居處。《莊子·刻意》：「就藪澤，處閒曠，釣魚閒處，無爲而已矣。此江海之士，避世之人。」一茅，一間茅屋，喻簡陋。此處指鏡閣。

⑦經綸：整理絲縷、理出絲緒和編絲成繩，統稱經綸。引申爲籌劃治理國家大事。此處指治理國家的抱負和才能。宋秦觀《滕達道挽詞》：「經綸未了埋黄土，精爽還應屬斗牛。」

⑧嶔崎歷落：見卷三《沁園春·再和其年韻》注⑧。

⑨「鐵馬」二句：意謂把馳騁沙場殺敵立功的宏願，變爲陪伴水邊鷗鳥與林中犬隻的隱士生活。沙塞，沙漠邊塞。《後漢書·南匈奴傳論》：「世祖以用事諸華，未遑沙塞之外，忍愧思難，徒報謝而已。」浦鷗，水邊的鷗鳥。唐杜甫《寄岳州賈司馬六丈巴州嚴八使君兩閣老五十韻》：「浦鷗防碎首，霜鶻不空拳。」

⑩「曲突」句：謂山樵先生縱使爲人出謀劃策排憂解難，亦不居功。曲突賞，《藝文類聚》卷八十引漢桓譚《新論》：「淳于髡至鄰家，見其灶突之直而積薪在傍，謂曰：『此且有火。』使爲曲突而徙薪。鄰家不聽，後果焚其屋，鄰家救火，乃滅。烹羊具酒謝救火者，不肯呼髡。智士譏之

曰：『曲突徙薪無恩澤，焦頭爛額爲上客。』蓋傷其賤本而貴末也」。突，烟囱。又見《漢書·霍光傳》、漢劉向《説苑·權謀》。

⑪「才子」二句：謂王氏父子能詩禮傳家，傳承家學，不似某些富貴之家，後繼乏人。青箱，收藏書籍字畫的箱籠。《宋書·王准之傳》：「曾祖彪之……博聞多識，練悉朝儀，自是家世相傳，并諳江左舊事，緘之青箱。」素業，先世所遺之業。舊時多指儒業。南朝梁任昉《爲范尚書讓吏部封侯第一表》：「臣本自諸生，家承素業，門無富貴，易農而仕。」平泉，平泉莊。唐李德裕游息的别莊。李德裕爲元和宰相李吉甫之子，自己在唐文宗和唐武宗朝兩度爲相，後貶死崖州，宗族零落。唐康駢《劇談録·李相國宅》：「（平泉莊）去洛陽三十里，卉木臺榭，若造仙府。」

⑫「桐葉」二句：桐葉券，原指周成王桐葉封弟事，《史記·晋世家》：「成王與叔虞戲，削桐葉爲珪以與叔虞，曰：『以此封若。』……於是遂封叔虞於唐。」此謂白雲剪桐葉爲信物，喻指隱居生活。

【輯評】

丁澎：横見側出中有詞史在。（《香嚴詞》卷下）

孫默：寫得悲壯，可想見閣中人。（《香嚴詞》卷下）

前調　題宋荔裳觀察小像①

鄴下②推詩卷。秋岳③一見公詩，最爲擊節。正才人、亂餘入雒④，悲秋初遣。文藻江山爭映發，花雨上林春泫⑤。鶯落筆、冰絲縈繭⑥。萬里關河笳吹出，怪清郎、執戟承明淺⑦。盤錯地，器方展⑧。盛名翻藉崎嶇顯。似輕帆、峽穿象馬，灘凌狐扁⑨。麟鳳世間能幾見，何暇較他鴟犬⑩。喜玉燕、頻投身免⑪。公連舉佳兒。從此天衢皆坦步，合旂常、雅頌公兼典⑫。添半臂⑬，紫綾剪。〔一〕

【校】

〔一〕《香嚴詞》篇後有注：「狐扁，灘名。」

【注】

① 本詞乃題宋琬像作。此乃康熙十年（一六七一）秋水軒倡和之作，詳見卷四《賀新郎》（簾飏微飏卷）注①。宋荔裳，宋琬（一六一四—一六七三），字玉叔，號荔裳，山東萊陽人。清順治四年（一六四七）進士。授户部河南司主事，纍遷户部郎中，出爲隴右道僉事，升永平副使，後擢浙江按察使。順治七年（一六五〇）、康熙元年（一六六二）先後兩次被誣入獄，事白得釋，流寓吴越。康熙十一年（一六七二）重起爲四川按察使，適逢吴三桂之變，以入覲卒於京師。琬爲名

家子弟，以詩文聞名四方，爲「燕臺七子」之一。詞亦列清初諸大家。然數舉不第，一生遭遇坎坷。著有《安雅堂集》及《安雅堂未刻稿》，詞有《二鄉亭詞》三卷。觀察，清代道員的俗稱。

② 鄴下：亦稱鄴城、鄴都。古地名。春秋齊桓公始築城。秦置縣。三國魏爲鄴都。晉避懷帝諱，改爲臨漳。此後，歷爲前秦、後趙、東魏、北齊的首都。隋復爲鄴縣，宋廢。故址在今河北省臨漳縣西，河南省安陽市北。此處以「鄴下」指清朝都城北京。

③ 秋岳：曹溶，見卷一《西江月·春日湖上用秋岳韻》注①。

④ 入雒：以陸機入洛擬宋琬進京。雒，同「洛」，指洛陽。陸機（二六一—三〇三），字士衡。西晉吴郡吴人。吴滅，閉門讀書十年。太康末年與弟雲入洛陽，以文才名重一時。

⑤ 「花雨」句：指宋琬的過人才華仿佛爲朝廷帶來一場滋潤萬物的春雨。花雨，花季所降的雨。前蜀貫休《春山行》：「重疊太古色，濛濛花雨時。」上林，古宫苑名。秦舊苑，漢初荒廢，至漢武帝時重新擴建。故址在今西安市西及周至、户縣界。漢司馬相如有《上林賦》。此處借指朝廷。

⑥ 「驚落筆」句：謂荔裳文才出衆，落筆文思泉涌，如冰蠶吐絲作繭，文辭爛然。冰絲，見卷一《玉燭新·上元獄中寄憶》注⑧。

⑦ 「怪清郎」句：謂荔裳才德兼備，然名高位卑。清郎，北齊尚書郎袁聿脩，因其清廉，故稱。《北史·袁聿脩傳》：「初，聿脩爲尚書郎十年，未曾受升酒之遺。尚書邢邵與聿脩舊款，每省中語

戲，常呼聿脩爲清郎。」後用以指清廉的郎中。荔裳曾任户部郎中，故稱。執戟，秦漢時的宫廷侍衛官。因值勤時手持戟，故名。《史記・滑稽列傳》：「官不過侍郎，位不過執戟。」承明，即承明廬。漢承明殿旁屋，侍臣值宿所居，稱承明廬。《漢書・翼奉傳》：「未央宫又無高門、武臺、麒麟、鳳皇、白虎、玉堂、金華之殿，獨有前殿、曲臺、漸臺、宣室、承明耳。」南朝梁元帝《去丹陽尹荆州》：「驂駕乘駟馬，謁帝朝承明。」

⑧「盤錯」二句：謂只有到了京城這箇盤錯之地，荔裳才能得以施展才幹，得成大器。盤錯，即盤根錯節。謂樹木根株盤屈，枝節交錯。比喻事情的艱難複雜。《魏書・甄琛傳》：「今河南郡是陛下之堅木，盤根錯節，亂植其中。六部里尉即攻堅之利器，非貞剛精鋭，無以治之。」

⑨「似輕帆」二句：喻荔裳遭際坎壈，歷盡艱難險阻。峽穿象馬，即「穿象馬峽」。象馬，峽名。灘凌狐扁，即「凌狐扁灘」。凌，逾越，超過。狐扁，灘名。

⑩「麟鳳」二句：謂世間如荔裳此等才華出衆的人并不多見，料其無暇與庸人俗輩争權奪利。麟鳳，麒麟和鳳凰。比喻才智出衆的人。南唐陳陶《閑居雜興》之二：「中原莫道無麟鳳，自是皇家結網疏。」此處指荔裳。鴟犬，鴟鷹和狗。與「麟鳳」相對，指庸俗之輩。此處用「鴟得腐鼠」典。《莊子・秋水》：「惠子相梁，莊子往見之。或謂惠子曰：『莊子來，欲代子相。』於是惠子恐，搜於國中三日三夜。莊子往見之，曰：『南方有鳥，其名爲鵷鶵，子知之乎？夫鵷鶵發於南海而飛於北海，非梧桐不止，非練實不食，非醴泉不飲。于是鴟得腐鼠，鵷鶵過之，仰而視之

曰：嚇！今子欲以子之梁國而嚇我邪？』」後以「鴟得腐鼠」喻庸人俗輩得到凡俗的權勢利禄。

⑪「喜玉燕」句：謂荔裳連得佳兒。玉燕，指玉燕投懷。五代王仁裕《開元天寶遺事・夢玉燕投懷》：「張説母夢有一玉燕自東南飛來，投入懷中，而有孕生説，果爲宰相，其至貴之祥也。」後作賀人生子的頌語。免，生孩子。後作「娩」。

⑫「從此」二句：謂自此荔裳將仕途通達平步青雲，主持風雅執掌騷壇。天衢，京都。《文選・張衡〈西京賦〉》：「豈伊不虔思於天衢，豈伊不懷歸於枌榆。」劉良注：「天衢，洛陽也。」此處指清朝京都北京。旂常，旂畫交龍，常畫日月，是王者的旗幟。此處指荔裳當貴比王侯。雅頌，《詩》中雅、頌的合稱。《詩大序》謂詩有六義：一曰風、二曰賦、三曰比、四曰興、五曰雅、六曰頌。後以稱盛世之樂。《禮記・樂記》：「故聽其雅頌之聲，志意得廣焉。」此處指清初升平之世的風雅正聲。

⑬半臂：短袖或無袖上衣。

【輯評】

朱之翰：觀察蹭蹬宦途，近始復還故物，故先生贈詞慰藉爾爾，「玉燕」句押「免」字，直得穿雲出月之奇。（《香嚴詞》卷下）

前調　爲杜湘草四十壽①

柳浪②荷珠③卷。正新豐、酒醲花麗，咏陶觴遣④。風調樊川詩老杜⑤，玉濯彩毫⑥光泫。織龍罽、天孫雲繭⑦。國士祠邊彈劍出，笑千金、一飯酬恩淺⑧。燕趙地，壯懷展。

縱横八法臨池顯⑨。傲諸家、隷人寒餓，墨豬肥扁⑩。膂力方剛兼慧福，休問鼎雞丹犬⑪。不識字、神仙今免⑫。奇絶大書呼陛下，偕赤刀、和璧藏圖典⑬。袍袖濕⑭，勝初剪。

【注】

①本詞爲賀杜首昌四十壽辰作。此乃康熙十年（一六七一）秋水軒倡和之作，詳見卷四《賀新郎》（簾颺微颸卷）注①。杜湘草，即杜首昌（一六三二—一六九八）。《（乾隆）淮安府志》卷二十二：「杜首昌，字湘草。山陽人。嗜讀書，不事生産，家日益落。工詩辭，善草書，風流宏長，巍然爲一時聞人。結交遍天下，游踪所至，無不倒屣迎者。詩宗長慶，灑筆立就，沖和雅適，不慣作盤空硬語。又喜爲小辭，嘗有『黄鸝』句，人因以『杜黄鸝』呼之。作字得晉人意。所著有《杜藁編年》凡數十卷。」清王晫《今世説》卷六：「（首昌）書法文詞卓絶一時。」清震鈞《國朝書人輯略》卷一引《昭代尺牘小傳》：「（首昌）家有綰秀園，水石花木之勝甲一郡。善行草書。」清計六

奇《明季南略》卷一記載福王於甲申年三月十八日寓淮安湖嘴杜光紹園。光紹乃首昌父。

② 柳浪：形容柳枝隨風擺動的起伏之狀。明高啓《入郭過南湖望報恩浮屠》：「雨過春波柳浪香，布帆歸緩怕斜陽。」

③ 荷珠：荷葉上的水珠、露珠。唐温庭筠《薛氏池垂釣》：「池塘經雨更蒼蒼，萬點荷珠曉氣凉。」

④ 「正新豐」二句：謂飲酒賞花，并吟咏陶淵明詩歌，刻畫一種閒適自得的生活情狀。新豐，鎮名，在江蘇丹徒，産名酒。咏陶，吟誦陶淵明的詩歌。唐司空曙《閒園書事招暢當》：「羸病懶尋戴，田園方咏陶。」觴，盛滿酒的酒杯。也泛指酒器。此處指飲酒。

⑤ 「風調」句：謂杜湘草詩文兼有杜甫、杜牧的風度格調。樊川，唐代詩人杜牧（八〇三—八五二），字牧之，號樊川居士，京兆萬年（今陝西西安）人。杜牧的詩歌以七言絶句著稱，内容以咏史抒懷爲主，其詩英發俊爽，多切經世之物，在晚唐成就頗高。爲别於杜甫，人稱「小杜」。有《樊川集》。老杜，指唐代詩人杜甫，以别于「小杜」杜牧。唐沈傳師《次潭州酬唐侍御姚員外游道林岳麓題示》：「鏘金七言淩老杜，入木八法蟠高軒。」宋陳善《捫虱新話·杜詩高妙》：「老杜詩當是詩中六經，他人詩乃諸子之流也。」

⑥ 彩毫：同「彩筆」。暗用江淹夢筆事。

⑦ 「織龍罽」句：稱湘草創作的詩文猶如織女以白雲爲絲綫織出的帶有龍紋的氈毯。罽，氈類毛織品。天孫，謂織女。繭，絲綫。

⑧「國士」二句：謂湘草如韓信一般，乃無雙國士，且較之韓信更懂知恩圖報，然懷才不遇，只能如馮諼般彈劍作歌。國士，一國中才能最優秀的人物。此處用韓信典。《史記·淮陰侯列傳》：「何曰：『諸將易得耳，至如信者，國士無雙。』」彈劍，此處用馮諼典。《戰國策·齊策四》：「齊人有馮諼者，貧乏不能自存，使人屬孟嘗君，願寄食門下。孟嘗君曰：『客何好？』曰：『客無好也。』曰：『客何能？』曰：『客無能也。』孟嘗君笑而受之曰：『諾。』左右以君賤之也，食以草具。居有頃，倚柱彈其劍，歌曰：『長鋏歸來乎！食無魚。』左右以告。孟嘗君曰：『食之，比門下之客。』居有頃，復彈其鋏，歌曰：『長鋏歸來乎！出無車。』左右皆笑之，以告。孟嘗君曰：『爲之駕，比門下之車客。』于是乘其車，揭其劍，過其友曰：『孟嘗君客我。』後有頃，復彈其劍鋏，歌曰：『長鋏歸來乎！無以爲家。』左右皆惡之，以爲貪而不知足。孟嘗君問：『馮公有親乎？』對曰：『有老母。』孟嘗君使人給其食用，無使乏。於是馮諼不復歌。」此處以「彈劍」喻湘草懷才不遇。千金一飯，漢韓信少貧，在淮陰城釣魚，有漂母見其饑，飯之。後信爲楚王，召所從食漂母，賜千金。見《史記·淮陰侯列傳》。後稱受恩重報爲「一飯千金」。

⑨「縱横」句：謂湘草擅長書法。八法，漢字筆劃有側（點）、勒（横）、努（直）、趯（鈎）、策（斜畫向上）、掠（撇）、啄（右邊短撇）、磔（捺），謂之八法。多以指書法。南朝宋鮑照《飛白書勢銘》：「超工八法，盡奇六文。」遥連堂刻本《秋水軒倡和詞》周在浚《賀新凉·柬杜八湘草》：「懸腕柔毫真快意，羨鍾王、八法皆堪典。」臨池，《晋書·衛恒傳》：「漢興而有草書……弘農張伯英者，

因而轉精甚巧。凡家之衣帛，必書而後練之。臨池學書，池水盡黑。」後因以「臨池」指學習書法，或作爲書法的代稱。

⑩「傲諸家」二句：指湘草的書法既非瘦癯而無氣象，亦非豐肥而無骨力，意謂豐約合度，氣象與骨力兼具。隸人寒餓，謂瘦癯而無氣象的書法。隸人，指隸書。隸書始於秦代，普遍使用于漢魏。秦人程邈將這種書寫體加以搜集整理，後世遂有程邈創隸書之説。《魏書·術藝傳·江式》：「隸書者，始皇使下杜人程邈附於小篆所作也，以邈徒隸，即謂之隸書。」此處泛指書法。墨豬，比喻筆劃豐肥而無骨力的書法。舊題晋衛鑠《筆陣圖》：「善筆力者多骨，不善筆力者多肉。多骨微肉者，謂之筋書；多肉微骨者，謂之墨豬。」

⑪「膂力」二句：謂湘草身强力壯，福慧雙修，不必煉丹吃藥求仙問道，自能福壽雙全。膂力，體力。漢揚雄《太玄·勤》：「陰凍泫懃創於外，微陽邸冥膂力於内。」鼎雞丹犬，謂汲汲於煉丹吃藥以延年益壽之徒。

⑫「不識字」句：謂湘草既似超凡脱俗之神仙，亦是飽讀詩書之雅士，并非胸無點墨而空談蹈虚之流。清馮金伯《詞苑萃編》卷七引《竹坡叢話》：「有好事者問邱長春曰：『神仙惜氣養真，何故讀書史作詩詞？』曰：『天上無不識字神仙。』」

⑬「偕赤刀」句：或謂湘草乃當世奇才，却自甘隱於書叢典籍之間。赤刀，寶刀。《書·顧命》：「越玉五重，陳寶，赤刀、大訓、弘璧、琬琰在西序。」和璧，即和氏璧。春秋時楚人卞和在山中得

一塊璞玉，獻給楚厲王、武王，王不識玉反斷其左足和右足。到文王時卞和抱玉哭于荆山下，王使人剖璞，果真得到寶玉，名之謂「和氏璧」。見《韓非子·和氏》。赤刀、和璧均指湘草之滿腹才華。圖典，圖書和經典。

⑭袍袖濕：此處應指飲酒。衣衫沾染酒液，故云。元武漢臣《李素蘭風月玉壺春雜劇》之《混江龍》：「御酒淋漓袍袖濕，宫花蹀躞帽檐偏。」

【輯評】

蔣平階：「隸人寒餓，墨豬肥扁」八字可補昔人書評。（《香嚴詞》卷下）

前調　題沈雲賓小像①

薄宦青衫卷②。也隨人、西風滚滚，籜憑秋遣③。落拓浮沉燕市裏，舊雨漉巾微泫④。驚攬鏡、一雙蓬繭⑤。老伴歲寒⑥能幾客，悔清歌、濁酒爲歡淺。巖壑韻，頰毛展⑦。　身今隱矣名猶顯。憶紅窗、柳綿吹弱，花茵⑧堆扁。游戲半生天海意，豈學檻猿牢犬⑨。呼上殿、君恩傳免⑩。疇昔貴游星散盡，羡五湖、泉石留卿典⑪。攜手去，髮同剪。

【注】

①本詞乃題沈雲賓像作。此乃秋水軒倡和之作，詳見卷四《賀新郎》（簾颺微颸卷）注①。龔鼎孳於秋水軒倡和共作詞二十三首。遥連堂刻本《秋水軒倡和詞》收龔詞二十二首，未收本詞。此當作於秋水軒倡和同時或稍後。沈雲賓，《定山堂詩集》卷二十六有《沈雲賓赴含山尉和轅文韻》，卷四十一有《贈沈雲賓》。此外，清金之俊《金文通公集》卷三有《送金閶沈雲賓任含山尉》，清宋徵輿《林屋詩文稿》卷九有《酒次送沈雲賓縣尉》。依此可知，沈雲賓本爲蘇州（金閶）人，曾任含山（今屬安徽省馬鞍山市）縣尉。其餘不詳。

②「薄宦」句：謂沈雲賓位卑職小。薄宦，卑微的官職。晋陶潛《尚長禽慶贊》：「尚子昔薄宦，妻孥共早晚。」逯欽立注：「薄宦，作下吏。」青衫，唐制，八品、九品服以青，謂官職卑小。

③籜憑秋遣：竹皮只能聽任秋日的安排，剥落衰朽。籜，竹皮，即笋殼。詩文中常以「秋籜」喻脆弱易掉落之物。隋煬帝《手詔勞楊素》：「汴部鄭州，風卷秋籜，荆南塞北，若火燎原。」

④「落拓」二句：謂沈雲賓薄宦京師，甚不得志，常與故舊葛巾漉酒，不減名士之風，却也難掩失意悲感。落拓，窮困失意，景況零落。唐白居易《效陶潛體詩》之十四：「問君何落拓，云僕生草萊。地寒命且薄，徒抱王佐才。」燕市，指燕京，今北京。舊雨，唐杜甫《秋述》：「秋，杜子卧病長安旅次，多雨生魚，青苔及榻，常時車馬之客，舊雨來，今雨不來。」後遂以舊雨指老朋友。宋范成大《丙午新正書懷》詩：「人情舊雨非今雨，老境增年是減年。」漉巾，用陶淵明葛巾漉酒

之典故。陶淵明《飲酒》詩其二十：「終日馳車走，不見所問津。若復不快飲，空負頭上巾。」南朝梁蕭統《陶淵明傳》：「郡將嘗候之，值其釀熟，取頭上葛巾漉酒，漉畢，還復著之。」泫，水滴下垂。《呂氏春秋・知士》：「静郭君泫而曰：『不可，吾弗忍爲也。』」指流淚。此處當兼指酒痕未乾與流淚。

⑤蓬繭：意謂蓬鬢如白色的繭絲。即指鬢髮蓬亂而發白。

⑥歲寒：喻老年。《文選・潘岳〈金谷集作詩〉》：「春榮誰不慕，歲寒良獨希。」李善注：「春榮喻少，歲寒喻老也。」

⑦「巖壑」二句：謂沈雲賓漁弋山水之風神氣韻，猶如他的頰上三毛，是其識具所在。巖壑，山巒溪谷。借指隱者的住所或隱者。唐岑參《下外江舟中懷終南舊居》：「巖壑歸去來，公卿是何物？」頰毛，用頰上三毛典。南朝宋劉義慶《世説新語・巧藝》：「顧長康畫裴叔則，頰上益三毛。人問其故，顧曰：『裴楷俊朗有識具，正此是其識具。看畫者尋之，定覺益三毛如有神明，殊勝未安時。』」

⑧花茵：落花鋪成的墊子。形容落花之多。

⑨檻猿牢犬：形容失去自由的人。檻，關牲畜野獸的栅欄。牢，關牲畜的欄圈。

⑩免：解免官職。《文選・潘岳〈閒居賦〉》：「輒去官免。」

⑪「疇昔」二句：謂繁華落盡貴游星散後，沈雲賓終將選擇泛舟五湖、漁弋山水之隱逸生涯。貴

游，指無官職的王公貴族，亦泛指顯貴者。《周禮・地官・師氏》：「掌國中失之事以教國子弟，凡國之貴游子弟學焉。」鄭玄注：「貴游子弟，王公之子弟。游，無官司者。」五湖，春秋越大夫范蠡功成身退，泛舟五湖，後用以指隱遁之所。泉石，泉水和山石，泛指山水。《梁書・徐摛傳》：「摛年老，又愛泉石，意在一郡，以自怡養。」

五福麗中天　賀梁玉立司農生子，次汪蛟門韻①

三公府第鶯花繞，不數畫眉京兆②。東閣郎君，槐庭兒子，入手英啼初抱③。都人④歡笑。恰鎖院詞頭，紫綸新草⑤。辛相金倉⑥，先判福德臨門早。官事生來能了。陸倕王仲寶，年皆小⑦。上苑春風，華堂文讌，朱履賓朋齊到⑧。黑頭鼎鼐，魯後周前，拜稽偏好⑨。貞敏勛猷，貽謀天下少⑩。

【注】

①本詞爲賀梁清標生子作。梁玉立，梁清標（一六二〇—一六九一），字玉立，一字蒼巖，號棠村，又號蒼巖子、蕉林居士、蒼樵子、冶溪漁隱。直隸真定（今河北正定）人。明崇禎十六年（一六四三）進士，官庶吉士。李自成農民起義軍克北京，歸附任職。入清，以原官授翰林編修，纍遷兵、刑、户、禮各部侍郎、尚書。清康熙二十七年（一六八八），晉升保和殿大學士。著有《蕉林

詩集》《蕉林文集》，有《棠村詞》三卷。司農，官名。清代以户部司漕糧田賦，故别稱户部尚書爲大司農。梁清標曾任户部尚書，故稱。汪蛟門，即汪懋麟，見卷四《賀新郎·爲汪蛟門舍人病中納姬和方虎》注①。本詞次汪懋麟《五福降中天·奉賀司農公生子》（簟紋昨夜金光繞）韻。

②「三公」二句：謂玉立既身居高位，且其風流多情不亞於張敞。三公，古代中央三種最高官銜的合稱。不數，不亞於。畫眉京兆，用張敞畫眉事，見卷一《念奴嬌·花下小飲時方上書有所論列八月廿五日也用東坡赤壁韻》注②。據《漢書·張敞傳》，張敞因爲婦畫眉而「終不得大位」，此處是用以反襯玉立。

③「東閣」三句：謂梁公子出身高貴，啼聲嘹亮悦耳。東閣，見卷四《沁園春》（驃騎將軍）注⑦。郎君，通稱貴家子弟爲郎君。《玉臺新咏·古詩〈爲焦仲卿妻作〉》：「阿母白媒人：『貧賤有此女，始適還家門。不堪吏人婦，豈合令郎君。』」槐庭，三公之位。亦指三公。《晋書·王戎王衍傳論》：「濬沖善發談端，夷甫仰希方外，登槐庭之顯列，顧漆園而高視。」「東閣」「槐庭」謂玉立位高權重，東閣郎君、槐庭兒子即指梁公子出身名門。

④都人：京都的人。《文選·班固〈西都賦〉》：「都人士女，殊異乎五方。」

⑤「恰鎖院」二句：謂玉立曾任職於翰林院。鎖院，宋代翰林院處理如起草詔書等重大事機時，鎖閉院門，斷絶往來，以防泄密。因指翰林院。詞頭，朝廷命詞臣撰擬詔敕時的摘由或提要。

唐白居易《中書寓直》：「病對詞頭慚彩筆，老看鏡面愧華簪。」紫綸，紫誥。古時詔書盛以錦囊，以紫泥封口，上面蓋印，故稱。紫綸新草，謂玉立新起草的詔書。

⑥金倉：「户度金倉」之省稱。户度金倉，指户部的三箇司，即度支、金部、倉部。因以「金倉」指户部。玉立時任户部尚書，故稱。

⑦「陸倕」二句：以早慧之陸倕、王仲寶比梁公子，謂梁公子夙慧天成。陸倕，南朝梁人。唐李延壽《南史》列傳第三十八：「倕字佐公，少勤學，善屬文。於宅内起兩茅屋，杜絶往來，晝夜讀書，如此者數歲。所讀一遍，必誦於口。嘗借人《漢書》，失《五行志》四卷，乃暗寫還之，略無遺脱。幼爲外祖張岱所異，岱嘗謂諸子曰：『此兒汝家陽元也。』十七舉本州秀才。」王仲寶，南朝梁蕭子顯《南齊書》列傳第四：「王儉字仲寶，琅琊臨沂人也。幼有神彩，專心篤學，手不釋卷。」

⑧「上苑」三句：謂衆多顯貴上門祝賀玉立生子，高朋滿座，勝友如雲，極一時之盛。上苑，皇家的園林。南朝梁徐君倩《落日看還》：「妖姬競早春，上苑逐名辰。」金元好問《寒食壬子清明後作》：「上苑春風盛物華，天津雲錦赤城霞。」上苑春風謂物華天寶。文讌，賦詩論文的宴會。朱履，紅色的鞋。古代貴顯者所穿。借指貴顯者。唐羅隱《寄鍾常侍》：「一從朱履步金臺，蘖苦冰寒奉上台。」

⑨「黑頭」三句：預言梁公子克紹箕裘，必將年少得志，與其父並立朝端。黑頭鼎鼐，即黑頭公。

《晉書・王珣傳》：「珣字元琳，弱冠與陳郡謝玄爲桓温掾，俱爲温所敬重。嘗謂之曰：『謝掾年四十，必擁旄杖節。王掾當作黑頭公。皆未易才也。』」後因以指年少而居高位者，此乃預言梁公子年少得志。魯後周前，《公羊傳》文公十三年：「周公何以稱大廟于魯？封魯公以爲周公也。周公拜乎前，魯公拜乎後。曰生以養周公，死以爲周公主。」《史記・魯周公世家》：「封周公旦於少昊之虚曲阜，是爲魯公。周公不就封，留佐武王。……於是卒相成王，而使其子伯禽代就封於魯。」宋辛棄疾《瑞鶴仙・壽上饒倅洪莘之時攝郡事且將赴漕舉》：「記從來人道，相門出相，金印纍纍盡有。但直須周公拜前，魯公拜後。」此處以周公、魯公分别喻指玉立及其子，謂梁公子日後將與其父同列中樞。

⑩「貞敏」二句：指玉立以自身的品行、功勛與謀略，對兒子言傳身教，這樣的教誨是天下罕見的。貞敏，清廉儉約而又勤敏於事。《魏書・游明根傳》：「明根風度清幹，志尚貞敏，温恭靜密，乞言是寄。」勛，功勞。猷，謀略，計劃。貽謀，《詩・大雅・文王有聲》：「詒厥孫謀，以燕翼子。」後以「貽謀」指父祖對子孫的訓誨。

風入松　遥和方虎電發燕市小飲①

客心摇曳任西東。柳絮空中。争傳紫陌青帘下，倩雙鬟、譜出歡儂②。一陣催花梅雨，滿簾消夏松風。　五陵衣馬③鬬誰工。湖海相逢。唾壺擊碎④狂歌發，勝淒清、露滴新桐⑤。　寄語酒樓高李，論文吾欲過從⑥。

【注】

①徐釚、徐倬等人於京師旗亭小飲，并有詞作，龔鼎孳聞而和之，作此詞。燕市，見卷二《燭影搖紅·方密之索賦催妝即用其韻》注②。方虎，即徐倬，見卷四《賀新郎》（簾颺微飔卷）注①。徐釚（一六三六—一七〇八），字電發，號虹亭，又號拙存，晚號楓江漁父。江蘇吴江人。今傳《菊莊詞》初、二兩集。清李元度《國朝先正事略》卷三十八：「電發名釚，由國子生召試詞科，授檢討。會當外轉，遽乞歸。後以原官起用，不就。卒年七十三。生平好古博學，弱冠天才駿發，搖筆數千言，龔芝麓尚書奇賞之。尚書臨没，謂梁真定相國曰：『負才如徐君，可使之不成名耶？』後卒與薦舉。著《南州草堂集》三十卷。嘗刻《菊莊樂府》，朝鮮貢使仇元吉見之，以餅金購去，且貽以詩。電發既工倚聲，輯《詞苑叢談》十二卷。晚年續唐人孟棨《本事詩》，皆取緣情綺靡之作，時比諸洛陽紙貴焉。」龔鼎孳所和詞爲徐釚《風入松·旗亭小飲同槩子亦友方虎雪客古直法乳》、徐倬《風入松·偕槩子雪客旗亭小飲和電發韻》。

②「争傳」二句：謂友人歡飲於京師酒樓中，請歌女彈唱一些郎情妾意的曲子。紫陌，指京師郊野的道路。漢王粲《羽獵賦》：「濟漳浦而横陣，倚紫陌而并征。」雙鬟，年輕女子梳兩箇環形髮

髻，因以借代少女。歡儂，宋吴曾《能改齋漫録》卷一：「晉《吴聲歌曲》多以『儂』對『歡』。詳其詞意，則『歡』乃婦人，『儂』乃男子耳。然至今吴人稱『儂』者，唯見男子，以是知『歡』爲婦人必矣。《懊儂歌》云：『揮如陌上鼓，許是儂歡歸。』」

③五陵衣馬：指富貴之家的豪華生活。唐杜甫《秋興》之三：「同學少年多不賤，五陵衣馬自輕肥。」五陵，見卷三《沁園春·讀烏絲集次曹顧庵王西樵阮亭韻其三》注⑤。衣馬，見卷三《賀新郎·和其年秋夜旅懷韻》注⑦。

④唾壺擊碎：用王敦擊唾壺歌「老驥伏櫪」事，見卷一《一落索·小窗夜坐用周美成韻》注⑥。

⑤露滴新桐：《世説新語·賞譽》：「時（王）恭嘗行散至京口射堂，於時清露晨流，新桐初引。」宋李清照《念奴嬌·春情》：「清露晨流，新桐初引，多少游春意。」

⑥「寄語」二句：龔鼎孳稱自己希望能與方虎、電發一同飲酒論文。高李，唐詩人高適、李白的並稱。唐杜甫《昔游》：「昔者與高李，晚登單父臺。」此處指方虎與電發。過從，互相往來，交往。唐李公佐《南柯太守傳》：「時生酒徒，周弁、田子華并居六合縣，不與生過從旬日矣。」

【紀事】

徐釚《詞苑叢談》卷九：壬子季夏，余客京師，偶偕檗子、方虎、雪客旗亭小飲。余賦《風入松》云：「青春游俠去江東。六博場中。旗亭對酒花如雪，當壚側、爛醉吴儂。指點緑楊蘸水，贏他紫馬嘶風。　偉長文筆少瑜工。燕市相逢。吹簫擊筑悲歌裏，誰憐惜、爨後枯桐？只有石頭周顗，典衣埋骨堪從。」檗子和云：「澹烟濃樹月城東。節過天中。北窗高卧誰呼起？醉鄉深、深處宜儂。幾點白鷗横渚，一雙紫燕穿風。西山螺翠晚來工。雨後難逢。南金滿坐連珠斗，也包容、棄蒯燒桐。羡爾相當旗鼓，百年鞭弭吾從。」方虎和云：「棗花飛滿坐墻東。病裏愁中。晚凉天氣催人出，且當杯、莫問誰儂。酒浪平翻柳浪，裙風拖帶荷風。掠波燕子晚來工。故意迎逢。看看日落銀塘暗，烏啼上、金井梧桐。歸去重申舊約，狗屠劍俠吾從。」雪客和云：「酒帘飄颺畫橋東。緑樹陰中。一時佳客都相聚，斜陽外、倍覺愁儂。岸柳猶含宿雨，鄰花暗遞香風。多情孝穆句偏工。醉裏歡逢。新詞一闋歌將歇，似秋宵、夜冷梧桐。欲覓雙鬟何處？且攜鐵板來從。」大宗伯芝麓龔公見而喜之，亦遥和一闋云（詞略）。王西樵司勳睹宗伯「寄語酒樓高李，論文吾欲過從」之句，擊節曰：「庾公南樓，興復不淺。」

羅敷媚 朱右君司馬招集西郊馮氏園看海棠①

今年又向花間醉，薄病深春。火齊纔匀②。恰是盈盈十五身③。　青苔過雨風簾④定，天判芳辰。鶯燕休嗔。白首看花更幾人。

【注】

① 本詞乃偕朱之弼西郊馮氏園看海棠有感而作，時間在康熙九年（一六七〇）後。朱右君，《（光

緒）順天府志》卷九十九：「朱之弼，字右君，號幼庵。大興人。順治二年進士。選授禮科給事中，歷遷工科都給事中……尋遷户部右侍郎。康熙二年轉左。三年充武會試副考官。四年調吏部左侍郎。五年七月擢左都御史。十月轉工部尚書……七年調刑部尚書……九年調兵部尚書……康熙丁卯十月以疾卒，年六十有七。」又清王先謙《東華録》：「（康熙九年）甲寅調朱之弼爲兵部尚書。」司馬，兵部尚書的别稱。朱於康熙九年起任兵部尚書，故稱「司馬」。西郊馮氏園，見卷三《菩薩蠻・上巳前一日西郊馮氏園看海棠》注①。

② 火齊纔勻：謂海棠剛剛開得勻整。火齊，即火齊珠。《文選・張衡〈西京賦〉》：「翡翠火齊，絡以美玉。」李善注：「火齊，玫瑰珠也。」《梁書・諸夷傳・中天竺國》：「火齊狀如雲母，色如紫金，有光耀。別之，則薄如蟬翼；積之，則如紗縠之重沓也。」此處喻海棠。勻，勻稱整齊。

③ 盈盈十五身：謂海棠花如年少佳人般婀娜多姿、嬌美動人。唐崔顥《王家少婦》：「十五嫁王昌，盈盈入畫堂。」明范允臨《新婚咏》：「仙郎玉貌蓮花芳，吴娃艷質世無雙。盈盈十五嫁王昌，彩緤文綦臨畫堂。」

④ 風簾：指遮蔽門窗的簾子。謝朓《和王主簿季哲怨情》：「花叢亂數蝶，風簾入雙燕。」

蝶戀花　和蒼巖、西樵、阮亭、蛟門飲荔裳園演劇①

韋曲穠花鋪繡纈②。一派流鶯，催到含桃節③。人柳三眠④春漸歇。池臺處處飛香雪⑤。紅豆記歌⑥頻換闋。萬事東風，不醉憐癡絶。欲去還留宵已徹⑦。栖烏踏碎玲瓏⑧月。

【注】

① 本詞與後一闋乃康熙十一年（一六七二）龔鼎孳偕宋琬、梁清標、王士禄、王士禛、汪懋麟等於梁家園觀宋琬雜劇《祭皋陶》而作。清梁清標《棠村詞》卷中《蝶戀花・宋荔裳觀察招飲觀劇次阮亭韻》其二，詞後附宋琬（荔裳）語：「初夏僕將往蜀，同芝麓諸公宴集梁家園，伶人演僕所編《祭皋陶》雜劇，座上各賦《蝶戀花》一闋。」蒼巖，即梁清標，見卷四《五福麗中天・賀梁玉立司農生子次汪蛟門韻》注①。西樵，即王士禄，見卷三《沁園春・讀烏絲集次曹顧庵王西樵阮亭韻》注①。阮亭，即王士禛，見卷三《沁園春・讀烏絲集次曹顧庵王西樵阮亭韻》注①。蛟門，即汪懋麟，見卷四《賀新郎・爲汪蛟門舍人病中納姬和方虎》注①。荔裳，即宋琬，見卷四《賀新郎・題宋荔裳觀察小像》注①。宋琬赴蜀任四川按察使在康熙十一年（一六七二）。清王先謙《東華録》：「（康熙十一年）夏四月……以宋琬爲四川按察使。原任浙江按察使。」《清詩別裁集》卷九有汪懋麟《玉叔觀察招陪龔大宗伯西樵阮亭諸先生集寓園泛舟觀劇達曙作歌》其中有句：「梨園法部奏新曲，龜年賀老同招邀。酒闌感激黨人事，永康閹寺真鴟梟。元禮孟博意氣盡，楷模之譽空名標。衰世誅殺總善類，法吏那得逢皋陶。宋侯當日苦蜂螫，悲秋謔浪皆無

聊。今復秉節按鑾郡，東馬秦棧車連鑣。歡樂幾時悵離別，磊塊直用千杯澆。羽聲慘慘曲且止，秦宫急換翻《六幺》。細撥阮咸唱明月，羅衣醉臥氍毹嬌。誰能無情聽忘倦，城頭銀箭催終宵。樂府中應演閹人害正事，故發此慨歎。（時觀察亦幾蹈不測，賴聖明曲宥之也。精神團聚在此。）」《祭皋陶》，宋琬所編雜劇，收於宋琬《安雅堂集》中。取材漢代史實，寫東漢宦官曹節、王甫殘害忠良，范滂因牢修誣告，被逮入獄。他在獄中向獄神皋陶哭訴冤枉，皋陶托夢於漢帝，遂將范滂等忠良赦免，將曹節、王甫、牢修等正法。范滂受此挫折後辭官歸隱，與郭林宗、李元禮等至姑射山學道。作者曾被人誣害而入獄，作此劇傾吐激憤。清杜濬《變雅堂遺集》文集卷三有《宋荔裳雜劇題詞》：「大約以辛辣之才，構義激之調，呼天擊地，涕泗横流，而光燄萬丈未嘗少減。作者其有憂患乎？夫無孟博（范滂）之憂患，決不能形容孟博之真氣。使千載之上，宛在目前，至於如此也。」杜濬所言，即爲《祭皋陶》而發。王士禛《香祖筆記》卷四：「康熙辛亥，宋荔裳琬在京師。一日，招龔芝麓大宗伯、梁蒼巖大司馬及予兄弟飲梁家園子。予首倡偶用纈字。明日，梁問予纈字之意，對不能悉。按《潘氏記聞》云：唐明皇柳婕妤妹適趙氏，性巧慧，鏤版爲雜花，打爲夾纈，代宗賞之，命宫中依樣製造。又《西河記》，西河婦女無桑蠶，皆著碧纈，韻書但言文繒耳。」康熙辛亥爲康熙十年（一六七一），但據宋琬自述「初夏僕將往蜀」，此年當爲康熙壬子（康熙十一年，一六七二）。梁清標有《蝶戀花·宋荔裳觀察招飲觀劇次阮亭韻》。汪懋麟有《蝶戀花·宋荔裳觀察招同梁大司農龔大宗伯王西樵阮亭諸先生寓園觀劇達曙和阮亭先生韻》。清曹貞吉《珂雪詞》卷上有同韻《蝶戀花》四闋，前三首分別題作《荔裳席上作用阮亭韻》《又看演祭皋陶劇仍用前韻》《又送荔裳入蜀再用前韻》。王士禄、王士禛詞不詳。

② 「韋曲」句：謂游玩之地繁花遍開，如鋪錦列繡。韋曲，泛指遊覽勝地，見卷三《采桑子・贈徐木千》注②。繡纈，有花紋的絲織品。

③ 含桃節：櫻桃成熟的季節。指夏季。含桃，即櫻桃，詳見卷二《百字令・和雪堂先生感春其二》注⑦。

④ 人柳三眠：用《三輔故事》中漢苑柳三眠三起事，詳見卷三《玉人歌・再和其年韻同前》注⑤。

⑤ 香雪：此處喻柳絮。

⑥ 紅豆記歌：唐段安節《樂府雜録》：「大曆中，有才人張紅紅者，本與其父歌於衢路丐食，過將軍韋青所居。青於街牖中聞其歌者，喉音寥亮，仍有美色，即納爲姬。……嘗有樂工自撰一曲，即古曲《長命西河女》也，加減其節奏，頗有新聲。未進聞，先印可於青。青潛令紅紅於屏風後聽之，紅紅乃以小豆數合記其節拍。樂工歌罷，青因入問紅紅如何。云：『已得矣。』青出給云：『某有女弟子，久曾歌此，非新曲也。』即令隔屏風歌之，一聲不失。樂工大驚異，遂請相見，歎伏不已。……尋達上聽，翊日召入宜春院，寵澤隆異，宮中號『記曲娘子』。」

⑦ 徹：盡，終了。

⑧玲瓏：明徹貌。《文選・揚雄〈甘泉賦〉》：「和氏玲瓏。」

前調 其二

鐵撥鵾弦眉總顰①。青史人豪，慷慨鳴奇節。啼鴂②一聲芳草歇。仰天孤憤何由雪。　清淚樽前彈此闋。不待悲秋，春夜銷魂絶。世事到頭須了徹。瓊樓正挂高寒月。

【注】

①「鐵撥」句：謂演劇的伶人撥弦彈唱，因心緒激昂而雙眉皺起。鐵撥，彈撥弦樂器的工具。鐵製，故名。唐段安節《樂府雜録・琵琶》：「開元中有賀懷智，其樂器以石爲槽，鵾雞筋作弦，用鐵撥彈之。」宋蘇軾《杜介熙熙堂》：「遥想閉門投轄飲，鵾弦鐵撥響如雷。」鵾弦，用鵾雞筋做的琵琶弦。南朝梁劉孝綽《夜聽妓賦得烏夜啼》：「鵾弦且輟弄，《鶴操》暫停徽。」宋蘇軾《古纏頭曲》：「鵾弦鐵撥世無有，樂府舊工惟尚叟。」

②啼鴂：杜鵑，杜鵑鳴時百花凋謝。戰國屈原《離騷》：「恐鵜鴂之先鳴兮，使夫百草爲之不芳。」宋蘇軾《咏芍藥》：「一聲啼鴂畫樓東，魏紫姚黃掃地空。」

前調　爲韶九①

春絆情絲千縷纈。夢裏人來，乍暖輕寒節。何處玉驄②曾小歇。海棠飄落胭脂雪③。　重倩紅霞④温舊闋。張緒風前，好是腰身絶⑤。樓閣水明光四徹。羅衣影漾波心月。

【注】

①此詞作於康熙十一年（一六七二）。本詞創作背景，參見卷三《菩薩蠻·己酉春日摩訶庵杏花下有感直方舊游》之「紀事」。韶九，張韶九，宋徵輿之壁，見卷三《菩薩蠻·同韶九西郊馮氏園看海棠》注①。

②玉驄：玉花驄，泛指駿馬。

③胭脂雪：謂海棠雜紅白之色。

④紅霞：清徐釚《詞苑叢談》卷九、《本事詩》卷八（見卷三《菩薩蠻·己酉春日摩訶庵杏花下有感直方舊游》之「紀事」）、《南州草堂詞話》卷上（見本詞之「紀事」）均引作「紅牙」。紅牙，紅牙板，檀木製，用以確定樂曲節拍。

⑤「張緒」二句：用「張緒風流」之典故形容韶九之腰身如柳枝纖細，儀態瀟灑飄逸，爲切姓用事。

見卷四《蝶戀花・問訊韞林夫人即和其春愁韻兼柬安又》注③。

【紀事】

徐釚《南州草堂詞話》卷上：歌者張郎，今日之秦青也。壬子春暮，讌集于宋荔裳觀察京師寓園，張後至，合肥宗伯賦《蝶戀花》詞云：「春絆情絲千縷纈。夢裏人來，乍暖輕風節。何處玉驄曾小歇。海棠飄落胭脂雪。　重倩紅牙温舊闋。張緒風前，好是腰身絶。樓閣水明光四徹。羅衣影漾波心月。」又送張還廣陵云：「紅淚一巾心百纈。春盡纔逢，剛過菖蒲節。懊恨子規啼不歇。生生催就雙(篷)〔蓬〕雪。　莫聽陽關朝雨闋。禁得年年，腸爲分攜絶。芳草粘天難望徹。杏花人面揚州月。」又代張閨情云：「彩綫鴛鴦愁暗纈。花雨新添，水暖銀塘節。燕子穿簾飛又歇。冰紈襯帖芙蓉雪。　悶倚玉簫吹半闋。報道人歸，喜極還嗔絶。別後心情明鏡徹。日長捱到如年月。」又：「隋苑烟花羅綺纈。小別重圓，交代歡愁節。腸轉車輪輪始歇。夢回關塞沙如雪。　爲問歡場歌幾闋。比並雙蛾，畫就誰嬌絶。天欲爲人須爲徹。一生長似團圞月。」長安諸公，争裂素紈書之。于是紅牙檀板中都唱此詞。

前調　爲幼文①

好句推敲江錦纈②。珠瀉泉流，不犯騶呵節③。賈島苦吟，衝京尹第三節。　游冶五陵花事歇④。竹枝行踏巴渝雪⑤。　人壓場圓⑥歡奏闋。衣帶微寬，瘦到休文絶⑦。惆悵黄雞⑧三唱徹。離雲⑨已暗關山月。

【注】

① 本詞約作於康熙十一年（一六七二）前後，似爲送別幼文赴蜀作。幼文，其人不詳。

② 「好句」句：謂幼文用心推敲出來的好句妙詞就如經過錦江水濯洗的錦纈，鮮明絢爛。江，錦江。《華陽國志・蜀志》記載：「錦江，織錦濯其中，則鮮明；濯它江，則不好。」錦纈，印染花紋的絲織品。《梁書・諸夷傳・高昌》：「（高昌國）女子頭髮辮而不垂，著錦纈纓珞環釧。」

③ 「珠瀉」二句：謂幼文寫詩作文如行雲流水，不必如賈島般費心苦吟。不犯騶呵節，反用賈島之典。後蜀何光遠《鑒戒録・賈忤旨》：「（賈島）忽一日於驢上吟得：『鳥宿池中樹，僧敲月下門。』初欲著『推』字，或欲著『敲』字，煉之未定，遂於驢上作『推』字手勢，又作『敲』字手勢。不覺行半坊，觀者訝之，島似不見。時韓吏部愈權京尹，意氣清嚴，威振紫陌。經第三對呵唱，島但手勢未已。俄爲官者推下驢，擁至尹前，島方覺悟。」

④ 「游冶」句：或謂幼文即將結束京師游冶的生活。游冶，游蕩娱樂。唐李白《君馬黄》：「共作游冶盤，雙行洛陽陌。」五陵，見卷三《沁園春・讀烏絲集次曹顧庵王西樵阮亭韻其三》注⑤。此處代指京師豪富之地。

⑤「竹枝」句：或謂幼文行將入蜀。竹枝，樂府名。本爲巴渝（今四川東部）一帶民歌，唐詩人劉禹錫據以改作新詞，歌咏三峽風光和男女戀情，盛行於世。後人所作也多咏當地風土或兒女柔情。其形式爲七言絶句，語言通俗，音調輕快。唐劉禹錫《洞庭秋月》：「盪槳巴童歌《竹枝》，連檣估客吹羌笛。」

⑥人壓場圓：謂技驚四座。

⑦「衣帶」二句：謂幼文瘦削。衣帶微寬，化用宋柳永《鳳栖梧》「衣帶漸寬終不悔，爲伊消得人憔悴」。休文，用「沈郎（休文）消瘦」典，見卷二《浪淘沙·春夜同秋岳小飲》注④。

⑧黄雞：黄羽毛鷄。唐李白《南陵别兒童入京》：「白酒新熟山中歸，黄鷄啄黍秋正肥。」宋蘇軾《浣溪沙·游蘄水清泉寺寺臨蘭溪溪水西流》：「誰道人生無再少，門前流水尚能西。休將白髮唱黄鷄。」

⑨離雲：分散的雲。

前調　送韶九還廣陵①

紅淚一巾心百纈②。春盡纔逢，剛過菖蒲節③。懊恨子規啼不歇。生生催就雙蓬雪④。莫聽陽關朝雨闋⑤。禁得年年，腸爲分攜⑥絶。芳草黏天難望徹。杳花人面揚州月⑦。

【注】

① 本詞作於康熙十一年（一六七二）。參見卷四《蝶戀花・爲詔九》注①與「紀事」。

② 「紅淚」句：謂淚如雨下，心緒萬千。紅淚，用魏文帝寵姬薛靈芸事，見卷一《蘭陵王・冬仲奉使出都南轅已至滄州道梗復返用周美成賦柳韻》注⑬。此處泛指眼淚。

③ 菖蒲節：指端午節。宋周密《齊東野語・子固類元章》：「庚申歲，客輦下，會菖蒲節，余偕一時好事者邀子固，各携所藏，買舟湖上，相與評賞。」

④ 雙蓬雪：謂鬢髮蓬亂而發白。雙蓬，雙鬢蓬亂。

⑤ 陽關朝雨闋：指古曲《陽關三迭》。又稱《渭城曲》。因唐王維《送元二使安西》詩「渭城朝雨浥輕塵，客舍青青柳色新。勸君更盡一杯酒，西出陽關無故人」而得名。後入樂府，以爲送別之曲，反復誦唱，遂謂之《陽關三迭》。

⑥ 分攜：離別。宋吴文英《風入松》：「樓前緑暗分攜路，一絲柳，一寸柔情。」

⑦ 「杏花」句：化用唐徐凝《憶揚州》：「天下三分明月夜，二分無賴是揚州。」

前調 代詔九閨情①

彩綫鴛鴦愁暗纈。花雨②新添，水暖銀塘③節。燕子穿簾飛又歇。冰紈襯貼芙蓉雪④。悶倚玉簫吹半闋。報道人歸，喜極還嗔絕。別後心情明鏡徹。日長捱到如眉月。

【注】

① 本詞創作背景同前。詞寫於韶九即將還歸廣陵之時，詞人代韶九想象其閨人的盼歸之情。

② 花雨：花季的降雨。前蜀貫休《春山行》：「重疊太古色，濛濛花雨時。」

③ 銀塘：清澈明净的池塘。梁簡文帝《和武帝宴詩》之一：「銀塘瀉清渭，銅溝引直漪。」

④「冰紈」句：謂潔白的衣裳襯托得女子膚白如雪。冰紈，潔白的細絹。《漢書·地理志下》：「後十四世，桓公用管仲，設輕重以富國，合諸侯成伯功，身在陪臣而取三歸。故其俗彌侈，織作冰紈綺繡純麗之物。」此處謂潔白細絹製成的衣裳。芙蓉雪，見卷一《菩薩蠻·題畫蘭雲扇》注③。

前調①

隋苑烟花羅綺纈②。小別重圓，交代③歡愁節。腸轉車輪④今始歇。夢回關塞沙如雪。　爲問逢場歌幾闋。比並雙蛾，畫就誰嬌絕⑤。天欲爲人須爲徹。一生乞作團圞月。

【注】

① 本詞創作背景同前。内容爲想象韶九還歸廣陵後與閨人耳鬢厮磨之情狀。

② 「隋苑」句：謂隋苑的花朵如羅綺般，色彩斑斕。實指廣陵風光旖旎。隋苑，隋煬帝所建上林苑，又名西苑，故址在江蘇揚州西北。烟花，霧靄中的花。南朝梁沈約《傷春》：「年芳被禁籞，烟花繞層曲。」此處化用唐李白《黄鶴樓送孟浩然之廣陵》詩：「故人西辭黄鶴樓，烟花三月下揚州。」纈，在絲織品上染色印花。

③ 交代：前後相接替，移交。《爾雅·釋山》「泰山爲東岳」疏：「萬物之始，陰陽交代。」

④ 腸轉車輪：形容極度悲傷。《樂府詩集》卷六十二《樂府古辭·悲歌》：「心思不能言，腸中車輪轉。」

⑤ 「比並」二句：謂韶九歸家後，爲閨人畫眉。雙蛾，謂美女的兩眉，沈約《昭君辭》：「於兹懷九逝，自此斂雙蛾。」此處暗用「張敞畫眉」典指韶九與閨人感情融洽。張敞畫眉，見卷一《念奴嬌·花下小飲時方上書有所論列八月廿五日也用東坡赤壁韻》注②。

補編

賀新郎 即集〔一〕送其年之中州用前韻〔二〕①

津柳霜飈發②。乍分手、驪駒一曲，鳳凰雙闕③。黃菊丹楓猶在眼，休悵紅亭吹雪④。換幾度、天涯圓月。酒醒夢回多少事，感蕭蕭、易水衝冠髮⑤。姑〔三〕脱穎，見其末⑥。　寶刀欲贈心先折⑦。算今古、豐城龍劍，終爲神物⑧。一任椎埋與屠狗，浪詡爛羊魁傑。那更記、灰飛烟滅⑨。此去夷門還鄭重，有滿褱、未老侯生血⑩。還〔四〕却掃，待三益⑪。

【校】

〔一〕「集」，《今詞苑》作「席」。

〔二〕《瑤華集》題作「和贈其年」。

〔三〕「姑」，《瑤華集》作「試」。

〔四〕「還」，《瑶華集》作「更」。

【注】

① 本詞與後一闋作於康熙七年（一六六八）秋冬之際。其年，即陳維崧，見卷三《念奴嬌・中秋和其年韻》注①。本詞創作背景參見卷三《賀新郎・其年將發秋夜集西堂次前韻》注①。本詞次韻卷三《賀新郎・和其年秋夜旅懷韻》。陳維崧有《賀新郎・將之中州留别芝麓先生再疊前韻》（匹馬銜寒發）。

② 「津柳」句：謂送别之時寒風凛冽。津柳，生長於渡口邊的柳樹。津渡與柳都暗指送别。古人分别時有折柳相送之習，以寄殷殷惜别之意。唐杜甫《喜觀即到復題短篇二首》其二：「江閣嫌津柳，風帆數驛亭。」霜颷，亦作「霜猋」。凛冽的寒風。三國魏曹植《平原懿公主誄》：「悲風激興，霜猋雪雰。」

③ 「乍分手」三句：謂陳維崧離别京師。驪駒，逸《詩》篇名。古代告别時所賦的歌詞。《漢書・儒林傳・王式》：「謂歌吹諸生曰：『歌《驪駒》。』」顔師古注：「服虔曰：『逸《詩》篇名也，見《大戴禮》。客欲去歌之。』文穎曰：『其辭云「驪駒在門，僕夫俱存；驪駒在路，僕夫整駕」也。』」後因以爲典，指告别。鳳凰，亦作「鳳皇」。帝王宫中的池臺樓閣及宫殿名。《三輔黄圖》卷三：「武帝時，後宫八區，有昭陽、飛翔、增城、合歡、蘭林、披香、鳳皇、鴛鴦等殿。」雙闕，此謂宫殿前兩邊高臺上的樓觀。鳳凰雙闕，指京師。

④「黄菊」二句：謂秋去冬來，時光迅疾，友人分别在即。黄菊丹楓，黄色的菊花和經霜泛紅的楓葉。黄菊丹楓乃秋景，此處借指秋季。宋張樞《茅山》：「道人不是悲秋客，黄菊丹楓相對愁。」紅亭，見卷三《羅敷媚・無題其五》注②。

⑤「感蕭蕭」句：《燕丹子》卷下：「荆軻入秦，不擇日而發，太子與知謀者皆素衣冠送之於易水之上。荆軻起爲壽，歌曰：『風蕭蕭兮易水寒，壯士一去兮不復還！』高漸離擊筑，宋意和之。爲壯聲則髮怒衝冠，爲哀聲則士皆流涕。」此處以「易水送别」典故渲染送别陳維崧場面之傷感。

⑥「姑脱穎」二句：勸勉陳維崧要顯露才華，一展抱負。語出《史記・平原君虞卿列傳》：「平原君曰：『夫賢士之處世也，譬若錐之處囊中，其末立見……』毛遂曰：『臣乃今日請處囊中耳。使遂蚤得處囊中，乃穎脱而出，非特其末見而已。』」後因以「脱穎」比喻人的才能全部顯示出來。

⑦「寶刀」句：表達了龔鼎孳對陳維崧期望之高與讚許之深。贈寶刀，《晋書・王覽傳》：「初，吕虔有佩刀，工相之，以爲必登三公，可服此刀。虔謂祥（王祥）曰：『苟非其人，刀或爲害。卿有公輔之量，故以相與。』祥固辭，强之乃受。祥臨薨，以刀授覽（祥弟王覽）曰：『汝後必興，足稱此刀。』覽後奕世多賢才，興於江左矣。」後世因以「贈刀」爲贊許别人堪負重任，前程遠大之典。心折，佩服。

⑧「算今古」二句：謂陳維崧爲人中之傑，不是凡俗之輩。《晉書・張華傳》載，吴滅晉興之際，斗

牛間常有紫氣。尚書張華請教於雷煥。雷煥説：「寶劍之精，上徹於天耳。」并説劍在豫章豐城。華即補煥爲豐城令。「煥到縣，掘獄屋基，入地四丈餘，得一石函，光氣非常，中有雙劍，并刻題，一曰龍泉，一曰太阿。其夕斗牛間氣不復見焉。」華、煥分佩兩劍。「華誅，失劍所在。煥卒，子華爲州從事，持劍行經延平津，劍忽於腰間躍出墮水。使人没水取之，不見劍，但見兩龍各長數丈。」詞人以「豐城龍劍」喻陳維崧爲傑士英才。

⑨「一任」三句：詞人撫慰仕途失意的陳維崧，就上一句「龍劍」之喻説開去，殺人屠狗宰羊輩一時據有龍劍，自詡魁傑，亦不免灰飛煙滅，而龍劍終是長存的神物。椎埋，劫殺人而埋之。亦泛指殺人。《史記・酷吏列傳》：「王温舒者，陽陵人也。少時椎埋爲姦。」屠狗，泛指出身低微者。《史記・樊噲列傳》：「舞陽侯樊噲者沛人也，以屠狗爲事。」唐張説《王氏神道碑》：「王侯無種，屠狗起於將軍；戰伐有功，爛羊超於都尉。」爛羊，《後漢書・劉玄傳》：「其所授官爵者，皆群小賈豎，或有膳夫庖人，多着繡面衣、錦褲、襜褕、諸于，罵詈道中。長安爲之語曰：『灶下養，中郎將。爛羊胃，騎都尉。爛羊頭，關内侯。』」後以「爛羊」爲典，指地位卑下者。

⑩「此去」二句：謂陳維崧此行赴中州，雖有賢者落拓不遇的傷感，但仍滿懷着得遇知音、效死不辭的心願。夷門，戰國魏都城的東門。故址在今河南開封城内東北隅。因在夷山之上，故名。亦用作大梁（開封）的別稱。侯生，《史記・魏公子列傳》載，魏有隱士曰侯嬴，年七十，家貧，爲大梁夷門監，受到魏公子信陵君的特殊禮遇，故爲之出謀劃策，竊符，奪晉鄙軍，以救趙却秦。

在信陵君到達晉鄙軍之日，留在大梁的侯嬴北向自剄，以報信陵君知遇之恩。陳維崧將赴中州，中州即今河南省一帶，詞人故用「夷門」之典與之相合。褱，同「懷」。

⑪「還却掃」二句：龔鼎孳謂陳維崧走後，自己當閉門謝客，候其再度來訪。却掃，不再掃徑迎客。謂閉門謝客。三國魏王粲《寡婦賦》：「闔門兮却掃，幽處兮高堂。」三益，謂直、諒、多聞。《論語·季氏》：「孔子曰：益者三友，損者三友。友直，友諒，友多聞，益矣。」此處借指良友陳維崧。

【輯評】

嚴曾榘：以磅礴之氣，運弘麗之材，陸海潘江不足喻其神韻也。（《香嚴詞》卷下）

吴本嵩：讀至「滿懷未老侯生血」，覺爽颯之氣，紙上有聲。（《香嚴詞》卷下）

前調　其二①

俊鶻②盤空攫。争旗鼓、曹劉沈謝，捨君奚托③。攬盡揚州花月麗，不數錦帆殿脚④。三爵罷、朗吟而作⑤。誰是紫雲須乞取，肯金門、大嚼饑臣朔⑥。憑十日，急搜索⑦。　可兒撾鼓兼開閣⑧。問何似、香濃茶熟，蕙酬蘭酢。當日吹臺賓客繞，未笑相如輕薄。堪太息、英雄淪落⑨。青眼高歌吾老矣，望赤車駟馬人勝昨⑩。重把臂，樂相樂。

【注】

①本詞次卷三《賀新郎・和其年秋夜旅懷韻其二》韻。陳維崧有《賀新郎・將之中州留別芝麓先生再疊前韻》(獸炭簾衣攫)。

②俊鶻：矯健之鶻。唐杜甫《朝》詩之一：「俊鶻無聲過，饑烏下食貪。」此處用以喻陳維崧，或指其寫詩作詞之氣勢磅礴、嶄絶淩厲。

③「争旗鼓」二句：謂陳維崧才華横溢，堪爲文人班首。旗鼓，旗與鼓。古代軍中指揮戰鬥的用具。此處喻指首領。曹劉沈謝，曹劉爲三國魏曹植與劉楨的並稱，沈謝爲南朝梁沈約與南朝宋謝靈運的並稱（一説爲沈約與南朝齊謝朓的並稱），四人均爲著名的文學家。此處借以凸顯陳維崧之文學才華。

④「攬盡」二句：謂陳維崧吟咏揚州的文學創作道盡了揚州之美麗風情，不亞於《錦帆》《殿脚》等曲。這是從特定角度讚美陳維崧的文學才華。陳維崧曾多次至揚州，并留有不少吟咏揚州的作品，如詩有《揚州紅橋三首》，文有《依園游記》，詞有《揚州慢・送蘧庵先生之廣陵并示宗定九孫無言汪蛟門舟次諸子》等。其中，《揚州慢》中有「十里珠簾，半城畫艇，百年花月維揚」句，或爲「揚州花月麗」所本。不數，不亞於。錦帆殿脚，指隋煬帝時所製曲。清沈雄《古今詞話・詞辨上》：「及幸江都，作《泛龍舟詞》，歌《龍女曲》，創《柳堤》《迷樓》，設《錦帆》《殿脚》。」錦帆

殿脚，事詳見卷二《南柯子·端午前一日社集和遂初韻其二》注④。

⑤「三爵」句：謂陳維崧酒過三杯，便能吟詩作賦。描寫陳維崧詩酒風流之狀。三爵，三杯酒。爵，雀形酒杯。《左傳·宣公二年》：「臣侍君宴，過三爵，非禮也。」朗吟，高聲吟誦。唐段成式《酉陽雜俎續集·支諾皋下》：「(女)執紅箋題詩一首，笑授暇，暇因朗吟之。」

⑥「誰是」二句：謂陳維崧寧願過着風流不羈的生活，也不願如東方朔般長安索米。紫雲，徐紫雲(一六四四—一六七五)，字九青，號曼殊，人稱雲郎。爲冒襄家班之演員。明清間文人有好男寵之風，紫雲即爲陳維崧所嬖。陳維崧離開如皋水繪園時，私攜紫雲北上。《同人集》卷六收陳維崧所作之《徐郎曲》。清查爲仁《蓮坡詩話》卷上：「冒巢民晚築一室，曰匿峰廬。……龔芝麓尚書有《匿峰廬七月十六夜即事》，句云：『露華滿地竹低風，起坐閒吟到曉雞。絡緯六知秋月好，五更枝上盡情啼。』巢民讌集名流，必出歌童演劇，有楊枝、秦簫、徐郎諸人。徐郎名紫雲，色藝冠絶流輩。瞿有仲詩云：『秦簫爲歌楊枝舞，就中紫雲尤媚嫵。』」清李斗《揚州畫舫録》卷十：「徐紫雲，字雲郎。揚州人。冒辟疆家青童，儇巧善歌。與其年狎。」近人冒廣生曾裒集陳維崧與徐紫雲之故事編爲《雲郎小史》。肯金門、大嚼饑臣朔，用東方朔之典。《漢書·東方朔傳》載，東方朔不滿自己的地位和待遇，對漢武帝説：「朱儒長三尺餘，奉一囊粟，錢二百四十。臣朔長九尺餘，亦奉一囊粟，錢二百四十。朱儒飽欲死，臣朔饑欲死。臣言可用，幸異其禮；不可用，罷之，無令但索長安米也。」武帝大笑，因使待詔金馬門，稍得親近。後以「長

安索米」指在京城謀求俸禄。金門，即金馬門。漢代宮門名。漢代徵士未有正官者，均待詔公車，其特異者待詔金馬門，備顧問。《史記・滑稽列傳》：「金馬門者，宦（者）署門也。門傍有銅馬，故謂之曰『金馬門』。」

⑦「憑十日」二句：謂陳維崧若過期不至中州，史逸裘將進行緊急搜索。史逸裘，見卷三《賀新郎・其年將發秋夜集西堂次前韻》注①。憑，指赴任之憑證。《大清會典則例》卷一百五十六記載，順治初年定官員赴任之制度，「其新選外任官，限於給憑十日内，由寺委官引禮」。陳乃入幕而非任官，此處以之戲比，謂陳維崧頗受史公重視。

⑧「可兒」句：蓋謂史逸裘既風雅又愛才。可兒，可愛的人，能人。南朝宋劉義慶《世説新語・賞譽》：「桓温行經王敦墓邊過，望之云：『可兒！可兒！』」此處指史逸裘。撾鼓，擊鼓。唐岑參《與獨孤漸道別長句兼呈嚴八侍御》：「軍中置酒夜撾鼓，錦筵紅燭月未午。」此處指擊鼓奏樂。開閣，漢公孫弘爲宰相，「起客館，開東閣以延賢人，與參謀議」。見《漢書・公孫弘傳》。此以「開閣」指史逸裘禮賢愛士。

⑨「當日」三句：謂漢司馬相如曾爲梁園賓客，尚未蒙時人「輕薄」之譏。此處以客梁園的司馬相如擬入幕中州的陳維崧，表面欣其有所托，實則含英雄淪落之慨。吹臺，古迹名。在今河南開封市東南禹王臺公園内。相傳爲春秋時師曠吹樂之臺。漢梁孝王增築曰明臺。因梁孝王常按歌吹於此，故亦稱吹臺。又稱繁臺。《舊五代史・梁書・太祖紀四》：「甲午，以高明門外繁

臺爲講武臺。是臺西漢梁孝王之時，嘗按歌閲樂於此，當時因名曰吹臺。其後有繁氏居於其側，里人乃以姓呼之。」三國魏阮籍《咏懷》詩之六十：「駕言發魏都，南向望吹臺。簫管有遺音，梁王安在哉！」規模宏大的梁園即是以吹臺爲軸心建成的園林。司馬相如、鄒陽、枚乘等皆曾爲梁園賓客。相如輕薄，據《史記·司馬相如列傳》載，梁孝王卒，司馬相如流落臨邛，以琴挑卓文君，使文君與之私奔，故有「輕薄」之譏。

⑩「青眼」二句：詞人表達對陳維崧的激賞與期待，同時也摻雜嘆老之情。青眼高歌吾老矣，化用杜甫《短歌行贈王郎司直》：「青眼高歌望吾子，眼中之人吾老矣！」青眼，正眼看人，見卷一《東風第一枝·樓晤用史邦卿韻》注⑤。此處指詞人對陳維崧的喜愛與器重。赤車，古代顯貴者所乘的紅色的車。《後漢書·鮮卑傳》：「鄧太后賜燕荔陽王印綬，赤車參駕。」駟馬，四匹馬拉的車，高官所乘。「赤車駟馬」喻高官顯宦。

【輯評】

宗元鼎：慷慨纏綿，英姿磊落，真是才過思王。（《香嚴詞》卷下）

以上《香嚴詞》

鶴沖天　題蒓鮫小像和葆酚原韻①

西江晚渚。月白天青處。咏史記曾聽，袁閎句②。羡才華繡虎，却待詔金門住③。退朝鵷鷺侶④。黄絹新詞⑤，題遍楚蘭吴苧。潘年⑥未暮。肯放投竿⑦去。禄米比侏儒⑧、猶堪煮。染漢南柳色⑨，有一片龍池⑩雨。烟波⑪余久許。尺幅霜綃，惹起鑒湖千緒⑫。

【注】

① 本詞乃題錢芳標像作。蒓鮫，即錢芳標，見卷三《滿庭芳·和伯紫韻送錢葆馚舍人》注①。本詞和錢芳標《鶴沖天·自題小像》（蘋汀蓼渚）韻。

② 「西江」四句：以東晉袁宏比蒓鮫，意謂其才華横溢，令人心折。西江，從南京以西到江西境内的一段長江，古代稱西江。渚，牛渚。山名。在今安徽當塗縣西北。其山脚突入長江部分，叫采石磯。袁閎，「袁宏」之訛。袁宏（約公元三二八—約三七六），字彦伯，小字虎，時稱袁虎。陳郡陽夏（今河南太康）人。東晉文學家、史學家。《世説新語·文學》：「袁虎少貧，嘗爲人傭載運租。謝鎮西經船行，其夜清風朗月，聞江渚間估客船上有咏詩聲，甚有情致，所誦五言又其所未嘗聞，嘆美不能已。即遣委曲訊問，乃是袁自咏其所作《咏史》詩。因此相要，大相賞得。」唐李白《夜泊牛渚懷古》：「牛渚西江夜，青天無片雲。登舟望秋月，空憶謝將軍。」

③ 「羨才華」二句：謂蒓鮫才高而位卑。繡虎，謂文采華麗雄傑，見卷四《瑞鶴仙·祝澹餘曹少宗伯次辛稼軒祝洪莘之韻》注⑩。待詔金門，用東方朔事，見前首注⑥。蒓鮫時任中書舍人，襲

鼎孳以爲才位不相稱，故稱。

④退朝鵷鷺侶：謂莼鮫退朝後多與才德之士爲伍。鵷鷺，比喻有才德者。《北齊書・文苑傳序》：「於是辭人才子，波駭雲屬，振鵷鷺之羽儀，縱雕龍之符采。」

⑤黄絹新詞：指絶妙好辭。黄絹，見卷四《沁園春》（驃騎將軍）注⑥。

⑥潘年：晋潘岳《秋興賦》序：「余春秋三十有二，始見二毛。」後因以「潘年」指三十二歲左右的年紀。唐房孺復《酬竇大閒居見寄》：「煩君强著潘年比，騎省風流詎可齊。」

⑦投竿：投釣竿於水。謂垂釣。《莊子・外物》：「任公子爲大鈎巨緇，五十犗以爲餌，蹲乎會稽，投竿東海，旦旦而釣，期年不得魚。」此處借指隱居。

⑧禄米比侏儒：用東方朔事，見前首注⑥。朱儒，同「侏儒」，指身材異常短小之人。此處用此典表示朝廷對莼鮫待遇不公。

⑨漢南柳色：南朝宋劉義慶《世説新語・言語》：「桓公（桓温）北征，經金城，見前爲琅邪時種柳皆已十圍，慨然曰：『木猶如此，人何以堪！』攀枝執條，泫然流淚。」北周庾信《枯樹賦》：「桓大司馬聞而嘆曰：『昔年種柳，依依漢南；今看摇落，悽愴江潭。樹猶如此，人何以堪！』」漢南，漢水南面。

⑩龍池：池塘名，在唐玄宗故宅興慶坊。宅中有井，井溢成池。井上常有龍雲呈形，故稱。唐錢起《闕下贈裴舍人》：「長樂鐘聲花外盡。龍池柳色雨中深。」

⑪烟波：指避世隱居的江湖。唐黄滔《水殿賦》：「城苑興闌，烟波思起。」

⑫「尺幅」二句：詞人謂看見莼鮫之小像，頓生與之歸隱的心緒。霜綃，白綾。亦指畫在白色綾上的真容。唐玄宗《題梅妃畫真》：「霜綃雖似當時態，争奈嬌波不顧人。」此處指莼鮫之小像。鑒湖，湖名。即鏡湖。又稱長湖、慶湖。在浙江紹興城西南二公里。爲紹興名勝之一。唐杜甫《壯游》：「越女天下白，鑒湖五月凉。」晚唐詩人方干曾漁隱於鑒湖。此處借指隱居之所。

以上《瑶華集》

羅敷媚

隔花又露青團扇①，笑語聲聲。冷眼從今。只靠風流莫靠心。醉中錯認文通夢②，容易消魂。竟要無情。月暗闌干一半人。

【注】

①青團扇：青色的團扇。

②文通夢：江淹，字文通。文通夢用江淹夢五色筆典故，見卷二《天仙子·追和小青》注④。此詞似龔鼎孳以思婦口吻而作，蓋謂在夢中遇見才華横溢的情人。

以上《今詞苑》

附録

三十二芙蓉詞序

尤侗

詩能窮人，非篤論也。至於詞，尤不然。《花間》《蘭畹》所載，和凝、韋莊、馮延巳之流，皆一時卿相，而《謁金門》《小重山》諸闋傳爲佳話，要其人不足道也。宋子京「紅杏枝頭」，晏同叔「桃花扇底」，《草堂》鉅公並艷千古矣。更有進者，以寇平仲之剛，而曰「柔情不斷如春水」；范希文之正，而曰「眉間心上，無計相回避」；歐陽永叔之忠，而曰「無人説與相思，近日帶圍寬」。盡三公名垂宇宙，不以纇其白璧，由斯以譚，豈惟詞不能窮人，殆達者而後工也。廬江龔芝麓先生，天下仰之如高山大河，其勛業在臺閣之上，而作爲詩歌流播于騷人墨士之口，下至填詞小伎，疑不屑以爲，乃尊前馬上，往往寄興及之。向有《白門》《綺懺》，膾炙齒牙。今松陵徐電發彙刻其《香嚴齋三十二芙蓉集》，受而讀之，如名香美錦，郁然而新。詞人冠冕，無逾公者，以視《花間》

《蘭畹》諸子，直發蒙振落耳。世人論詞，輒舉蘇、柳兩家，然大蘇「瓊樓玉宇，高處不勝寒」，神宗嘆爲愛君。而柳七「曉風殘月」有登溷之譏，至「太液波翻」忤旨抵地而罷，何遭遇之懸殊耶？予謂二子立身各有本末，即詞亦雅俗各别，東坡「柳綿」之句可入女郎紅牙，使屯田賦「赤壁」，必不能製將軍鐵板之聲也。先生之才庶幾眉山，而境地過之矣，豈三變所敢望哉？太史公傳留侯，以爲其人計魁梧奇偉，至見其圖狀貌，乃如婦人好女。今公之魁梧奇偉，予固得而識之，及觀其詞，則如花間美人，更覺嫵媚，吾益無以測之矣。

康熙壬子花朝後一日長洲後學尤侗拜譔。

香嚴齋詞敘

宋實穎

聞之《離騷》者，《三百篇》之變也；詞者，樂府之變也。自古賢人君子，忠君愛國不得申其志，則托喻香草，寤思美人，猶有温柔敦厚之遺，唯詞亦然，故稱爲《騷》之苗裔。然《騷》以奇放揚厲爲工，詞以流暢婉麗爲美，則時之升降係之矣。芝麓先生以詩鳴海内者幾三十年，清蓮之壯浪縱恣，少陵之沉鬱頓挫，無不兼之，出其猒餘而爲詞，字必色飛，語必魂絶，含柳吐秦，提辛攀李，駸駸乎駕渭南、眉山、山谷而上焉。人或謂：先生身爲大臣，首繫天下蒼生之望，于經濟理學諸書宜殫心竭思，以爲一代大儒之所本，何乃留情風月，放懷尊酒，與文人豪士較短論長於聲曲之間乎？不知先生忠君愛國，亦有時不得申其志，則悉于詞焉發之，一唱三嘆有餘音者矣。酒闌燭跋，撫今追昔，有不禁涕下闌干者矣。情者，性之餘也，詞者，詩與騷之餘也。韓魏公作《點絳唇》，有「亂紅飄砌」之句，而其意則在「武陵凝睇，人遠波空翠」也；范希文作《御街行》，有「眉間心上」之語，而其意則在「玉樓簾捲，天澹銀河垂地」也。先生之詞何以異是？若徒舉「花影郎中」「紅杏尚書」以頌先生，淺之乎窺先生矣！又何以知先生之詩哉！會予門士徐子電發梓先生《三十二芙蓉詞》竣，將持是集以謁先生，爲言其大略如此。

康熙歲次壬子花朝吴門後學宋實穎題於小山雲之老易軒。

康熙十一年刻本《香嚴齋詞》卷首

香嚴詞序

紀映鍾

肥水龔端毅公，文章風節不減宋兩文忠，而好爲詩餘。或忼慨悲歌，穿雲裂石；或柔情紛綺，觸絮黏香，殆亦似之。而尤能爲疊韻，愈狹愈工，愈險愈妙。每脱一稿，如芙蕖出水，秀色天然，曉黛横秋，蒼翠欲滴，胸中别有鑪鞲，不知其所自來也。今海内讀公詩文以及奏章條劄，若攬川岳而厭粱肉，罔不瞠目，動觀止之嘆矣。孰知絶流背麓，復有拳石小溪離奇激蕩之趣。常人之情，偃仰飽飫，又未嘗不耽嗜珍錯。讀公著作，何以異是。是夫造化者之生物，其廓然而虚，塊然而大，既不可以恒情測。然至草木禽魚，萌動微眇，其光色艷異，巧匠不能琢，畫工不能渲也。職何故哉？則由其氣之無窮，而才之入細也，千鈞八斗又何足以喻之。黄山孫子無言宿擅詞學，於海内名家，盡空其篋衍，而剞劂以傳，尤與端毅公有花間之契。今公人琴俱亡，孫子感車過腹痛，因取其數年所寄諸帙，更博采而手訂之，以霑溉饑渴，俾同人見公之全豹，與兩文忠頡頏今古。嗚呼！意良厚矣。荀息有言，使死者復生，生者不愧，其言孫子之謂乎？然端毅公病中尚有詞十餘首，易簀之前三日重九，尚拈一調絶筆也，今藏家笥，孫子其索而補之。

康熙留松閣刻本《香嚴詞》卷首

定山堂詩餘序

丁　澎

文章者，德業之餘也，而詩爲文章之餘，詞又爲詩之餘，然則天下事何者不當用其有餘者哉？若竟量而出，索焉遽盡，此坳堂之泛觴，而非洪淮鉅河之有源有本者也。即以詩論，古人之詩，古人之樂章也。樂因詩以傳聲，詩藉聲而驗樂。《三百篇》者，瞽史之徒所按聲而歌者也。古者歌《鹿鳴》，必歌《四牡》《皇皇者華》，三詩以節之，而用《南陔》《白華》《華黍》三笙以贊之。迨後而四詩亡矣，僅存《鹿鳴》一歌，漢之樂府由是以起。樂府之紀系不傳，於是詩爲有律之文章，而非匏笙之辭曲矣。其近乎樂而可譜以八音者，莫善乎詩餘。然則詩餘者，《三百篇》之遺，而漢樂府之流系也，其源出於詩，詩本文章，文章本乎德業，即謂詩餘爲德業之餘，亦無不可者。大宗伯芝麓先生，人倫之宗鑒，爲盛朝之柱石，其德業、文章，横絶乎漢唐以上，弁髦乎宋元以下，千古精華之氣，天地特聚之以畀先生之一人，故其發爲詩歌也，燦熳如日星之昭垂，巃嵸若岱華之聳峙。梅村學士序其詩，詳言之矣。間以其閒情發爲詩餘，授而梓之於錫山，總其事者爲吾友姜子子翥。余以今年冬來游梁溪，子翥手先生全卷問序于余。余得邀先生之知者已數十年，其沐浴教澤者深矣。於是取是編而讀之，渢渢乎有《三百篇》之遺音焉。其珥瑠槐掖，濡筆承明，則雅音亮節，依然《彤弓》《湛露》之賦答也；其遣情山水，放目雲烟，撫白石以流連，漱清漪而淪溯，則逸興遄飛，陶然《卷阿》《苓隰》之高致也；其凄心悄志，悱惻纏綿，寄悲怨於花辰，托遥思於月夕，則殷然憂讒畏譏，離夫思婦之蕭騷也；其香閨憶别，霜塞鳴笳，聽木葉於宵砧，響愁鴻於鐵馬，則楊花雨雪，色然以驚，悽然以悲，而瞻望勿及者也；其春郊約友，曲水聯心，就雲中而招鶴，開金井以投輪，則《鳥鳴》《伐木》慕友聲而思蘭味者也。然則先生之詩餘，非古樂府之餘，盛、中、晚之餘，而《三百篇》之餘也；亦非僅《三百篇》之餘，直可上溯夫八伯「卿雲之爛」，白雲西母之謡，「元首」「股肱」之賡颺，而爲其餘者也。昔歐陽文忠、晏元獻諸公以詞名宋代，立朝正色，卓立不移，以先生德業、文章之盛，何其先後若一轍也。世之讀是編者，性情以是正焉，風會以是醇焉，房中、正始之音以是傳焉，寧僅曰詩之餘而已哉？是爲序。

時康熙癸丑仲冬，西陵丁澎葯園氏敬題於錫山旅舍。

康熙十五年吴興祚刻本《定山堂詩餘》卷首

定山堂詩餘提要

孫人和

《定山堂詩餘》一卷，清龔鼎孳撰。鼎孳字孝升，號芝麓，合肥人。明進士，纍官御史。入清，歷官至禮部尚書。是編凡二百零二闋。跋云：「芝麓詞，刻入《定山堂全集》者，分四卷。首卷題『白門柳』；次卷題『綺懺』；三卷之首，則題曰『此卷以下皆癸卯後《香嚴齋存稿》』。别有一本名《香嚴齋三十二芙蓉集》，不分卷，爲康熙壬子吴江徐電發所刻。合兩本勘之，知徐本所收，適當《全集》本前二卷及三卷之半，字句小有異同。如《七夕·菩薩蠻》結句『不敢問流螢一雙何處星』，徐刻本作『不敢問雙星』。流螢記畫屏』。又如題中稱『善持君』者，徐刻本均作『内人』。蓋徐本刊布尚早，《全集》則晚年所定。而『白門柳』『綺懺』諸名稱，亦爲後來分卷時所題，非徐刻時所有也。」是編乃據《全集》本合爲一卷者，故前有《白門柳》《綺懺》自題各一短篇也。鼎孳勢位優隆，聲氣愈廣，與汪蛟門、曹子顧、王西樵、阮亭、陳其年諸人，酬酢往還，鬥韻唱和。然激壯之詞，不及迦陵；雅艷之製，亦遜二王。蓋猶沿襲明風，未盡純正，而又自許甚深，務爲高遠。中間用柳屯田、賀方回、周美成、史邦卿諸家之韻者甚夥，徒蹈效顰之譏，無當於詞體矣。

《續修四庫全書提要》

香嚴齋詞話

一

彭羡門孫遹：長調之難于小調者，難于語氣貫串，不冗不複，徘徊宛轉，自然成文。今人作詞，中小調獨多，長調寥寥不概見，當由興寄所成，非專詣耳。唯龔中丞芊綿温麗，無美不臻，直奪宋人之席。熊侍郎之清綺，吴祭酒之高曠，曹學士之恬雅，皆卓然名家，照耀一代，長調之妙，斯嘆觀止矣。

二

王西樵士禄曰：合肥「流水青山送六朝」，才子語；其年「浪卷前朝去」，英雄語。

三

毛大可甡曰：合肥長短調都入選本，未見專集。兹得徐子電發搜集校録，人争喜其詳備，至句香字艷，直逼《花間》《尊前》，故當傖父辛、劉，衙官秦、柳。

四

王阮亭士禛曰：雲間數公論詩，持格律，崇神韻，然拘于方幅，泥於時代，不免爲識者所少。其于詞，亦不欲涉南宋一筆，佳處在此，短處亦坐此。合肥乃備極才情，變化不測。婁東驅使南北，瀾翻泉涌，妥貼流麗，正是公歌行本色。要是獨絶，不似流輩撏撦稼軒，如宋初伶人詼館職也。友人中，陳其年工哀艷之詞，彭金粟擅清華之體，董文友善寫閨襜之致，鄒程村獨標廣大之稱。僕所云，近愧真長矣。

五

吴弘人兆寬曰：長洲吴秀才虞升藹詩才清麗，每誦合肥詞，輒爲掩抑怊悵，曰「某所不能竟者」。尚書和其年數闋，如「君袍未錦，我鬢先霜」等句，令人感涕，故知憐才一念，使窮簷下士動色拊心。宜電發徐子搜刻先生尊前酒邊之作，手自校讐，廣爲流播也。

六

鄒程村祗謨曰：余嘗與文友論詞，謂小調不學《花間》，則當學歐、晏、秦、黄。《花間》綺琢處，于詩爲靡，而于詞則如古錦紋理，自有黯然異色。歐、晏藴藉，秦、黄生動，一唱三嘆，總以不盡爲佳。清真、樂章以短調行長調，故滔滔莽莽處，如唐初四傑作七古嫌其不能盡變，至姜、史、高、吴而融篇、煉句、琢字之法，無一不備。今惟合肥兼擅其勝，正不如用修好入六朝麗字，似近而實遠也。

七

顧茂倫有孝曰：合肥先生詩歌風彩峻拔。其古體咀嚼三謝，近體肰飫少陵。而展卷千言，傍觀者往往奪氣，可謂詩豪矣。溢爲小詞，聲調逸秀，綺綴精密，足使淮海變色，屯田失步。余友薛子國符稱先生學博詞曠，才敏思新，蓄之海匯，發也雲蒸，信哉！

八

陸孝山世楷曰：昔楊用修評陸放翁詞云：纖麗處似淮海，沉雄處似東坡。余謂合肥先生能撮有其勝。

九

計甫草東曰：當今才位德望若合肥龍松先生，可謂盛矣。擬之前哲，庶幾韓、范、歐、富之儔。至其憐才好士，汲引寒畯，一往情深，久而彌摯，恐當日范之于李泰伯，富之于邵堯夫，不過是也。丙午夏東從先生于中州，見其與梁苑侯、徐諸公文酒唱酬，歡若貧交，嘆爲盛事。辛亥春初雪夜，門人徐釚從既庭許攜先生詞稿來，讀其與我友陳其年兄弟往復贈答諸作，至性沈鬱，壯采激越，爲之踴躍，爲之黯然。嗟呼，以其年之才淪落，爲老諸生亦窮矣，然得知己若先生一人，雖窮何憾！或曰，范能薦泰伯以茂才官助教，富能令堯夫由布衣受推官，今此等事不易得，則時命爲之也。

十

許竹隱虬曰：合肥夫子詩滿天下，江左大家中略出一二，膾炙海内，衣被千秋矣。亥冬訪顧子茂倫、吴子海序上下今古間，適吾門電發徐子攜夫子《三十二芙蓉詩餘》至，讀之嘆未曾有，心魂繫之。近代篤於言詩，不及詩餘，其中有所未足也。《菩薩蠻》一闋不昉自青蓮乎，少游變爲稼軒，亦猶正風變風，代有作手。實詩所不能盡者，詞足盡之；詩所足盡者，詞又能不盡之。詞所以留人心坎間而不去也。今試陳此編細繹之，若者合於《風》，若者合於《雅》，若者合於《頌》，則詩之不可無詞，猶詞之不可無詩而已矣。吾兄子位聞余説而然之，敬述臆説，質諸吾兄。子位吾兄曰：然。遂綴簡末以望陶鑄云。

十一

趙山子澐曰：詩餘樂府之遺也。世當淳古，下有元聲。里巷歌辭皆叶宫徵，故成周《國風》，可被管弦。漢時郊祀，房中之外，别有《鐃歌辭》，如「雉子班朱鷺，芳樹臨高臺」等篇，皆樂也，蘇、李創爲五言詩，乃與樂二。然子建《怨歌》七解爲晉曲所奏，如横吹、相和、平調、清調、清商、楚調，六朝並用，陳、隋作者亦擬爲之，無如詞勝而律乖矣。貞觀、開元天子皆工詩而審音，李白《清平調》、王維《鬱輪袍》實爲詞曲標題之祖。一時名人才士，微吟短章，旗亭伎女，咸能唱嘆，蓋律與詞諧，誠甚盛也。宋初周待制領大晟樂府，比切聲調十二律，柳屯田增至二百餘，然亦有昧于音節，如蘇長公猶不免鐵綽板之譏。今宗伯合肥先生以此調元而典樂，其閒情逸藻，間爲詩餘，發妙旨于律吕之中，運巧思于琯尺之外，淳雅而工，婉麗而正，鼓吹衆籟，宣天和，俾元聲，直媲隆古，豈止隔牆紅杏争尚書學士之纖長者耶？詩與樂合文與律，均其在斯編矣。

十二

沈雲步攀曰：筆花四照，一字移動不得，置之秦、柳集中，直使前無作者。

十三

喻非指指曰：合肥詞于冰心鐵骨中饒玉艷珠鮮之致，信乎梅花一賦，不獨宋廣平也。

康熙十一年徐釚刻本《香嚴齋詞》前附

龔鼎孳詞總評

一、尤侗：

《香嚴詞》新艷旎旎，得言情之三昧。（《菊莊詞話》引）

二、毛奇齡：

或問香嚴之妙，曰雄放處時見偉觀；問棠村之妙，曰旖旎時亦屬本色。（《棠村詞話》）

三、徐倬：

梅村清婉，香嚴瑰麗，棠村纖穠，家弟電發欲合三先生詩餘行世，真堪鼎峙騷壇。（《棠村詞話》）

四、鄒祗謨：

張玉田謂詞不宜和韻，蓋詞語句參錯，復格以成韻，支分驅染，欲合得離。能如李長沙所謂善用韻者，雖和猶如自作，乃爲妙協。近則龔中丞《綺懺》諸集，半用宋韻。阮亭稱其與和杜諸作，同爲天才，不可學。（《遠志齋詞衷》）

五、聶先：

有欲合刻梅村、香嚴、棠村爲三大家詞者，以梅村駘宕，香嚴騖挺，棠村有柳欹花亸之致。或謂河南河北，代爲雄視，未若三公之旨之一也。意氣遒上，感慨蒼凉，當以梅村爲冠。（《百名

家詞鈔》）

六、聶先：

合肥才位德望，可謂盛矣。至其憐才好士，汲引後學，一往情深，久而彌篤，恐前哲名賢中，亦不易得也。其爲小調，論者稱其冰心鐵骨，饒有玉潤珠鮮之致。一夕余試歌於深雪哀弦之次，其聲宛轉沉鬱，悲壯激揚，爲之踴躍，爲之黯然。（《百名家詞鈔》）

七、王士禛：

南宋諸詞，以進奉故，未免淺俗取妍。如此雕鎪綵緻，仍歸生色真香，所謂妙音難文，那容淺人索解也。（《倚聲初集》卷十六）

八、顧貞觀：

即以詞言之，自國初輦轂諸公，尊前酒邊，借長短句以吐其胸中。始而微有寄托，久則務爲諧暢。香嚴、倦圃領袖一時。唯時戴笠故交、擔簦才子，並與燕游之習，各傳酬和之篇。而吴越操觚家，聞風競起，選者作者，妍媸雜陳。（《顧梁汾先生書》）

九、徐釚：

古人蘊藉生動，一唱三嘆，以不盡爲嘉。清真以短調行長調，滔滔漭漭，如唐初四傑作七古，嫌其不能盡變。至姜、史、蔣、吴融煉字句，法無不備。兼擅其勝者，惟芝麓尚書矣。（沈雄《古今詞話·詞評》卷下引）

十、汪懋麟：

汪蛟門曰：錢唐令君梁冶湄，欲合吴祭酒《梅村稿》、龔司馬《香嚴詞》與其家司農《棠村集》，匯梓行世。夫祭酒駘宕，司馬驚挺，司農起恒朔間，而有柳欹花䙅之致。彼河北、河南，代爲雄視，未若三公之旨之一也。（沈雄《古今詞話・詞話》卷下）

十一、張星耀：

昭代詞人之盛，不特凌轢元明，直可並肩唐宋。如《香嚴》之雄贍，《棠村》之韶令，《容齋》之新秀，《衍波》之大雅，《延露》之俊逸，《麗農》之宏富，《東江》之綿渺，《彈指》之幽艷，《烏絲》之悲壯，《藝香》之濃鮮，《玉凫》之清潤，《蘭思》之真致，《玉蕤》之周密，餘爲秋嶽、錫鬯、容若、雲士、舒凫、夏珠、昉思諸公，未窺全豹，微露一斑，而《二鄉》《遠山》《雲涌》《扶荔》《鸞情》《南溪》《炊聞》《百末》《含影》《支機》《蓉渡》《錦瑟》《柳村》《遏雲》《當樓》《青城》《蝶庵》《秋水》《峽流》《吹香》《椒峰》《蘿村》《菊莊》《移春》《山曉》《梨莊》《紅蕉》《柯亭》諸集，可謂家操和璧，人握隋珠，一時群聚。噫，盛矣！（《詞論》，《東白堂詞選初集》）

十二、蔣景祁：

錢尚書牧齋、吴祭酒梅村、陳黄門大樽、龔宗伯芝麓、曹侍郎秋岳、宋宗丞轅文、李舍人舒章一時倡和，特絶千古。（《刻瑶華集述》，《瑶華集》）

十三、蔣景祁：

自濟南王阮亭先生官揚州，宣导倚聲之學，其上有吴梅村、龔芝麓、曹秋岳先生主持之。（《湖海樓詞集序》）

十四、董煉金

依聲之學，自《花間》《草堂》而後，代有作者。至國初吴梅村、龔芝麓、朱竹垞、陳其年諸人繼起，主盟詞壇，海内奉爲圭坫。（《露花詞序》）

十五、孫爾准：

史筆梅村語太莊，雕華不解定山堂。要從遺老求佳製，一曲觀潮最擅場。（《論詞絶句》二十二首，《泰雲堂詩集》卷四）

十六、謝章鋌：

江左三家，吴梅村、龔芝麓俱以詞名，而龔不及吴，芝麓感慨有餘，纏綿不足也。（《詞話紀餘》，《稗販雜録》卷三）

十七、楊恩壽：

麥秀漸漸冷夕暉，白頭詞客欲沾衣。傷心豈爲飛紅雨，門巷重來萬事非。（元注：「重來門巷，盡日飛紅雨。」）《蓦山溪》詞也，王漁洋亟賞之。（《論詞絶句》，《坦園詩録》卷六）

十八、胡薇元：

清初詞人，如吴駿公、梁玉立、龔孝升、曹潔躬、陳其年、朱竹垞、嚴蓀友諸家，詞采精善，美不勝收。中間先徵君稚威、吴穀人、洪北江、錢曉徵，均稱後勁。嘉道以來，則以龔定庵、惲子居、張皋文輩爲足繼雅音也。（《歲寒居詞話》）

十九、陳廷焯：

（龔鼎孳）芙蓉詞秀而有骨，故佳。（《雲韶集》卷十四）

二十、左楨：

暨乎有清，梅村、芝麓、竹垞諸公，於詞卓然成家，鳴盛於時，豈後進所能學步？（《甓湖詞鈔序》）

二十一、徐珂：

明崇禎之季，詩餘盛行，人沿竟陵一派。入國朝，合肥龔鼎孳、真定梁清標，皆負盛名。（《近詞叢話》）

二十二、聞野鶴：

清詞諸家，龔芝麓如初日芙蓉，姱穀秀發。王阮亭如青春少婦，嫵娙多致。朱秀水如樂師奏曲，聲聲入叩。彭羨門如北里新姝，時嫌浮艷。成容若如孤山哀曲，遺響酸鼻，又如駿馬走古阪，時虞傷足。尤西堂如天半明星，流動自如。厲樊榭如孤山鳴琴，都非凡響，又如幽泉漱石，泠泠高韻。郭頻伽如倚馬速稿，時傷草率。吴穀人如大家閨秀，步履端莊。袁蘭村如何郎傅粉，太嫌嬌艷，却非本色。（《愢簃詞話》，《民國日報》）

二十三、盧前：

飛紅雨，門巷嘆重來。隔水芙蓉多嫵媚，流鶯鐵馬漫疑猜。夢只到妝臺。（《望江南·飲虹簃論清詞百家》，《清名家詞》）

參考文獻

一、基本典籍

龔鼎孳著，孫克强、裴喆編輯校點《龔鼎孳全集》，北京：人民文學出版社，二〇一四年。
龔鼎孳《香嚴齋詞》，清康熙十一年徐釚刻本。
龔鼎孳《香嚴詞》，張宏生主編《清詞珍本叢刊》第1册，南京：鳳凰出版社，二〇〇七年據清留松閣刻本影印。
鄒祗謨、王士禛《倚聲初集》，《續修四庫全書》第1729册，上海：上海古籍出版社，二〇〇二年據南京圖書館藏清順治十七年刻本影印。
聶先、曾王孫《百名家詞鈔》，《續修四庫全書》第1721册，上海：上海古籍出版社，二〇〇二年據上海圖書館藏清康熙綠蔭堂刻本影印。

陳維崧、吴本嵩、吴逢原、潘眉輯《今詞苑》，清康熙十年徐喈鳳南磵山房刻本。

蔣景祁《瑶華集》，《續修四庫全書》第 1730 册，上海：上海古籍出版社，二〇〇二年據清康熙二十五年天藜閣刻本影印。

顧貞觀、納蘭性德《今詞初集》，《續修四庫全書》第 1729 册，上海：上海古籍出版社，二〇〇二年據上海圖書館藏清康熙刻本影印。

曹爾堪等《秋水軒倡和詞》，張宏生主編《清詞珍本叢刊》第 22 册，南京：鳳凰出版社，二〇〇七年據遥連堂刻本影印。

梁清標《棠村詞》，張宏生主編《清詞珍本叢刊》第 3 册，南京：鳳凰出版社，二〇〇七年據清留松閣刻本影印。

陳維崧《烏絲詞》，張宏生主編《清詞珍本叢刊》第 4 册，南京：鳳凰出版社，二〇〇七年據清留松閣刻本影印。

曹貞吉《珂雪詞》，張宏生主編《清詞珍本叢刊》第 8 册，南京：鳳凰出版社，二〇〇七年據清《珂雪全集》影印。

冒襄《巢民文集》，《續修四庫全書》第 1399 册，上海：上海古籍出版社，二〇〇二年據北京圖書館藏清康熙刻本影印。

冒襄《同人集》，《四庫全書存目叢書・集部》第 385 册，濟南：齊魯書社，一九九七年據北京師範大學圖書館藏清康熙冒氏水繪庵刻本影印。

熊文舉《雪堂先生集選》，《四庫禁毀書叢刊·集部》第33册，北京：北京出版社，一九九七年據天津圖書館藏清順治刻本影印。

熊文舉《雪堂先生文集》，《北京圖書館古籍珍本叢刊》第112册，北京：書目文獻出版社，一九九八年據清初刻本影印。

李雯《蓼齋後集》，《清代詩文集彙編》第23册，上海：上海古籍出版社，二〇一〇年據清順治十四年石維崑刻本影印。

曹溶《静惕堂詞》，《清代詩文集彙編》第45册，上海：上海古籍出版社，二〇一〇年據清康熙四十六年朱丕戭刻本影印。

杜濬《變雅堂遺集·文集》，《續修四庫全書》第1394册，上海：上海古籍出版社，二〇〇二年據湖北圖書館藏清光緒二十年黄岡沈氏刻本影印。

王士禛《帶經堂集》，《清代詩文集彙編》第134册，上海：上海古籍出版社，二〇一〇年據清康熙四十九至五十年程哲七略書堂刻本影印。

王士禛《花草蒙拾》，《續修四庫全書》第1733册，上海：上海古籍出版社，二〇〇二年據清道光十四年沈氏世楷堂刻《昭代叢書》本影印。

陳維崧著，陳振鵬標點，李學穎校補《陳維崧集》，上海：上海古籍出版社，二〇一〇年。

周亮工《賴古堂集》，上海：上海古籍出版社，一九七九年。

宋琬著，辛鴻義、趙家斌點校《宋琬全集》，濟南：齊魯書社，二〇〇三年。

唐圭璋《全宋詞》，北京：中華書局，一九六五年。

南京大學中國語言文學系《全清詞·順康卷》，北京：中華書局，二〇〇二年。

張宏生等《全清詞·順康卷補編》，南京：南京大學出版社，二〇〇八年。

尤振中、尤以丁編著《清詞紀事會評》，合肥：黄山書社，一九九五年。

唐圭璋《詞話叢編》，北京：中華書局，二〇〇五年。

劉佑修、楊繼經纂《順治蘄水縣志》，清康熙雍正間刻本。

王方岐纂、賈暉修《合肥縣志（清康熙三十六年刻本）》，《天津圖書館孤本秘笈叢書》第6冊，北京：中華全國圖書館文獻縮微複製中心，一九九九年。

嚴正矩《大宗伯龔端毅公傳》，閔爾昌編《碑傳集補》，臺北：文海出版社，一九七三年。

惠棟《漁洋山人自撰年譜注補》，《續修四庫全書》第554冊，上海：上海古籍出版社，二〇〇二年據遼寧圖書館藏清惠氏紅豆齋刻本影印。

張廷玉等《明史》，北京：中華書局，二〇一一年。

《崇禎實録》，《臺灣文獻史料叢刊》第三輯第52冊，臺北：臺灣大通書局，一九八四年。

王鍾翰點校《清史列傳》，北京：中華書局，一九八七年。

趙爾巽等《清史稿》，北京：中華書局，一九七七年。
《清實録》，北京：中華書局，一九八五年。
李清《三垣筆記》，北京：中華書局，一九八二年。
杜登春《社事始末》，《昭代叢書·戊集續編》卷一六，上海：上海古籍出版社，一九九〇年。
鄧漢儀《慎墨堂筆記》，《四庫禁毁書叢刊補編》第57册，北京：北京出版社，二〇〇五年據北京圖書館藏民國漢畫軒藍絲欄鈔本影印。
余懷《板橋雜記》，上海：上海古籍出版社，二〇〇〇年。
陸以湉《冷廬雜識》，北京：中華書局，一九八四年。
計六奇《明季北略》，北京：中華書局，一九八四年。
徐鼒撰，王崇武點校《小腆紀年附考》，北京：中華書局，一九五七年。
王士禛《池北偶談》，北京：中華書局，一九八二年。
談遷撰，張宗祥校點《國榷》，北京：中華書局，一九五八年。
談遷《北游録》，北京：中華書局，一九六〇年。

二、研究專著

嚴迪昌《清詞史》，南京：江蘇古籍出版社，二〇〇一年。

嚴迪昌《陽羨詞派研究》，濟南：齊魯書社，一九九三年。
劉東海《順康詞壇群體步韻唱和研究》，上海：上海古籍出版社，二〇一三年。
朱麗霞《清代辛稼軒接受史》，濟南：齊魯書社，二〇〇五年。
孟森《心史叢刊》，北京：中華書局，二〇〇六年。
趙園《明清之際士大夫研究》，北京：北京大學出版社，一九九九年。
何冠彪《生與死：明季士大夫的抉擇》，臺北：聯經出版社，一九九七年。
白一瑾《清初貳臣士人心態與文學研究》，天津：天津人民出版社，二〇一〇年。
周絢隆《陳維崧年譜》，北京：人民出版社，二〇一二年。
鄧妙慈《龔鼎孳與清初文壇》，上海：上海古籍出版社，二〇二一年。

三、論文

董遷《龔芝麓年譜》，《中和月刊》，一九四二年第一—三期。
萬國花《詩家與時代：龔鼎孳及其詩論、詩歌創作研究》附録一《龔鼎孳年譜新編》，上海：復旦大學博士學位論文，二〇一一年。
裴喆《龔鼎孳年譜》，天津：南開大學博士後出站報告，二〇一三年。

李玲《龔鼎孳詩詞論稿》，開封：河南大學碩士學位論文，二〇〇七年。
趙羽《龔鼎孳交遊事跡考略》，天津：南開大學碩士學位論文，二〇〇五年。
張升《龔鼎孳雜考》，《明清安徽典籍研究》，合肥：黄山書社，二〇〇五年。
孫克强《龔鼎孳詞集版本考辨——兼及〈全清詞〉龔詞部分補正》，《南開學報》，二〇一三年第六期。
張宏生、馮乾《白門柳：龔顧情緣與明清之際的詞風演進》，《中國社會科學》，二〇〇一年第三期。
葛恒剛《清初詞壇「贈柳詞唱和」與清初稼軒風》，《江蘇社會科學》，二〇一一年第三期。

龔自珍詩集編年校注	［清］龔自珍著	劉逸生、周錫韡校注
水雲樓詩詞箋注	［清］蔣春霖著	劉勇剛箋注
人境廬詩草箋注	［清］黄遵憲著	錢仲聯箋注
嶺雲海日樓詩鈔	［清］丘逢甲著	丘鑄昌標點

龔鼎孳詞校注	[清]龔鼎孳著　孫克强、鄧妙慈校注
吴嘉紀詩箋校	[清]吴嘉紀著　楊積慶箋校
陳維崧集	[清]陳維崧著　陳振鵬標點 李學穎校補
屈大均詩詞編年校箋	[清]屈大均著　陳永正等校箋
秋笳集	[清]吴兆騫撰　麻守中校點
漁洋精華録集釋	[清]王士禛著 李毓芙、牟通、李茂肅整理
聊齋志異會校會注會評本	[清]蒲松齡著　張友鶴輯校
敬業堂詩集	[清]查慎行著　周劭標點
納蘭詞箋注	[清]納蘭性德著　張草紉箋注
方苞集	[清]方苞著　劉季高校點
樊榭山房集	[清]厲鶚著　[清]董兆熊注 陳九思標校
劉大櫆集	[清]劉大櫆著　吴孟復標點
儒林外史彙校彙評(增訂版)	[清]吴敬梓著　李漢秋輯校
小倉山房詩文集	[清]袁枚著　周本淳標校
忠雅堂集校箋	[清]蔣士銓著　邵海清校 李夢生箋
甌北集	[清]趙翼著　李學穎、曹光甫校點
惜抱軒詩文集	[清]姚鼐著　劉季高標校
兩當軒集	[清]黄景仁著　李國章校點
惲敬集	[清]惲敬著　萬陸、謝珊珊、林振岳 標校　林振岳集評
茗柯文編	[清]張惠言著　黄立新校點
瓶水齋詩集	[清]舒位著　曹光甫點校
龔自珍全集	[清]龔自珍著　王佩諍校點

白蘇齋類集	[明]袁宗道著　錢伯城校點
袁宏道集箋校	[明]袁宏道著　錢伯城箋校
珂雪齋集	[明]袁中道著　錢伯城點校
喻世明言會校本	[明]馮夢龍編著　李金泉點校
警世通言會校本	[明]馮夢龍編著　李金泉點校
醒世恒言會校本	[明]馮夢龍編著　李金泉點校
隱秀軒集	[明]鍾惺著　李先耕、崔重慶標校
譚元春集	[明]譚元春著　陳杏珍標校
張岱詩文集(增訂本)	[明]張岱著　夏咸淳輯校
陳子龍詩集	[明]陳子龍著 施蟄存、馬祖熙標校
夏完淳集箋校(修訂本)	[明]夏完淳著　白堅箋校
牧齋初學集	[清]錢謙益著　[清]錢曾箋注 錢仲聯標校
牧齋有學集	[清]錢謙益著　[清]錢曾箋注 錢仲聯標校
牧齋雜著	[清]錢謙益著　[清]錢曾箋注 錢仲聯標校
牧齋初學集詩注彙校	[清]錢謙益著　[清]錢曾箋注 卿朝暉輯校
李玉戲曲集	[清]李玉著 陳古虞、陳多、馬聖貴點校
吴梅村全集	[清]吴偉業著　李學穎集評標校
歸莊集	[清]歸莊著
顧亭林詩集彙注	[清]顧炎武著　王蘧常輯注 吴丕績標校
安雅堂全集	[清]宋琬著　馬祖熙標校

放翁詞編年箋注(增訂本)	[宋]陸游著　夏承燾、吴熊和箋注　陶然訂補
渭南文集箋校	[宋]陸游著　朱迎平箋校
范石湖集	[宋]范成大撰　富壽蓀標校
范成大集校箋	[宋]范成大撰　吴企明校箋
于湖居士文集	[宋]張孝祥著　徐鵬校點
稼軒詞編年箋注(定本)	[宋]辛棄疾撰　鄧廣銘箋注
辛棄疾詞校箋	[宋]辛棄疾著　吴企明校箋
姜白石詞編年箋校	[宋]姜夔著　夏承燾箋校
後村詞箋注	[宋]劉克莊著　錢仲聯箋注
劉辰翁詞校注	[宋]劉辰翁著　吴企明校注
瀛奎律髓彙評	[元]方回選評　李慶甲集評校點
雁門集	[元]薩都拉著　殷孟倫、朱廣祁校點
揭傒斯全集	[元]揭傒斯著　李夢生標校
高青丘集	[明]高啓著　[清]金檀注　徐澄宇、沈北宗校點
唐寅集	[明]唐寅著　周道振、張月尊輯校
文徵明集(增訂本)	[明]文徵明著　周道振輯校
震川先生集	[明]歸有光著　周本淳校點
海浮山堂詞稿	[明]馮惟敏著　凌景埏、謝伯陽標校
滄溟先生集	[明]李攀龍著　包敬第標校
梁辰魚集	[明]梁辰魚著　吴書蔭編集校點
沈璟集	[明]沈璟著　徐朔方輯校
湯顯祖詩文集	[明]湯顯祖著　徐朔方箋校
湯顯祖戲曲集	[明]湯顯祖著　錢南揚校點

歐陽修詞校注	[宋]歐陽修著　胡可先、徐邁校注
蘇舜欽集	[宋]蘇舜欽著　沈文倬校點
嘉祐集箋注	[宋]蘇洵著　曾棗莊、金成禮箋注
王荆文公詩箋注(修訂版)	[宋]王安石著　[宋]李壁箋注　高克勤點校
王令集	[宋]王令著　沈文倬校點
蘇軾詩集合注	[宋]蘇軾著　[清]馮應榴注　黄任軻、朱懷春校點
東坡樂府箋	[宋]蘇軾著　[清]朱孝臧編年　龍榆生校箋
東坡詞傅幹注校證	[宋]蘇軾著　[宋]傅幹注　劉尚榮校證
欒城集	[宋]蘇轍著　曾棗莊、馬德富校點
山谷詩集注	[宋]黄庭堅著　[宋]任淵、史容、史季温注　黄寶華點校
山谷詩注續補	[宋]黄庭堅著　陳永正、何澤棠注
山谷詞校注	[宋]黄庭堅著　馬興榮、祝振玉校注
淮海集箋注(修訂本)	[宋]秦觀撰　徐培均箋注
淮海居士長短句箋注	[宋]秦觀著　徐培均箋注
清真集箋注	[宋]周邦彦著　羅忼烈箋注
石門文字禪校注	[宋]釋惠洪撰　周裕鍇校注
石林詞箋注	[宋]葉夢得著　蔣哲倫箋注
樵歌校注	[宋]朱敦儒著　鄧子勉校注
李清照集箋注(修訂本)	[宋]李清照著　徐培均箋注
吕本中詩集箋注	[宋]吕本中著　祝尚書箋注
陳與義集校箋	[宋]陳與義著　白敦仁校箋
蘆川詞箋注	[宋]張元幹著　曹濟平箋注
劍南詩稿校注	[宋]陸游著　錢仲聯校注

韓昌黎文集校注	[唐]韓愈著　馬其昶校注 馬茂元整理
劉禹錫集箋證	[唐]劉禹錫著　瞿蜕園箋證
白居易集箋校	[唐]白居易著　朱金城箋校
柳宗元詩箋釋	[唐]柳宗元著　王國安箋釋
柳河東集	[唐]柳宗元著　[宋]廖瑩中輯注
元稹集校注	[唐]元稹著　周相録校注
長江集新校	[唐]賈島著　李嘉言新校
張祜詩集校注	[唐]張祜著　尹占華校注
三家評注李長吉歌詩	[唐]李賀著　[清]王琦等評注 蔣凡校點
樊川文集	[唐]杜牧著　陳允吉校點
樊川詩集注	[唐]杜牧著　[清]馮集梧注
温飛卿詩集箋注	[唐]温庭筠著　[清]曾益等箋注
玉谿生詩集箋注	[唐]李商隱著　[清]馮浩箋注 蔣凡校點
樊南文集	[唐]李商隱著　[清]馮浩詳注 錢振倫、錢振常箋注
皮子文藪	[唐]皮日休著　蕭滌非、鄭慶篤整理
鄭谷詩集箋注	[唐]鄭谷著 嚴壽澂、黄明、趙昌平箋注
韋莊集箋注	[五代]韋莊著　聶安福箋注
李璟李煜詞校注	[南唐]李璟、李煜著　詹安泰校注
張先集編年校注	[宋]張先著　吴熊和、沈松勤校注
二晏詞箋注	[宋]晏殊、晏幾道著　張草紉箋注
樂章集校箋	[宋]柳永著　陶然、姚逸超校箋
梅堯臣集編年校注	[宋]梅堯臣著　朱東潤編年校注
歐陽修詩文集校箋	[宋]歐陽修著　洪本健校箋

蕭繹集校注	[南朝梁]蕭繹著　陳志平、熊清元校注
玉臺新咏彙校	吴冠文、談蓓芳、章培恒彙校
王績集會校	[唐]王績著　韓理洲校點
王梵志詩校注(增訂本)	[唐]王梵志著　項楚校注
盧照鄰集箋注	[唐]盧照鄰著　祝尚書箋注
駱臨海集箋注	[唐]駱賓王著　[清]陳熙晉箋注
王子安集注	[唐]王勃著　[清]蔣清翊注
陳子昂集(修訂本)	[唐]陳子昂撰　徐鵬校點
孟浩然詩集箋注(增訂本)	[唐]孟浩然著　佟培基箋注
王右丞集箋注	[唐]王維著　[清]趙殿成箋注
李白集校注	[唐]李白著　瞿蜕園、朱金城校注
高適集校注(修訂本)	[唐]高適著　孫欽善校注
杜詩趙次公先後解輯校	[唐]杜甫著　[宋]趙次公注　林繼中輯校
新刊校定集注杜詩	[唐]杜甫著　[宋]郭知達輯注　聶巧平點校
新定杜工部草堂詩箋斠證	[唐]杜甫著　[宋]魯訔編　[宋]蔡夢弼會箋　曾祥波新定斠證
杜詩鏡銓	[唐]杜甫著　[清]楊倫箋注
錢注杜詩	[唐]杜甫著　[清]錢謙益箋注
杜甫集校注	[唐]杜甫著　謝思煒校注
岑參集校注	[唐]岑參著　陳鐵民、侯忠義校注
戴叔倫詩集校注	[唐]戴叔倫著　蔣寅校注
韋應物集校注(增訂本)	[唐]韋應物著　陶敏、王友勝校注
權德輿詩文集	[唐]權德輿撰　郭廣偉校點
王建詩集校注	[唐]王建著　尹占華校注
韓昌黎詩繫年集釋	[唐]韓愈著　錢仲聯集釋

《中國古典文學叢書》已出書目

詩經今注	高亨注
楚辭集注	[宋]朱熹撰　黄靈庚點校
楚辭今注	湯炳正、李大明、李誠、熊良智注
司馬相如集校注	[漢]司馬相如著　金國永校注
揚雄集校注	[漢]揚雄著　張震澤校注
張衡詩文集校注	[漢]張衡著　張震澤校注
阮籍集	[魏]阮籍著　李志鈞等校點
陸機集校箋	[晉]陸機著　楊明校箋
陶淵明集校箋(修訂本)	[晉]陶潛著　龔斌校箋
世説新語箋疏(修訂本)	[南朝宋]劉義慶撰　余嘉錫箋疏 周祖謨等整理
世説新語校釋(增訂本)	[南朝宋]劉義慶撰　[南朝梁]劉孝標注　龔斌校釋
鮑參軍集注	[南朝宋]鮑照著 錢仲聯增補集説校
謝宣城集校注	[南朝齊]謝朓著　曹融南校注集説
江文通集校注	[南朝梁]江淹著　丁福林、楊勝朋校注
文心雕龍義證	[南朝梁]劉勰著　詹鍈義證
詩品集注(增訂本)	[梁]鍾嶸著　曹旭集注
文選	[梁]蕭統編　[唐]李善注